重庆市高等教育教学改革研究项目"中国古代文学混合式课堂教学实践探索"（项目编号：183057）

重庆人文科技学院文新院高等教育改革项目"原典阅读课程的教学实践探索"（项目编号：2022wxj02）

刘佩伟 ◎ 著

古典文学
题材与意象的多维研究

中国商业出版社

图书在版编目（CIP）数据

古典文学题材与意象的多维研究 / 刘佩伟著 . -- 北
京 : 中国商业出版社 , 2023.11
ISBN 978-7-5208-2799-7

Ⅰ . ①古… Ⅱ . ①刘… Ⅲ . ①中国文学－古典文学研
究 Ⅳ . ① I206.2

中国国家版本馆 CIP 数据核字 (2023) 第 245249 号

责任编辑：王　静

中国商业出版社出版发行

（www.zgsycb.com　100053　北京广安门内报国寺 1 号）

总编室：010-63180647　编辑室：010-83114579

发行部：010-83120835/8286

新华书店经销

定州启航印刷有限公司印刷

*

710 毫米 × 1000 毫米　16 开　18 印张　250 千字

2023 年 11 月第 1 版　2023 年 11 月第 1 次印刷

定价：68.00 元

* * * *

（如有印装质量问题可更换）

前　言

　　古典文学是中国文化的重要组成部分，被视为中华民族智慧的结晶，承载着丰富的历史、文化和思想内涵。在这些文学作品中，题材和意象是其较为突出的元素，因为它们具有无限的创作可能性和表现力，传达了作者的情感和思想，同时深刻地影响了读者的文化认知和审美观念。正因如此，笔者编写了《古典文学题材与意象的多维研究》，旨在深入挖掘中国古典文学中的主要题材和意象，探寻其深层的文化内涵和审美价值。

　　从古典文学的教学上讲，本书以题材和意象的主体类型为中心，展开了群文阅读的实践探索，对群文阅读教学有着指导意义；从古典文学的研究上讲，本书在梳理古典文学的题材和意象过程中探寻其丰富的传统文化意蕴，也揭示了其发展过程中存在的程式化、套语化的倾向，在这种强大的文化传统倾向下，文人的个体性很容易遭到淹没，对此，本书提出了值得进一步探索的问题。

　　笔者依据古典文学作品的整体情况，择取了主流的"意象群"进行分析，在探讨具体作品时又有意识地对经典代表作品进行深入分析。本书分为九章，每章都有一个主题，包含多个小节，探讨了该主题在文学中多个方面的表现。

　　第一章介绍了古典文学中松柏题材和意象的繁盛及原因，并对松柏比德内涵与松柏君子人格象征进行了分析，还解读了涧底松意象与松风意象的含义。

第二章探讨了竹子在古典文学中的象征意义，解读了竹笋和竹林的题材与意象。

第三章围绕古典文学中杨柳的题材和意象进行了研究，分析了杨柳文学的繁盛及原因，介绍了杨柳意象南北转换及审美文化意义，解读了杨柳意象与柳絮意象。

第四章主要探讨了古典文学中芦苇的题材和意象，介绍了芦苇意象与题材的创作历程，进行了芦苇的物色美感多维分析，并对芦苇在古典文学中的意象进行了解读。

第五章主要探讨了古典文学中梅花的题材和意象，介绍了咏梅文学渊源及梅花的文化内涵、古典诗歌中咏梅题材的多元指向，同时解读了梅花意象的象征意蕴。

第六章围绕古典文学中桃花的题材和意象展开研究，介绍了桃花美感特征及其艺术表现，并对桃花意象的文化意蕴进行了分析，还解读了"桃花源"意象的文化意蕴。

第七章主要探讨了古典文学中琴的题材和意象，介绍了琴与魏晋文人的艺术人生和唐代琴诗创作的文化承载，并对李白琴文化和琴意象进行了解读。

第八章研究了中国古典诗歌中的雨意象，介绍了雨意象与题材类型及文化意蕴，并分析了苏轼和苏辙雨意象的异质化表达。

第九章主要探讨了古典文学中月的题材和意象，从苏轼"月"意象描写的思想渊源及内涵、月意象的独特表达手法分析、苏轼与李白月意象的多角度描写三方面进行分析。

本书的写作得到了许多学者和专家的帮助与支持。在此，向他们表示最衷心的感谢。同时，笔者希望本书能为广大读者带来一种独特的文化体验和思想启迪，成为更深入理解古典文学和文化的有力工具。

刘佩伟

目 录

第一章
古典文学中松柏的题材与意象解读

第一节　松柏题材和意象的繁盛及原因

一、松柏题材和意象繁盛的表现

　　松柏在中国文学中是一个重要的文化象征，体现了坚贞不屈、高洁正直等美德。因此，它经常被当作文学创作的题材。从严可均校辑的《全上古三代秦汉三国六朝文》和逯钦立辑校的《先秦汉魏晋南北朝诗》可以看出，先秦至隋代的作品中关于松柏题材的诗歌有 17 首，其他文学作品有 8 篇。到唐代，松柏题材的作品数量逐渐增多。据统计，仅《全唐诗》中松柏题材的诗歌有 368 首，《全唐文》中有 24 篇相关文章。

　　在宋代，松柏题材的创作达到了巅峰。笔者通过统计发现，《全宋诗》中关于松柏题材的诗歌有 778 首，而《宋代辞赋全编》中也收录了19 篇相关辞赋。即使在元明清时期，松柏题材的文学作品的数量也是相当可观的。这进一步说明了松柏在中国古代文学中的重要地位，以及它作为一个文化象征在文学创作中的广泛应用。

　　与其他植物题材和意象相比，松柏的创作数量优势十分突出。宋代李昉等人所编的《文苑英华》选录了梁朝至五代时期的文学作品，其中"花木类"诗歌共有 7 卷。在中国古代文学中，与植物相关的题材和意象数量众多，若是按照所收录的作品数量多少来排列，以竹（含笋）为题材的诗歌最多，达 54 首，其次是松柏，有 39 首。以杨柳和牡丹为题材的诗歌数量也比较多，分别有 32 首和 27 首。以梅为题材的诗歌有 21 首，以桃和荷（含莲、藕）为题材的诗歌数量分别为 17 首和 16 首。以菊为题材的诗歌有 12 首，而以梧桐、石榴、樱桃和橘为题材的诗歌数量都是 10 首。以兰蕙为题材的诗歌有 9 首，以杏为题材的诗歌有 8 首，以海棠为题材的诗歌有 7 首，以桂为题材的诗歌有 6 首。综合来看，松柏在植物题材中排名第二，仅次于竹。清康熙时期所编的《御定佩文斋咏物诗选》选辑了汉魏至清初的作品，其中植物类作品具体情况如下：梅，共有 225 首；竹（含笋），共有 198 首；杨柳，共有 195 首；荷，共有 125 首；松柏，共有 85 首；菊，共有 78 首；桃，共有 75 首；牡丹，共有 70 首；桂，共有 66 首；柑（含橘、橙），共有 64 首；杏，共有 52 首；兰蕙，共有 51 首；樱桃，共有 45 首；荔枝，共有 38 首；梧桐，共有 35 首；石榴，共有 30 首。以松柏为题材的作品数量排在梅、竹、杨柳、荷之后，居第五位。在清代陈梦雷主编的《古今图书集成》中，收录了 193 首咏柳的诗和 63 首咏柳的词；194 首咏松的诗和 3 首咏松的词；69 首咏桐的诗和 1 首咏桐的词；40 首咏槐的诗，但没有收录咏槐的词；447 首咏梅的诗和 137 首咏梅的词；163 首咏桃的诗和 17 首咏桃的词；78 首咏杏的诗和 27 首咏杏的词。从总数来看，松柏的诗词数量仅次于梅花和杨柳，居第三位。清代陈元龙编纂的《历代赋汇》中的"草木门"收录了各种植物的赋文，其中竹赋有 30 篇（包括《补遗》5 篇），松柏赋共有 18 篇（包括《补遗》2 篇），杨柳赋有 14 篇，槐赋有 5 篇，梧桐赋有 5 篇（包括《补遗》1 篇）。松柏赋的数量仅次于竹，居第二位。

在中国古代文学作品中，松柏意象的出现频率非常高。全唐诗库检索系统收录了 42 863 首唐诗。其中，以植物为题材的作品数量如下：松柏，共有 3 487 首；杨柳，共有 3 446 首；竹，共有 3 034 首；莲（含荷、藕），共有 2 322 首；兰（含蕙），共有 1 765 首；桃，共有 1 476 首；桂，共有 1 378 首；李，共有 962 首；梅，共有 948 首。可以看出，松柏在这九种植物中的作品数量最多，高居第一。在宋词中，相对于其他植物，松柏意象的使用较为少见。根据南京师范大学提供的全宋词检索系统（包含孔凡礼的《全宋词补辑》），宋词正文（不含词的题序）中包含植物名称的词句情况如下：梅，共有 2 946 句；柳，共有 2 853 句；桃，共有 1 751 句；竹，共有 1 479 句；兰，共有 1 136 句；杨，共有 1 039 句；松，共有 995 句；菊，共有 695 句；荷，共有 663 句；桂，共有 659 句；莲，共有 622 句；李，共有 557 句；杏，共有 553 句；芙蓉，共有 361 句；梧，共有 328 句；海棠，共有 308 句；茶，共有 196 句；萍，共有 183 句；牡丹，共有 140 句；榆，共有 85 句；芍药，共有 46 句。可以看出，松柏在宋词中的使用数量相对较少，排在梅、柳、桃、竹、兰、杨之后，位居第七位。在清代张廷玉主编的辞书《御定骈字类编》的"草木门"中，松类共收录词条 244 条，梅类 220 条，柳类 215 条，桃类 140 条，柏类 111 条，槐类 101 条，桐类 79 条，杏类 62 条，李类 41 条。可以看出，松类在"草木门"中的词条数量高居第一。据清代孙诛编选的《唐诗三百首》统计，松意象出现的频率为 26 次，柳 25 次，桃 9 次，梅 4 次，桐 3 次，槐 3 次。可以看出，松意象出现的频率很高。

以上提供的统计数据，涵盖了诗、词、歌、赋等多种体裁，有些来自总集，有些来自选集或辞书，因此具有一定的全面性和代表性。这些数据充分说明了松柏题材和意象在古代文学中的广泛存在和重要地位。总体而言，在所有花木题材和意象中，松柏的排名是比较靠前的，与梅、竹、杨柳相当，高于荷、桃、兰、菊、杏、李、桂、牡丹等。而且，通过对中国古代文学作品创作题材的分析与总结，不难发现，自古以来松柏题材便深受文人墨客的青睐。那些具有影响力的文学作品成为中国文学史乃至世界文学史上永不磨灭的经典，如《唐诗三百首》《御定佩文斋咏物诗选》《文苑英华》等。故此，通过以上数据，既反映了松柏题材和意象在古代文学中的广泛应用和深刻影响，也说明了其在文学创作中的重要性和独特价值。

二、松柏题材和意象繁盛的原因

在中国古典文学创作中，松柏题材和意象尤为繁盛，一方面与松柏自身的物种特性有着密切联系，另一方面也与中国文学的不断发展息息相关。因此，松柏便成为古代文人的吟咏对象与理想的精神寄托。可以说，咏物文学、山水文学的兴盛与文人集会命题赋咏、唱和题咏，在一定程度上促进了松柏题材和意象的繁荣与发展。

（一）松柏的物种特性

1. 分布广泛

由于松柏对水分、气温、土壤等条件没有过高的要求，因此它的适应性与生命力在树木当中是首屈一指的。松柏的物种优势早在战国时期便已被人们知晓，这可以从《国语·晋语九》的"松柏之地，其土不肥"一句中看出。《山海经》是中国古代的一部地理志怪类典籍，记述了大量神话传说、地理风俗以及物种形态等内容。《山海经》中有22处记载松柏的分布，分布于钱来之山、白于之山、涿光之山、潘侯之山、诸余之山、咸山、谒戾之山、骄山、荆山、大尧之山、翼望之山、皮山、堇理之山、峡之山、从山、婴侯之山、丹熏之山、讲山、玉山、师每之山、前山、奥山。可见，中国古代就有丰富的松柏资源。

我国许多地方以生长松柏而得名。这些地方和景观以其与松柏相关的特征而著称，体现了古代人们对松柏的重视和景观的特殊意义。例如，《桐柏山志》中提到的"柏香峰"，《河阳县志》中提到的"松岭"，《晋宁州志》中提到的"万松山"，《贵州通志》中提到的"万松岭"，《麻城县志》中提到的"万松亭"，《赣县志》中提到的"万松亭"，《阳城县志》中提到的"万松亭"，《庄浪卫志》中提到的"大松山""小松山"，《凉州卫志》中提到的"青山""松山"，《洮州卫志》中提到的"黑松岭"，《汉

中府志》中提到的"长松山",《陕西通志》中提到的"黑松林山",《平
遥县志》中提到的"万松岭",《莱州府志》中提到的"松山""松子岭",
《栖霞县志》中提到的"松山",《保定府志》中提到的"松山"等地名和
景点都与松柏的生长环境或特点有关。总而言之,在古代,松柏分布广
泛,无论在什么地区,松柏都能凭借其顽强的生命力存活下来。

　　由于松柏分布广泛,因此成为古代文人墨客创作的常见题材和意象。
无论身处何地,文人都能够借助松柏这一随处可见的植物来表达自己的情
感和思想。正因为松柏的普遍存在,人们可以通过古代文学作品来了解古
代松柏的自然分布情况。笔者经过统计发现,松柏在《诗经》中的出现频
率远远高于其他意象,位居第一位,总共出现了 11 次之多。例如,"秩秩
斯干,幽幽南山。如竹苞矣,如松茂矣""陟彼景山,松柏丸丸""淇水潃
潃,桧楫松舟""徂徕之松,新甫之柏"等。通过这些诗句不难发现,松
柏与百姓生活关系密切,无论是东北冰雪覆盖的山岭、西北干旱盐碱之
地,还是温暖湿润的南国,都可以见到松柏的身影。唐朝时期,成都平原
的主要树种之一便是松柏,"锦官城外柏森森"是杜甫《蜀相》中的一句
诗句。何景明《古松行》中的"岳州地多古松树,千株万株植官路。故老
犹能记岁年,行人不解知朝暮。临江西来烟雾起,夹谷连山一百里",体
现了明朝时期岳州地区松树之多。诸如此类的示例还有许多,由此可见,
松柏在古代分布之广,成为民间普遍的景象,这也是古代文人爱用松柏表
情达意的重要原因之一。

2. 广泛的应用

　　松柏作为一种植物,早在我国上古时期便已存在,生长繁茂、分布
广泛是古代松柏的一大特点。松柏的历史记载可以在《尚书·禹贡》和
《山海经》等古代文献中看到。这些文献记录了古代中国人民对松柏的认
知和描述。松柏木质优良,《尚书·禹贡》载青州"厥贡……岱畎丝、枲、

铅、松、怪石"。孔安国曰："岱山之谷出此五物，皆贡之。"① 由此可知，松柏木曾在汉代作为珍贵的贡品献给汉王朝。《礼记·丧大记》中记载："君松椁，大夫柏椁，士杂木椁。"由此可知，松柏在古代也是丧葬仪式中的重要元素。

《神农本草经》是我国现存最早的药物学著作，其中对松柏的医药价值有着详细记载："松脂味苦温。主疽恶疮，头疡，白秃，疥瘙风气，安五脏，除热。久服轻身，不老延年。一名松膏，一名松肪。生山谷。""柏实味甘平。主惊悸，安五脏，益气，除湿痹。久服令人润泽美色，耳目聪明，不饥不老，轻身延年。生山谷。"《越绝书·记地传》中有勾践"伐松柏作桴"的记载，"桴"是舟船普及之前水上的重要交通工具。

综上所述，松柏自古以来就被广泛应用于民间。这也是它频繁出现在文学作品中的主要原因。在我国，诗歌总集中就曾出现过 11 次关于松柏的描写，其中有 4 次描写的是松柏木材的用途，包括"柏舟""松桷有舄，路寝孔硕，新庙奕奕""松桷有梴，旅楹有闲，寝成孔安""桧楫松舟"等，也就是说，记载了松柏被用来制作船只、建造宗庙与宫殿的历史真相。由此可见，松柏自古以来就被视为一种上等木材，作为一种宝贵的制作材料被广泛应用于社会生活的各个领域。

除此之外，松柏还有其他用途。在古代百姓生活中，松柏便是一个不可或缺的重要材料，无论是在灯光照明、药物保健方面，还是在日常饮食方面都发挥着重要作用。对于文人墨客来说，松柏既可以作为文学创作的对象，又可以作为文化用具的制作材料，如琴、墨、笔等。

3. 普遍的种植

园林种植的主要树种之一便是松柏。据记载，汉朝时期松柏作为重

---

① 孔安国，孔颖达.尚书注疏 [M].陆德明，释文.上海：上海古籍出版社，2017：197.

要的景观元素被引入宫廷，这在诸多文学作品中有所体现，如汉代文学家张衡在《南都赋》中写道："其木则柽松楔樱，橙柏枏橿，枫柙栌枥，帝女之桑。"又如，汉代经学家刘歆在《甘泉宫赋》中写道："豫章杂木，梗松柞棫。"直至魏晋时期，随着北方人南移，促使南北文化大融合，大量的园林建筑在此时涌现出来，既有皇家园林、私家园林，又有寺观园林，其类型多种多样，如魏曹芳在洛阳所建之芳林园，"树松竹杂木善草于其上，捕山禽杂兽置其中"①。《晋宫阁名》中写道"华林园，柏二株"，其意思是晋朝时期文化中心建康的一处华林园中种植了两株松柏。自此，在皇家园林景观设计中，经常用松柏来点缀，如北宋皇家园林艮岳的"龙柏坡""万松岭"，清朝时期承德避暑山庄的"万壑松风"等。于是，在古代文学中，松柏意象经常被用来描写皇家园林的景观。同时，也存在于以"贡院松柏""禁中松柏"为主题的同题赋作品中。

魏晋南北朝时期，随着庄园经济的不断发展，众多带有鲜明个性特点的私家园林如雨后春笋般涌现出来。其中，比较著名的私家园林建筑有西晋时期，石崇在洛阳郊外修建的金谷园，其在《金谷诗序》中写道："余有别庐在河南界金谷涧中，去城十里，或高或下，有清泉茂林，众果竹柏、药草之属。"其在《思归引序》中又曰："其制宅也，却阻长堤，前临清渠，柏木几于万株，流水周于舍下。"从王羲之等人共同创作的《兰亭雅集》中可知，当时兰亭的主要树种便是松柏与竹。南北朝谢灵运的始宁墅，树木繁茂，郁郁葱葱，其在《山居赋》中写道："其木则松柏檀栎……桐榆。"到了唐朝时期，私家园林大肆兴建，其种植的松柏种类繁多，在《平泉山居草木记》中，李德裕将平泉山庄引进的各类珍品异种逐一列举出来，"嘉树芳草，性之所耽……木之奇者，有天台之金松……金陵之珠柏……茆山之山桃……宜春之柳柏……蓝田之栗梨"。李德裕在

---

① 陈寿.三国志全鉴：典藏诵读版 [M].余长保，解译.北京：中国纺织出版社，2018：75.

《春暮思平泉杂咏二十首》中对咏唱园中的景观进行了描写，并对各花木的来历进行了详尽记载，如"金松，出自天台山，叶带金色。朱柏，别树经霜暂红，唯此柏枝叶尽丹，四时一色……"李德裕在《金松》一诗中写道："台岭生奇树，佳名世未知。纤纤疑大菊，落落是松枝。照日含金晰，笼烟淡翠滋。勿言人去晚，犹有岁寒期。"李德裕在《金松赋》中详尽地对金松之美进行了描绘。李德裕在《柳柏赋》中同时对松柏和柳树进行了赞美："独此郡有柳柏，风姿濯濯，宛然黄杨，而冒霜停雪，四时不改，斯得谓之具美矣。"辋川庄是王维隐居之地，位于今陕西蓝田终南山，在王维创作的与该处相关的古诗中，对松柏都有所提及，如"松下清斋折露葵"①"惆怅出松萝"②"松树梢云从更长"③"落日松风起"④等。宋代士大夫具有高尚的理想与信仰，松柏的精神品质象征意义与士大夫推崇的道德气节有着异曲同工之妙，因此受到了该阶层的青睐与喜爱，被普遍种植于园林中，与此同时，也培育出了一些与众不同的奇异品种，如北宋文学家宋祁在《真珠龙柏》中就曾提及比较珍贵的物种"真珠龙柏"："彼美夜光喻，益之新甫名。累累云际艳，皎皎月中英。勿诮素为绚，相期隆德声。"

在园林建设中，松柏有其独特的种植优势，主要表现在以下三个方面。其一，松柏是常绿树种，具有较强的耐寒抗旱能力。它们能够在严寒的冬季和干燥的环境中存活并生长，适应较恶劣的气候条件。其二，松柏的树冠茂密，树叶呈深绿色，整体形态优雅，四季常青，在与其他季节性观赏花木混合种植时，可以起到衬托景观的作用。唐宋时期，在许多文学作品中可以看到其与其他植物搭配成景的诗句，如唐代朱庆馀在《早梅》中写道："堪把依松竹，良涂一处栽。"又如，宋代诗人徐铉在《奉和御制

---

① （唐）王维. 王右丞集笺注 [M].（清）赵殿成笺注. 上海：上海古籍出版社,1961：135.
② （唐）王维. 王右丞集笺注 [M].（清）赵殿成笺注. 上海：上海古籍出版社,1961：251.
③ （唐）王维. 王右丞集笺注 [M].（清）赵殿成笺注. 上海：上海古籍出版社,1961：260.
④ （唐）王维. 王右丞集笺注 [M].（清）赵殿成笺注. 上海：上海古籍出版社,1961：242.

春雨》中写道："霁后楼台更堪望，满园桃李间松筠。"其三，由于松柏具有独特的精神品质象征意义，如坚毅顽强、正直高尚等，因此常被用来象征人的品德人格。由此可知，松柏具有丰富的意义与价值，既可供人观赏，又可比德寓意，无论是在皇家园林还是在私家园林中都得到了广泛应用，故此，在众多名胜古迹中均可见到松柏的身影。

在古代驿站与古代行道上经常种植有松柏。行道植树具有多种功能，既可以起到遮阴避凉的作用，又可以巩固路基、标识路线，因此历朝历代的统治者都对行道植树尤为重视。

秦朝时期，松树成为当时行道主要种植的树种，这在史料中已经得到例证，如汉代班固《汉书·贾山传》中写道："秦为驰道于天下，东穷燕齐，南极吴楚，江湖之上，滨海之观毕至。道广五十步，三丈而树，厚筑其外，隐以金椎，树以青松。"晋朝与唐朝时期，行道上大多栽种着榆树、柳树与槐树。在宋朝时期，由于交通运输水平较低，道路修建与维护一直是一个重要的问题。为了解决这个问题，地方官员积极命令当地居民植树，其中以松柏为主要树种，作为行道树种来保护道路。元代托克托在《宋史·蔡襄传》中写道："襄立石为梁，其长三百六十丈，种蛎于础以为固，至今赖焉。又植松七百里以庇道路，闽人刻碑纪德。"元代托克托在《宋史·蔡挺传》中写道："挺兄抗时为广东转运使，乃相与谋，课民植松夹道，以休行者。"在宋朝诸多文学作品中有着大量关于栽种松柏的记载，如吴芾的《进贤道上老松奇古可喜去秋经从因命于空处补种今渐有生意》："来时惟爱古松青，去日新松种已成。令尹若能终此意，清风着处会知名。"又如舒雄的《太守王公植松因赋》："滁上分忧老外郎，昔年曾此典南漳。双旌引过题桥路，五里迎归衣锦乡。种是万株松树在，至今民唤作甘棠。"再如，无名氏的《蔡忠惠祀歌·道边松》："大义渡至漳泉东，问谁植之我蔡公。岁久广荫如云浓，甘棠蔽芾安可同，委蛇夭矫腾苍龙。行人六月不知暑，千古万古长清风。"这些讲述的都是地方官员推行利于道路交通的政策，要求当地百姓种植松柏的历史事实。除此之外，宋朝时期以"道边松"为主题的诗歌屡见不鲜,其创作者众多,如喻良能、强至、冯山、李纲、曾丰、刘克庄、王安石等,其中关于松柏的单句诗文居多,由此可见,宋朝时期在行道栽种松柏是一种普遍现象。宋代过后,在许多诗歌与史书中也能看到关于行道植松的描写,如清朝初期的诗论家叶燮在《度大庾岭》曰:"高松阴夹路,风过助长吟。"又如,明代名家王恭在《道边松》曰:"驿畔长松几百秋,行人到此也生愁。"再如,清代柯劭忞在《新元史·循吏列传》中曰:"同时,仓振为新州知州。时瑶贼蜂起,振深入贼窟,谕以祸福,群瑶翕然从命。……又于驿路夹植松、榕,以便行者,人歌曰:'高松茂榕,一道清风。'"对于古代文人来说,为了求官而远行是很常见的事,远在他乡,前途未卜,总是容易引发人的思绪,故此在中国古代文学作品中,与宦游行旅相关的文学作品数不胜数,同时具有相当高的水平,而在行道上常种植有松柏,使得松柏成为文人创作的常见素材。

在古代寺观中,松柏也是普遍栽种的树种之一。通常而言,松柏具有枝叶茂密的特点,给人以沉静之感,适合栽种在寺观中。梁代慧皎撰写的著作《高僧传·慧远传》中记载:"仍石垒基,即松栽构。清泉环阶,白云满室。复于寺内别置禅林,森树烟凝,石筵苔合。凡在瞻履,皆神清而气肃焉。"北魏杨衒之编写的《洛阳伽蓝记》中记载,宝光寺、永明寺、景明寺等庙宇都栽种着松柏。南朝时期的陶弘景酷爱"松风",在其隐居的道观中,至今仍然种植有大片松树林。故此,在许多文学作品中可以见到象征崇高境界与高尚品质的松柏,如宋代周密的《浣溪沙·题紫清道院》中有"松风吹净世间尘",唐代刘长卿的《送灵澈上人归嵩阳兰若》中有"作梵连松韵",唐代王维的《登辨觉寺》中有"长松响梵声"等。此外,以寺观松柏为主题的文学作品还有很多,如明代黄克晦的《嵩阳宫三将军柏》、宋代苏辙的《嵩山天封观将军柏》、唐代崔涂的《题净众寺古松》、唐代魏徵的《道观内柏树赋》等。

在古代私人庭院也时有松柏栽种其中。通过晋代陶渊明的文学作品便知一二，如其《归去来兮辞·并序》中的"三径就荒，松菊犹存"。松柏俨然已经成为文人歌颂高尚道德品质的理想题材。在普通百姓家中，也有人栽种松柏，一是为了围护院落、点缀建筑，二是可以利用松柏制作木器，多种用途使得松柏在民间广受欢迎。故此，人们在田园诗歌中也能偶尔见到松柏的身影，如唐代杜甫《赤谷西崦人家》中写道"鸟雀依茅茨，藩篱带松菊"，南朝梁朱异《还东田宅赠朋离诗》中的"苍苍松树合，耿耿樵路分"。这些诗句赋予了松柏一种生活气息，使其平添了一丝亲切感。

4. 冬夏常青

普通的植物大多会随着四季的更替而有所枯荣，而松柏则不然，它四季常青，即便是在寒冷的冬日依然可以枝繁叶茂，当其他花草树木都在凋零时，松柏却能够"根含冰而弥固，枝负雪而更新"，冬天的底色是一抹灰色，而有了松柏的点缀，使得冬日瞬间多了些许明亮与生机。松柏因其独特性深受广大文人的喜爱与推崇，春秋时期的孔子赋予了松柏人的品质与志向，体现出君子身处困境依然坚贞不屈的道德品质，魏晋南北朝时期，人们对松柏的欣赏通常体现在两个方面，一方面是"青春而秀荣"，另一方面是"凝霜而挺干"。这在文人创作的文学作品中能够窥见一二，他们习惯通过与其他植物作比较来突出松柏的独特属性，如唐代上官逊在《松柏有心赋》中写道："观卉木之庶类，而松柏之异群。贯四时而不改柯易叶，挺千尺而恒冒雪凌云。"又如，宋代范仲淹在《岁寒堂三题其二·君子树》中写道："岂无桃李姿，贱彼非正色。岂无兰菊芳，贵此有清德。"再如，明代王梦泽在《松说》中写道："夫夭乔万类，惟松秉异。……彼蒲柳之姿先秋而萎，桃李之芳竞春而妍，橘柚之质过江而化，岂可并日而称贞，齐轨而语隽哉？"由此可知，历朝历代的文人墨客无一不对松柏青睐有加。宋代的李鹰在其作品《松菊堂赋》中对松柏给予了高度评价，"既才全兮德盛，阅万变兮如一"。与此同时，宋代的范仲淹也对松柏进行了夸赞，"可以为师，可以为友"①。明代的何乔新在其作品《友松诗序》中是如此评价松柏的："故吾于是松也，朝夕对之如对益友焉。"可见，在众多文学作品中之所以能够屡见松柏身影，是因为古代文人对其品质的认可与推崇。

（二）文学本身的发展

文学本身的发展是松柏题材得以兴盛的原因之一。可以说，松柏题材文学创作的发展不仅与松柏绘画、唱和题咏、文人集会命题赋咏有着密切关联，还与咏物文学与山水文学的兴盛有所关系。

一般来说，大自然是由翠竹、青松、白云、明月与山水共同组成的，因此在山水文学中常可以见到松柏。在文学发展史中，每一次山水文学的发展都伴随着松柏题材文学作品的发展。在晋代与宋代山水文学兴盛之初，便涌现出了大量含有松柏意象的佳句，如晋代王玄之的《兰亭诗》中有"松竹挺岩崖"，晋代孙统的《兰亭诗二首（其二）》中有"冷风飘落松"，宋代颜延之的《赠王太常僧达诗》中有"山明望松雪"，南北朝谢灵运的《于南山往北山经湖中瞻眺》中有"停策倚茂松"等，此时文人对松柏意象仅停留在临场发挥阶段。到了唐代，山水文学发展至顶峰时期，使用松柏意象的文学作品在此时也绽放出前所未有的光芒，有些作品中的松柏意象尤为鲜明，如唐代诗人王维在《新秦郡松树歌》中写道："青青山上松，数里不见今更逢。不见君，心相忆，此心向君君应识。"又如，唐代李白在《赠韦侍御黄裳二首（其一）》中："太华生长松，亭亭凌霜雪。天与百尺高，岂为微飙折。"再如，唐代宋之问在《题张老松树》中写道："岁晚东岩下，周顾何凄恻。日落西山阴，众草起寒色。中有乔松树，使我长叹息。百尺无寸枝，一生自孤直。"与松柏有关的名句更是数不胜数，

---

① 范仲淹. 范仲淹全集 [M]. 李勇先，王蓉贵，校点. 成都：四川大学出版社，2002：33.

诸如，唐代孟郊《游终南山》中的"长风驱松柏，声拂万壑清"，以及唐代李白《蜀道难》中的"枯松倒挂倚绝壁"等。在众多山水游记中也少不了关于松柏片段的描写，如北魏郦道元在《水经注·沁水》中写道："沁水北有华岳庙，庙侧有攒柏数百根，对郭临川，负冈荫渚，青青弥望，奇可玩也。"又如，南朝周景式在《庐山记》中写道："石门北岩，即松林也，南临石门涧。涧中仰视之，离离如骈尘尾，号麈尾松。"凡是高耸的山尖均可见松柏屹立其中，这在很多游记散文中均有记载，如《游黄山记》《游盘山记》《游泰山记》。

含有松柏意象的文学之所以能够日益兴盛，除了与山水文学相关，还与咏物文学有着密切关联。魏晋南北朝时期，咏物文学逐渐兴起，其间也涌现出了大批使用松柏意象的文学作品，如南齐萧锋《修柏赋》、西晋左芬《松柏赋》、南北朝魏收《庭柏诗》、南朝范云《咏寒松诗》、梁代沈约《寒松》等。魏晋时期，文人的群体意识逐渐形成，不时会出现一些文人集会，在集会上，文人经常以诗文会友，众多优秀的咏物诗文便是在这种背景下诞生的。例如，在南朝齐永明年间，竟陵王萧子良与他的臣下共同以"高松赋"作为命题进行赋咏，其间创作了众多松柏意象的作品，如沈约的《高松赋》、谢朓的《高松赋奉竟陵王教作》、王俭的《和竟陵王子良高松赋》。除此之外，文人间以松柏为题的回赠诗文也有不少，其中创作水平相对较高的作品包括宋代苏辙的《次韵子瞻系御史狱赋狱中榆槐竹柏》、宋代韩琦的《和润倅王太博林畔松》以及唐代张说的《遥同蔡起居偃松篇》。

此外，含有松柏意象的题画诗也占据着重要地位，自唐代开始，松柏便已经成为画家创作的主要对象，在唐代画家中以松柏意象为题的画家屡见不鲜，如张璪、韦偃、毕宏等，这一点可以在诸多诗赋中得到例证。唐代元稹在《画松》中写道："张璪画古松，往往得神骨。翠帚扫春风，枯龙夏寒月。"宋代文同在《观音院怪松》中写道："韦偃毕宏今不在，欲求人画有谁能。"唐代杜甫在《戏韦偃为双松图歌》中写道："天下几人画古松，毕宏已老韦偃少。绝笔长风起纤末，满堂动色嗟神妙。"在众多咏松图的诗作中也有不少高质量作品，如元代傅若金的《奉题仇工部壁间古松图歌》、宋代苏轼的《柏石图》、唐代吴融的《题画柏》、唐代杜甫的《题李尊师松树障子歌》等。元朝与明朝时期，正是题画诗盛行之时，文人墨客纷纷拿起手中的墨笔，以松柏为主题进行绘画与文学创作，其间涌现出了众多优秀作品，在《御定历代题画诗类》中就收录了206首作品。由此可见，以松柏意象为题的文学之所以能够兴盛与文学发展有着密切的关系。

在古代，文人习惯以"梅、兰、竹、菊"为四君子，而以"松、梅、竹"为"岁寒三友"，这些植物都是现实生活中文学创作的题材。据史料记载，以松柏意象为题的文学作品不仅数量众多，而且质量不俗，因此在古代文学作品中有着较高的地位。松柏分布广泛，在交通要道上普遍种植，以及受到文人的青睐与推崇，都是松柏意象与题材得以兴盛的主要原因。此外，松柏题材文学作品的不断发展还与文学自身的发展有所关系，具体涉及唱和题咏、命题赋咏、山水文学和咏物文学的兴盛，以及松柏绘画的出现等。

第二节　松柏比德内涵与松柏君子人格象征

一、松柏比德内涵分析

在中国传统文化中，松柏独特的自然属性被人格化，被赋予了人的品格与志向，从而成为高尚人格与高洁品行的代表。松柏四季常青，可以用"岁寒，然后知松柏之后凋也"比喻人的坚韧品质；松柏材质坚韧密实，适用于家用工具的制作，可以用以形容人的坚贞之心；松柏屹立于山顶千年不倒，可以用以形容人坚强不屈的精神；松柏枝干挺拔苍劲，可以用以形容人的高尚节操以及历经沧桑而初心不改的品质。这些都是松柏比德内涵的主要方面，每一种内涵都有其形成与演变的过程，本节将就此内容展开详细论述。

（一）岁寒后凋

岁寒后凋的最早提出者是春秋时期的孔子，他在《论语·子罕》中说："岁寒，然后知松柏之后凋也。"其意思是每年到天气最冷的时候，其他植物都凋零了，唯有松柏依然挺拔常青，将其人格化后，可以用来形容人在困境中坚韧不拔、志向坚定的精神品质与人格特征。这一说法同样引起了后世文人强烈的情感共鸣，他们纷纷结合自身的体验，对松柏的这一精神进行了全新的诠释与解读，并逐渐发展成中华民族的一个经典命题。

关于这一命题，汉朝时期的文人在引用典故的基础上，进行了大量的文学创作，示例如下：

刘安《淮南子·俶真训》："夫大寒至，霜雪降，然后知松柏之茂也；据难履危，厉害陈于前，然后知圣人之不失道也。"

王符《潜夫论·交际》："故岁寒，然后知松柏之后凋也；世隘，然后知其人之笃固也。"

应劭《风俗通义·穷通》："天寒既至，霜雪既降，吾是以知松柏之茂也。"

司马迁《史记·伯夷列传》："岁寒，然后知松柏之后凋。举世混浊，清士乃见，岂以其重若彼，其轻若此哉？"

上述例子都是文人对"岁寒后凋"的重新演绎，其中，形容人处于乱世与穷困之境，即用"岁寒"表示，形容君子遇到困境仍然坚贞不屈的高尚品德，即用"后凋"表示。

魏晋南北朝人在对"岁寒后凋"进行引用时，在继承典故本意的基础上进行了创新与发展。魏晋南北朝时期社会动荡不安，政权更迭较为频繁，这一时期的历史文学作品中，通常用"岁寒"来形容社会动荡、政治混乱的危机环境，用"后凋"形容朝廷忠臣烈士的不朽功勋。例如，唐代姚思廉《陈书·袁宪传》中有"今日见卿，可谓岁寒知松柏后凋也"，唐代姚思廉《陈书·周弘正传》中有"松柏后凋，一人而已"，唐代房玄龄《晋书·安帝纪》中有"贞松标于岁寒，忠臣亮于国危"。上述引文体现了后世文人对"岁寒后凋"内涵的延伸。结合文学创作的时代背景，可知此时的"岁寒"意指政治环境的动荡不安，而"后凋"是指朝廷忠臣在面对重大困境与考验时，仍然能够保持忠贞不屈的精神品质。

在唐代之前，"岁寒后凋"主要用来形容人们在面对困境时所表现出来的坚定如一、保持节操的态度，表现为以高尚的道德情操对自我行为加以指导与约束，但其给人一种过于沉重之感。唐朝时期的人们对松柏的认知有了全新的变化，更多体现的是一种积极向上的乐观精神。唐代诗人笔下的"岁寒"被赋予了新的内涵，特指身处群芳之中分外迷人或将自身风采充分展示出来。钱起在《松下雪》中曰："唯助苦寒松，偏明后凋色。"韩溉在《松》中曰："翠色本宜霜后见，寒声偏向月中闻。"王睿在《松》中曰："好是特凋群木后，护霜凌雪翠逾深。"上述诗句都描写了松柏借助周围环境凸显自我魅力的一种积极作为、主动作为的精神品质。基于上述内容可知，唐代文人眼中的松柏有着一种积极向上的宝贵品质。

宋代文人对"岁寒后凋"典故的诠释凸显了他们对伦理道德的深刻思考。例如，赵蕃在《令逸作岁寒知松柏题诗因作》中言："不有岁寒时，若为松柏知。南方故多暖，此物宁能奇。"南宋教育家冯椅在《厚斋易学·明卦爻系辞》中言："困，德之辩也。……穷通有命，岁寒然后知松柏之后凋，唯陋穷而不改其度，然后辨其为君子。"由松柏的"岁寒后凋"领悟到人在面对困境时可以通过反省意识到自身存在的问题，并在此基础上加以改正；人只有在面对困境时，其道德与品质才能真正显现出来，无须通过语言便可证明，因此"困，德之辨也"，危机之时正是看透一个人的品行之时，若是其在困境中仍然能够保持忠贞不屈的精神品质，理学家认为由松柏的"岁寒后凋"可以悟出格物致知的道理，如宋代史绳祖在《致知格物》中就引用了《大学》中的名言"致知在格物，物格而后知至"，认为只有对事物的规律与本质加以观察与分析，才能从中获取知识。在这一观点中，松柏被赋予了一种特殊的象征意义。松柏在寒冬过后才凋零的现象引起了理学家的特别关注。他们认为，通过对这一现象进行观察与分析研究，便可获得事物的本质与发展规律，从而获得真正的知识。正如汉代戴圣在《礼记·礼器》中所言："如松柏之有心也，二者居天下之大端矣。故贯四时而不改柯易叶。"

通过现象看到本质，通过对事物原理的研究而获得知识，由松柏岁寒后凋的自然现象将其中所蕴含的伦理道德推敲出来，了解到松柏之所以能够茁壮成长，是因为其吸收了充足的养分，如此在严寒来临之时，才能够在其他花木凋零后依然独自挺立。

元明清时期的文人对"岁寒后凋"典故的引用与前朝有所不同。明代洪应明在《菜根谭》中写道："桃李虽艳，何如松苍柏翠之坚贞？梨杏虽甘，何如橙黄橘绿之馨冽？信乎！浓夭不及淡久，早秀不如晚成也。"其通过对桃李与松柏的衰败周期进行对比，将平淡之物反而存活得更久的道理揭示出来。清代何焯在其创作的《义门读书记》中写道："大器晚成犹松柏后凋，诚不争一时之先荣与当世之好恶，故屈伸得以自主耳。"此处将人在成长过程中遭遇的磨砺视为"岁寒"，而将人的大器晚成视为"后凋"。

总而言之，古代文人在进行文学创作时，时常将"岁寒后凋"作为命题，结合不同的时代背景与具体情境，发现与收获新的思想启示与精神动力，并赋予这一命题全新的思想内涵。随着时代发展与社会进步，这一典故的解读与应用将会延续下去，并且拥有蓬勃与鲜活的生命力。

（二）坚贞有心

《礼记》最先提出"松柏有心"的说法，如汉代戴圣在《礼记·礼器》中写道："礼释回，增美质。措则正，施则行。其在人也，如竹箭之有筠也，如松柏之有心也，二者居天下之大端矣。故贯四时而不改柯易叶。"

此处"有心"是对松柏刚正不阿品性的描写。魏晋南北朝时期，松柏的这一特性被视为松柏品格的重要方面之一，在以松柏意象为题的诗歌作品中反复出现。例如，江淹《效阮公诗十五首》中有"宁知霜雪后，独见松竹心"。范云《咏寒松诗》中有"凌风知劲节，负雪见贞心"，吴均《咏慈姥矶石上松》中有"赖我有贞心，终凌细草辈"。通过上述例子不难看出，魏晋南北朝时期的文人对松柏的"有心"已经有了一种全新的解读，具体来说，松柏既有面对严寒时的坚贞之心，用来抵御风霜雨雪，使得沉闷的寒冬充满生机又能够在寒冬百花凋零、万木干枯之时，卓然屹立于大地之上，展现着自己独有的魅力。

唐朝时期以"松柏有心"为主题的作品有王棨的《松柏有心赋》与上官逊的《松柏有心赋》。王棨在《松柏有心赋》中写道："至如严气方劲，翠色犹增。亦何异君子仗诚，处艰危而愈厉；志人高道，当颠沛以弥宏。是知斯木惟良，因心所贵。"其强调了松柏"有心"的可贵之处，人在危难之时，依然能够保持自己的涵养与高尚品德，就可以成为君子。上官逊在《松柏有心赋》中写道："是以后凋之义，久不刊于鲁经；有心之言，永昭著于戴礼。"其将"后凋"与"有心"关联起来。于邵在《进画松竹图表》中写道："放臣常于礼叹松柏有心之姿，询于诗仰松柏植茂之兴。"其将"竹苞松茂"与"松柏有心"关联在一起。从唐朝时期开始，松柏比德内涵中又多了一个"松柏有心"，并受到了文人墨客的青睐与喜爱。文人结合不同的情境，或是对他人进行勉励，或是借以自我表白，"松柏有心"的内涵在此时得以充实与丰富。显然，唐朝时期"松柏有心"的意象在文学创作中得到了广泛应用，成为一种经典化的表达方式。

宋代文人对"松柏有心"加以引用，主要用来形容人的德行，特指道义自守、节操自励的德行。范仲淹在《四民诗·士》中写道："昔多松柏心，今皆桃李色。"其中，仁义节气的儒家圣贤之风是"松柏渔有心"所代表的内涵。范仲淹在其另一个作品《和并州大资政郑侍郎秋晚书事》中写道："定应松柏心无改，自信云龙道不孤。"此处的"松柏有心"是对坚持正义事业的乐观态度与坚定信心的一种主张，这一主张既是范仲淹自己所遵循的价值观，也是对于亲朋好友的勉励。苏轼在《滕县时同年西园》中写道："人皆种榆柳，坐待十亩阴。我独种松柏，守此一寸心。"其结合具体的时代背景与情境，对"松柏有心"进行分析，彰显出一种坚持独立人格与政治主张的决心。文天祥在《山中感兴三首（其三）》中写道："但存松柏心，天地真茫茫。"此处想要展现作者对事实变幻无常的一种感慨，为了表达自己对宋王朝的忠诚之心，作者对"松柏有心"进行了引用。

元明清时期，文人对"松柏有心"的诠释有了创新与发展。例如，元代吴存在《拟古（其三）》中写道："楚国有佳人……独抱松柏心，坐阅桃李年……脉脉良自怜。"此处，作者将佳人的清高脱俗、孤芳自赏，借由"松柏有心"充分展现了出来，同时间接地将自己才华难以施展的抑郁心情表达出来。

（三）劲挺有节

汉代冯衍在《显志赋》中写道："离尘垢之杳冥兮，配乔松之妙节。"自此，在古代文人的文学创作中，松柏又多了一个重要品质，即"劲挺有节"。梁代范云的《咏寒松》中有"凌风知劲节，负雪见贞心"的名句，其首次将"贞心"与"劲节"关联在一起，直至唐代，如此的表达方式更是被频繁应用于文学创作中，慢慢地，"贞心"与"劲节"被看作松柏品德的两个方面。唐代李绅在《寒松赋》中写道："其为质也不易叶而改柯，其为心也甘冒霜而停雪。叶幽人之雅趣，明君子之奇节。"唐代于邵在《送赵晏归江东序》中写道："大寒之岁，众木皆死。相彼松柏，虽复小凋，而贞心劲节，不改柯易叶，实君子之大端也。"此时松柏品质中的"节"用来比喻人坚贞的节操。由于宋代人对道德名节的表现尤为重视，因此这一时期的文人经常将松柏应用于文学创作中。在南宋遗民的文学作品中，松柏"有节"更是作为一种民族气节得以展现。正如谢枋得在其作品《赋松》中所写道："乔松磊磊多奇节，冬无霜雪夏无热。"谢枋得被押往元大都之前，曾写给家人一首诗作为诀别留言，名为《初到建宁赋诗一首》，诗中也提及了松柏："雪中松柏愈青青，扶植纲常在此行。天下久无龚胜洁，人间何独伯夷清。义高便觉身堪舍，礼重方知死甚轻。"谢枋得的这两首诗都将松柏融入其中，借助松柏表达自己的期望，需要读者仔细去品读与体会。又如，郑思肖在《南山老松》中写道："凌空独立挺精神，节操森森骨不尘。"这与他《题画菊》中"宁可枝头抱香死，何曾吹骆北风中"所体现出的精神气节有着异曲同工之妙。

元明清时期关于松柏节操的文学作品也比较常见。例如，明代于谦的《北风吹》："北风吹，吹我庭前柏树枝。树坚不怕风吹动，节操棱棱还自持。冰霜历尽心不移，况复阳和景渐宜。闲花野草尚葳蕤，风吹柏树将何为？"在该诗中，作者利用柏树来比喻自己面对困境时的宝贵品质，展示出自己威严方正的品格，使得诗人自己的形象与柏树形象融为一体。

（四）孤直不倚

早在先秦时期，人们就已经对松柏干的"直"有所了解。《诗经·大雅·皇矣》中写道："帝省其山，柞棫斯拔，松柏斯兑。"《毛传》中写道："兑，易直也。"《商颂·殷武》中写道："陟彼景山，松柏丸丸。"《毛传》中亦写道："丸丸，易直也。"这些诗句足以证明先民早已认识到松柏修长挺直的特点。魏晋南北朝时期，松柏笔直修长的特征在文学作品中得到了细致的处理与表现。西晋左芬在《松柏赋》中写道："临绿水之素波，擢修木之丸丸。"此处对水边修直挺拔的松柏进行了描写。梁代沈约在《寒松》中写道："疏叶望岭齐，乔干凌云直。"其将松树疏疏落落的枝干与山岭比肩，使挺直的树干高耸入云的形象细致地表现出来。南北朝宇文毓在《贻韦居士诗》中写道："岭松千仞直，岩泉百丈飞。"此处将山脉中的景象刻画得栩栩如生，高耸挺拔的松树傲立于山岭之上，岩石上的泉水以飞溅的姿态一泻而下，形成了百丈高的飞瀑，两者共同构成了山脉间的壮丽景象。北周庾信在《游山》中写道："婉婉藤倒垂，亭亭松直竖。"这句诗将藤蔓婉约倒垂生长的姿态与松树挺拔直立生长的姿态一并描写出来，将植物坚韧与柔美的特征交融在一起，构成了生动有趣的画面。通过上述示例不难看出，魏晋南北朝时期的文人极少对松柏进行单独描写，通常都是与其他植物一并提及，从而起到相互映衬的作用，最大限度地将植物生动有趣的一面展现出来。此时的写法与山水诗兴起有着密切的联系，此时的文人在文学创作时擅长细致入微的观察，同时在此基础之上对景物进行修饰与描摹。自此，松柏又多了一种"直"的象征意义。

晋代诗人陶渊明是第一位将松柏"孤"的特点表现出来的文人，并使这一象征意义人格化。陶渊明在《饮酒（其八）》中写道："青松在东园，众草没其姿。凝霜殄异类，卓然见高枝。连林人不觉，独树众乃奇。"将松柏忠贞、坚韧、优雅、挺拔的特点展现出来，同时具有较强的人格象征意义。陶渊明在《归去来兮辞·并序》中写道："景翳翳以将入，抚孤松而盘桓。"陶渊明在《饮酒·并序》中写道："栖栖失群鸟，日暮犹独飞。徘徊无定止，夜夜声转悲。厉响思清远，去来何依依。自值孤生松，敛翮遥来归。劲风无荣木，此荫独不衰。"在该诗中，诗人将一只居无定所的飞鸟比作自己，而将一株"孤生松"比作自己最终的人生归宿，采用了托物言志的表现手法，借助自然界中的动物与植物等非人物化的形象来传达复杂的情感和思想，从而引起读者的共鸣和思考。魏嵇康在《游仙诗》中对一株独立无倚的孤松进行了描写，"遥望山上松，隆谷郁青葱。自遇一何高，独立迥无双"。无论是嵇康还是陶渊明，其作品中所描绘的孤松形象，使得他们独特的精神人格得以展现，表达了超越尘世的文人情怀。

自唐代开始，松柏人格内涵又多了一个重要的方面，即松柏"直"与"孤"的融合。唐代文人对松柏的"孤直"进行了大量描写，如李白《古风五十九首（其十二）》中有"松柏本孤直，难为桃李颜"，宋之问《题老张松树》中有："百尺无寸枝，一生自孤直。"

（五）风雨历练

古代文学作品中的老松古柏干茎粗壮、树瘤密布，树皮上出现了许多不规则裂纹，蠹虫、苔藓、霉菌寄生于此，树干上有紫、褐、白、青等颜色，五彩斑驳，尽显历经岁月磨砺的痕迹，使人瞬间产生一种对自然的敬畏之情。通过对苍松老柏形态的描写，古代文人赋予了松柏风雨历练的人格品质。

南齐萧锋在《修柏赋》中写道："岂春日之自芳，在霜下而为盛。冲风不能摧其枝，积雪不能改其性。虽坎壤于当年，庶后凋之可咏。"南齐谢朓在《高松赋奉竟陵王教作》中写道："卷风飚之欻吸，积霰雪之严霏。岂凋贞于岁暮，不受令于霜威。"东汉刘桢《赠从弟（其二）》中写道："亭亭山上松，瑟瑟谷中风。风声一何盛，松枝一何劲。冰霜正惨凄，终岁常端正。岂不罹凝寒，松柏有本性。"上述示例在展现松柏风雨历练的品质方面，都是通过松柏与环境进行对抗的方式进行的，这种写作手法在之后的松柏题材的文学作品中屡见不鲜。唐代王勃在《涧底寒松赋·并序》中写道："寓天地兮何日，凌霜露兮几秋。见时华之屡变，知俗态之多浮。"王勃笔下的松柏仿佛一位饱经沧桑、经历风雨的老者。直至宋代，文人受到儒、释、道哲学思想的影响，当时的松柏大多是一种静看风起云涌、我自岿然不动的文学形象。宋代的文人擅长对老松古柏进行描写，这样的例子不胜枚举。戴复古在《岳市胜业寺禹柏》中写道："蟠根半生死，阅世几兴衰。"程珌在《陈时柏》中写道："世臣元不如乔木，阅尽中原几战场。"林景熙在《古松》中写道："栋梁非所屑，几见海成田。"苏轼在《御史台柏》中写道："仰视苍苍干，所阅固多矣。"王安石在《景福殿前柏》中写道："知君劲节无荣慕，宠辱纷纷一等看。"杨冠卿在《秋日怀松竹旧友（其二）》中写道："林下松风曲，炉边柏子香。朝昏作禅供，荣辱已俱忘。"黄庭坚的诗中展现出一种超凡脱俗的佛禅意蕴，如其在《次韵杨明叔见饯十首（其九）》中写道："松柏生涧壑，坐阅草木秋。金石在波中，仰看万物流。抗脏自抗脏，伊优自伊优。但观百岁后，传者非公侯。"那种内心能够洞察世事、分辨事物好坏或真伪，而外表展现出的云淡风轻、超然于世的精神状态，在文人对阅世松柏进行描写中得到充分表露。

当然，以上只是松柏比德内涵的几个方面，并不完全。通过上述内容不难看出，松柏的生物属性使松柏具有坚贞、刚劲的品质。与易于凋零且娇艳的花卉相比，松柏显得更加刚毅与高大。故此，在历代文学中，勇于担当、敢于伸张正义的社会中坚力量成为松柏人格象征的主流。

二、松柏君子人格象征

在古代，人们将温文有礼、德行出众之人尊称为"君子"。先秦时期的儒家，对松柏赋予了全新的"君子"人格象征意义，晋代之后，文人墨客经常在文学创作中引入"君子树"的形象，宋代士大夫阶层喜欢借助"君子树"展现自己的人格魅力，因此，松柏在当时被誉为"君子材"。松柏君子人格象征形成的主要原因在于松柏自身所具有的独特优势。由于主体心理与时代心理有所差异，因此，松柏具有独特价值与不同的表现形态。与莲、竹等其他植物意象的君子人格象征相比，在人格取向方面，松柏具有与众不同的特性，使其独特的文化意义与文学地位得以彰显。

（一）仁人义士

所谓仁人义士，是指有德行并能够信守节义的人。松柏比德内涵是以坚贞刚毅的节操作为主流的，松柏中的仁人义士人格象征意义最为常见。《庄子·让王》中引用孔子之语："故内省而不穷于道，临难而不失其德。天寒既至，霜雪既降，吾是以知松柏之茂也。"宋代史尧弼在《古松》中写道："扶危正须尔，得道亦超然。"古松内心坚守一定的原则，与此同时，在外表上散发出一种温和气质，使外表温和与内在坚定平衡，此乃古代君子应有的意志品质。

除了上述的松柏人格拟喻，还有一些强调行为正直、品德高尚之人，他们拥有高尚品行，能够坚守正义，面对诱惑不为所动。此类人大多性格刚烈，遇事易采取一种比较张扬的处理方式，身体里流淌着正义的气息。宋代强调一种士大夫风节，松柏节烈之士的人格拟喻屡见不鲜。示例如下：

徐侨在《双松亭》中写道："昂藏烈丈夫，肯与樵牧比。樛枝若欲颓，直干固不倚。"

释居简在《醒庵王大卿松柏屏障歌》中写道："山林豪逸并孤标，冠剑大臣横劲气。"

张方平在《咏松》中写道："君子正容色，烈士全节操。"

从上述示例中不难看出，宁折不弯的骨气是松柏所张扬的一种气节，借助松柏的这一特征对见义勇为的死节之士、正气凛然的冠剑大臣加以比拟，是文学作品中的一种表现手法。在宋代，松柏作为士大夫人格的象征逐渐成为潮流，并且以松柏的人格特质进行拟喻的方式得以成熟和定型。

宋代之后此类比拟较为常见，如明代洪璐子在《木公传》中写道："而公生长干点色，多须髯，器宇恢宏，壮有劲节，老而苍颜癯姿，负正气，挺高标，炎寒不贰，与古烈士争茂……"又如，明代王鏊在《双松赋寄同年谢少傅》中写道："万木凌冬而僵死兮，独青青其不刊。似端人义士之立朝兮，正色俨然曾不可乎犯。"上述诗句都是用士大夫刚正不阿的形象来比拟松柏，从而使得松柏坚贞刚毅的一面得以展现。

（二）贤臣能人

从先秦开始，社会各个领域广泛使用松柏木，制造领域、建筑领域，人们称之为能堪大用的"栋梁材"。文人自此以松柏为媒介，用来比拟人所具备的出色才能以及高尚品质，通常指的是贤臣能人。例如，《逸周书·酆保解第二十一》中的"微降霜雪以取松柏"，作者通过运用比喻的修辞手法，表示寻找合适的时机将贤臣能人纳入麾下，其中的"松柏"指的便是贤臣能人。《南史·王俭传》中提及王俭："宰相之门也，栝柏豫章，虽小，已有栋梁之器。"作者通过挺直秀拔的树木，如枕木、樟木、松柏、栝等来拟喻王俭的品格，赞扬他年龄虽小，但却有担当重任的能力与潜质。《旧唐书·郎余令传》中写道："郎氏两贤，人之望也。相次入府，不意培塿而松柏成林。"此处的"松柏成林"特指人才聚集的盛况。宋代欧阳修在《青松赠林子国华》中写道："青松生且直，绳墨易为功。良玉有天质，少加磨与垄。子诚怀美材，但未遭良工。养育既坚好，英华充厥中。于谁以成之，孟韩荀暨雄。"作者为了勉励林国华成为一个德才兼备的人，引用了"青松"这一形象。

（三）隐者高士

唐代元结曰："幽人爱松竹。"[1] 元代周权曰："青松如高人，含风自萧飗。"[2] 松柏在幽静的环境中追求简朴的生活态度与隐士所追求的境界不谋而合，隐士喜欢在松柏茂密的环境中休养生息，这为文人借助松柏体现人格象征意义提供了便利。唐代王维在《新秦郡松树歌》中写道："为君颜色高且闲，亭亭迥出浮云间。"[3] 其彰显了娴静清淡、简约静谧之风，具备一种洁身自好、不求闻达的隐士气质。宋朝时期，通过松柏来展现隐士气质的文学作品有很多，如邹浩的《四柏赋》以"康庐胜友"和"商山逸叟"来比拟柏树，王柏的《赋双松堂》以"四皓"来比拟松树，苏籀的《二松赋》以"首阳之二贤，齐鲁之两翁"与松树进行比喻，李庸的《松菊堂赋》以叔齐、伯夷来比拟松树。在上述示例中，不食周粟的

① 元结.元结诗解[M].聂文郁，注解.西安：陕西人民出版社，1984：148.

② 周权.此山集[M].汤广新，点校.杭州：浙江古籍出版社，2010：14.

③ 王维.王维诗全鉴：典藏版[M].张晨，解译.北京：中国纺织出版社有限公司，2020：145.

伯夷和叔齐、秦汉之际的商山四皓、晋代于庐山莲池旁结社参禅的高僧等人比拟的都是松柏。此类人物大多在品行方面具有一定的共性，那便是能够傲然独立于世界之中，始终保持纯洁无瑕的状态。宋代之后，借助松柏比拟隐士的文人也不在少数，如元代徐再思在《观音山眠松》中用"卧松"来比拟隐士："老苍龙，避乖高卧此山中。岁寒心不肯为梁栋，翠蜿蜒俯仰相从。秦皇旧日封，靖节何年种？丁固当时梦，半溪明月，一枕清风。"此诗采用拟人的手法来描写松树，为了表现松树的年代久远，自秦汉时期便隐于山林之中，而在诗中引用了"始皇封松"的典故；为了展现文人不追求功名利禄，具有高尚品格，而在诗中引用了"靖节松"的典故；诗人以婉约清丽的文笔，借助具有历史厚重感的典故，将一种悠远静谧的意境创造出来，将不畏艰辛、坚贞不屈与坚韧顽强的精神品质展现出来，从而使自己归山隐居的思想得以寄托。清朝陆惠心创作的《咏松》采用了一种托物言志的修辞手法，作者通过对松柏傲骨峥嵘的形象进行描写，从而衬托出自己高洁坚贞的意志品质："瘦石寒梅共结邻，亭亭不改四时春。须知傲雪凌霜质，不是繁华队里身。"在该诗中，寒梅、瘦石与青松都是富有灵性的事物，因而它们能够汇聚在一起做邻居。无论外部环境如何变化，青松的品性永远不会随之改变，给人以"千帆过尽，归来仍是少年"之感。陆惠心笔下的松，更加凸显出一种无法言喻的飘逸之感，仿若独卧于雪中的隐士一般。借助松柏比喻远离世俗纷扰的隐士，着意将松柏"清逸"的一面充分展现出来，从而将文人超然于世的情怀抒发出来。

通过以上内容阐述，不难看出，松柏既有孤独、正直、朴素、不畏严寒的气节操守，又蕴含着超脱世俗、淡泊明志的内在精神，将儒、释、道三合一的哲学思想与文化精神对民族人格的塑造与完善充分体现出来。傲岸与清逸、高雅与谦卑、刚强与温和，松柏完美地调和了原本对立的两种品格，呈现出一种含蓄且平衡的精神状态，寄托了国人对清贞兼备、高下得宜、刚柔相济的理想人格的追求。

第三节　涧底松意象与松风意象的解读

一、涧底松意象的解读

西晋左思在《咏史（其二）》中运用事物来抒发自己的情怀，以涧底松比喻郁郁不得志的自己，涧底松作为比喻的对象，寓意深远。涧底松生长在幽静的峡谷底部，无法得到阳光的充分滋养，因此无法展示出自身的才华和雄心。诗人通过将自己比作涧底松，表达了自己才能无法得到发挥、志向无法实现的无奈和苦闷之情。这个比喻不仅抒发了诗人的个人情感，也展现了一种普遍存在的怀才不遇的现实困境，还使得涧底松意象的基本内涵得以明确。此后以涧底松意象为题的文学作品层出不穷，与之相关的审美认识日趋丰富，涧底松成为一个具有多重意蕴与强烈个性的文化符号和文学意象。涧底松文化内涵与审美认识的不断完善既与社会思潮的变化有着一定的关联，也与个体的人生际遇有着不可分割的密切联系。通过涧底松意象，人们可以了解到不同时空下的文人情感心态、民族文化心理以及现实社会生活。但是，目前学术界尚未出现关于涧底松意象较为系统与全面的论述，故此，本书尝试对此展开详细阐述。

（一）涧底松意象的发展

1. 比德方面：由贞刚到超逸

在涧底松意象发展的初期，坚贞刚劲是其主要形象。其一，文人对松的传统美德加以强化，使其具有劲挺郁茂、不畏霜雪的特征。例如，唐朝王勃在《涧底寒松赋·并序》中写道："放其磊落殊状，森梢峻节，紫叶吟风，苍条振雪。"又如，唐朝阙名在《幽松赋》中写道："孤山曲涧之幽松。""其雅操也昂藏，可以振雪凌霜。向日贞心擢，临风足气扬。"对于涧底松而言，即使遭遇暴风骤雨的肆虐，也不会使自己受到丝毫伤害，只会显示出自己不同于其他普通草木的地方。其二，涧底松的另外一个贞刚品性便是孤傲不群、清高不俗。虽然涧底松出身卑微，但是却不会自轻自贱，如唐朝刘希夷在《孤松篇》中关于一株孤直自尊的南涧之松的描写："青青好颜色，落落任孤直。群树遥相望，众草不敢逼。灵龟卜真隐，仙鸟宜栖息。耻受秦帝封，愿言唐侯食。"唐朝徐寅在《大夫松》中将涧底松与大夫松进行对比后写道："五树旌封许岁寒，挽柯攀叶也无端。争如涧底凌霜节，不受秦王号此官。"唐朝阙名在《幽松赋》中描写"孤山曲涧之幽松"的句子为"其孤高也，则排烟而荡雾；其贞坚也，则超代而越俗；偏睹日而疏阴，遂自然而孤直"。此句中的孤直、贞坚、孤高则是对涧底松风骨加以概括后得出的三个关键词。其三，涧底松贞刚品性的核心价值则表现为君子自强不息，越是处于困境越坚定。换句话说，即使人们遭遇了不公的对待，经历了压抑与沉沦，也依然能够坚守正道。尽管身处岩峦之下，承受着困苦与压抑，但最终能够将自己的非凡才能与价值展现出来。唐朝徐寅《涧底松赋》所赞扬的正是这样一种高尚品格："碧涧千仞，青松几年。岂天生之有异，盖地势以居偏。挺操弥贞，虽厄岩峦之下，抢材倘鉴，合居樛栎之前。"可以说，在涧底松意象的形成与发展过程中始终贯穿着自信与刚强的精神与特质，即使到了清代，也可以在叶方蔼的作品《万柳堂即事》中看到这样的诗句："涧底贞松郁千尺，为经霜雪更菁葱。"

到了宋代，随着涧底松意象的不断发展，比德方面的形成因素也得以丰富，文人志士通过运用涧底松意象，使其恬静优雅之趣与超旷淡泊之志得以寄托。例如，黄庭坚《四月戊申赋盐万岁山中仰怀外舅谢师厚》中写道："长松卧涧底，梓溜多裂璺。未须论才难，世人无此韵。禅悦称性深，语端入理近。涣若开春冰，超然听年运。"诗人将涧底松意象作为文学创作的主题，对其外舅谢师厚随缘自适的人生哲学加以赞扬，展现了涧底松所独具的佛家超然世外的一种境界，即超然听命、禅悦深性。除此之外，宋代其他文人也以涧底松为题进行文学创作。吕本中在《赠谢无逸》中写道："桃李一笑随春风，百年涧底终自若。"程公许在《和景韩赠子敬末章韵》中写道："君看涧底松，阅世几寒暑。"陆游在《涧松》中写道："涧松郁郁何劳叹，却是人间奈废兴。"以上着重对涧底松超然于世俗，无拘无束、洒脱自由的文采神韵加以体会与认识。

元明清时期的文学作品，对宋代文人对涧底松意象层面的开拓进行了延续。例如，元代程钜夫在《送札法经历赴山西幕》中写道："寂寂涧底松，苍然岁寒中。勖哉君子心，庶用存始终。"涧底松四季常青、不因时间的改变而改变，象征着君子庶用如一、进退自如的人生境界。明代陶安的《涧底松》将涧底松悠然自得、淡泊名利的一面最大限度地展现出来："涧底松，安可贱，地位虽卑独无怨。不愿用于汉家未央宫，不愿用于唐室含元殿。……君不见牺尊青黄木之灾，至宝不琢真奇哉。"该诗中的涧底松虽然出身卑微，但是没有一丝怨言，在各种环境中都能够安然自得，满足于现状，对养生较为关注，淡泊名利，更加注重精神境界与情感共鸣的追求。国学经典《庄子·天地》中写道："百年之木，破为牺樽，青黄而文之。其断在沟中，比牺樽于沟中之断，则美恶有间矣，其于失性一也。"其中的"牺樽"一词指的是同一棵树的树干被锯为两段，其中一段用于雕刻祭器，而另一段被抛于水沟之中，虽然两段木头有着美丑之分，但是从本质上看，二段木头的天性都已经丧失，违反了自然规律。其意为"即便最终被用作祭器，其原本的天性也已经被破坏"。通过描写涧底松意象，诗人表达了独特的人生观。

总而言之，松的道德评价与审美认识在涧底松身上得到了继承与发展，人们对这一形象进行仔细体味，可以深刻地体会到一种起到主导作用的精神气格的存在，这种精神气格便是当人身处于困境时可以采取一种超然于俗的态度来面对，当人遇到压迫时要坚定自己的立场与信仰，不屈服于压迫的力量，这便是通过涧底松的生存状态感悟到的一种人生哲学。

2. 情感方面：由愤世到乐观

洞底松意象在情感方面也发生了一些变化。早期文人喜欢通过洞底松意象将内心的压抑以及委屈的情绪表达出来。无论是西晋左思《咏史（其二）》中的"郁郁洞底松"，唐代王勃《洞底寒松赋·并序》中所感叹的"托非其所"，唐代刘希夷《孤松篇》中的"吁嗟深洞底，弃捐广厦材"，还是唐代刘得仁《赋得听松声》中写道"不知深洞底，萧瑟有谁听"，这些都展现了英雄无用武之地的窘境，以及诗句中所蕴含的对世事的愤怒与不满的情绪，这一情绪逐渐发展为文人对自己所处环境的一种全然否定。宋代傅察在《交晁之道韵》中写道："亭亭洞底松，不如园中柳。"宋代李若水的《次颜博士游紫罗洞五首（其五）》这样描写洞底松："我似孤松蟠洞底，斤斧之余流落此。轻便却羡无根蓬，随风直上青霄里。"宋代郭祥正在《留别陈元舆待制用李白赠友人韵》中写道："沉吟洞底松，不及尧阶草。不经君王顾，枉被风霜老。"同时，宋代陆游在其作品《松骥行》中也言："松阅千年弃洞壑，不如杀身扶明堂。"在该诗中，陆游鲜明地表达出他的人生态度，即作为一位有大志向的人，宁愿为了实现自己的目标而献出自己的生命，也不愿过平庸无奇的生活。这种态度表明陆游与一般的文人有着不同的品质。

随着时代的变迁、社会的进步以及文人思想观念的改变，洞底松所蕴含的情感倾向也随之发生变化，唐代文人文学作品中的洞底松意象所传达的情感，由过去的幽怨愤慨逐渐转为积极乐观。正如徐寅在《松》中描写的那样："洞底青松不染尘，未逢良匠竟谁分。龙盘劲节岩前见，鹤唳翠梢天上闻。大厦可营谁择木，女萝相附欲凌云。皇王自有增封日，修竹徒劳号此君。"其将一种对清明社会的期待以及对自身才华的自信流露出来。李白在其作品《送杨少府赴选》中写道："山苗落洞底，幽松出高岑。"柳宗元在《酬贾鹏山人郡内新栽松寓兴见赠二首》中写道："青松遗洞底，擢莳兹庭中。"从上述示例中可以感受到一种积极向上的乐观精神，以及体现出大唐帝国海纳百川、有容乃大的胸怀。在宋代文人的文学作品中，涧底松意象的内涵得到了进一步的丰富，此时的情感基调是超脱与达观。正如陆游在《纵笔》中所言："老松涧底虽终弃，霜雪元知不解侵。"范仲淹在《睢阳学舍书怀》中写道："但使斯文天未丧，涧松何必怨山苗。"这些都写出了前人所未表达出的涧底松意象全新的价值与意义。

（二）涧底松意象的人格拟喻

1. 寒门俊才

西晋左思借由自己的亲身遭遇创作出《咏史（其二）》，并成功塑造了"郁郁涧底松"的形象，用来形容因环境所致而郁郁不得志的寒门俊才。自此，涧底松意象的人格寓意中又多了一个象征意义，这一象征意义沿用至今。涧底松生长在涧溪沟壑之中，环境尤为恶劣，这种"冒霜停雪，苍然百丈，虽崇柯峻颖，不能踰其岸"的命运恰巧与寒门俊才终生只能沉沦社会底层的命运有着相似之处。古代文人最初习惯将涧底松比作自己，之后逐渐用来拟喻他人。例如，唐代王勃的《涧底寒松赋·并序》中那处于"茅溪之涧，深蹊绝磴，人迹罕到"之处，"徒志远而心屈，遂才高而位下"的涧底松有着较为明显的自我象征意味。又如，唐代李山甫的《遣怀》："长松埋涧底，郁郁未出原。孤云飞陇首，高洁不可攀。古道贵拙直，时事不足言。"此处围绕"遣怀"展开创作，诗中那棵常年孤独生长于涧溪沟壑之中的松树正是诗人本人的真实写照。而唐代郑谷在《叙事感恩上狄右丞》中写道："顾念梁间燕，深怜涧底松。"其通过对涧底松的描写来比拟自己的人生境遇，同时借此表达了对狄右丞的感恩之情。以上关于涧底松的文学作品可谓"将自身放顿在里面"。

2. 迁客逐臣

松树虽然是大用之材，却被弃置于偏僻之地，无人知晓。宋代傅察在《次韵杜无逸西园独坐九绝句（其五）》中写道："亭亭涧底松，干凌雪霜孤。既无鸾凤翔，鸟雀来喧呼。"此处对涧底松孤独、清冷的形象描写，与被朝廷放逐的官吏以及惨遭迁贬的官员的境遇有着相似之处。

涧底松虽然埋没于涧溪沟壑之中，不被人所知晓并给予重视，但是它仍然有着高贵的品性，不愿随波逐流，不愿与世俗同流合污。唐代权德舆的从舅被免职之时，权德舆为了对其进行宽慰，创作了《寄侍御从舅初免职归东山》："靡靡南轩蕙，迎风转芬滋。落落幽涧松，百尺无附枝。世物自多故，达人心不羁。……终当税尘驾，来就东山嬉。"该首诗以幽涧松为题，对从舅进行拟喻，涧底松树高达百尺，屹立于山谷之间，孤独、凄清，不与外界联系。虽然涧底松作为木材未被应用，但它却能够坚守自己的本性，摆脱世俗的束缚，保持自己的纯真与高洁，以此宽慰从舅不要因自己悲惨的遭遇而坏了心情，应当看开许多事情，不执着于世俗名利，保持怡然自得、潇洒天地间的生活状态。

宋代黄庭坚赠予被贬好友苏轼的《古诗二首上苏子瞻》中写道："青松出涧壑，十里闻风声。上有百尺丝，下有千岁苓。自性得久要，为人制颓龄。……小大材则殊，气味固相似。"诗人通过对涧底松的描写，劝苏轼看淡被贬之事，要以长远的眼光看待遭遇的一切，凡成大事者必先遭受身体与心灵上的磨炼，既然当下自己不被人赏识与重用，就好好地磨炼自己的心性，这样，当机会到来之时才有可能抓住它。

上述都以幽涧松来拟喻迁客逐臣，他们虽然有着过人的才能，却因过于正直而被贬至荒凉偏僻之地，其境遇与涧底松尤为相似。

3. 蛰伏之士

虽然涧底松的外表普通，但其却有着顽强的生命力与意志力。哪怕身处逆境，涧底松也不会丧失对生活的热情与追求。涧底松孤立地坚守在山涧沟壑之中，不受其他外界因素干扰，只愿意过一种悠然自得的生活，这一特性正与蛰伏之士有着相似之处。唐代徐寅在的《涧底松赋》中写道："奚三公之梦犹阻，岂万乘之封尚遥。何殊孔明之先主未迎，空怀良策。吕望之文王非猎，不到终朝。"像诸葛亮和吕蒙这样的能人，如果没有遇到明主的话，他们便会隐姓埋名、不露锋芒，保持低调。但是，一旦有了明主，他们就会成为一个能够发挥其才能的贤相。徐寅曾赠予隐居华山的司空图一首诗，即《寄华山司空侍郎二首》，其言："金阙争权竞献功，独逃征诏卧三峰。鸡群未必容于鹤，蛛网何由捕得龙。清论尽应书国史，静筹皆可息边烽。风霜落满千林木，不近青青涧底松。"其以涧底松为题，拟喻司空图，一是赞其拥有治国安邦的才能，仿若松柏一般，乃国之栋梁；二是赞其不慕权势富贵，只是向往恬淡生活，与涧底松一般超然于世。元代侯克中以一种全新的比喻形式创作了《秋夜》："山头有苗高且崇，下荫涧底百尺松。良才偶处荆棘丛，岁寒岂与蒿莱同。我知富贵皆王公，谁云草泽无英雄。"此处涧底松被喻为"草泽英雄"，平日里默默无闻，生长在满是泥沼的小地方，上面有山苗遮挡住了阳光，下面又要与荆棘做伴，但在寒冷的冬季来临之时，其他的草木枯萎凋零，只有涧底松仍然郁郁葱葱、英姿焕发，像一名隐而未现的英雄，等待人们的呼唤。

二、松风意象的解读

松风，又称作"松涛"，此声气势宏大、雄浑有力，听后使人产生一种振奋的力量，同时不乏清逸的美感。早在魏晋南北朝时期，文人便十分热衷以松风意象为题进行文学创作。可以说，松风意象在中国古典文学中具有重要地位，这一点在吟咏松风的作家参与程度与文学作品数量可窥见一二。下面将对我国古典文学中松风意象的审美内涵与意趣寄托展开深入探讨，力求将这一意象的文化意义进行全面且深入的展现。

（一）松风意象的审美内涵

1. 清逸

松风吹拂下的自然环境清新凉爽，没有丝毫的尘埃污染，聆听它的声音可以缓解人的烦躁，净化人的心灵，使人心境开阔、神志清爽，让人仿佛置身于瑰丽秀美的自然环境之中。关于松风的"清"，古代文人有着诸多体悟，如宋代周行己在《和郭守叔光绝境亭》中写道："松风发天籁，泠然众音作。皛皛天宇清，尘襟一澄廓。"宋代陆游在《龟堂杂兴》中写道："少年身寄市朝中，俗论纷纷聒耳聋。清绝宁知有今日，高眠终夜听松风。"清朝蒲松龄在《五月十九，移斋石隐园》中写道："松风已自清肌骨，又听蕉窗暮雨来。"上述诗文都对松风"清"的内在神韵进行了细致的描写。松风既然是清逸的，就会有人想要通过它来洗净耳朵，清除尘垢，使心灵得到升华。宋代黄庭坚在《武昌松风阁》中写道："风鸣蜗皇五十弦，洗耳不须菩萨泉。"元代惟则在《入仙洞山》中写道："松风洗我市喧耳，松露洒我青萝衣。"明代陈继儒在《小窗幽记·集灵篇》中亦提到闻松风"可浣尽十年尘胃"。要想追求一种高洁、超脱尘世的精神境界，不需要去很远的地方，只要站在松林中静听松风便可。元代刘基的《松风阁记》中就表达了这一观点："观于松可以适吾目，听于松可以适吾耳，偃蹇而优游，逍遥而相羊，无外物以汩其心，可以喜乐，可以永日。"

2. 古雅

松风给人以宁静舒适之感，仿若从远古传来的乐声，可与上古时期的葛天歌、大韶乐相媲美，同时有着人工吹奏之音所无法比拟的魅力。宋代王安石在《次韵董伯懿松声》中写道："庙中奏瑟沈三叹，堂下吹箫失九成。俚耳纷纷多郑卫，直须闻此始心清。"古有郑卫之音为乱世之音的说法，将萧瑟声与郑卫之音相提并论，暗示只有松风才是雅正之音。宋代范仲淹在《岁寒堂三题其三·松风阁》中写道："此阁宜登临，上有松风吟。非弦亦非匏，自起箫韶音。……淳如葛天歌，太古传于今。洁如庖义易，洗入平生心。"松风与匏、弦等乐器演奏出来的声音有所不同，具有一种古朴典雅之感，其纯真、清新、自然的声音与葛天歌相类似，其纯净清澈之感与庖义氏的卦象一样，这种声音能够净化人的心灵，使人心情平静下来。元代郑元祐在《松风吟》中写道："日听松风不异大韶乐，自谓身是葛天民。"在众多文人的诗作中，都将松风称为"古音"。宋代曾丰在《道边松》中写道："撼雨号风太古音。"元代赵孟頫在《云林山中》中写道："松风太古声。"《闲居》中写道"松风有古意"，清代朱彝尊在《宋金事园亭架咏六首其四·和松庵》中写道"泠泠太古音"。明代秦璠大在上述诗文中对松风的感受都带有明显的主观色彩，是人赋予松林之风的一种雅韵风骨。

从审美特点出发，基于松风与音乐的相似之处，将松风称为"古音"。春秋战国时期的"雅乐"具有一种古朴宏伟之美，其演奏乐器为编磬与编钟，歌词"典雅纯正"，旋律"中正平和"。魏晋南北朝时期广为流传的清商乐，曲风温婉秀美、清爽宜人，其演奏乐器为管弦乐器，给人以高雅肃穆之感，被世人称为"华夏正声"。松风自然淳朴，浑然天成，清新雅致，既有"雅乐"的审美特点，又有"清商乐"的审美特点。唐朝时期，无论是"雅乐"还是"清商乐"都无法满足唐代人的审美情趣，而燕乐成为唐宋时期的主流音乐，燕乐在形成的过程中吸收了胡乐的成分，逐渐发展为一种以琵琶为主要伴奏乐器的俗乐，其中包含着丰富的元素，除了歌舞表演之外，值得一提的便是胡夷里巷之曲的杂用，这种独特的音乐风格能够满足人们日常娱乐生活的需要，具有鲜明的时代特色。唐代刘长卿在《杂咏八首上礼部李侍郎·幽琴》中言："月色满轩白，琴声宜夜阑。飕飕青丝上，静听松风寒。古调虽自爱，今人多不弹。向君投此曲，所贵知音难。"此首诗作者想要表达一种知音难得的孤独之感。元代时期更是出现了一种全新的"北曲"，其风格特点是复杂多变、自由通俗。元代倪瓒在《听袁员外弹琴·并序》中言："古音萧寥，如茂松之劲风。"其通过赞美松风"古音"，来追怀已逝的古代文化与高雅音乐。

3. 劲健

由于松树质地坚硬，因此给人以力量感，其风也随之有了刚劲之美，古文言"澎湃溯滂，飘忽飏激，如秋江怒涛"，故"松风"亦可谓"松涛"。古代文学中通常习惯运用比喻手法，对松风之劲加以描写，如宋代陆游在《秋夕大风松声甚壮戏作短歌》中写道："忽如倒巨浸，便欲翻大块。又疑楚汉战，澒洞更胜败。不然六月雨，雷电奔百怪。"宋代郑清之在《山间大风雨昼夜不止闻松声撼床戏成拙语谩录呈茸芷参溪》中写道："松声撼空吼万牛，轰隆势欲倾不周。……恍疑赵壁环诸侯，呼声动地锵弓矛。又疑变化鹍鹏俦，垂天鼓翼南溟陬。"通过巨大声响将松风的劲健之美淋漓尽致地展现出来，使人印象深刻。古代文人在以松风意象为题进行文学创作时，时常会选用一些富有力度的动词，如"号""振""沸""吼""奔""撼"等。晋代张华在《拟古》中写道："刚风振山籁。"元代郑元祐在《游支硎南峰》中写道："万树松涛沸紫冥。"元代谢宗可在《龙形松》中写道："声号如卷怒潮回。"上述示例中松风以其独特的视觉和听觉表现，最大限度地展现了其刚劲之美。

（二）松风意象的意趣寄托

1. 自由超逸情怀的象征

文人在描写松风之时，常常融合清泉、明月、白云与飞鸟等元素，使松风表现出无拘无束、自由随意的特点，从而将古代文人墨客的超逸情怀烘托出来。其中具有代表性的文人作品，即唐代李白的《夏日山中》："懒摇白羽扇，裸袒青林中。脱巾挂石壁，露顶洒松风。"

此诗通过展示诗人的闲适状态，将诗人放荡不羁、不拘礼法的形象充分展现出来。诗人袒胸露顶，栖身林下，脱去世俗烦扰，返璞归真，表达了诗人向往自然、无拘无束的心情，同时将诗人不拘泥于世俗规则的旷达潇洒的形象展露无遗。通过与松林的结合，将诗人与世无争的生活态度展示出来。对于李白这种具有魏晋风度的举动，后人持欣赏与肯定的态度。宋代胡仔在《苕溪渔隐》中写道："予尝爱李太白《夏日山中》诗'脱巾挂石壁，露顶洒松风'，其清凉可想也。"宋代曾季狸在《艇斋诗话》中写道："韩子苍《太一真人歌》云'脱巾露顶风飕飕'，'脱巾露顶'四字出李白诗'脱巾挂石壁，露顶洒松风'。"宋代张炎在《临江仙·太白挂巾手卷》中写出如下诗句："石壁苍寒巾尚挂，松风顶上飘飘。"宋代刘辰翁著有诗作《夏景·露顶洒松风》。通过上述诗文，不难看出"露顶洒松风"所象征的自由不羁已得到了后人的普遍认同，并发展成一种事典频繁引用于文学作品当中。宋代曾幾在《松风亭四首（其四）》写道："清风一披拂，竽籁自然作。喧嚣世俗事，秖使人意恶。"宋代刘克庄在《解连环·戊午生日》中写道："拣人间、有松风处，曲肱高卧。"松风意象通常用来表现文人摆脱世俗、追求高雅的人生态度与境界，它与儒家入世精神相背离。在部分文学作品中，松风以一种迥异于功名富贵象征意义的形式存在，如唐代孟郊在《游终南山》中写道："长风驱松柏，声拂万壑清。到此悔读书，朝朝近浮名。"唐代张令问在《寄杜光庭》中写道："试问朝中为宰相，何如林下作神仙。一壶美酒一炉药，饱听松风清昼眠。"与"宰相""得贵""浮名"相对立，"松风"大多象征着一种超然于世、悠然自得的人生境界与人品格调。

2. 隐逸和游仙理想的寄托

提到隐逸和游仙，人们便会想起松。究其原因，主要是隐逸生活中一种较为常见的物象便是松。梁代江淹在《从冠军行建平王登庐山香炉峰》中写道："方学松柏隐，羞逐市井名。"自此，后人习惯将隐者比作"松菊主人"。松与道教之间的缘分由来已久。《抱朴子》《列仙传》中都写着关于松子成仙、服食松叶的故事，通过感叹松柏之四季常青的特性，引发人们对于远离尘世纷扰、渴望超越有限的生命、追求永恒存在的渴望。在游仙诗中，这种题材较为常见。当古代文人想要寄托隐逸和游仙理想时，首选的便是松风意象，其表达方式有两种：一是借助松风以释放隐逸情怀；二是以松风渲染环境气氛，从而使得求仙的意趣得到表达。具体而言，古代文人借松风意象来抒发自己隐逸情怀的作品众多，如唐代李白在《题元丹丘山居》中写道："故人栖东山，自爱丘壑美。青春卧空林，白日犹不起。松风清襟袖，石潭洗心耳。羡君无纷喧，高枕碧霞里。"与之相类似的作品还有唐代徐仲雅的《赠齐己》、宋代程必的《念奴娇·忆先庐春山之胜》、元代马致远的《南吕·四块玉·恬退》等。

在这些作品中，用以彰显隐者精神、渲染闲逸气氛、构成隐居环境的重要因素皆为松风。此外，古代诗人借松风来渲染环境氛围。例如，唐代薛昭蕴的《女冠子·求仙去也》对求仙者"静夜松风下，礼天坛"的虔诚进行了描绘；宋代周密在《浣溪沙·题紫清道院》中，借助"松风"将"吹净世间尘"的世外清境渲染了出来；元代张可久的《越调·小桃红·游仙梦》则将"白云堆里听松风，一枕游仙梦"的闲趣表现了出来。在游仙诗中，松风意象会与其他意象相结合构成意象群，如青童（仙人童仆）、鸾凤（为仙人驭车的神兽）、白鹿（仙人坐骑）、笙箫（仙乐）、蓬阙（仙山）、仙人等，从而将诗人超然物外的人生追求充分展现出来。古代文人通过对松风拂过的尘外仙境的描写，表达出其对自由且美好生活的向往，文人借由其跃动的思维与高远的情思，实现了现实与理想间的自由穿梭。

3. 激发归心的媒介

在古代文学中，文人经常借助松风意象来表达客居异乡之人的思乡情。松风具有丰富的象征意义，既能传达一种孤独感、乡思与旅愁，又是构成行旅环境的因素。例如，唐代岑参在《初过陇山途中呈宇文判官》中写道："溪流与松风，静夜相飕飗。别家赖归梦，山塞多离忧。"诗人将溪流与松风融合在一起，营造出了一种寂静又凄美的氛围，将文人旅途中的离愁别绪充分表达出来。而在唐代岑参的《宿华阴东郭客舍忆阎防》中，通过对松风的描写，使得作者的昔日友情与故乡记忆串联起来，更加深刻地表达了作者思念故乡、想念旧友的感情。唐代杜牧在《旅情》中，为了将自己旅途中对故乡与亲人的思念表现出来，引入了松风意象，从而将服役之人流放至荒凉之地的孤苦之情充分展现出来。

　　对于那些游走于江湖、被贬至边远地区居住的人来说，每当夜晚来临之际，耳畔响起窸窸窣窣的松风之声，更加能够激起人们对人生意义与家园情感的深刻思考。宋代李纲在《山居四景·松风》中写道："岁晚苍官鬓发青，回风披拂自悲鸣。不容逐客多归梦，故作江湖波浪声。"每当松风吹起，其悲鸣之声便会丝丝入耳，使得人们无法进入梦乡。此时，松风便成为激发人们归乡之情的催化剂。有时，远行在外的游子又将松风作为故乡景象的缩影深埋于心。正如宋代俞德邻在《客窗夜雨》中所言："故山何日真归隐，涧水松风直万金。"宋代范成大在《念奴娇·和徐尉游口湖》中描述了自己长久以来漂泊异乡的思乡之苦，以及对故乡亲人与好友的牵挂："一梦三年，松风依旧，萝月何曾老。邻家相问，这回真个归到。"故乡的松风从未改变，山水依旧，仿佛镌刻于自己脑海中的一幅图画，清晰地停留在自己的归乡梦境之中。

第二章
古典文学中竹子的题材与意象解读

第一节 竹子的象征意义分析

一、竹子的君子象征内涵

中国古代有"君子树"的说法。唐代欧阳询在《艺文类聚》卷八十九引《晋宫阁记》言:"华林园中有君子树三株。"梁元帝在《芳树》中亦言:"芬芳君子树,交柯御宿园。"上述文献中均未对君子树进行详尽阐述。明代杨慎在《升庵集》中写道:"君子树似怪松,曹爽树之于庭。"这一诗文中运用了"君子树"意象。

文人在《广志》中并未就君子树进行较为详细的描述,只是说外形上与松树相似,后人为了更好地解释君子树,而将其与松树相联系。例如,西晋左芬在《松柏赋》中写道:"若君子之顺时,又似乎真人之抗贞。"南梁萧统在《锦带书十二月启·夹锺二月》中写道:"寻五柳之先生,琴尊雅兴。谒孤松之君子,鸾凤腾翩。"唐代李峤在《松》中写道:"鹤栖君子树,风拂大夫枝。"宋代范仲淹在《岁寒堂三题》中写道:"松曰君子树。"上述示例都延续了松树君子的美誉。

自古以来,便有人将竹子拟喻为君子。《诗经·卫风·淇奥》中写道:"瞻彼淇奥,绿竹猗猗。有匪君子,如切如磋,如琢如磨。"此乃古代文人运用竹子比喻君子的起点。随着古诗文的发展,后人又对竹子意象的内涵进行了扩展,即"虚中励节,清修有文",在此之后,关于竹子比德内涵的顺序出现了颠倒的情况。"清修有文"的比德内涵出现较早，在《礼记·礼器》的"其在人也，如竹箭之有筠也"中已经有所体现，而"虚中励节"的比德内涵，则是在魏晋南北朝时期逐渐兴起的。东晋王徽之"何可一日无此君"的说法在历史上产生了较为深远的影响。除此之外，与之相关的诗句便寥寥无几。对王徽之的思想加以分析，不难发现，其思想兼备儒家与道家思想。王徽之并没有单纯地从比德视角出发，对竹子进行比拟，而是将其人格化与对象化，通过与竹子之间的对话，实现对自我的反思。中唐时期前，竹子的比德内涵大多为生殖崇拜，文人经常用竹子来比拟情人与君子，是一种较为常见的表达方式，中唐时期，文人丰富了竹子比德内涵，其在白居易的作品中尤为明显，此后逐渐形成了一种代表着坚韧、正直、纯洁德行的比德组合，即松竹梅"岁寒三友"。

唐朝时期，随着文学的不断发展，人们对于竹子比德内涵的认识更加全面与系统。白居易在其创作的《养竹记》中写道："竹似贤。何哉？竹本固，固以树德，君子见其本，则思善建不拔者。竹性直，直以立身：君子见其性，则思中立不倚者。"在该诗中，诗人以竹子所具备的特点来比拟君子的品德修养，包括"本固""性直"等。刘岩夫在《植竹记》中也写道："君子比德于竹焉：原夫劲本坚节，不受霜雪，刚也。绿叶萋萋，翠筠浮浮，柔也。虚心而直，无所隐蔽，忠也。"其将君子具备的各种美德与竹子的相关传说、生长特性与形体美感联系在一起。

基于上述内容，不难看出，唐朝时期的文人已经有意识地对竹子的君子比德内涵进行系统性的总结与概括，由此可见，文人运用竹子比德内涵的意识逐渐增强，这与唐朝前期竹子象征意义的于细微处见神韵的表达方式有所不同。

宋朝时期的文学对竹子的君子象征意义进行了进一步的丰富。例如，郑刚中在《感雪竹赋》中写道："盖其与蒲柳异类，松柏同条，遭玄冥之强梁兮，虽抑遏而谩屈……亦有穷卧偃蹇于环堵之间者，谁其引之使幡然而起？"该诗以雪竹意象为题进行文学创作，将其比德意义引申出来，使其刚正不阿的优秀品质得以彰显。王炎在《竹赋》中写道："其偃蹇挫折者，如忠臣节士，赴患难而不辞。其婵娟萧爽者，如慈孙孝子，侍父祖而不违。其挺拔雄劲者，气毅色严，又如侠客与勇夫。"这段描述通过列举不同类型的人物形象和对应的特质，展现了不同的道德风貌和人格品质。不同的形象体现了不同的价值观与行为准则，以示人们对这些高尚品质的赞美和崇尚。

元朝时期李衎《纡竹图》跋曰："东嘉之野人，编竹为虎落以护蔬果。……贫贱不移，威武不屈，有大丈夫之操；富贵不骄，阨穷不悯，有古君子之风。"其以竹子编缚为篱的遭遇，将其富贵不能淫、贫贱不能移、威武不能屈的意志品质体现出来。从这一点不难看出，竹子君子的比德意义在此处得到了进一步的发展。

清朝时期张潮《幽梦影》卷下曰："植物中有三教焉：竹梧兰蕙之属，近于儒者也；蟠桃老桂之属，近于仙者也；莲花葡萄之属，近于释者也。"将竹子称为"近儒"可以理解为将竹子比喻为儒家君子的象征。从本质上看，意味着竹子具备了与儒家君子相近的品质。王国维在《此君轩记》中写道："竹之为物，草木中之有特操者欤？群居而不倚，虚中而多节，可折而不可曲，凌寒暑而不渝其色。……是以君子取焉。"

此文在以往竹子君子象征意义的基础之上，对竹子的"超世之致与不可屈之节"加以强调。此时的竹子基本具备了古代十大理想中的品德象征内涵，并成为古代君子的代称。

二、竹子的植物特性及比德意义

竹子之所以能够从诸多植物中脱颖而出，成为不同品格节操的寄托之物，必有其因。总的来说，与竹子的品种与植物特性有着紧密联系。竹子作为植物，有着诸多特点，如竹子本质非草亦非木，其地上与地下都长有茎，其上为竹秆，其下为竹鞭。竹秆外形为圆筒形，极少出现四角形。

秆内为空心，每一节上都有分枝。竹子也会开花结果，其花朵共有三个组成部分，分别为雌蕊、雄蕊及鳞被，其果实类型为颖果。竹子一旦开花结果，其根株便会面临枯死的境遇，这象征着一次生命周期的完成。竹子的品种多种多样，古代文献记载的竹子种类有百余种之多。通过分析不同种类的竹子，能从中发现它们共有的植物特性，即凌寒不凋、虚心有节和刚直坚韧等。

（一）凌寒不凋

竹子是一种常绿植物，四季保持翠绿色彩，即使在严寒的冬季也能坚挺不凋，展现出强大的生命力。明代谢肇淛在《五杂俎》中写道："夫子称松柏后凋，盖中原之地，无不凋之木也。若江南树木花卉，凌冬不凋者，多矣。而色泽益媚，非性使然耶？"其耐寒特性使得竹子在北方冬季特别引人注目，与其他花木形式鲜明对比。竹子的生命力和耐寒性在生物学上归功于其独特的结构和生长方式。竹子的茎有一个特别的结构，这种结构使竹子有足够的能量来抵抗寒冷的冬季。此外，竹子的生长速度非常快，这是由于其特殊的细胞分裂方式可以快速地替换受损或老化的细胞，保持强大的生命力。竹子的叶片含有丰富的叶绿素，可以进行光合作用，产生养分，维持其生命活动。

在文化和道德层面，竹子因其凌寒不凋的特性，被视为坚韧和不屈的象征。中国古代文人常常将竹子比喻为君子，以竹子的坚韧、虚心等特性寓言君子之风范。竹子的"青士"之名，也是源于其凌寒不凋的特性，如唐代樊宗师在《绛守居园池记》中写道："有柏、苍官、青士拥列。"其注释为"苍官，松也。青士，竹也。言亭边有柏有松有竹也"。此乃最早关于"青士"的古代文学作品。此外，"劲节""贞心"等词语也用以赞美竹子凌寒不凋的特性，如隋代明克让《咏修竹诗》中的"非君多爱赏，谁贵此贞心"，梁代沈约《咏竹诗》中的"无人赏高节，徒自抱贞心"。

从这些诗句中可以看出，竹子的植物特性和比德意义紧密相关。其坚韧、耐寒的生物特性成为其比德意义的象征，体现出人类对于坚韧不屈、始终如一的道德理想的追求。同时，竹的生命力和耐寒性也为人们提供了对自然界进行深刻理解的机会，让人们认识到每一个生命都有其坚韧和美丽的一面。

（二）虚心有节

竹子是一种独特的植物，它具有多种特性，而这些特性不仅对于竹子的生长和生存至关重要，还被人们赋予了深厚的文化和象征意义。

从植物学的角度来看，竹秆内部是空心的，这是它的一种显著特征。这种结构既赋予了竹子出色的强度和韧性，使其能够在各种环境条件下生存，也使得竹子具有较快的生长速度。另外，竹子的节点处有一个封闭的膜，使得竹子可以在风力作用下弯曲而不易折断，这也是竹子高度适应性的表现。然而，在古代，竹子的空心结构却被人们视为缺点。例如，《史记》中引用孔子的话，将竹子的中空与"直空枯""孤虚"等贬义词语联系在一起。这反映了当时的观念，即实心被视为有质地、有实力的象征，而空心被视为空洞、无用。但是，随着时间的推移，人们对竹子内在空洞的理解发生了变化。自南朝之后，竹子的空心结构开始被看作谦虚的象征。例如，晋代江逌《竹赋》中的"含虚中以象道"，将竹子的虚心视为道的象征，暗示了虚心可以通达道理，反映了谦虚可以接纳万物的思想。此外，北周庾信在《周大将军司马裔碑》中描述竹子成片成林地生长，更强调了竹子的谦虚特性。竹子的另一个植物特性是"高节"。晋代左思的《蜀都赋》将竹子描述为"立比高节"，即竹子的直立和节点的高低，这个特征体现了竹子的高尚节操和坚贞品质。晋代傅咸在《邛竹杖铭》中写道："嘉兹奇竹，质劲体直。立比高节，示世矜式。"晋代苏彦在《邛竹杖铭》中写道："劲直条畅，节高质贞。"这些诗文都体现出诗人对竹子高节的欣赏，以及竹子坚贞不屈的品质。

（三）刚直坚韧

在植物特性上，竹子的形态纹直，结构中空，材质坚韧且有柔性。这些特点使得竹子具有独特的生态功能和应用价值。竹子形态纹直，无论在生长过程中还是在成熟后，竹秆都能保持直立不倒，这一特性使其在植物界中独树一帜。另外，竹子内部的结构是空心的，空洞的存在使得竹秆更加轻便，但又不失坚固性，这种特殊的构造方式使得竹子具有很高的抗压强度和抗拉强度。此外，竹子虽然坚硬，却有柔韧性，可以抵抗狂风暴雨，不易断裂。

在比德意义上，竹子的植物特性则被赋予了一定的象征意义。首先，竹子的形态纹直，象征着人应该正直，不能媚俗沉浮，这是古代文人对人性最基本的要求。其次，竹子的空心结构象征着人的心应该如竹一样空虚，能够包容万物，不拘泥于物质的追求，能够在生活中保持淡泊的心境。最后，竹子坚韧而有柔性，这种特性被赋予了"能屈能伸，弱而不亏"的比德意义，寓意着在面对困难和压力时，人应该有如竹子般的韧性和适应力，努力坚持下去，不轻易放弃。

在历史的长河中，古代文人将竹的植物特性与道德品质巧妙地结合起来，以此寓言教化，提醒人们要树立正确的人生观和道德观。竹子虽然在植物界中并不出名，但其坚韧、直立、空虚的特性却赢得了人们的敬仰。因此，竹子的比德意义不仅仅体现在其象征的道德品质上，更体现在其对人性、人生的深刻启示上。

第二节　竹笋题材与意象解读

一、竹笋题材的文学地位及创作历程

笋是竹子刚刚从土里长出的嫩芽，其味鲜美，可以用来制作美味佳看，具有较高的经济价值，古代的文学作品常以竹笋意象为题进行创作。此外，在古代的饭桌上，竹笋也是一道常见美食，尤其是先秦时期，文人墨客常以此作为诗歌题材，可以说，这一文学表现具有悠久的历史。因此，竹笋的象征意蕴与美感特色借助文学作品得以充分体现，几乎能够从竹子题材的古代文学作品中脱离出来自成一派。

（一）竹笋题材的文学地位

中国古代文学善于运用象征寄情于物，植物的意象尤为明显，意象形成于人生世道之悟，松、竹等植物在古代文学作品中的意象非常丰富，那么竹笋在其中占据着何种地位呢？笔者通过分析部分文献检索得出以下数据。

《全唐诗》篇名所见各植物的篇数前 30 位依次是杨柳（1 095）、竹（380）、松柏（368）、莲荷（245）、梅（153）、桃（143）、兰蕙（139）、牡丹（137）、茶（123）、菊（108）、杏（98）、桂（94）、桑（88）、梧桐（79）、樱桃（57）、榴（54）、蔷薇（51）、蒲（40）、麻（37）、芦苇（34）、海棠（34）、橘（32）、葛（28）、梨（26）、芝（25）、蓬（23）、苔藓（21）、笋（17）、茱萸（14）、槐（13）。

《全宋词》正文单句所含各植物的句数前 30 位依次为：杨柳（3 529）、梅（2 953）、桃（1 755）、竹（1 571）、莲荷（1 551）、兰蕙（1 302）、松柏（1 080）、蓬（802）、菊（696）、棒（660）、李（558）、杏（554）、梧桐（504）、萍（442）、蒲（434）、苔藓（400）、梨（374）、芙蓉（361）、海棠（308）、谷（298）、芦蓼（254）、茅（254）、柑橘（252）、槐（232）、桑（205）、茶（196）、菱芡（182）、椿（180）、笋（154）、枫（153）。

《佩文斋咏物诗选》篇名所见植物的篇数前 30 位依次是梅（225）、杨柳（195）、竹（162）、莲荷（125）、茶（115）、松（85）、菊（78）、桃（75）、牡丹（70）、桂（66）、杏（52）、海棠（47）、樱桃（45）、兰（43）、橘（41）、荔枝（38）、笋（36）、梧桐（35）、蔷薇（34）、

芦苇（33）、小芙蓉（31）、梨（30）、榴（30）、酴醾（29）、芍药（28）、芭蕉（27）、苔藓（26）、藤花（25）、菱芡（22）、菰蒲（22）。

《古今图书集成》草木典所收各植物的文学作品数量，排名前30位依次是：梅花（617）、杨柳（485）、莲荷（411）、竹（392）、牡丹（330）、松柏（295）、菊（267）、海棠（239）、桃（205）、桂（203）、梨（127）、兰（121）、杏（109）、樱桃（94）、桑（89）、石榴（87）、橘（85）、芍药（81）、梧桐（81）、水仙（80）、荼蘼（66）、笋（64）、蕉（59）、槐（59）、蔷薇（57）、山茶（46）、茉莉（42）、李（38）、杜鹃（35）、月季（20）。

以上四类作品，前两类为南宋时期诗词两种不同文体的总集，其中，唐诗以篇名为单位进行统计，而宋词以单句为单位进行统计。后两类是清朝时期的重要资料性书籍，其一为历朝历代咏物诗的诗文选集，其二为古今类书之集大成者，其中包含众多名篇佳作。以上四类作品中，涉及笋意象与题材的数量排名分别为28、29、17、22。

另外，笔者还从清代工具书的植物词条中找寻到相关内容进行了统计，得出如下数据。

《佩文韵府》所收植物为主字的词汇数量，前15名依次是草（701）、松柏（420）、竹（388）、杨柳（320）、荷莲藕（288）、茶茗（272）、兰蕙（214）、桃（190）、桂（180）、梧桐（160）、梅（157）、菊（157）、桑（131）、笋（131）、芦苇（119）。

《骈字类编》所收植物为定语的词汇数量，前15名依次是竹（454）、兰蕙（387）、松柏（351）、杨柳（292）、草（284）、荷莲藕（283）、茶茗（274）、梅（220）、桂（216）、桑（177）、桃（137）、梧桐（114）、菊（104）、槐（101）、笋（75）。

上述两本书的词汇收录方式有所不同，前者以韵脚作为选词标准，后者则以植物定语作为选词标准，如前者为"……笋"，而后者为"笋……"。两者在体例方面相辅相成，互为补充，一般来说，可以将植物在组词方面的情况反映出来。在以上统计中，笋所占数量分别位列第 14 位和第 15 位。

竹与笋在本质上是相同的，只是表现形式不同，因此，很难将它们分开来单独看待。本书在统计分析的过程中是将竹与笋分开来的，而在古代文学作品中，文人时常将竹与笋联系在一起描写，故此，其实际产出结果比统计数量要多。从目前的统计结果看，描写笋的作品数量不亚于描写竹的作品数量，笋完全可以脱离出来自成一派。与其他植物意象及题材相比较，描写笋的作品数量适中，在中国古代文学中算得上是较为常见的一种意象与题材。

（二）竹笋题材的创作历程

自西周至春秋时期的文学作品中便已表现出竹笋的食用价值。据先秦时期的文献记载，笋出现的方式以菜蔬居多，如《周礼·天官·醢人》中的"加豆之实，笋菹鱼醢"，《小雅·斯干》中的"其蓛维何，维笋及蒲"。此外，还有部分作品充分表现了竹笋的美感，如《小雅·斯干》中的"如竹苞矣"，此处竹苞指的是竹笋刚开始生长时的样子，还未完全展开，紧密地聚集在一起，比喻竹林茂盛。汉朝时期的文学作品中，与笋意象相关的作品包括张衡《南都赋》的"春卵夏笋"、扬雄《蜀都赋》的"盛冬育笋"，以及枚乘《七发》的"犓牛之腴，菜以笋蒲"等，但上述赋例并没有突出表现竹笋的美感，而是将关注点集中在竹笋的地方物产、物候特点及其食用价值上。

在魏晋南北朝时期的文学作品中，竹笋通常以菜蔬或物产的形式呈现，如南梁萧绎《与萧谘议等书》中的"青笋紫姜，固栗霜枣"，西晋潘岳《闲居赋》中的"菜则葱韭蒜芋，青笋紫姜"，西晋左思《魏都赋》中的"淇洹之笋，信都之枣"，东晋王彪之《闽中赋》中的"细箬、素笋，彤竿、绿筒"。以上诗文从色彩等方面对笋进行了详细描写。随着文人自然审美意识的逐渐觉醒，在这一时期的文学作品中，竹笋的美感得到充分表现，如南梁萧纲《答南平嗣王饷舞簟书》中的"五离九折，出桃枝之翠笋"描写的是竹笋土中延伸的情形，南北朝庾信《园庭诗》中的"水蒲开晚结，风竹解寒苞"描写的是竹笋在风中逐层脱皮向上生长的情形。在古典文学中竹笋大多是以自然景物的形式呈现的，如南梁王僧孺在的《春怨诗》中写道："厌见花成子，多看笋为竹。"竹笋通常生长于春季，因此得名春笋。但是，竹笋的生长环境，包括地理位置与气候条件有所差异，主要集中于春夏两季，其生长周期较长。较早出土的竹笋，可与梅花一同形成一道独特的冬季美景，如南陈江总在《岁暮还宅诗》中写道："玩竹春前笋，惊花雪后梅。"晚笋通常指出土于夏季的竹笋，可与柳树形成一道美丽的初夏美景，如南齐萧琛在《饯谢文学诗》中写道："春笋方解箨，弱柳向低风。"这一时期部分与竹笋相关的文化意蕴得以彰显。例如，南齐谢朓在《咏竹诗》中写道："窗前一丛竹，青翠独言奇。南条交北叶，新笋杂故枝。月光疏已密，风来起复垂。青扈飞不碍，黄口得相窥。但恨从风箨，根株长别离。"诗人借助新笋与旧有枝叶交织在一起，以及笋箨与竹茎分离所形成的错杂景象，表达诗人对旧时光的怀念，以及对故乡亲人的思念之情。南陈张正见在《赋得阶前嫩竹》中写道："翠竹梢云自结丛，轻花嫩笋欲凌空。"此诗通过描写竹笋努力向上生长的状态，为竹笋之后的凌云之志的象征意义做好铺垫。

在唐朝之前的文学作品中，竹笋通常以意象形式呈现，而到了唐朝时期，其文学作品中出现了专题描写，即专门吟咏竹笋的诗文。唐朝时期的文人善于借笋抒发内心情感，其中不乏名篇佳作，如陆龟蒙的《笋赋》、王维的《冬笋记》、李峤的《为百寮贺瑞笋表》、李商隐的《初食笋呈座中》、李贺的《昌谷北园新笋四首》、韩愈的《和侯协律咏笋》、白居易的《食笋》等。

宋朝时期以竹笋意象为题的作品较多，竹笋文化在这一时期占有重要的地位，成为当时文人雅士追捧和诗文创作的对象。僧人赞宁的诗作

《笋谱》，对竹笋的 95 个品种进行了详细记述。记录笋文化的资料，有陈景沂的《全芳备祖》、张淏的《会稽续志》卷四、高似孙的《剡录》卷九、宋祁的《益部方物略记》等。由于竹笋是僧侣常食之物，因此，后人在描述具有虔诚清寂风格的僧诗时，常以"蔬笋风"对其加以概括。基于上述内容，不难看出，类书《笋谱》的编纂与食笋风气，在一定程度上推动了竹笋题材文学作品的发展。

元明清时期的竹笋题材文学作品延续了宋朝时期此题材作品的创作理念与风格。根据文渊阁《四库全书》元代集部检索内容可知，诗题中含"笋"的诗文至少有 30 首，其内容多与食笋有关。其中，组诗包括袁桷《次韵袁季厚惠苦笋杨梅二首》等。明清时期的艺术表现形式得到拓展，竹笋题材的作品不再拘泥于文学领域，逐渐应用到绘画领域，一系列优秀的竹笋题材的绘画作品在这一时期诞生。纵观中国绘画史，早在东晋时期便已出现竹笋题材的绘画作品，宋朝时期此类作品数量有限，直至元明清时期，此类题材的绘画作品数量才逐渐增多，其代表作有《松鼠啮笋图》《笋石图》《雨后新笋图》《双笋图》等。

从上述内容可以看出，在中国古代文学史中，竹笋作为文学创作的重要因素被历代文人所推崇，而在描写竹笋的美感特点时，不同历史朝代的艺术表现侧重点有所不同。例如，物色美感是前唐时期与唐朝时期的侧重点，滋味美是宋朝时期的侧重点，而以绘画形式来展现竹笋美感是元明清时期的侧重点。

二、竹笋的美感特点与文化意蕴

竹笋本身具有多重属性，既能制作成美食佳肴，又是一件具有特殊文化内涵与艺术美感的作品。换句话说，竹笋既是一道美食，也是一道具有独特文化意蕴的风景，其在满足人们味蕾需求与文化需求的同时，还可以促进他们对人文与自然的认识与理解。

（一）竹笋的美感特点

1. 整体美感

与其他花卉相比，竹笋的观赏性相对较低，既不具备鲜艳的色彩和香气，也没有优美曼妙的外形。然而，竹笋品种众多，这可以有效弥补其自身存在的美感不足的劣势。

（1）颜色之美。一般来说，青箨、翠笋、青笋等统称为新笋，其出土时间大多集中在春夏之际，其颜色呈青绿色。随着时间的推移，竹笋的颜色也会随之发生改变。① 另外，竹笋会因其表皮的霜粉而呈白色，正如宋代欧阳修在《渔家傲》中描写的那样：“成行新笋霜筠厚。”

当然也有极个别的竹笋颜色有所不同，如宋代赞宁《笋谱》中的“（篁笋）皮黑紫色，其心实”，南梁萧纲《七励》中的“澄琼浆之素色，杂金笋之甘菹”。

（2）形态之美。不同的竹笋所呈现出的形态也有所差异，如唐代元稹《表夏十首》中的“新笋紫长短”；唐代张祜《题临平驿亭》中的“竹林上拔高高笋”；唐代杜甫《陪郑广文游何将军山林十首（其五）》中的“绿垂风折笋”，其意为竹笋随着风的吹拂而垂下来；宋代赵长卿《浣溪沙》中的“绿笋出林翻锦箨”，其中“锦箨”意指竹叶的卷曲形状，而“翻”表示竹笋展开或绽放的样子。除此之外，还有唐代戎昱《闰春宴花溪严侍御庄》中的“地坼笋抽芽”，唐代刘言史《与孟郊洛北野泉上煎茶》中的“粉细越笋芽”。在古典文学中，关于竹笋的拟喻众多，通过不同的文学作品将竹笋不同侧面的美感凸显出来。

（3）竹笋与其他花木的风景组合之美。无论是欣赏绿笋还是红芳，都能使人心情愉悦，带给人一种宁静与舒适的感觉。竹笋除了独自出现

---

① 罗琴，胡嗣坤．李颀及其诗歌研究 [M]．成都：巴蜀书社，2009：96.

在文学作品中，还会与其他植物以组合的形式呈现，如唐代骆宾王《陪润州薛司空丹徒桂明府游招隐寺》中的"绿竹寒天笋，红蕉腊月花"；唐代杜牧《长安送友人游湖南》中的"青梅繁枝低，斑笋新梢短"；唐代韦应物《园亭览物》中的"残花已落实，高笋半成筠"；白居易《酬李二十侍郎》中的"笋老兰长花渐稀，衰翁相对惜芳菲"；宋代韩淲《浣溪沙》中的"一抹青山拍岸溪，麦云将过笋初齐"。上述示例按照季节先后进行排序，首先从颜色方面进行对比描写，如竹笋与花（红蕉）、果（青梅），其次从形态方面进行映衬描写，如竹笋与枝叶、麦云，在这种映衬下，不同物体的形态巧妙地融合在一起，呈现出一种有序而错综复杂的美感。

2. 各部分的美感

一般来说，箨皮、笋芽、笋鞭等共同组成竹笋。当竹子的幼嫩茎在地下生长并冒出地面时，可以称之为笋。当地上的竹笋被采摘后，剥去外层的箨皮，露出内部嫩绿的部分，这就是笋芽。当它们分开之时，各自有各自的美感，而当它们合在一起时，则构成一种整体美。

（1）笋鞭。暗笋、竹鞭、竹根统称为笋鞭，是竹子的地下茎，通常以一种横卧的形态在地下逐渐蔓延开来。地下茎分为若干节，节上生根，节侧有芽，由这些慢慢长出新竹鞭或者笋。虽然竹鞭生长于地下，但是其芽在地下生长的过程中，会使得地层表面凹凸不平，由此可以对竹笋的长势进行判断，如宋代贺铸在《春怀》中所言："向阳竹鞭初引萌。""过笋"通常是指生长于竹林范围以外的竹笋。当笋鞭在地下生长并达到一定程度时，它们会迸出地面，形成一种拱起的阶基，正如唐代齐己在《湘妃庙》中写道："庙荒松朽啼飞狌，笋鞭迸出阶基倾。"笋鞭的美感主要体现在当笋鞭在地下孕育生长时，它们面临着重重的障碍和压力，然而，它们并没有被困住，而是迸发出强大的冲击力，顽强地冲破土壤，向阳而生。这样一种挺拔而有力，急速生长，奔走的气势让人心生敬畏。例如，宋代韩琦

《长安府舍十咏·竹径》中的"狂鞭怒走虬"，宋代杨亿《北苑焙·毛竹洞》中的"石进狂鞭怒"，宋代黄庶《忆竹亭》中的"狂鞭入门户"，宋代苏辙《林笋》中的"狂鞭已逐草侵径"。

（2）笋芽。人们习惯将初生的笋尖称为笋芽，其外表包裹着笋箨。若是将笋箨剥下，便能看到浅绿色的笋芽，就像唐代韦应物在《对新篁》中所言："新绿苞初解，嫩气笋犹香。"笋芽仿若洁白的牙与无瑕的玉一般。晋代戴凯之在《竹谱》中写道："箬箖竹，大如脚指①，坚厚修直，腹中白膜阑隔，状如湿面生衣，将成竹而笋皮未落，辄有细虫啮之，陨箨之后，虫啮处往往成赤文，颇似绣画可爱。"此诗文描写的便是斑竹笋芽。笋芽是一种人类所喜爱的美味食品，它的独特之处在于，它不仅具有令人垂涎欲滴的味道，还拥有令人惊艳的外观。这种与水果相似的双重品赏效果，使得许多文人对其大为赞赏，如唐代白居易《食笋》中的"紫箨坼故锦，素肌擘新玉"，此诗对笋芽的白嫩进行了描写；宋代杨万里《晨炊杜迁市煮笋》中的"可齑可脍最可羹，绕齿蔌蔌冰雪声"②，对其清脆的口感进行赞叹。以肥为美也是笋芽的一大特点，其在文学作品中较为常见，如唐代陆龟蒙在《丁隐君歌》中写道："盘烧天竺春笋肥。"有时瘦也可作为笋芽的魅力之一，如明代陈淳在《和丁祖舜绿笋之韵》中写道："从知种种山海腴，那有似此清中癯。"以上两首诗代表了唐朝与明朝两个朝代的审美取向。

（3）笋箨。笋衣、笋壳、笋皮统称为笋箨，笋箨的颜色会因不同品种和不同生长阶段而异，如梁代沈约《休沐寄怀诗》中的"紫箨开绿筱，白鸟映青畴"，南朝江洪《和新浦侯斋前竹诗》中的"箨紫春莺思，筠绿寒蜩啼"；也有红色的笋箨，如唐代沈佺期《自昌乐郡溯流至白石岭下行入郴州》中的"金风吹绿梢，玉露洗红箨"。竹笋外皮表面带有白色粉末，

---

① "指"同"趾"。

② "蔌蔌"同"簌簌"。

其底色为绿，衬托着白色，如宋代钱惟演在《玉楼春》中写道："锦箨参差朱槛曲，露濯文犀和粉绿。"笋箨表面上长有纹理，如唐代韩愈《和侯协律咏笋》中的"看皮虎豹存"，唐代皮日休《闻开元寺开笋园寄章上人》中的"满林藓箨水犀文"。在古典文化中，人们常将龙与竹子联系在一起，而将笋与箨龙联系在一起，其原因在于笋箨的外形与龙鳞尤为相似。要想剥笋，必须先将箨皮去掉，因此有了"剥笋脱壳"的说法。竹笋的生长需要经历几个阶段，即含苞、解箨、垂箨等，在其生长过程中，箨皮会慢慢地自行脱落。笋箨的美在于初卷露粉或离披下垂，如唐代杜甫《严郑公宅同咏竹》中的"绿竹半含箨，新梢才出墙"，唐代李商隐《自喜》中的"绿筠遗粉箨，红药绽香苞"。竹笋内部长有鳞片状叶片，仿若含苞待放的花骨朵儿，苏轼在其作品中称之为"凤膺微涨"。当笋的箨叶展开时，会呈现出花瓣状的美丽形态，此时与竹笋本身的外表相映衬，营造出极具观赏价值的美感。西晋杨泉的《草书赋》，是最早提出"笋箨"这一意象的古典文学作品。

（二）竹笋的文化意蕴

1. 形体之似

许多植物的幼苗或嫩芽长得很像笋，因此它们被命名为"笋"的情况比较常见。此外，在给笋形物品命名时可使用比喻法，如将冰柱比作银笋，这一点可以在南宋范成大《雪霁独登南楼》中的"雀啄空檐银笋堕"，通过描写竹笋成捆堆放的情形来形容诗文稿卷之多，称其为束笋，如唐代韩愈《赠崔立之评事》中的"深藏箧笥时一发，戢戢已多如束笋"。在古代，人们使用竹简来记录历史和编写书籍，竹简经常被称为"贞笋"。唐代李义府在《大唐故兰陵长公主碑》中云："白杨行拱，翠槚方深。式刊贞笋，永播徽音。"用竹子、木头等材料制成的器物或构件，在连接处采用凹凸方式拼接在一起，其中凸出的部分即榫头，亦称为笋头。之后，将榫头插入卯眼，使榫头和卯眼完全密合，没有缝隙，称为斗笋合缝。如果榫头的插口没有对齐，出现两侧不平整、有一定缝隙等，这种情况称为错笋。因为巉岩的形态像笋，所以被称为石笋。晋代常璩在《华阳国志·蜀志》中写道："蜀有五丁力士，能移山，举万钧。每王薨，辄立大石，长三丈，重千钧，为墓志，今石笋是也，号曰笋里。"清朝时期魏源在《黄山诸谷二首·松谷五龙潭》中写道："诸峰如笋城，古寺专其窔。"上述诗文中之所以将某些地方称为"笋里""笋城"，是因为那里有很多陡峭的石峰，就像春天笋子丛生一样密集。"丹笋"用来形容高大、陡峭并呈红色的山石，类似于尖锐的竹笋。明代周涘在《池口舟中见九华山》中云："刻削冠青莲，雕镂矗丹笋。"

2. 物色之美

关于美人秀丽的手指，早在古代诗歌中就已出现很多精美的比喻。《诗经·卫风·硕人》中用"手如柔荑"来形容美人柔软娇嫩的手指，荑是一种花卉，形态柔软而有清香；《孔雀东南飞》中则用"指如削葱根"来形容美人修长纤细的手指，葱根为圆锥形，削去表皮后显得十分柔嫩纤细。自唐朝开始，借笋喻指的表现手法较为常见，究其原因，在于文化重心的南移，当时的南方地区盛产竹子，而笋既能满足人们对美味的需求，又使人们观赏到令人心旷神怡的美景。古时人们称弹琴是"十指纤纤玉笋红"，吹笛是"纤纤玉笋横孤竹"，吹箫是"紫竹上重生玉笋"，斟酒是"纤纤玉笋见云英，十千名酒十分倾"，斟茶是"忍看捧瓯春笋露，翠鬟低"，执扇是"笋玉纤纤拍扇纨"，掠鬓是"玉笋更轻掠，鬟云侧畔蛾眉角"。春笋和手指在视觉上非常相似，因此人们在观赏春笋的时候就容易想到纤细的手指。春笋和手指的形象特征也很相似，它们都是细长、柔软、有节的。古代绝色佳人的手指如玉般白且细腻，如唐代韩偓在《咏手》中写道："腕白肤红玉笋芽，调琴抽线露尖斜。"古典文学中还会有冰笋的比喻，如元代乔吉在《一枝花·杂情》中写道："红酥润冰笋手，乌金渍玉粳牙。"南唐李煜在《捣练子》中用"斜托香腮春笋嫩"形容女子的纤纤玉指柔软且娇嫩。宋代惠洪在《西江月》中曰："十指嫩抽春笋，纤纤玉软红柔。"在古典文学中，常常用玉笋和金莲来比喻女性的手和脚。例如，陈亮在《浣溪沙》中云："缓步金莲移小小，持杯玉笋露纤纤。""金莲喻足"是一种典故引用方式，"玉笋喻手"则是一种形象的比拟方式。唐代时期，文人习惯用"玉笋"来比喻女性之足，如唐代杜牧在《咏袜》中言："钿尺裁量减四分，纤纤玉笋裹轻云。"春笋外形细长，犹如手指般纤细，如宋代佚名《多丽》中的"闲拈处、笋指纤纤"，宋代王安中《浣溪沙·柳州作》中的："带笑缓摇春笋细，障羞斜映远山横。"竹笋也可以用来比喻人才，《新唐书·李宗闵传》中写道："俄复为中书舍人，典贡举，所取多知名士，若唐冲、薛庠、袁都等，世谓之'玉笋'。"其原因体现在以下两个方面：其一是因为玉笋如同人才一般珍贵；其二是因为春笋繁多，如同人才众多，济济一堂。自此，通过"玉笋班"来形容朝班人才众多的表现手法逐渐推广开来，如唐代郑谷在《九日偶怀寄左省张起居》中写道："浑无酒泛金英菊，漫道官趋玉笋班。"结合上述内容可知，竹笋既可以用来形容女性，也可以用来形容俊秀的人才。虽然这两种用法风格各异，但它们在同一句话中相得益彰。

3. 物候内涵

古时，人们将以春笋、樱桃为美食的宴会称为樱笋会，后亦泛称春宴。唐朝时期，每年到了樱桃与春笋成熟的季节，朝廷便会举办隆重的美食盛宴，并称其为樱笋厨。《类说》卷六引用唐代李绰《秦中岁时记·樱笋厨》言："四月十五日自堂厨至百司厨通谓之樱笋厨。"后人借此代指朝宴。每年的春末夏初之时，樱桃、春笋也到了自然成熟期，从这个角度来看，具有一定的物候意义。此外，文人还会运用由时蔬、候鸟组成的意象，包括燕笋、谢豹笋等，如陆游南宋在《老学庵笔记》卷三中写道："吴人谓杜宇为'谢豹'。杜宇初啼时……市中卖笋曰'谢豹笋'。"清代汪灏在《广群芳谱·竹谱五·竹笋》中言："燕笋，钱塘多生，其色紫苞，当燕至时生，故俗谓燕笋。"通常来说，春笋的物候意义与节令内涵主要表现在两个方面。第一，笋未生时，如孟宗"哭竹生笋"的故事。《楚国先贤传》曰："宗母嗜笋，冬节将至。时笋尚未生，宗入竹林哀叹，而笋为之出，得以供母，皆以为至孝之所致感。"该故事中的笋并非自然生长，而下面的示例描写的是春笋顺应季节的自然生长，如南北朝谢灵运《孝感赋》中的"孟积雪而抽笋，王斫冰以鲙鲜"，唐代司空曙《送李嘉祐正字括图书兼往扬州觐省》中的"归来喜调膳，寒笋出林中"。第二，笋成新竹，通过描写竹笋成熟表达少妇的一种忧伤情绪，如南北朝孙擢在《答何郎诗》云："幽居少怡乐，坐静对嘉林。晚花犹结子，新竹未成阴。夫君阻清切，可望不可寻。处处多谖草，赖此慰人心。"新竹与盛开的晚花相互映衬，共同构成了晚春的风景，主人公被这一景色所吸引，思念着一个特殊的人，心中充满了对爱情的渴望。再如，宋代周邦彦《浣溪沙》中的"新笋已成堂下竹，落花都上燕巢泥"等，人们可借助这些富有创意的诗句，将物候内涵充分表达出来。

4. 生命之力

从古人视角出发，凌寒而生是竹笋生命力的集中体现，如唐代马戴在《寄金州姚使君员外》中写道："凌寒笋更长。"这一观点带有一定的主观色彩，缺乏一定的科学依据，客观上，温度过低会减缓发笋，更甚者，会导致竹笋停止生长。具体来说，光照、雨量、气温、土温等都是影响竹笋生长的气候因素。从温度视角出发，有"薰风起箨龙"，从雨量视角出发，有成语"雨后春笋"。在一定的气候背景之下，如薰风吹拂、寒气减退、阳气上升、春雨会成为发笋的决定性因素。春雨降临，万笋齐生，引得众人为之惊叹。由于春笋生长的地理位置与气候条件存在差异，所以竹笋的生长周期并非完全同步，一种情况可能如唐代徐寅《鬓发》中的"深园竹绿齐抽笋"，另一种情况也可能如唐代曹松《桂江》

中的"笋林次第添斑竹"。再如，唐代元稹《寺院新竹》中的"宝地琉璃坼，紫苞琅玕踊"，宋代钱俶《宫中作》中的"界开日影怜窗纸，穿破苔痕恶笋芽"，唐代卢仝《寄男抱孙》中的"万箨苞龙儿，攒迸溢林薮"，通过对"踊""破""溢"等动词的运用，使得竹笋蓬勃旺盛的生命力得以彰显。竹笋的生命形态众多，如过墙撑檐、穿篱侵径等，展现了顽强的生命力。竹笋在生长过程中，有可能会穿破墙篱而出，如唐代韩愈《游城南十六首·题于宾客庄》中的"蔷薇蘸水笋穿篱"，唐代白居易《春末夏初闲游江郭二首（其一）》中的"林迸穿篱笋"，即使是在恶劣的生长环境中，竹笋也能够克服一切困难，展现出生命的绿色。当人们行走于林间小路时，地面会变得坚硬，无法为植物提供适宜的生长环境，此时，竹笋借助地下的根系逐渐生长并冲破土壤表面，如唐代罗隐《杜处士新居》中的："迸笋穿行径。"竹笋即使遇水也会快速生长，如唐代严维《一字至九字诗联句》中的："狂流碍石，迸笋穿溪。"其同样将竹笋的顽强生命力充分展现出来。古人大多在庭院里种植竹子，围墙修竹是古代园林建筑的常见景观。然而，竹子的生长有时会不受控，如明代高启《新篁》中的"南池雨后见新篁，袅袅烟梢渐出墙"，唐代薛涛《十离诗·竹离亭》中的"为缘春笋钻墙破，不得垂阴覆玉堂"。对于春笋而言，其冲破牢笼的两大对策即烟梢出墙与钻墙而出。此外，竹笋也会由墙外生长至庭院内，如唐代张蠙《新竹》言："新鞭暗入庭，初长两三茎。"

笋鞭的生长不受控制，有时会生长至石阶的位置，如唐代姚合《题宣义池亭》中的"迸笋支阶起"；笋鞭还会顺着建筑物的墙面延伸至屋檐上方或檐口，如唐代张祜《题宿州城西宋徽君林亭》中的"嫩笋撑檐曲"，唐代皮日休《初夏即事寄鲁望》中的"迸笋支檐楹"。基于此，可以看出竹笋拥有冲破一切阻碍自由生长的无畏气势。

基于上述内容，不难看出，竹笋的生物属性或植物特点是其文化象征意义与物色审美产生的前提与基础。在中国古代历史的发展进程中，竹笋由最初的植物物象，通过文人的艺术创造力与想象力，逐渐发展成一个文学意象，积淀了深厚的文化内涵，触及人文思想与社会生活的方方面面。

第三节　竹林题材与意象解读

一、竹林题材文学的发展及美感特色

在古典文学中，一种具有独特风格与特色的文学形式便是竹林题材文学。随着时代的发展与变迁，竹林题材文学逐渐成为一个独立的文学流派，在中国文学史上留下了浓墨重彩的一笔。而竹林的美感特色在竹林题材文学中占据着重要地位。作为一种重要的自然景观，竹林以其静谧、高洁、清雅的形象广受大众青睐。

（一）竹林题材文学的发展

古代竹林分布广泛，具有较强的观赏性，故此在众多文人墨客的文学作品中可以见到竹林的身影。与一般的树木有所不同，竹子由地底扎根而生，然后野蛮生长，自动寻根进行繁殖，只要在合适的位置播下种子，就可以生长为成片竹林。由于竹子具有群体生长的特性，因此在文学作品中，单独的竹子形象很少出现。通常来说，竹子在古典文学中多指竹林。无论是诗歌、小说、散文还是戏剧，都可能以不同的方式和程度包含和展示竹林题材与意象。回溯我国诗歌发展史，竹林意象早在先秦时期便已出现，如《诗经·淇奥》中的"瞻彼淇奥，绿竹青青"与《楚辞·山鬼》中的"余处幽篁兮终不见天"。到了南朝时期，部分文人开始以竹林意象为题进行文学创作，如谢朓的《咏竹诗》《秋竹曲》。唐朝时期，咏竹诗作多达300首，基本上知名的诗人都曾创作过以竹为主题的诗作。在辞赋这一文学体裁中，竹林的象征意义常被使用，特别是在汉赋中，对于物产的描述经常会融入关于竹林的描绘，以竹为主题的赋作始于晋代江逌的《竹赋》。据统计，唐朝之前以竹为题的赋作达 12 篇，唐朝时期以竹为题的散文与赋作近 20 篇。宋朝之后，以竹林为题的文学创作数量逐渐增多，其内容大多描写的是爱情生活，其特点是形式华丽、描绘生动、情感丰富等。苏轼与辛弃疾并称"苏辛"，作为豪放派的代表，其作品大胆创新，改变了以往固有的创作形式与格律束缚，突破了唐五代以来的艳词藩篱，使得文学作品的表现范围得以扩大，如竹篱茅舍、松窗竹户等表现隐逸内涵的竹林意象开始出现在古典文学作品中。此外，其他文章体裁中也时有竹林意象出现。竹林意象在中国文学中的应用非常广泛，它经常在描绘山水、田园等场景时被引用。而且，不同历史时期的文学作品所呈现出的倾向也会有所不同。在先秦时期的文学作品中，竹林通常以虚构方式出现在神话故事中，而非现实生活中的竹林，如《山海经·大荒北经》中的"帝俊竹林"。通过对竹子颜色与形态的描写表现竹林意象的例子，有《诗经·淇奥》中的"绿竹如箦""绿竹青青""绿竹猗猗"。秦始皇为了统一政权，采取了一系列政策与措施，使得文化发展受到阻碍，直至两汉时期，赋、散文、诗歌等文学体裁才得到不同程度的发展，与此同时，竹林意象的内涵也逐渐丰富起来，在赋中的表现尤为明显，具有代表性的作品有王粲《七释》中的"竹木丛生，珍果骈罗。青葱幽蔼，含实吐华"，司马相如《哀秦二世赋》中的"览竹林之榛榛"。诗文无论是借助"青葱"表现视觉美感，还是通过"榛榛"一词来展现整体形象，其描述都具有一定的概括性，其形象也具有一定的模糊性。晋朝之前，古典文学中描写的竹林意象不仅形象单薄，而且出现频率少，而晋朝之后此类情况得到改善。南朝时期的古典文学作品中，竹林意象的内涵更为丰富，表现更加细致，既有人居竹林意象，如任昉《静思堂秋竹应诏》中的园林竹，江洪《和新浦侯斋前竹诗》中的堂前竹，又有野生竹林意象，如虞羲《见江边竹诗》中的江边竹等。唐朝与宋朝时期的竹林题材作品不仅创作数量多，而且质量上乘，其中不乏涉及特殊品种竹林意象的作品，如宋代蔡襄《紫竹赋》中的紫竹、王勃《慈竹赋》中的慈竹。元明清时期的古典文学作品中，各类品种的竹林意象应有尽有，如明代杨维桢《方竹赋》等，还有园林庭院竹林意象，如明代王世贞《万玉山房记》、明代何乔新《岁寒高节亭记》、清代王国维《此君轩记》、清代刘凤诰《个园记》等。

（二）竹林的美感特色

1. 近村傍舍，亲切可赏

竹林作为森林的一种特殊形式，在展示美感特色方面具有一定的优势。竹子成片成林的生长特性决定了在它的周围很少出现其他树种，就连灌木也极少出现，又因其枝干挺拔、修长，故此显得清幽雅致。除竹以外的树木，但凡成林生长，难免会出现其他灌木或树种，显得杂乱荫翳。人们习惯用幽暗深邃来形容其他树种形成的森林，如《楚辞·九章》中的"深林杳以冥冥兮"，汉代淮南小山《招隐士》中的"丛薄深林兮，人上栗"。而且以灌木为主体的森林通常具有一种阴郁的气氛，既萧瑟又冷清，如李百药《秋晚登古城》中的"萧森灌木上，迢递孤烟生"，此处场景多为不适于人类居住的险恶之地。故此森林具有险恶恐怖、阴森黑暗的象征意义。在大众的审美印象中，竹林的空隙较大，不像其他森林那般密集，疏朗的结构既使得空气流通良好，又可以让阳光透过枝叶形成斑驳的光影效果，而竹林随风摇曳时发出的沙沙声，给人一种恬静雅致之感，如南北朝谢灵运《山居赋》中的"既修竦而便娟，亦萧森而菁蔚"，唐代刘禹锡《令狐相公见示赠竹二十韵仍命继和》中的"槭槭林已成，荧荧玉相似"。自古以来，中国便是一个农业大国，先民居住的村落大多远离森林。古时竹林多野生，一般在村落旁成林。例如，唐代姚合《题金州西园九首·垣竹》中的"种竹爱庭际，亦以资玩赏"，无论是竹林的种植布局还是对观者而言的美感体验，都清晰展现了竹林与人居共生的特点。从文化现象与文学的角度分析，古代有竹林隐士，如唐代竹溪六逸、魏晋竹林七贤等，佛教观音菩萨有紫竹林道场，《红楼梦》中林黛玉所居住的潇湘馆中也有竹林，若是不考虑宗教与比德等因素，这些内容均反映出竹林适宜人居的特点。

2. 丛生与散生之美

丛生林与散生林是竹林呈现出的两种景观形态。丛竹林并非全部是竹子，只有当多株竹子连片生长形成一片茂密的森林时，才能称之为竹林。早在先秦时期，丛生林便已经出现在文学作品中如《小雅·斯干》"如竹苞矣"中的"竹"指的是丛生竹。多株竹子连片生长是丛生竹的生长特点，如唐代刘宽夫《剿竹记》中的"大小相依，高下丛茂"，唐代王勃《慈竹赋》中的"生必向内，示不离本，修茎巨叶，攒根沓柢。丛之大者，或至百千株焉"。

而野外丛生竹是文人早期引用的审美意象，如汉代班固《竹扇赋》中的"杳筱丛生于水泽，疾风时纷纷萧飒"。

南朝时期文学作品中对于丛生竹意象的描写，有刘孝先《和亡名法师秋夜草堂寺禅房月下》中的"洞户临松径，虚窗隐竹丛"，谢朓《咏竹诗》中的"窗前一丛竹，青翠独言奇"。唐朝时期，许多文人以丛生竹意象为题进行文学创作，如乔琳、王勃都曾创作过《慈竹赋》，其中，乔琳《慈竹赋》中的"如受制于篱界，不旁侵于土壤"，对丛生竹的形态进行了细致描写。

散生竹较为常见，故此在文学作品中，文人笔下的竹子大多为散生竹。从形态角度分析，散生竹的特点为上合下疏，而丛生竹的特点为结丛而生，两者存在一定的差异，戴凯之在《竹谱》中将其概括为"上密防露，下疏来风"。竹林上部枝叶互相连接，形成一个相对密集的层，这种结构能够有效地防止露水滴落到地面，如晋代孙楚《登楼赋》中的"晞朝阳之素晖，羡绿竹之茂阴"，南陈江总《永阳王斋后山亭铭》中的"竹深盖雨，石暗迎曛"。由此不难看出，竹林既可以遮挡阳光，又可以防止雨露落至地面，具有双重功能。而与丛生竹林相比，散生竹林的主要特点便是防露。"下疏来风"指的是竹林中下部环境。散生竹林下部的灌木与枝叶较少，因此竹林的通风效果良好，如西汉东方朔《七谏·初放》中的"上葳蕤而防露兮，下泠泠而来风"，北周李昶《陪驾幸终南山诗》中的"交松上连雾，修竹下来风"，即使林中无风，也会有清凉之感。

3. 修竹之美

修长是竹林美的集中体现，自汉代以来，便已有文人称竹林为"修竹茂林"，也有文学作品描写竹林如西汉枚乘《梁王菟园赋》中的"修竹檀栾夹池水"，东晋王羲之《兰亭集序》中的"此地有崇山峻岭，茂林修竹"。

上述示例均是对修竹之美的反映。同样描写竹林的作品，还包括梁武帝萧衍《与何点手诏》中的"坐修竹，临清池，忘今语古，何其乐也"。

二、竹林七贤影响下的"竹林"意象

竹林七贤是中国魏晋南北朝时期的七位文人，他们通常在竹林中进行聚会，如饮酒、吟诗、弹琴等。这七位文人分别是嵇康、阮籍、山涛、向秀、王戎、阮咸和刘伶。北魏地理学家郦道元在其《水经注》中云："长泉又迳七贤祠东，左右筠篁列植，冬夏不变贞萋。……同居山阳，结自得之游，时人号之为竹林七贤。"可见当时修竹繁密茂盛、冬夏不衰的场景。

（一）宴会场所

竹林七贤的故事使得竹林成为朋友欢聚、游宴、逍遥娱乐的象征。"竹林"不再只是一片植物群落，而变成了一种理想状态的象征，代表了友情、自由、超然物外和独立思考。南陈江总《在陈旦解酲共哭顾舍人诗》云："独酌一樽酒，高咏七哀诗。何言蒿里别，非复竹林期。……年鬓两如此，伤心讵几时。"北周庾信《暮秋野兴赋得倾壶酒诗》云："刘伶正捉酒，中散欲弹琴。但使逢秋菊，何须就竹林。"唐代王绩《独酌》云：

"浮生知几日，无状逐空名。不如多酿酒，时向竹林倾。"在这些诗人的作品中，"竹林"成为一种象征，代表了诗人对于自由、友谊、欢乐的渴望，以及对于逍遥生活的向往。竹林既是他们精神上的家园，也是他们情感交流的场所。

（二）隐逸之地

竹林七贤在曹马激烈斗争时期，选择放弃政治生涯，退隐竹林，追求精神自由和内心的宁静，是对世俗纷扰和权力斗争的一种回应和抗议。因此，"竹林"在中国文化中不仅是一个自然景象，更是一种精神象征，代表了隐逸生活和超然物外的理想境界。

唐代骆宾王《畴昔篇》云："我住青门外，家临素浐滨。遥瞻丹凤阙，斜望黑龙津。荒衢通猎骑，穷巷抵樵轮。时有桃源客，来访竹林人。"唐代刘长卿《赠西邻卢少府》云："篱落能相近，渔樵偶复同。苔封三径绝，溪向数家通。犬吠寒烟里，鸦鸣夕照中。时因杖藜次，相访竹林东。"唐代林宽《送惠补阙》云："诏下搜岩野，高人入竹林。长因抗疏日，便作去官心。清俸供僧尽，沧洲寄迹深。东门有归路，徒自弃华簪。"骆宾王、刘长卿和林宽的诗篇都体现了隐逸精神。他们在诗中描绘的"竹林"是一个宁静、和平的地方，远离了朝廷的权力争斗和世俗的烦扰。他们的诗篇向读者展示了一种追求内心平和，放弃世俗权位，选择与世隔绝的生活方式。

（三）兄弟情深

竹林七贤能抛开身份地位的差别，共享快乐和悲伤，彼此间的情谊深厚、真挚而持久。所以，"竹林"成为友谊和兄弟情深的象征，同时"竹林"也象征着友谊的纯洁和永恒。

唐代武元衡《闻严秘书与正字及诸客夜会因寄》云："衡门寥落岁阴穷，露湿莓苔叶厌风。闻道今宵阮家会，竹林明月七人同。"宋代陈三聘

《朝中措》云："求田何处是生涯，双鬓已先华。随分夏凉冬暖，赏心秋月春花。吾年如此，愁来问酒，困后呼茶。结社竹林诗老，卜邻江上渔家。"宋代彭汝砺《晚行竹林兄弟相率赋诗》云："苒苒秋风吹我衣，留连清胜夜忘归。眉横云外新蟾上，雪落林梢白鹭飞。"用"竹林"意象借指七人心心相印、兄弟共同欢乐的真情。这是英雄惜英雄，也是知音重知音。此种异姓兄弟感情赋予在"竹林"意象之中。

第三章

古典文学中杨柳的题材与意象解读

第一节　杨柳文学的繁盛及原因

一、题材发展

　　杨柳题材在中国古典文学中有着漫长的发展历史，先秦典籍中就有很多关于杨柳的记载。杨柳曾多次出现在《诗经》中，如《小雅·采薇》中的"昔我往矣，杨柳依依。今我来思，雨雪霏霏"。这两句诗采用情景交融和今昔对比的手法来倾诉对家人的思念和对战争的厌倦之情。其中"杨柳依依"流传至今，更成为描写惜别的经典词语。南梁刘勰在《文心雕龙·物色》中对《诗经》做出了很高的评价："灼灼状桃花之鲜，依依尽杨柳之貌，杲杲为出日之容，漉漉拟雨雪之状，喈喈逐黄鸟之声，喓喓学草虫之韵……以少总多，情貌无遗矣。"可见，在《诗经》出现的时代，人们在描写杨柳时已经可以表现出情景交融的效果。除了《诗经》，杨柳还多次出现在先秦时期的其他典籍中。例如，《周易·大过》将老夫得少妻喻为"枯杨生稀"，《孟子》中用柳比喻人性为"性犹杞柳"。《战国策》中使用柳意象来暗喻现实道理："今夫杨，横树之则生，倒树之则生，折而树之又生。然使十人树杨，一人拔之，则无生杨矣。"[①] 杨柳在先秦时期仅作为比兴的媒介用在诗词歌赋的创作中，没有被独立描写出来，当时的

---

① 刘向.战国策[M].贺伟，侯仰军，点校.济南：齐鲁书社，2005：263.

人们对杨柳的实用价值较为关注。

魏晋南北朝以来，涌现出越来越多以杨柳为题材的作品，其中有专门吟咏杨柳的咏柳诗和杨柳赋，其为杨柳题材在古代文学创作中的长远发展奠定了基础。汉魏时期，杨柳赋的创作高潮到来。这一时期，枚乘、繁钦、陈琳、王粲等人作了《柳赋》，孔臧等人作了《杨柳赋》。在这些文人中，除枚乘、孔臧之外，其他文人都是曹魏集团中的一员。曹魏集团是当时十分出名的文人集团，他们对柳的同题之作，使这些作品表现出相同的主题，这在当时令人惊叹。这些主题一致的杨柳赋都在具体描绘杨柳的干、枝、叶，表达出杨柳荫庇行人的实用价值、旺盛的生命力以及物是人非的人生慨叹。当时的文学界除了专门对杨柳进行描述的杨柳赋之外，还有专门吟咏柳絮的柳絮赋，如宋代田锡的《杨花赋》与晋代傅玄的《柳赋》。

在乐曲方面，《梅花落》与《折杨柳》都是有名的横吹曲，人们倾向用悠扬婉转的笛音演奏。南朝时期，大量文人围绕《梅花落》和《折杨柳》进行了拟作，文人在创作《梅花落》《折杨柳》时常常提到"笛"，也常常将"梅"与"柳"用在咏笛作品的创作中。到了唐朝时期，《折杨柳》受到了各阶层人们的喜爱，广泛流行起来，因而文人围绕《折杨柳》拟作的数量远多于《梅花落》。宋代郭茂倩主持编纂的《乐府诗集》"横吹曲辞"保存了绝大部分南朝和唐代文人的《折杨柳》拟作，共计25首；"梁鼓角横吹曲辞"保存了绝大部分描写杨柳的北朝乐府民歌，共计9首。其中，南朝文人的拟作在表现杨柳与相思之情之间的联系时，进行了强化处理，将柳当作思乡、思人的符号，推进了《杨柳枝》的诞生。

《杨柳枝》改编自《折杨柳》，是唐代教坊名曲。自白居易与刘禹锡利用《杨柳枝》和《竹枝》唱和以来，《杨柳枝》广泛流传于文人阶层。从创作方式与内容上看，《杨柳枝》不同于《竹枝》，前者以赋题为主，后者多围绕风土人情创作。到了中晚唐时期，随着词体的兴起，很多文人将"杨柳枝"作为词牌使用，同期还出现了多种其他以柳命名的词牌，如

"柳垂金""柳梢青""柳长春""柳含烟""柳初新"等，起初，这些词牌都以赋题的形式被创作出来。

二、创作盛况

在中国古典文学中，杨柳是一种十分重要且较为常见的意象和题材，咏柳作品在中国文学领域蔚为大观，成为中国古典文学的重要组成部分。从古至今，杨柳都是一种常见树木，也有人将其归为特殊的花卉，无论是哪一种观点，都不可否认杨柳具有特殊性和重要性，这一点可以通过它与其他花木的对比发现。

据统计，宋代李昉主编的《文苑英华》"花木门"中，共收录了 2 首咏槐诗、7 首咏荷诗、8 首咏桐诗、8 首咏杏诗、15 首咏桃诗、20 首咏梅诗、32 首咏柳诗以及 37 首咏松诗。在树木范畴，杨柳在其中出现的频次仅次于松木，居于第二；而在花卉范畴里，杨柳高居首位。

据统计，清代张玉书主持编纂的《御定佩文斋咏物诗选》中，共收录了 11 首咏柏诗、20 首咏槐诗、35 首咏桐诗、52 首咏杏诗、75 首咏桃诗、86 首咏松诗、195 首咏柳诗以及 197 首咏梅诗。在这些花木中，杨柳出现的频次仅低于梅花，位居第二。

据统计，清代陈梦雷主持编纂的《古今图书集成》中，共收录了 1 首咏桐词，69 首咏桐诗；3 首咏松词，194 首咏松诗；17 首咏桃词，163 首咏桃诗；27 首咏杏词，78 首咏杏诗；63 首咏柳词，193 首咏柳诗；137 首咏梅词，447 首咏梅诗。从诗词总数看，杨柳在其中出现的频次仅次于梅花，位居第二。

在中国历代流传至今的古诗词中，有很多应用了柳意象。据统计，《全唐诗》中共收录了含有柳意象的诗歌 323 首，杏意象 456 首，柏意象 502 首，桐意象 561 首，梅意象 948 首，李意象 962 首，杨意象 1 179 首，桃意象 1 476 首，柳意象 2 703 首，松意象 3 152 首，从中不难看出，杨、柳意象的应用较为频繁。在古代诗歌中，杨、柳的意象通常可以通用，尽管有时会重复出现在同一首诗歌作品中，但杨柳意象一直表现出了明显的优势。

南京师范大学在统计《全宋词字频表》后发现，"梅"出现了2 956次，频率最高，"柳"出现了2 864次，"杨"出现了1 042次，虽然分开看"柳"与"杨"出现的频率都比"梅"低，但由于"柳"与"杨"在诗词中通常可以通用，所以可以将之视为"杨柳"，两者出现次数的总和比梅花高。

统计清代张廷玉主持编纂的辞书《御定骈字类编》后发现，"草木门"中收录了41条李类词条，62条杏类词条，79条桐类词条，101条槐类词条，111条柏类词条，140条桃类词条，215条柳类词条，220条梅类词条以及244条松类词条，从中可见，柳类词条的数量仅次于松类与梅类。

以上几组数据表明，在古代所有花木题材的诗词中，杨柳出现的频率较高，是我国古代文学中比较具有分量的植物题材之一。

咏柳文学的繁荣，不仅可以通过诗词数量体现出来，还可以通过诗词质量表现出来。从作者角度来看，有白居易、刘禹锡等多位咏柳大家、名家，他们作了大量优质的咏柳诗，咏柳文学题材也是因他们而丰富。除了白居易、刘禹锡，还有李商隐、徐铉、温庭筠、枚乘、薛能等咏柳名家，这些名家创作的经典的咏柳作品流传至今。在清代蘅塘退士编纂的《唐诗三百首》中，出现了3次槐意象、3次桐意象、4次梅意象、25次柳意象、26次松意象，其中，柳意象在花木中出现的频次仅次于松木。另外，在上疆村民编纂的《宋词三百首》中，出现了3次槐意象、7次松意象、23次竹意象、26次桃意象、40次梅意象以及80次柳意象，可见当时人们对柳意象的重视程度远高于其他花木。

三、繁盛原因

文学能在一定程度上反映现实生活，杨柳意象的大量应用、杨柳题材的丰富、咏柳作品的繁盛，与现实生活中杨柳的广泛分布及其使用价值密切相关。

（一）普遍分布

栽培分布与自然分布是影响杨柳分布结果的两大主要因素。我国幅员辽阔，不同地域的自然环境、气候特征有很大差别。受环境与气候的影响，很多植物只能在特定区域生长。例如，橡胶、香樟等植物只生长于南方地区；雪松、垂柳等植物大多生长于北方地区。相较于其他树木花卉，杨柳具有以下优点，使其在南北方都能生长。

第一，杨柳具有较强的适应性，对生长的地方不挑剔，这与其习性和种类有关。杨柳种类丰富，杞柳、旱柳、垂柳等是较为常见的类型。其中，杞柳喜光照，常生长于近水的沟渠边坡、河滩地等地方，河北燕山地区与东北地区是杞柳的主要分布地区。旱柳喜水湿，具有很强的耐寒、耐旱性，其生长对土壤没有严格要求，无论在低湿河滩，还是在干涸沙地，甚至在弱盐碱地，都可以茁壮生长，因此广泛分布于我国北方地区，成为我国西北地区较为常见的一种乡土树种。垂柳喜水湿，具有较强的耐寒能力，其枝条细长下垂，主要生长于北方和江南水乡。出现在文学作品中的杨柳以垂柳为主，因此，无论潮湿或干旱、平原或山地、寒冷或温暖的地区，都种着杨柳。

第二，杨柳有较快的生长速度。唐代白居易在《种柳三咏》中对杨柳的生长速度进行描述："白头种松桂，早晚见成林。不及栽杨柳，明年便有阴。"即使是生长速度较快的梧桐，其长势也没有杨柳快。

第三，杨柳有很强的繁殖能力。杨柳既可以通过种子繁殖，又可以通过扦插的方式繁殖。在进行种子繁殖时，杨柳以柳絮为种子，每年春天，杨柳都会借助流水与风力将柳絮传播出去，当柳絮被传播到适宜生存的地方后，就会扎根生长；在我国战国时期，就已经实现了杨柳的扦插繁殖，《战国策》中记载："今夫杨，横树之则生，倒树之则生，折而树之又生。"杨柳的扦插繁殖要求不高，将随意折断的柳枝插在湿润温暖的桥头、溪边都有很大成活率，这就是"有心栽花花不开，无意插柳柳成荫"。

　　对环境与气候强大的适应能力和顽强的生命力，使杨柳在潮湿温暖的江南水乡、严寒的北国边塞、干燥的西北地区都能顽强生长，广泛分布于长城内外、大江南北。《南史·王敬则传》曰："（敬则）初为散辈使魏，于北馆种杨柳。后员外郎虞长曜北使还，敬则问：'我昔种杨杨柳，今若大小。'长曜曰：'虏中以为甘棠。'"可见杨柳在北方也能生长。宋代周密《癸辛杂识》续集卷下引焦达卿云："鞑靼地面极寒，并无花木，草长不过尺，至四月方青，至八月为雪虐矣，仅有一处开混堂，得四时阳气和暖，能种柳一株……春时竟至观之。"因北方边塞地区气候寒冷，很多草木无法生存生长，但杨柳却可以凭借强大的适应能力与生命力在春天吐芽生长，因此，杨柳被生存在当地的古代人视为奇花异卉。在清朝，人们种植很多杨柳来护边，王士禛在《池北偶谈》中写道："哈达城在抚顺东，北有哈达河，其东插柳结绳，以界蒙古，长亘千里，南至朝鲜，西至山海关，有私越者置重典，名'柳条边'。"其中，木兰柳条边和盛京柳条边较为出名。康熙、乾隆都曾为柳条边题词作诗，康熙作有《柳条边望月》，乾隆作有一首《入柳条边》和两首《柳条边》，他通过对比木兰柳条边与盛京柳条边发现，两者的相同之处在于"彼乃亘界设，此惟据要置。所以限内外，事殊实同意"，不同之处在于"盛京柳条边，延袤数百里。木兰柳条边，长无半里耳"。其中一首《柳条边》对柳条边强大的防御能力进行了详细描述，指出柳条边像长城一般具有万里屏障的作用，但种植杨柳却不会像建筑万里长城一样劳民伤财，如"西接长城东属海，柳条结边画内外，不关阨塞守藩篱，更匪春筑劳民惫。取之不尽山木多，植援因以限人过，盛京吉林各分界，蒙古执役严谁何……"

　　杨柳的栽种范围十分广泛，我国南北边塞都有栽种。据《滇略》卷四载："滇中气候最早，腊月茶花已盛开，初春则柳舒桃放，烂漫山谷。"唐宋八大家之一的柳宗元（字子厚）被贬就任柳州刺史时，曾在江边栽柳并题词作诗《种柳戏题》："柳州柳刺史，种柳柳江边。谈笑为故事，推移成昔年。垂阴当覆地，耸干会参天。好作思人树，惭无惠化传。"柳宗元的好友吕温在其就任柳州刺史期间，同其开玩笑作了一首《嘲柳州柳子厚》，即"柳州柳刺史，种柳柳江边。柳管依然在，千秋柳拂天"。明代杨慎有《垂柳篇》，诗前有序云："楚雄苴力桥有垂柳一株，婉约可爱，往来过之，赋此志感。"诗中提到的楚雄现位于我国云南省，是我国南部边境。

杨柳分布广泛在文学作品中有所体现。随着杨柳题材文学作品的不断丰富，杨柳意象的应用越来越广泛，杨柳题材成为文人在文学创作中较常提到的植物题材之一。柳意象曾在描写北国风光的边塞诗中出现过，如唐代李约《从军行三首》中的"营柳和烟暮，关榆带雪春"；也曾在描写江南风物的诗中出现过，在唐宋之后，逐渐成为江南风物的代表，如宋代寇准《江南春》中的"波渺渺，柳依依，孤村芳草远，斜日杏花飞"，宋代欧阳修《望江南》中的"江南柳，花柳两相柔"。《折杨柳》分为南朝与北朝两大类，受风俗习惯与自然环境的影响，南北朝的《折杨柳》有着不同的风格神韵、思想内容。受齐梁诗风的影响，南朝《折杨柳》以闺人念远为主，具有浓厚的闺怨色彩，表现出鲜明的江南柔性文化特点；北朝《折杨柳》反映了北人勇猛刚劲的性格特点，展现了北方地区壮丽秀美的自然风光，具有鲜明的北方地域色彩。

（二）广泛应用

《御定月令辑要》载："柳有八德，一不择地而生，二易殖易长，三先春而青，四深冬始瘁，五质直可取，六坚韧可制，七穗叶可疗治，八岁可刈条枝以薪。"杨柳与其他树木相比，具有很多优点。杨柳在人们的生活中处处可见，其实用价值早已引起古人关注并被开发利用。例如，周代先民就已经掌握了用柳木取火的窍门，《周礼注疏》曰："春取榆柳之火。"

1.造景绿化

杨柳有惹人喜爱的色彩、婀娜的姿态，枝繁叶茂，能够遮住阳光，是一种可供人歇息乘凉的常见绿化树、观赏树。早在汉代时期，杨柳的绿化价值与观赏价值就已经引起人们的关注，不仅被广泛种植在皇宫官府、公共园林、百姓庭院、士大夫庄园、贵族府邸中，而且在桥头岸边等地也有种植，美化环境的同时荫庇行人。

汉代宫廷就已实现人工栽种杨柳了。据《陕西通志》载："汉苑中有柳状如人形，号曰'人柳'，一日三眠三起。"因君臣的喜爱，不仅汉代宫廷栽种了大量杨柳，士大夫府邸中也种植了很多杨柳，杨柳成为当时较为常见的观赏树种之一。金谷园风景优美，富丽堂皇，是西晋时期石崇的别墅，石崇常在金谷园中与同僚一同赋诗抒怀，宴饮游乐。金谷园中也种植了很多杨柳，西晋潘岳在《金谷集作诗》中曾描述其中的秀丽美景："青柳何依依，滥泉龙鳞澜。"王维的辋川别墅有著名的柳浪。据《新唐书·王维传》载："维别墅在辋川，地奇胜，有华子岗、欹湖、竹里馆、柳浪、茱萸沂、辛夷坞，与裴迪游其中，赋诗相酬为乐。"普通百姓的庭院、村庄也多种柳。晋代傅玄《柳赋》云："无邦壤而不植兮。"可见，种植杨柳在晋代已成为一种流行趋势。例如，晋代陶渊明《归园田居（其一）》中的"榆柳荫后檐，桃李罗堂前"，晋代陶渊明《腊日》中的"梅柳夹门植，一条有佳花"，宋代陆游《游山西村》中的"山重水复疑无路，柳暗花明又一村"。可见，在当时，杨柳几乎遍布每个村庄。

2. 道路绿化

杨柳常被种植在公路两旁，作为行道树。杨柳具有繁茂的枝叶，既可以为旅途中的行人提供荫庇，又可以净化空气、绿化环境、巩固路基。在我国，杨柳作为行道树已有很长的历史，在汉代，就已有相关记载，《三辅黄图》中记载，在长安的九个集市之中，就有一个因种植大量杨柳而得名的柳市。在晋代，洛阳的街道两旁种植了很多杨柳。《太平寰宇记》卷三引陆机《洛阳记》云："洛阳十二门，南北九里，城内宫殿台观，有阊阖左右出入，城内皆三道，公卿尚书从中道，凡人左右出入，不得相逢，夹道中榆柳，以荫行人。"到了唐代，长安城的街道两旁仍种植着很多杨柳，如卢照邻《长安古意》中的"弱柳青槐拂地垂，佳气红尘暗天起"，从中可以看出，在当时，人们在街道两旁同时种下了槐树与杨柳，以此作为行道树。宋代之后，杨柳逐渐取代了槐树，在很多地区被作为行道树栽种在道路两旁，成为主要的行道树树种。

除了道路之外，杨柳还常见于驿站、长亭、都门、客舍。在古代，驿站是供传递军事情报的官员途中换马、补给、住宿的处所，主要分布在各个地区的通衢大街和交通枢纽。在古代驿路上，人们每过五里会建设一处短亭，每过十里会建一处长亭，供游人送别与休息。这些驿站、长亭、驿路上常常种植很多杨柳，可以为行人、游客提供荫庇和短暂休息的场地。《浙江通志》引《弘治严州府志》载："朱瞻知府事富春驿，旧路夹植以柳，相望数里。"这在古诗文中也多有体现，如明李昌祺《柳》云："含烟袅雾自青青，爱近官桥与驿亭。"

出入京都的门户就叫作都门，都门是送行亲友的主要地点。当亲朋好友离京或同僚离任时，人们往往会将其送到都门，双方在这里饮酒赋诗告别。作为离别之地，都门也种植了很多杨柳。《畿辅通志》引《金史·地理志》载："大定四年，命都门外夹道重行，植柳各百里。"

为行人提供住宿的地方叫客舍，其也是人们送别的地方，种植了大量杨柳。例如，唐代王维《与卢象集朱家》中的"柳条疏客舍，槐叶下秋城"，唐代李欣《赠别高三十五》中的"官舍柳林静，河梁杏叶滋"。王维在其另一首诗——《送元二使安西》中提到的就是客舍柳。

在中国文学中，杨柳作为一种重要的意象与题材，比同类花木的题材更丰富，有大量作品问世。在体裁上，咏柳作品在诗、词、赋各体裁上都有呈现；在题材上，几乎各个朝代都出现过以杨柳为题材的作品，这一题材不仅有悠久的历史，而且有丰富的形态。咏柳文学在我国文学史上的繁盛发展，使人们充分认识到杨柳的形象特征与其实用、审美方面的价值，历代文人不仅围绕杨柳的形象特征进行了赋咏，而且围绕以杨柳为主体的人文景观、自然景观进行了赋咏，并创造了多种经典的意象，如隋堤柳、宫墙柳、河桥柳、章台柳等，其中的隋堤柳与宫墙柳因被文人频繁吟咏而发展出专门的题材分支，形成了固定的审美视角和一定的文学创作传统。

第二节　杨柳意象南北转换及审美文化意义

一、杨柳由北方意象向江南意象转变及原因

在中国文学中，杨柳是一种常见且重要的意象，诗人通过作品吟咏的杨柳以垂柳为主。提及杨柳，人们总会下意识地将其与小桥流水、水岸花堤、烟雨楼台等江南水乡的秀美风光联系起来。但在一开始，杨柳并不是江淮以南的江南风物，而是江淮以北的北方风物。自先秦到汉唐时期，文人吟咏杨柳的作品中常常表现出鲜明的北方地域文化色彩；到了中晚唐时期，大量文人在江南地域活跃，江南地域文化色彩逐渐与杨柳意象相融合，这时文学作品中的杨柳意象总能使人感到江南的柔婉和秀美；宋代之后，杨柳意象越来越能代表江南地域文化，由此成为江南文化与风景的代表。成为典型的江南意象后，杨柳在文学作品中反映着江南水乡清新柔婉的风光、歌儿舞女的欢乐。

（一）杨柳由北方意象向江南意象转变

杨柳意象在经历了从反映北方风物转变到反映南方风物的过程之后，彻底成为代表江南风物的重要意象。早期关于"杨柳"的描述，如"细柳营""杨柳依依"等，多与边塞战争、北方风光密切相关，这一时期的杨柳意象常表现出浓厚的北方地域文化色彩。到了宋朝时期，很多吟咏杨柳的经典作品，如"沾衣欲湿杏花雨，吹面不寒杨柳风""杨柳岸，晓风残月""烟柳画桥"等，具有江南风物色彩。这种转变体现在杨柳题材文学

作品的发展过程中。

　　杨柳在我国大江南北广泛分布，且我国很早就开发利用了杨柳这一物种，在先秦时期就有典籍有记载。我国北方文学代表作《诗经》中收录了黄河流域的大部分诗歌，其中有100多首关于植物的诗歌，杨柳在其中占有重要地位。例如，《国风·齐风》中曾提到"折柳樊圃"，齐风指齐国的民歌，齐国现位于我国山东境内；《小雅·菀柳》中曾提到"有菀者柳"；《小雅·小弁》中曾提到"菀彼柳斯"；《小雅·采薇》中的"昔我往矣，杨柳依依。今我来思，雨雪霏霏"比较出名，对咏柳文学在后世的发展具有深刻影响。在此外，需要了解的是，《采薇》是一个战争诗篇，诗中所描写的杨柳生长于风雪肆虐、干燥寒冷的北方，反映了士兵久戍思归之情。南方文学的代表作是《楚辞》，其中收录的诗歌大部分产于湖北地区。楚地土壤肥沃，幅员辽阔，草木生长十分茂盛。《楚辞》提到了大量植物，如白苹、芰荷、兰草等，但提到杨柳的诗作却很少。一直以来，南方湿润温暖的气候非常适合植物生长，其中就包括杨柳，但在当时，杨柳在文学作品中出现的次数却不多。由此可以证明，先秦时期的南方文人起初并未形成对柳的审美，其欣赏、吟咏柳的时间要晚于北方。

　　在汉代的文学作品中，杨柳开始作为独立的审美对象。自西汉枚乘创作了第一篇以杨柳为主题的《柳赋》后，众多文人开始就杨柳赋进行创作。到了魏晋时期，杨柳赋的创作达到高潮。这些杨柳赋作品的作者大部分为北人，创作于汉、晋时期的8篇杨柳赋，作者分别为孔臧、王粲、成公绥、枚乘、陈琳、应场、傅玄、繁钦。在这些文人中，除陈琳、枚乘外，都是北方人，其中应场为汉末汝南（今河南汝南县）人，孔臧为西汉鲁国（今山东曲阜市）人，傅玄为西晋北地泥阳（今陕西耀州区）人，繁钦为东汉颍川（今河南禹州市）人，成公绥为西晋东郡白马（今河南滑县）人。王粲为东汉山阳高平（今山东微山县）人。这些杨柳赋作品中所描绘的杨柳形象，大多根系粗壮、枝繁叶茂，如王粲《柳赋》中的"枝扶疏而覃布，茎森梢以奋扬"，其彰显了杨柳蓬勃、旺盛的生命力；孔臧《杨柳赋》中的"巨本洪枝，条倏远扬，夭绕连枝，猗那其房，或拳局以逮下，或擢迹而接穹苍"，其体现了杨柳的粗壮繁茂形象，如北方的"伟丈夫"一样雄壮。

汉、晋时期不仅有著名的柳赋，还有被誉为"军中之乐"的横吹曲——《折杨柳》。《乐府诗集》载："横吹曲，其始亦谓之鼓吹，马上奏之，盖军中之乐也。"《宋书·五行志》载："晋太康末，京洛为折杨柳之歌，其曲有兵革苦辛之辞。"民谣《折杨柳》传入北方少数民族后，诞生了民歌《折杨柳枝歌》和《折杨柳歌辞》，后来，这些民歌被梁代乐府机构收录在"梁鼓角横吹曲"中保存起来。北朝时期民间传唱的《折杨柳》具有鲜明的北方地域文化色彩，是北方风俗习惯、自然风光的体现。

到了隋唐时期，长安地区的宫廷、河堤、官署、行道、庭院等地种植了大量杨柳来装点环境，很多文学作品对此也有所记载。杨柳常出现在唐代的边塞诗中，如李益在其诗作《临滹沱见蕃使列名》中写道："漠南春色到滹沱，碧柳青青塞马多。"但在歌咏江南清雅秀美自然风光的乐府古辞《江南》以及郭茂倩的《乐府诗集》中，始终没有出现关于柳意象的内容，而是反复出现白苹、莲等南方植物。据统计，白苹出现 7 次，莲出现 22 次（其中包括芙蓉出现的 5 次）。这足以说明，杨柳在当时南方地区文人的心中不像白苹、莲花一样能够代表江南风物，而是更具北地色彩。

到了宋代时期，南方逐渐成为文学创作的主阵地，杨柳随之成为具有典型代表性的江南意象。经过宋代文人的努力，词的发展达到巅峰，宋词由此成为南方文学中比较具有代表性的一支。南京师范大学曾对全部宋词进行了整理，对其中每个字的出现频率做出了统计，并制成《全宋词字频表》，其中"杨"出现了 1042 次，"柳"出现了 2864 次，"梅"出现了 2956 次，而"杨"与"柳"合在一起出现的频率远超过"梅"。另外，据统计，在《全宋词》的词牌中，"莲"出现 7 次（其中包括"芙蓉"出现的 2 次），"梅"出现 15 次，"柳"出现 22 次，不难看出，"柳"出现的频率比"梅"与"莲"更高。这说明进入宋代后，杨柳真正成为代表江南风物的植物意象。而且杨柳意象在后来创作的《江南曲》中频频出现，如明代谢榛《江南曲》云："夹岸多垂杨，姜家临野塘。"又如，清代吴绮《江南曲》云："江南三月杂花生，江上游人春眼明。琪树家家栖海鹤，垂杨处处带啼莺。"可见，人们已经深度认可杨柳作为江南风景的象征和标志。

（二）转变原因分析

1. 江南气候温暖湿润

与北方地区相比，江南地区气候温暖湿润，到处有湖泊，更适合杨柳的种植与生长。杨柳广泛生长和分布在江南的各个地方，如桥头、溪边等。例如，唐代徐延寿在其诗作《南州行》中写道："摇艇至南国，国门连大江。中洲两边岸，数步一垂杨。"又如，明代徐光启《农政全书》曰："吾三吴人家，凡有隙地即种杨柳。余逢人即劝，令之拔杨种臼，则有难色。凡所利于杨者，岁取枝条作薪耳；取臼子者……亦何尝不得薪也。"三吴泛指江浙一带，江浙人民喜爱杨柳，凡是空地都被他们种植了杨柳，徐光启曾劝说江浙人民将杨柳拔掉，改种经济价值更高的乌桕，这样不仅可以收获更好的薪材，而且可以用其做肥皂、蜡烛贴补家用，但江浙人民坚决不肯更换杨柳，可见江南人民对杨柳的深切喜爱。

2. 全国文化与经济重心南移

从先秦到初、盛唐这一段时期，北方一直是全国文化与经济的重心，这一时期文人作家对杨柳的吟咏和描写主要发生在北方地区，因此带有浓厚的北地色彩。安史之乱的发生严重破坏了北地的自然生态环境与经济实力，而处于长江中下游的江南地区因避开战乱得以稳定发展。同时，北地受战乱影响，大量劳动力南迁，江南凭借得天独厚的自然条件与强大的劳动力，经济得到了迅速发展。到了中晚唐时期，全国文化与经济重心开始南移。

江南长期远离北方的战火，凭借富庶的鱼米之乡、优美的自然风光，成为人人向往的地方。受贬谪、避乱、漫游、赴任、隐居等影响，北方文人频繁出入江南，在较大程度上强化了江南的文化优势，文学创作的中心由此开始从北地向江南迁移。另外，江南地区因坐拥众多自然湖泊，园林兴盛，且园林中多建有湖景，加之江南人民在北方文人审美观念的影响下，对杨柳日渐喜爱，因而杨柳在江南人工景观与自然景观中广泛种植和生长。例如，江南地区的扬州瘦西湖、杭州西湖都因为种植大量杨柳而出名。自这一时期起，文人在以杨柳为题材或应用柳意象写诗时，常将其与江南水乡风光关联起来，如明代于慎行《江南曲》中的"萧萧烟雨秋江口，两岸青旗拂细柳"，清代张英《忆江南曲六首》中的"海棠树树堪铺席，杨柳家家好系船"。由此，杨柳成为较具代表性的江南地域风景之一。

3. 文学作品中杨柳品种的变化

起初，人们主要关注杨柳的实用价值，后来人们逐渐重视杨柳的审美价值，在这一过程中，文学作品中所描述的杨柳品种也发生了相应变化。《小雅·采薇》云："昔我往矣，杨柳依依。"《毛传》曰："杨柳，蒲柳也。"其将蒲柳认作杨柳。《尔雅》也作了相似的解释，《尔雅·释木》曰："杨，蒲柳也。"另外，这一点也得到了清代姚炳的认同，姚炳在《诗识名解》中写道："《传》专释此为蒲柳，甚当，以其为柳属，故亦得称为杨柳，非兼言杨与柳也。今人不问蒲、泽之类，统呼杨柳，可哂。"综上可知，《小雅·采薇》中记载的杨柳品种为蒲柳，并不是后世文人常在作品中描述的垂柳。"依依"的含义也不是"不舍"。在《毛传》中，其有"依，木茂貌"的解释，因此，"杨柳依依"的含义为蒲柳生长茂盛，这一意义与蒲柳的实用价值息息相关。蒲柳既没有较高的观赏价值，也没有如垂柳一般摇曳生姿的形象，它常见于河滩上，主要生长于北方地区。而垂柳有柔软细长的枝条和婀娜多姿的形态，观赏价值较高，常出现在文人墨客的诗歌文章中。垂柳喜欢生长在湿润的水边，《广群芳谱》中记载："百木惟柳易栽、易插，但宜水湿之地尤盛。"而江南水乡以温暖湿润的气候、广泛分布的水域、秀美的水乡风景闻名，江湖众多，十分适宜垂柳生长。例如，清代爱新觉罗·玄烨在《宿迁》中写道："行过江南水与山，柳舒花放鸟缗蛮。"其意思是在去江南的途中，能看见到处种植着杨柳。

二、杨柳的审美文化意义

（一）物华繁茂之美

梁代丘迟《与陈伯之书》曰："暮春三月，江南草长，杂花生树，群莺乱飞。"唐代白居易《忆江南》曰："江南好，风景旧曾谙。日出江花红胜火，春来江水绿如蓝。能不忆江南？"从中可见当时人们心中的江南呈现一派生机盎然、姹紫嫣红的景象。而最能体现江南春意正浓的景物就是杨柳。宋代吴潜在《望江南》中写道："家山好，好处是三春。白白红红花面貌，丝丝袅袅柳腰身。"诗中的花与柳是江南地区遍地可见的景物。清代吴本泰在《西溪梵隐志》中写道："西溪有三桥，多植柳，浓阴夹道，东西两涯，民居临水，花木周庐，亦称花市。"这句话以花与柳代表春天的美丽景色，南北方通用，相似的形容还有"洛阳宫中花柳春""万户楼台临渭水，五陵花柳满秦川"等。然而，北方地区战争频发，导致生态环境逐渐恶化，生长在北方的植被大量减少，加上原本气候严寒，北方的春天植物生长缓慢，开花较晚，杨柳发芽也较慢，在南方草长莺飞、春意盎然的时节，北方却显得十分萧瑟，像是春天还未到来一样。对此，唐代刘商在《胡笳十八拍·第六拍》中有这样的感慨："怪得春光不来久，胡中风土无花柳。"江南水乡因红花绿柳的装饰而如诗如画，充满生机，花柳由此成为江南水乡迷人景色在文学领域中的典型标志。杜甫曾对比塞北的雨雪和南方花柳，通过对比展现南北两地截然不同的自然风光，在其诗作《赠韦七赞善》中说道："北走关山开雨雪，南游花柳塞云烟。"进入中唐之后，很多文人在对比南北方春天时节的景色后，直接将杨柳称作"江南柳"，如周弘亮《除夜书情》中的"春入江南柳，寒归塞北天"，王智兴《徐州使院赋》中的"江南花柳从君咏，塞北烟尘我独知"。可见，中唐之后的文人将杨柳作为江南风光的象征之一，常用来描写秀丽清新的江南春景，同塞北的萧瑟寒冷形成了强烈的对比。明代张以宁对江北与江南两地的风光进行了对比，并写下《江南曲》来描述两者的不同："中原万里莽空阔，山过长江翠如泼。楼台高下垂柳阴，丝管啁啾乱花发。北人却爱江南春，穹碑城外如鱼鳞。"在江北与江南的对比中，杨柳成为重要的对比因素。

（二）水乡清柔之美

唐代杜荀鹤在其诗作《送人游吴》中对江南水乡有这样的描述："君到姑苏见，人家尽枕河。古宫闲地少，水港小桥多。"杨柳作为一种湿生阳性树种，十分喜欢在江南温暖湿润的气候中生长，因此，杨柳在被誉为"水乡泽国"的江南分布非常广泛，河岸桥头、水滨池畔等地常见杨柳，古人将之形容为"芳草连山碧，垂杨近水多"。江南的春天就在杨柳与水的交织组合中，爆发出蓬勃的春意，成为江南人们心中最美丽的风景。宋代钱易在《南部新书》中写道："池四岸植嘉木，垂柳先之，槐次之，榆又次之。"《小辋川记》中对水与柳树的结合有着生动的描述："蓝田别墅前有池，停泓一碧，左右垂柳交荫，颜曰：'水木清华。'"其描绘了微风吹来，杨柳细长的枝条摇曳生姿，水中的倒影与之交相辉映，十分美好。"苏堤春晓"作为西湖十景之首，最能体现江南地区的迷人景色，如宋代潜说友在《咸淳临安志》中写道："起南迄北，横截湖面，绵亘数里，夹道杂植花柳，中为六桥，行者便之。"又如，唐代李乂在《次苏州》中写道："洛渚问吴潮，吴门想洛桥。夕烟杨柳岸，春水木兰桡。"除了在描述江南风景的诗文中有对水边杨柳的描写外，在羁旅行役的诗歌中也有对水边杨柳的描写。江南作为一个多水的城市，生活在这里的人们出行多依靠舟楫，人们常在江边堤岸为亲友送别，因此，很多提到江南水边杨柳的诗歌中总带有一丝忧愁的韵味。

相较于北方苍劲开阔的风景，江南风景是清丽秀美的。在诗词作品的创作中，植物是必不可少的元素。描写江南秀丽景色主要用到荷花、翠竹、梅、柳、白苹、青枫、蓼、菰、芦苇等元素，描写北方景物、边塞风光则主要用到梧桐、榆树、松柏、槐树等元素。水是至弱至柔之物，江南多水，杨柳主要生长在有水的地方，其枝条细长下垂，柔软非常，水与柳的结合，能将江南风物柔婉清丽的美充分表现出来。江南景色的柔美在乡村中表现得更为突出。例如，宋代杨万里在《舟过德清》中写道："人家两岸柳阴边，出得门来便入船。不是全无最佳处，何窗何户不清妍。"可见在江南乡村，家家户户门前拴着出行乘坐的小船，小船在碧波中惬意摇晃，岸边杨柳摇曳生姿，从远处看去，像一个绿色的烟团，这主色调为碧绿色的江南风物，宛如一幅柔美清丽的江南美景图，给人以独特的审美感受。江南不只水多，还有很多的柳和桥，依依杨柳与架在潺潺流水上的小桥共同构成了魅力无穷的江南水乡风景。明代高道素在《明水轩日记》中写道："净业寺门临水，岸去水止尺许，其东有轩，坐荫高柳，荷香袭人，江南云水之胜无以过此。"其中提到的净业寺位于北京城内德胜门西，寺内有凉亭流水，有香荷高柳，风景明媚，被誉为"北方之江南"。

从先秦到汉唐，杨柳一直在中国文学中作为重要的意象，起初吟咏杨柳的诗歌作品多表现出浓厚的北方地域色彩，进入晚唐以后，这类诗歌作品的江南水乡气息越来越突出。这不仅是北方生态环境的整体衰退导致的，还与全国文化与经济重心从北方向南方迁移密切相关，更与文学作品中杨柳品种的变化有着千丝万缕的关系。作为江南意象，杨柳蕴含着水乡轻柔、物化繁茂的象征意蕴，是对江南区域文化美学意蕴的具体体现。

第三节 杨柳意象与柳絮意象的解读

一、杨柳意象的情感意蕴

纵观中国文学的发展历程，杨柳意象的象征寓意从相思逐渐变成离别，这一变化与"折柳"民俗息息相关。汉唐之前，"折柳寄远"是这一时期"折柳"民俗的主要内容，即旅人在途中折下柳枝寄给远方的爱人和亲人，以表达自己的相思之情，相思是杨柳在这一时期的主要寓意。进入唐代以后，"折柳送别"成为这一时期"折柳"民俗的主要内容，指的是在与亲友分别时，折下柳枝赠送亲友，以此表示自己的离别之痛，离别是杨柳在这一时期的主要寓意。因而杨柳在很多文学作品中成为情感的载体，不仅多次出现在诗歌之中，而且多次出现在戏曲、绘画等艺术形式中。

（一）相思的载体

杨柳可以用来寄托人的相思之情。现如今，人们普遍认为，杨柳代表着春天，作为撩人情思的季节，春天极易引发少女伤春感怀的情绪。《毛传》曰："春，女悲，秋，士悲，感其物化也。"《毛诗传笺》云："春，女感阳气而思男；秋，士感阴气而思女。是其物化，所以悲也。悲则始有与公子同归之志，欲嫁焉。"春天大地回暖，不仅是万物萌芽的季节，更是少女萌动春心的时节。闻一多先生评《诗经·邶风·匏有苦叶》时也认为，《诗》中所见昏（婚）期，春日最多。[①]春天的到来不仅会使万物复苏、萌芽生长，作为大自然组成部分的人也会在这样的季节里萌动春情，产

---

① 闻一多. 闻一多诗选 [M]. 北京：中国青年出版社，2021：55.

生怀远相思的感情。例如，南梁萧绎在《春日诗》中写道："春还春节美，春日春风过。春心日日异，春情处处多。处处春芳动，日日春禽变。春意春已繁，春人春不见。不见怀春人，徒望春光新。"南宋《读曲歌八十九首》云："百花鲜，谁能怀春日，独入罗帐眠。"晋代《子夜四时歌·春歌二十首》中有很多这样的例子，如"朱光照绿苑，丹华粲罗星。那能闺中绣，独无怀春情"，"冶游步春露，艳觅同心郎"，"明月照桂林，初花锦绣色。谁能不相思，独在机中织"，"妖冶颜荡骀，景色复多媚。温风入南牖，织妇怀春意"，等等。春风骀荡，处处鸟语花香，充满生机的烂漫春光，撩动着女子的心弦，她们怎能不生相思怀春的愁绪？正如唐代李商隐《无题四首》所言："春心莫共花争发，一寸相思一寸灰。"

　　杨柳作为春天的标志，自然能引起人的相思情绪。早在魏晋南北朝时期，就有人通过杨柳寄托相思之情。例如，南宋《读曲歌八十九首》云："柳树得春风，一低复一昂。谁能空相忆，独眠度三阳。"晋代《子夜四时歌·春歌》："梅花落已尽，柳花随风散。叹我当春年，无人相要唤。"不仅民歌中有，文人诗歌中也多有体现。南宋鲍照《三日诗》云："气暄动思心，柳青起春怀。"南梁萧子范《春望古意诗》："春情寄柳色，鸟语出梅中……落花徒入户，何解妾床空。"梁代沈约《阳春曲》："杨柳垂地燕差池，缄情忍思落容仪。"南梁萧绎《春别应令诗四首》云："门前杨柳乱如丝，直置佳人不自持。适言新作浣诗，谁悟今成织素辞。"南陈陈叔宝《折杨柳（其一）》云："杨柳动春情，倡园妾屡惊。"在明媚的春天里看到杨柳，想到自己孤身一人，丈夫没有陪伴在身边，不禁感到失落黯然。进入唐朝后，越来越多的人将相思之情寄托在杨柳上，并创造了很多名篇佳句，其中最出名的则是王昌龄《闺怨》中的"闺中少妇不知愁，春日凝妆上翠楼。忽见陌头杨柳色，悔教夫婿觅封侯。"这首诗描绘了这样一幅画面：在一个温暖明媚的春日，闺中少妇登楼游玩，倚窗眺望，见到不远处随春风轻轻摇曳的杨柳，不禁触景生情，想起外出做官或工作的丈夫，思念之情真切非常，触人心扉。另外，程长文也在其诗作《春闺怨》

中通过柳树寄托了相思之情："绮陌香飘柳如线，时光瞬息如流电。良人何处事功名，十载相思不相见。"这首诗同王昌龄作的诗有很多共通之处，后人认为这首诗模仿了王昌龄的作品，可见，以柳寄托相思这一创作方式在当时已经深入人心。

（二）思乡的触媒

思乡也是一种相思之情，是外出的游子对家乡亲友故知、父母妻儿甚至花草树木的思念之情。由于杨柳在全国各地广泛分布，因此在魏晋南北朝时期成为旅人游子表达思乡之情的触媒。

对每个人来说，杨柳都是乡土故园常见的树木，它广泛分布在每个城市、乡村，很多文学作品对此有所记录。《诗经》中就曾提过很多次杨柳，如"有菀者柳""折柳樊圃""菀彼柳斯"等。汉代的《古诗十九首》中也有很多关于杨柳的记录，如"青青河畔草，郁郁园中柳"。西汉刘端在其诗作《和初春宴东堂应令诗》中写道："庭梅飘早素，檐柳变初黄。"在魏晋时期，梅陶在《怨诗行》中写道："庭植不材柳，苑育能鸣鹤。"在《拟占九首》中，陶渊明写下"荣荣窗下兰，密密堂前柳""梅柳夹门植，一条有佳花"。进入南北朝后，用柳寄托相思之情的诗句数不胜数。江总《南还寻草市宅诗》云："见桐犹识井，看柳尚知门。"何逊《从主移西州寓直斋内霖雨不晴怀郡中游聚诗》云："双桐傍栏上，长杨夹门植。"吴均《咏柳诗》云："细柳生堂北，长风发雁门。"

唐代，以柳思乡更为普遍。李端《晦日同苗员外游曲江》云："可怜杨柳陌，愁杀故乡人。"张籍《忆远》云："行人犹未有归期，万里初程日暮时。唯爱门前双柳树，枝枝叶叶不相离。"岑参《武威春暮，闻宇文判官西使还已到晋昌》云："塞花飘客泪，边柳挂乡愁。"布燮《思乡作》云："庭前花不扫，门外柳谁攀。"韦庄《江外思乡》云："年年春日异乡悲，杜曲黄莺可得知。更被夕阳江岸上，断肠烟柳一丝丝。"这些诗作浸透着浓浓的乡愁。

同样是以柳寄托思乡之情，唐朝与魏晋南北朝两个不同时期的人的表达相去甚远。唐朝人一般会在道路行旅中或离别送行时进行创作，表达出强烈真挚的情感，作品中对景物和情感的描写非常细腻，思乡的情感与杨柳风景在诗中相融，生动传神地表达作者思念家乡故土、不舍亲友的思想感情。而魏晋南北朝人大多在日常酬唱中以柳寄情，所以通常不会在诗歌中表现出非常强烈的思乡情感，大多时候仅是提起又放下。

（三）离别的象征

到了梁代，人们将杨柳用在离别诗中，与离别逐渐形成关联。萧纲在其诗作《送别诗》中写道："行行异沂海，依依别路歧。水苔随缆聚，岸柳拂舟垂。石菌生悬叶，江槎流卧枝。烛尽悲宵去，酒满惜将离。"在这首诗中，杨柳作为象征离别的景物，虽然这首诗所表现出的"离别"意味并不明确，但能明显看出它已经卸下了战争诗歌的包装，直接出现在这首离别诗的景物描述中，将其呈现的景色与离别时的不舍情感相融，用岸边杨柳对将要离去的舟楫轻轻拂动，表现作者离别时内心的挣扎和不舍。在乐府《折杨柳》中，杨柳与离别有了某种联系。例如，南梁萧绎《折杨柳》云："杨柳乱成丝，攀折上春时。叶密鸟飞碍，风轻花落迟。城高短箫发，林空画角悲。曲中无别意，并是为相思。"

进入唐朝后，越来越多离别诗句与折柳联系在一起，以柳寓别在这一时期趋向定型。在《劳劳亭》中，李白写下"天下伤心处，劳劳送客亭。春风知别苦，不遣柳条青"。唐代人会在离别时折下柳枝互相赠送，以寄托分离之苦、相思之情，这使得一些诗人突发奇想：若是没有了用来赠送的柳枝，人间的离别是否就不存在了？李白之后，越来越多的人通过折柳来表达离别之情。戴叔伦《堤上柳》云："垂柳万条丝，春来织别离。行人攀折处，闺妾断肠时。"鱼玄机《折杨柳》云："朝朝送别泣花钿，折尽春风杨柳烟。愿得西山无树木，免教人作泪悬悬。"李商隐《离亭赋得折杨柳二首（其一）》云："暂凭樽酒送无憀，莫损愁眉与细腰。人世死前惟有别，春风争拟惜长条。"《离亭赋得折杨柳二首（其二）》云："含烟惹雾每依依，万绪千条拂落晖。为报行人休尽折，半留相送半迎归。"此外，出现了很多以柳赋别的诗词名篇，最有名的应该是王维的《送元二使安西》："渭城朝雨浥轻尘，客舍青青柳色春。劝君更尽一杯酒，西出阳关无故人。"此诗被谱成《阳关三叠》，成为著名的送行之曲。

在以柳寓别的形成与定型过程中，虽然《诗经》在其中发挥了重要的作用，但"折柳赠别"这一民间习俗在其中发挥的作用才是最关键的，正是因为这一习俗的存在，"折柳"才与离别之间产生了直接的关系，使"柳"最终成为表现离别的符号。

二、杨柳意象的人格象征

诗人不只关注杨柳的外在枝叶树形，还关注杨柳内在象征的人格和表现出来的神韵。站在人格象征的角度上看，魏晋时期的诗人主要用杨柳比拟名士风姿秀爽。而自陶渊明之后，人们又开始用杨柳象征隐士。进入唐代之后，越来越多的人将杨柳比作青春窈窕的少女。

（一）从名士到隐士

《诗经》主要关注的是杨柳的实用价值，很少关注其审美价值。汉代文人笔下的柳赋以状物为主，对杨柳外在的枝叶树形进行了重点描摹。到了魏晋时期，文人开始对杨柳进行人格化处理，其喜欢以杨柳比拟士人俊朗潇洒的神韵风姿。

自从曹丕实行九品中正制以来，魏晋时期的人们开始注重姿容风貌，崇尚人物品评，人们将东汉至魏晋间名人名士的逸事言行专门记录在《世说新语》中，其中的"容止"篇专门对名士俊秀朗逸的姿容做了记录和评论。魏晋士人继承了先秦君子比德的传统，常以自然界各类事物的外观来比拟人的风姿神貌。

例如，《世说新语·容止》中的"时人目王右军，飘如游云，矫若惊龙"，"裴令公有俊容仪，脱冠冕，粗服乱头皆好，时人以为'玉人'。见者曰：'见裴叔则，如玉山上行，光映照人。'""时人目夏侯太初朗朗如日月之入怀，李安国颓唐如玉山之将崩"。

自然比德观念兴起后，人们给很多自然物打上了烙印，用以表现和衬托人的风度神韵与仪容姿态。在一众用来比德的自然物中，树木是最受魏晋士人喜欢的，如《世说新语》云："太尉神姿高彻，如瑶林琼树，自然是风尘外物。"这句诗想要表达太尉王衍丰神俊朗，姿态卓越，超脱世俗，高不可攀。

魏晋士人对俊爽清瘦的神韵风骨格外推崇，在当时，清瘦的外貌加上高洁脱俗的内在品格成为所有魏晋士人的不懈追求。杨柳枝条柔软下垂，树叶稀疏，微风吹起时摇曳生姿，具有疏朗潇洒的美感，与魏晋士人追求风度飘逸潇洒、姿容俊爽秀美的审美理想相契合，因此受到了士人的广泛喜爱。《晋书·孙绰传》载："绰字兴公。博学善属文，少与高阳许询俱有高尚之志……所居斋前种一株松，恒自守护……绰答曰：'枫柳虽复合抱，亦何所施邪！'"其虽然主要传达的是孙绰对松的喜爱，但孙绰却用枫柳之无用反驳邻居松树成不了栋梁的评价，从侧面反映了当时人们喜爱柳，不注重柳的实用价值，只在乎柳的审美价值，更喜欢用杨柳来描述名士的风姿神貌。《晋书·王恭传》载："恭美姿仪，人多爱悦，或目之云：'濯濯如春月柳。'尝被鹤氅裘，涉雪而行，孟昶窥见之，叹曰：'此真神仙中人也！'"其形容王恭生有一副非常美好的容貌，像春天的杨柳一样明艳清秀。《南史》载："刘悛之，为益州，献蜀柳数株，枝条甚长，状若丝缕。时旧宫芳林苑始成，武帝以植于太昌灵和殿前……其见赏爱如此。"

在魏晋时期，陶渊明将自己与柳联系起来。陶渊明在《五柳先生传》中说："宅边有五柳树，因以为号焉。"陶渊明因此自称为"五柳先生"。分析陶渊明的诗歌可以发现，陶渊明不仅在宅院附近种植了很多杨柳，还种植了梅花、菊花、桃李、桑树、榆树、兰花等。为何在这么多植物中，陶渊明唯独用柳自况呢？在《关于中国古诗中"柳树"形象的演变和陶渊明号为"五柳先生"的来由》中，矢嶋美都子指出，陶渊明自况为柳，是为了借助其曾祖父陶侃的声望使自己的知名度更高。

无论"五柳先生"这一名号是否真正提高了陶渊明的隐士名气，但自此之后，柳意象与隐逸形成了密切的关联，成为品质高洁、超以象外的象征。这一点在魏晋南北朝流传至今的诗歌中有所体现，如在《和王少保遥伤周处士诗》中，庾信写道："三山犹有鹤，五柳更应春。"这句诗中的三山表示仙界，指神仙居住的地方，五柳代表隐逸之地，无论是仙界还是隐逸之地，都具有超脱世俗的特点。

（二）从男士到美女

在我国文学史发展历程中，在很长一段时间内，文人喜欢用柳来比喻男性。随着宫体诗的日趋盛行，杨柳从起初形容男性逐渐转为形容女性，这种变化最早发生在闺怨诗、咏物诗、乐府诗以及写景诗中。到了齐梁时期，主要描写宫廷生活的宫体诗十分盛行，这类诗对宫中妇女的服饰、形貌、器物、体态等进行了重点描写，表现出浮艳绮丽的风格特色。在梁简文帝的要求下，徐陵编纂了一部主要记录宫体诗的诗歌集《玉台新咏》。宫体诗的盛行对当时的国家、社会都有很大影响，其中涉及大量写景、咏物的诗，表现出了浓厚的浮艳绮丽色彩。正是在这种环境的影响下，杨柳从起初形容男性逐渐转为形容女性。

首次用柳形容女性形貌特点的是梁元帝萧绎，他在《树名诗》中用柳形容美女的眉毛："赵李竞追随，轻衫露弱枝。杏梁始东照，枯火未西驰。香因玉钏动，佩逐金衣移。柳叶生眉上，珠珰摇鬓垂。逢君桂枝马，车下觅新知。"这首歌虽然在吟咏树木，但却表现出了浓郁的脂粉气息。诗中的赵李代表的是赵飞燕与李夫人，形容她们二人的眉毛如柳叶般秀美，精美的耳饰垂落在鬓发边。这首诗将柳和女性密切联系起来。南北朝王瑳《长相思》云："长相思，久离别。两心同忆不相彻。悲风凄，愁云结。柳叶眉上销，菱花镜中灭。雁封归飞断，鲤素还流绝。"这是一首闺怨诗。其用柳来形容女子的眉毛。在《和人日晚景宴昆明池诗》中，庾信写道："春徐足光景，赵李旧经过。上林柳腰细，新丰酒径多。小船行钓鲤，新盘待摘荷。兰皋徒税驾，何处有凌波。"在南朝，庾信担任宫廷文学侍从，同时作为当代知名宫廷诗人，对当时宫廷诗的发展起到了推动作用。庾信在这首主要描绘上林苑美景的诗中，首次用柳枝比喻女性的柳腰。至此，文学作品中已出现了用柳叶、柳枝比作柳眉、柳腰的情况，可以看出，柳与女性形象越来越接近。

齐梁宫体诗的盛行，深刻影响了咏物诗与乐府诗的创作与流行，而在这些诗歌作品中，经常能看到体现女性柔韧娇美气质的杨柳意象，尤其常用"软""丝""柔""弱"等字眼描写杨柳枝条。例如，南北朝刘邈《折杨柳》中的"高楼十载别，杨柳濯丝枝"，南北朝沈约《玩庭柳诗》中的"轻阴拂建章，夹道连未央。因风结复解，沾露柔且长。楚妃思欲绝，班女泪成行。游人未应去，为此还故乡"，南梁萧纲《和湘东王阳云楼檐柳》中的"柳枝无极软，春风随意来"。南北朝张正见《赋得垂柳映斜溪诗》中的"千仞清溪险，三阳弱柳垂"。从这些诗歌中可以看出，文人主要通过吟咏杨柳表达离别相思之情，杨柳因此具备了柔弱的象征。

初唐，以美人拟柳，最有名的是贺知章的《咏柳》："碧玉妆成一树高，万条垂下绿丝绦。不知细叶谁裁出，二月春风似剪刀。"其将初春时节的杨柳比喻成青春活泼、亭亭玉立的少女。"碧玉"一词曾多次出现在古代文学作品中，起初泛指年轻貌美的女子，如萧绎在《采莲赋》中写下"碧玉小家女"，《乐府诗集·清商曲辞》中的"《碧玉歌》者，宋汝南王所作也。碧玉，汝南王妾名，以宠爱之甚，所以歌之"。而古代美女如云，起初仅用来表示女性的"碧玉"，因其颜色与杨柳相同，后来被多次用在形容女子充满活力的文学作品创作中。

自贺知章后，文学作品中的杨柳主要用来形容女性，很少再用来比拟男性。宋代陈孔硕《绝句》曰："腊雪逢春次第消，等闲著脚上溪桥。柳条毕竟如儿女，一夜东风眼便娇。"这首诗就用柳拟人，用柔软的柳条形容女子的娇柔美丽，这样的写法在唐代之后很常见。

三、柳絮意象的审美与意蕴

除了杨柳，其重要部分柳絮也是古代文学创作中重要的意象之一，柳絮意象在咏柳作品中比较常见，是咏柳文学不可缺少的一部分内容，因此本书在这里单独讨论柳絮。

（一）自然物色之美

1. 柳絮的颜色美

柳絮的颜色为素白，用白雪来比喻飞絮十分恰当，并且有很多相关的文学例子，如唐代李白《折杨柳》中的"花明玉关雪，叶暖金窗烟"，唐代韦承庆《折杨柳》中的"叶似镜中眉，花如关外雪"。虽然用白雪比喻飞絮非常恰当，但用得过于频繁之后就会丧失新鲜感、趣味感。由此，一些文人另辟蹊径，对柳絮进行了更巧妙的形容，如在《柳絮》中，白居易写道："三月尽是头白日，与春老别更依依。凭莺为向杨花道，绊惹春风莫放归。"

春末夏初，漫天飘飞的柳絮落在人身上，使人转瞬之间满头白发。白色的柳絮代表的是暮春，它的漫天飘飞代表春天快要离去，因此文人借柳絮的飘飞比喻生命衰老、年华消逝，并常希望黄莺能向杨花捎信，尽可能将春天留住。诗人用柳絮之白来象征白发，独树一帜，不落窠臼。例如，唐代雍裕之在其诗作《柳絮》中所写："无风才到地，有风还满空。缘渠偏似雪，莫近鬓毛生。"

吟咏柳絮的诗词中，常见的拟象除了雪，还有盐、霜、云、绵、冰等，其中较为常见的有云、绵等。柳絮也叫柳绵，在《蝶恋花·春景》中，苏轼写道："枝上柳绵吹又少，天涯何处无芳草。"云与柳絮不仅在色彩上十分接近，两者飘浮在空中时的状态也十分相像。在《听颖师弹琴》中，韩愈写道："浮云柳絮无根蒂，天地阔远随飞扬。"浮云与柳絮都是无根之物，它们飘浮在空中的样子和明代胡奎在《柳花词》中所描述的一样："上天如白云，入水化萍叶。"此外，霜与柳絮在某些方面比较相近，明代张元凯《柳花歌金陵送客》中的"吴宫濯濯春杨柳，东风吹花满渡口。摇烟拂水总无关，缀雪沾霜竟何有"。以盐形容柳絮的例子有元代杨维桢《海乡竹枝歌》中的"海头风吹杨白花，海头女儿杨白歌。杨花满头作盐舞，不与斤两添铜铊"。以冰形容柳絮的例子有清代乾隆《柳絮》中的"迎夏真无爽，随风似不胜。趁晴方舞雪，入水似铺冰"。无论是雪，还是霜、云、冰、绵、盐，色彩都是白色的。

2. 柳絮的姿态美

（1）柳絮轻盈，体积纤小，在空中飘舞时，总是给人一种悠然自得、欢快轻盈的审美感受。唐代薛涛《柳絮》云："二月杨花轻复微，春风摇荡惹人衣。"宋代张耒《暇日六咏柳絮》云："零乱委空风，悠扬点芳草。却为身最轻，华堂等闲到。"宋代赵孟坚《客中思家》云："柳絮悠悠拂面轻，随风到处若为情。"这些诗句都在强调柳絮体态轻盈之美。宋代刘攽《杨花》云："不分春色晚，杨花意气骄。吹嘘轻一羽，容易点层霄。细细穿檐隙，姗姗学舞腰。暂来幽僻地，还复去人遥。"杨花身轻如燕，飞入云霄，穿过屋檐，可谓体态轻盈，腰肢婀娜。明代释妙声《杨花咏》云："飞飞辞古柳，冉冉媚晴空。爱尔白于雪，况乎兼以风。游丝相上下，戏蝶或西东。"杨花轻盈地翻飞在空中，像蝴蝶一样袅娜美丽。

（2）柳絮虽体量微小，但数目繁多，且容易聚集，从远处来看，常常给人一种朦胧迷离的感觉。唐代刘禹锡《柳絮》云："飘扬南陌起东邻，漠漠濛濛暗度春。"唐代吴融《杨花》云："不斗秾华不占红，自飞晴野雪蒙蒙。"宋代洪适《次韵杨花二首》云："官路风轻落絮迷，望中高下杂游丝。糁毡拟雪春无际，只有骚人早得知。"明代谢晋《杨花》云："飞飞衮衮复扬扬，送尽春归客路傍……莫向天涯凝望眼，楚宫隋苑正迷茫。"柳絮是体积微小的白色毛状物，繁杂绵密，在暮春时节随着微风漫天飞舞，纷纷扬扬，看似尘土、烟雾，常给人虚幻、迷蒙的感觉。

（3）柳絮在天空飞舞，到处都有它的身影。唐代齐己《杨花》云："暖景照悠悠，遮空势渐稠。"宋代曾巩《咏柳》云："解把飞花蒙日月，不知天地有清霜。"明代何景明《杨花》云："漫天扑地有何意，惹草粘沙多似毛。忽趁狂风翻自远，更遮落日强相高。"成片的柳絮不仅遮天蔽日，欲与落日比高低，而且上下飞舞，狂妄自大。明代朱诚泳《柳絮》云："颠狂已见随风起，飘荡还应逐水流。"明代于谦《残春漫书》云："杨花不解留春住，空逐东风上下狂。"清代嵇永仁《柳絮行》云："昨日街头卖菜佣，道是杨花满城郭……谁识故园飘柳絮，颠狂片片点芳茵。"满城柳絮，飞花片片，上下狂舞，来势汹汹。

（二）情感与人格意蕴

1. 以柳絮的飘荡比喻人生的漂泊

柳絮随风飘荡，四处飘落，或落入土地，伺机扎根成长，或落入水中，与浮萍一同随波逐流，它们的这种状态，与人类无法把握自己命运、常年漂泊不定的生存状态相似，因此很多诗人会用柳絮比喻人生漂泊不定。这可以从很多诗中看出来，如晚唐时期的薛能在《咏柳花》中写道："浮生失意频，起絮又飘沦。"诗人用拟人的手法将柳絮漂泊游荡的一生刻画出来。唐代薛涛在《柳絮》中写道："二月杨花轻复微，春风摇荡惹人衣。他家本是无情物，一任南飞又北飞。"诗人借柳絮抒发其身世飘摇之感。明代于谦在《杨花曲》中写道："垂杨飞白花，飘飘万里去。多情蜂蝶乱追随，不问依栖向何处。人生漂泊无定踪，一似杨花趁暖风。今朝马足西边去，明日车轮又向东。"诗中对人生的漂泊与杨花的飘荡之间同构异质的关系进行了更贴切的描写，杨花随风四处飘荡，无处扎根，而游子四处奔波，颠沛流离，两者间有十分相似的命运。

2. 以柳絮的繁多比喻相思的绵密和愁绪的纷繁

柳絮微小繁多，飞舞在暮春时节的姿态总会使人产生纷乱的思绪。柳絮的"絮"与思绪的"绪"同音，更会引人联想。在《柳花词三首》中，刘禹锡写道："轻飞不假风，轻落不委地。撩乱舞晴空，发人无限思。"柳絮能作为触媒引发人的春情，使人产生浓郁的相思之情，相思的绵密就如同柳絮的繁多一样。相思得不到，更容易引发春愁，柳絮由此成为诗歌中的引愁之物。例如，《杨花词三首（其一）》中，李廌写道："苦恨红梅结子，生憎榆荚悠悠。解送十分春色，能添万斛新愁。"文学中常常以柳絮比喻闲愁，如宋代贺铸《青玉案》中的"若问闲情都几许？一川烟草，满城风絮，梅子黄时雨"就是用"满城风絮"这一具体的物象来比喻抽象的闲愁，再通过柳絮的繁多来表示愁思的绵密。此外，五代冯延巳《鹊踏枝》中的"撩乱春愁如柳絮，悠悠梦里无处寻"，史达祖《西江月·闺思》中的"闲愁多似杨花"等，也是以柳絮喻闲愁。

第四章

古典文学中芦苇的题材与意象解读

第一节 芦苇意象与题材创作历程

一、秦汉时期：芦苇的实用阶段和芦苇意象的开端

根据人类的发展规律，人们最先关注植物的实用价值，其次是观赏价值。在《草木鱼虫：中国养殖文化》一书中，学者邓云乡谈道："细思人类草木虫鱼的学问，第一是实用方面的，第二是认识方面的，第三是艺术情趣方面的。"作为一种自然植物，芦苇还是一种经济作物，在人类的生产生活中发挥重要作用。在先秦时期，芦苇在人类生活生产的多个方面得到了广泛的开发利用，并发挥着重要作用。另外，人们对芦苇的生物属性也十分关注，如生长旺盛、颜色特征等。

（一）先秦文献中的芦苇及其应用

1.《诗经》

《诗经》是我国第一部诗歌总集，收录了三百零五篇诗歌，其中与芦苇有关的诗歌有如下七篇。

《国风·召南·驺虞》："彼茁者葭，壹发五豝。于嗟乎驺虞！"《驺虞》主要对猎人高超的技艺做出了赞美。"葭"指刚破土至苗期的芦苇，其中"彼茁者葭"指芦苇苗成长得肥大茁壮，这种景象发生在春季谷雨到小满

这一段时期。芦芽鲜嫩味甜，富有营养，野猪喜欢拱食。

《诗经·卫风·硕人》："施罛濊濊，鳣鲔发发，葭菼揭揭。"通过这首诗，可以看出卫人对庄姜，即卫庄公夫人的赞美，诗中的"揭揭"指长长的芦荻。

《诗经·卫风·河广》："谁谓河广？一苇杭之。谁谓宋远？跂予望之。"这首诗歌是游子宣泄思乡之情。诗中的"苇"指的是用芦苇编织的筏子。诗中的"杭"意思是"航"。这首诗歌的意思是，用一条苇筏就可以在宽广的黄河上航行，渡河的难度不高。芦苇秆中空，有节，坚韧。从中可见，古人关注芦苇的实用价值，常将其编织成苇筏用于渡河。

《诗经·秦风·蒹葭》："蒹葭苍苍，白露为霜。所谓伊人，在水一方……蒹葭凄凄，白露未晞……蒹葭采采，白露未已……"西周末年，平王东迁，秦朝的范围从原本甘肃天水一带逐渐扩大，将如今的甘肃东部与陕西地区囊括在内，这一代的民歌就叫"秦风"。这首诗主要阐述的是对意中人求而不得的故事，这首诗用"蒹葭"起兴开头，用"苍苍""凄凄""采采"形容芦苇繁密生长茂盛。生长在水边的芦苇丛在当时非常常见。

《诗经·豳风·七月》："七月流火，八月萑苇。"《七月》描述了西周农民年复一年辛勤劳作的情境，反映了西周农民在衣食住行等方面的生活情况。诗中的"八月"表示的是周历的八月，反映了周历七、八、九月时，天气仍十分炎热，而"萑苇"也就是当时的芦苇与荻草抽穗开花，生长至成熟，等待农民收割了。通过这首诗歌可以看出芦苇所具有的季节性特点。

《诗经·小雅·小弁》："有漼者渊，萑苇淠淠。"这首诗主要用于表达作者被父亲放逐后内心的哀怨。诗中的"漼"表示水深，"淠淠"表示水边植物生长茂盛。在外漂泊、没有归处的人看到芦苇丛，常常触景生情，心中产生悲凉哀怨的情感。

《诗经·大雅·行苇》："敦彼行苇，牛羊勿践履。方苞方体，维叶泥

泥。戚戚兄弟，莫远具尔。或肆之筵，或授之几。""行"是指道路。"行
苇"就是河岸边的芦苇。

上述几首诗歌反映了周代社会芦苇的生长与分布情况，其中包括芦
苇生长的环境、成熟的季节、用途、形态特征等。"萑苇淠淠""蒹葭揭
揭""彼薆者茈"等词，都反映了芦苇长势的茂盛；"八月萑苇"反映的是
芦苇生长成熟的时间；"一苇杭之"反映的则是芦苇在当时的实用价值——
人们常用芦苇制造筏。从这些诗歌中不难看出，古人对芦苇的自然生长特
性十分关注。芦苇生长茂密，成丛存在，通过这些诗歌中对芦苇生长时
间、形态特征及用法用途的描述，可以看出古人对芦苇的季节性特征已有
一定认识。

2.《晏子春秋》

晏子即晏婴，是春秋末期齐国著名的政治家，《晏子春秋》中记载着
晏婴的言行思想。其中有两篇内容涉及芦苇，具体如下。

《晏子春秋·谏下九》："景公猎休，坐地而食，晏子后至，左右灭葭
而席。"诗歌中的"灭葭而席"表示将芦苇拔出来，当作席子使用。在古
代贵族的生活中，铺席很常见，不在应该铺席的地方铺席是不遵守礼数的
做法。诗歌中描写的场景在狩猎的户外，户外是没有席子的，为了遵守礼
数，晏子将芦苇拔出来铺展在地上，当作席子使用。"编苇为席"的做法
在现实中确实存在。

《晏子春秋·内杂篇上》："齐有北郭骚者，结罘罔，捆蒲苇，织履，
以养其母。"诗中表示，齐国有个擅长捆芦苇香蒲、编结兽王、编织麻鞋
的人，叫北郭骚，这个人依靠这些手艺奉养母亲。从这个记录中可以看
出，在当时，芦苇是人们不可缺少的生活物资。

3.《庄子》

《庄子》由外篇、内篇、杂篇组成，文章带有厚重的浪漫色彩，这本

书中构建了复杂、系统的哲学思想体系。

《庄子·杂篇·则阳第二十五》以人名篇。道论是全篇的主旨，是对庄子世界观的一种反映。"柏矩学于老聃"段中有这样的描述："……故卤莽其性者，欲恶之孽，为性萑苇蒹葭，始萌以扶吾形，寻擢吾性，并溃漏发，不择所出，漂疽疥痈，内热溲膏是也。"① 材料表示，未抽穗的"蒹""葭"不断生长至成熟结穗时，成为"萑""苇"，这就是芦苇与荻草。本篇通过描述这两种植物的生长习性，来比喻恶欲疯长伤正形的道理，用以指责因丧失本性在政治上鲁莽的问题。在这段话中，芦苇被视作生长快速的害草。

《庄子·杂篇·渔父第三十一》以虚拟人名名篇。这篇作品通过描写渔父对儒家忠贞、礼乐、仁义、慈孝的思想和孔子的行为做出了批判。在"孔子愀然而叹"段中，着重说明了庄子自然本真的观点。最后几句写道："孔子又再拜而起曰：'敢问舍所在，请因受业而卒学大道。'客曰：'……慎勿与之，身乃无咎。子勉之！吾去子矣，吾去子矣。'乃刺船而去，延缘苇间。"② 渔父俨然成为得道高人，最后撑船穿过芦苇丛，沿着水路缓缓离开。可见，在先秦时期，芦苇就与渔人隐者产生了密切的联系。

4.《荀子》

《荀子》作者为荀况，他是战国后期儒家学派的代表人物之一。《荀子》中涉及芦苇的有三篇，具体如下。

《荀子·劝学》以劝勉人认真努力，勤奋学习为主，并举例说明要使用正确的学习方法："南方有鸟焉，名曰蒙鸠，以羽为巢，而编之以发系之苇苕，风至苕折，卵破子死，巢非不完也，所系者然也。"诗歌中提到的"蒙鸠"即鹪鹩，这种鸟常采摘芦苇上的细毛搭建巢穴，"苇苕"指芦

---

① 郭庆藩.庄子集释：第 4 册 [M].王孝鱼，点校.北京：中华书局，1961：899.
② 郭庆藩.庄子集释：第 4 册 [M].王孝鱼，点校.北京：中华书局，1961：1033-1034.

苇的花穗，蒙鸠在纤脆的芦苇穗上筑巢，风一吹芦苇秆就会折断，使鸟巢摔落，打破鸟蛋，摔死幼鸟。诗歌想要表达的是选择错误的依附对象，可能会面临十分危险的境况和难以承受的后果。

《荀子·不苟》主要阐述立身行事不能苟且。第五段讲道："……与时屈伸，柔从若蒲苇，非慑怯也；刚强猛毅，靡所不信，非骄暴也。"这段材料用芦苇、香蒲柔顺的特点比喻君子的能屈能伸、随遇而安，芦苇纤细柔弱的特征在这里得到了形象生动的描绘。

《荀子·正名》在篇尾对关于欲望的异端邪说进行了铿锵有力的批判："粗布之衣、粗䌷之履而可以养体，屋室、庐庾、葭稿蓐、尚机筵而可以养形。"诗歌中的"庐庾"指草屋，"葭"表示刚破土成长的芦苇，"稿"表示谷类植物的茎秆，"蓐"指草垫子，"筵"指竹制垫席。另外还有两个通假字，"尚"通"敝"，意为破旧，"机"通"几"，指小桌子、几案。诗歌中居住者以庐庾作为屋室，以葭稿作为席蓐，用芦苇编织成各种生活物品，如坐垫等，通过这些物象形容贫贱人的生活环境，表示虽生活贫贱，但却能保持身心容貌形态长久不变。其中芦苇的编织物在这里指高洁人格或修身养性的陪衬物。

5.《楚辞》

继《诗经》之后，《楚辞》是我国古代文学领域的又一座高峰。芦苇在《楚辞》中也曾被提及。在哀悼世事混乱，表达作者想要奔遁远方、隐居避世思想的《楚辞·九思·悼乱》中，有这样一句诗词："菅蒯兮楸莽，蘺芷兮仟眠。"诗歌中的"菅蒯""蘺芷"都代表草木，"仟眠"同"芊眠"，表示草木丛生。春秋时期，楚国在江汉流域兴盛发展，"楚有江汉川泽山林之饶"表示那时的江南一带也旺盛生长着芦苇。

依据先秦时期文献材料中的记录，古人主要关注芦苇的生物特征与实用价值两个方面。在生物特征方面，芦苇具有长势旺盛、生命力顽强的特点，芦苇通常成丛茂密生长，通过"蒹葭凄凄""葭菼揭揭""八月萑苇""彼蔽者茁"等描写，可以看出古人对芦苇的生长成熟时间、生长状态、外在形象特征与季节性特征都有较为全面的了解。在实用价值方面，通过"捆蒲苇""一苇杭之""灭葭而席"等描写，可以发现当时的人对芦苇实际应用价值的关注程度远超于对其外在形象美的关注，而古人关注芦苇的生长习性则是为了使日常生活更便捷。

总结古人对芦苇的关注，可以发现在先秦时期，古人对芦苇的认识符合以下几点：第一，芦苇在文学创作中没有被作为独立的表现对象，仅作为比兴媒介在诗歌作品中出现，如《诗经·秦风·蒹葭》。如果说《诗经》侧重使用比兴的手法描写芦苇，那么《庄子》则善于用比喻的手法对人生道理进行阐述，如"为性蒹苇蒹葭"。第二，古人对芦苇的季节性特征比较关注，并形容秋天的芦苇为"蒹葭苍苍"。在先秦时期，人们仅在外形特征上对芦苇有最初的认识，而到了秋天，芦苇成熟，形态多变，所以秋天是芦苇最佳的观赏期。《诗经》中描述芦苇的"蒹葭苍苍"可以说是人们对芦苇最主要、最深刻的印象，这句诗对后世产生了极大的影响。第三，芦苇意象带有浓厚的北方文化色彩。《楚辞》中很少出现芦苇意象，相比之下，芦苇在代表北方文学诗歌集的《诗经》中出现的次数更多。例如，名篇《蒹葭》就属"十五国风"中的"秦风"，其中描述的就是陕北甘肃地区的自然风光。可见，先秦时期芦苇意象所带有的是浓厚的北方文化色彩。

（二）两汉文献中的芦苇及其应用

1.《急就篇》

《急就篇》是我国现存最早的常识和识字课本，该文献的第二部分主要为"言物"，其中有这样一句关于植物的话："薪炭蒹苇炊孰生。"此外，也有其他著作指明了古时芦苇的用法："藡，为蒹，谓获也，其新生者曰荻。葭，为苇，谓芦也，二者亦薪之类，可然燎也。炊孰生者，谓蒸煮生物使之烂孰也。"① 可见，芦苇在古代是人们用来烧饭的。

2.《金匮玉函经》

此书为汉代张机所撰，此书对于研究伤寒理论具有很高的价值，其卷八写道："治五噎吐逆，心膈气滞，烦闷不下复，芦根五两，剉，以水三大盏，煎取二盏，去渣，温服。"

3.《金匮要略方论》

此书亦为汉代张仲景所撰，约成书于东汉末年，是一部杂病学著作。《金匮要略·肺痿肺痈咳嗽上气病》中治疗肺痈的方子是："苇茎二升，薏苡仁半升，桃仁五十枚，瓜瓣半升，上四味，以水一斗，先煮苇茎得五升，去滓，内诸药，煮取二升，服一升，再服，当吐如脓。"这就是著名的"千金苇茎汤"。又如，《禽兽鱼虫禁忌并治》中治食马肉中毒欲死方："煮芦根汁，饮之良。"食鲦鲐鱼中毒方："芦根煮汁服之即解。"

4.《风俗通义》

此书为东汉人应劭著，记录了大量的神话异闻。《风俗通义·祀典·桃梗苇茭画虎》提及芦苇："无道理妄为人祸害，荼与郁垒缚以苇索，执以食虎。于是县官常以腊除夕饰桃人，垂苇茭，画虎于门，皆追效于前事，冀以卫凶也。"可见，芦苇与辟邪相关。

根据上文所述与两汉时期的典籍能够看出，古人在日常生活中将芦苇用作柴薪，这里反映的仍是其实用价值。另外，芦苇的药用价值、在社会民俗方面的辟邪功用也在这一时期得到了古人的开发和利用。

创作于这一时期的文学作品很少有关于芦苇的记载，仅在司马相如等人创作的赋中有所提及，如在《子虚赋》中，西汉的司马相如写道："其

---

① 陈有方.文渊阁四库全书指南[M].台北：台湾商务印书馆，1988：256.

埤湿则生藏葭蒹葭。"这句话表明芦苇的生长具有近水性特点。《史记·孝武本纪》《三辅黄图》中记载在公元前 104 年，也就是太初元年，汉武帝开凿"太液池"，建造建章宫，其中就提到了多种水生植物。根据《黄皓歌》记录，太液池边种植了芦苇："黄鹄飞兮下建章。羽肃肃兮行跄跄。金为衣兮菊为裳。喥喋荷荇，出入蒹葭。"从中可见，在当时，人们就已经注意到了芦苇的观赏价值，并将其应用在景观建造中。然而，这一时期却没有传下来描述具体观感体验的诗文作品。

根据上文描述，可以看出，芦苇在秦汉时期已经广泛进入古人的视野与生活之中了，这一时期的古人对芦苇的实用价值与生物属性十分关注，尤其是芦苇顽强的生命力与旺盛的长势，但芦苇的审美价值在这一时期还未被挖掘。在这一时期的文学创作领域，芦苇没有被独立描写，仅用作比兴的媒介出现，先秦文人在创作中对芦苇季节性颜色变化的描写，延续到了魏晋时期的文学创作中。到了两汉时期，人们将芦苇种植在园林中，其观赏价值开始得到人们的关注，并且，他们还注意到了芦苇生长的近水性特征。两汉时期的北方文学是芦苇意象的主阵地，因此芦苇意象起初带有较强的北方地域文化色彩。

二、晋唐时期：芦苇意象和题材创作的发展

芦苇题材及意象创作的第二阶段在晋唐时期，这一时期涌现出了更多以芦苇为题材或应用了芦苇意象的作品。对比先秦时期人们对芦苇实用价值的关注，这一时期的人们较为在意芦苇的外在形象与审美价值。芦苇在不同季节具有不同的外形特点：春季为芦芽，夏季为芦滩，秋季为芦花，芦苇在这三个季节不同的形态都受到不同程度的关注。受儒家文化思想的影响，唐代文人雅士逐渐开始利用花木的自然特点表现自身的素质情操。随着越来越多题材为芦苇的文学作品问世，古人在文学创作上不再仅注重花木物象自身的表现，而更注重通过描写这些自然物象表达内心情感，芦苇意象也因而获得了饱满丰富的情感意蕴。

（一）魏晋南北朝时期

魏晋时期出现的作品中少有提到芦苇的，当时的人们主要关注芦苇的植物特性，如长势旺盛、近水性、生命力顽强等。在《盘石篇》中，生于三国时期的曹植曾对茂密生长在贫瘠雍丘中的芦苇丛做出这样的描写："兼葭弥斥土，林木无分重。"在《赠王桂阳别诗三首（其三）》中，南朝时期的吴均描述："深浪暗兼葭，浓云没城邑。"在《从军诗五首（其五）》中，东汉王粲写道："藿蒲竟广泽，葭苇夹长流。"这几首诗都描写了芦苇生长的场景，且均为室外，但分析这几首诗可以发现，诗人们仅就芦苇的生长环境与生长状况进行了细致描绘，并未赋予其思想意蕴和情感色彩。

南北朝时期，文学创作热度居高不下，很多文人对芦苇意象的季节性特征展开了描写。同时，由于这一时期的人们生活在连年的战乱之中，文人在创作时总将秋季芦苇干枯发黄的萧瑟景象与自身的生活经历、情感喟叹联系起来。例如，南朝文学家鲍照在其诗作《游思赋》中写道："对兼葭之遂黄，视零露之方白。鸿晨惊以响湍，泉夜下而鸣石。结中洲之云萝，托绵思于遥夕。"笔者在品读这首赋时，难免联想到《诗经》描绘的"兼葭苍苍"的画面：成片的兼葭渐渐发黄，开始自然凋落，就像人的衰老不可避免一样，而秋天露水清光潋滟，使人倍感孤寂冷清。分析这些文学作品可以发现，诗人们观察和描写芦苇时最常用的是秋季兼葭形象，他们常借芦苇的季节变化来表示在时序变迁、年复一年的时光中，游子在外漂泊的愁苦和对故园的深切思念。

南北朝时期的诗人们在应用芦苇意象进行文学创作时，为其赋予了漂泊不定的内涵。随着晋室南迁，国家文化重心与人口重心南移，江南随之进入了深入、持续发展的阶段，芦苇意象所反映的地域文化色彩也在这一时期开始出现变化。在《休沐重还丹阳道中诗》中，南齐诗人谢朓写道："灞池不可别，伊川难重违。汀葭稍靡靡，江蕖复依依。"南梁何逊也写下了《还渡五洲诗》："萧散烟雾晚，凄清江汉秋。沙汀暮寂寂，芦岸晚修修。"在这样的环境背景下，在先秦两汉时期反映北地文化色彩的芦苇意象，开始具有了江南地域的文化色彩。

（二）初盛唐时期

在从隋到初盛唐的这一段长达两个世纪的历史中，《诗经》中的"蒹葭苍苍"仍在影响着文人们对芦苇的审美印象，虽然到了这段时期，也出现了个别描写芦笋、芦花的诗句，但在初盛唐时期专题吟咏芦苇的文学作品仍很少问世。初唐时期，诗人仍将芦苇作为秋景的重要物象之一，如卢照邻《悲夫》："秋风起兮野苍苍，蒹葭变兮露为霜。"骆宾王《秋日于益州李长史宅宴序》："洲渚肃而蒹葭变，风露凝而荷芰疏。"《久戍边城有怀京邑》："葭繁秋色引，桂满夕轮虚。"苏味道《始背洛城秋郊瞩目奉怀台中诸侍御》："蟋蟀秋风起，蒹葭晚露深。"可见，《诗经》中"蒹葭苍苍"对文人的影响从先秦一直延续到了这段时期，这一时期诗人们笔下的芦苇多给人以秋季露重萧瑟之感，且他们常用"苍葭""汀葭"来代表和刻画秋季的芦苇，如卢照邻《七夕泛舟（其一）》："汀葭肃徂暑，江树起初凉。"陈子昂《宿襄河驿浦》："沙浦明如月，汀葭晦若秋。"李峤《八月奉教作》："黄叶秋风起，苍葭晓露团。"《秋日遇荆州府崔兵曹使宴》诗序："天沆寥而烟日无光，野寂寞而山川变色。芸其黄矣，悲白露于苍葭；木叶落兮，惨红霜于绿野。"

进入盛唐时期后，在文学创作领域，无论是将芦苇作为创作题材，还是应用芦苇意象进行创作的作品数量都较以往有了很大发展。最突出的一点是诗人在描写芦苇时，开始关注芦苇的局部特征，首先是出现了更多描写芦花的作品，这打破了"芦苇代表萧条孤寂的秋景"这一单一印象。纵观整个唐代，不同时期人们对芦花做出了不同的描绘与刻画，记录了不同的审美体验。在初唐，诗文中的芦花仅作为自然景物，少有细致描写。而到了盛唐初期，诗文中多次出现了对芦花的具体描摹。在《洗脚亭》中，李白写道："西望白鹭洲，芦花似朝霜。"岑参也在《下外江舟怀终南旧居》中写道：“水宿已淹时，芦花白如雪。”这是对芦花颜色的描写。储光羲《临江亭五咏（其三）》“江水青云挹，芦花白雪飞”，刘长卿《奉使鄂渚至吴江道中作》“客路向南何处是，芦花千里雪漫漫”，这是对芦花动态的描写。唐代诗人在进行文学创作时，不仅关注芦花，而且对芦叶、芦芽也做出了具体的描写，将芦苇在不同季节、不同成长阶段的特点展现了出来，将芦苇所具有的外在形象美全方位地彰显了出来。例如，王维《戏题示萧氏甥》：“芦笋穿荷叶，菱花胃雁儿。”李白《奔亡道中五首（其五）》：“淼淼望湖水，青青芦叶齐。”杜甫《客堂》：“石暄蕨芽紫，渚秀芦笋绿。”芦芽在春季刚刚成长，因此用来象征刚刚到来的春天，表示在春光明媚的日子里，万物焕发生机，一片欣欣向荣。诗人们准确细致的描绘，使芦苇褪去了萧瑟秋感，增添了一份鲜嫩的纯色，获得了别样风情。基于此，唐代文人对芦苇整体形象的认知越来越丰富、完善。

　　在题材创作上，在羁旅漂泊与送别题材的诗歌中常出现芦苇意象。在盛唐时期开始有诗人用芦苇意象创作送别题材的诗歌，这类题材的诗歌不仅用芦苇丛代表送别的场景，而且将其作为渲染环境气氛的重要景物。水运是古代远行的主要交通方式之一，因此芦苇成为人们在水岸边送别时较为常见的物象之一，于是有很多诗人将芦苇作为景物写在送别诗中。例如，王维创作的《送綦毋秘书弃官还江东》：“清夜何悠悠，扣舷明月中。和光鱼鸟际，澹尔兼葭丛。”《送从弟蕃游淮南》：“天寒兼葭渚，日落云梦林。江城下枫叶，淮上闻秋砧。”《送方城韦明府》：“遥思葭菼际，寥落楚人行。”《送贺遂员外外甥》：“苍茫葭菼外，云水与昭丘。”又如，李颀《送马录事赴永阳》：“春日溪湖净，芳洲葭菼连。”王昌龄《岳阳别李十七越宾》：“杉上秋雨声，悲切兼葭夕。”《巴陵送李十二》：“摇曳巴陵洲渚分，清江传语便风闻。山长不见秋城色，日暮兼葭空水云。”李嘉祐《送李中丞杨判官》：“流水兼葭外，诸山睥睨中。别君秋日晚，回首夕阳空。”《送皇甫冉往安宜》：“楚地兼葭连海迥，隋朝杨柳映堤稀。”由此可见，诗人在创作送别诗时，通常会选择凄清萧索的意象来营造离别时伤感的氛围，传达内心的不舍与忧伤。"蒹葭"出自先秦《诗经》的"蒹葭苍苍",本身就带有清冷的特点,与诗人的这种表达需要恰巧相符,因此诗人会选用蒹葭意象创作送别诗。

随着唐代文人不断丰富和开拓新的诗歌题材,有诗人将芦苇意象写入了以羁旅为题材的诗文作品中。需要明确的是,将芦苇意象写进以羁旅为题材的诗歌中,并不是唐代首创,南北朝时期就已经出现这一做法。芦苇具有长势旺盛、生命力顽强的特点,它们遍布湖岸江边,在羁旅途中几乎随处可见。在《泊舟贻潘少府》中,唐代储光羲写道:"行子苦风潮,维舟未能发。宵分卷前幔,卧视清秋月。四泽蒹葭深,中州烟火绝。苍苍水雾起,落落疏星没。所遇尽渔商,与言多楚越。其如念极浦,又以思明哲。常若千里余,况之异乡别。"这首诗中描绘的是这样一幅情景:风高潮涨,出行在外的人不得不停舟缓行,夜半时分游人掀开船舱前的帘子,注视着高悬的秋月。船舱周围环绕着茂密高深的芦苇丛,夜色渐深,湖中的洲岛逐渐失去了光亮,水中慢慢升腾起浓郁的雾气,天上的星星稀疏闪烁,周围的一切都冷清静谧。在这类羁旅题材的作品中,曾多次出现芦苇意象,如郑愔在《贬降至汝州广城驿》中的描写:"岸苇新花白,山梨晚叶丹。"这首诗创作于景龙三年,是诗人郑愔被贬江州司马途经汝州时所作,诗中提到的芦苇应该就是其在途中见到的景象。再如,王维在游蜀途中写下的诗作《清溪》(诗题一作为《过青溪水作》),其中"漾漾泛菱荇,澄澄映葭苇"描写了荇菜、菱叶等水生植物在溪水上漂浮时一片葱绿的景色,岸边的芦苇在水中倒映,如画一般恬静美丽,整幅画面动静结合,幽美和谐。另外,在《湘中纪行十首·赤沙湖》中,刘长卿写道:"茫茫葭菼外,一望一沾衣。秋水连天阔,涔阳何处归。"在《早过临淮》中,陶翰写道:"鳞鳞鱼浦帆,渀渀芦洲草。川路日浩荡,恕焉心如捣。"

(三)中晚唐时期

进入中晚唐时期,诗人使用芦苇题材与芦苇意象进行的文学创作得到了进一步发展，与初盛唐时期相比，这一时期出现了更多单篇吟咏芦苇的作品，很多诗人仔细观察了芦花并做出了细致的描写。例如，耿湋写下的《芦花动》，其中写道："连素穗，翻秋气，细节疏茎任长吹。共作月中声，孤舟发乡思。"这首诗不仅描写了景物，而且通过物象表达了作者伤秋思乡的深切情感。诗中细致描写了芦花的优美形象，与前人相比，这首诗从整体上对芦花的动态美做出了更加生动、细致的刻画，传神地勾勒出芦花在秋风中随风飘拂，芦荡在秋风的吹动下此起彼伏的梦幻情景。同时诗人淋漓尽致地刻画了芦荡衰败枯萎的萧条场景，使人读之触景生情，能使人更真切地感受到诗人思乡的忧愁。这首诗通过刻画衰败枯萎、随风飘零的芦花，传达诗人深切的思乡情感，情景交融，相得益彰。如果说这首诗主要通过描写芦花来抒发情感，那么雍裕之的诗作《芦花》则是一首完完全全的咏芦花诗作，全诗"夹岸复连沙，枝枝摇浪花。月明浑似雪，无处认渔家"句句不提芦花，但却将芦花之美充分表现出来，雪白的芦花可以将江边月夜的安详与寂静更好地衬托出来。

　　题材为芦苇的诗歌创作的逐渐兴盛，还可以从人们的思想认识发展上体现出来。由于唐代儒家道统文化不断渗透，尤其是中唐古文运动之后，人们审美认识的深化导致他们的伦理道德意识也渐趋高涨。欣赏花木时，人们视线的焦点逐渐从自然属性上升到品格意志，将花木作为宣泄情感、表达思想的对象。芦苇丛生长的地方多为湖畔水岸，远离尘世浮华，而诗人们最向往的地方恰巧就是逍遥不羁的天地与浩渺烟波的江湖，芦苇丛深处因此成为一种隐逸去处的象征，很多诗人在写作吟咏芦苇的诗歌时也会对这方面进行重点、深入的挖掘和描写。例如，李中在其诗作《庭苇》中写道："品格清于竹，诗家景最幽。从栽向池沼，长似在汀洲。……故溪高岸上，冷淡有谁游。"这一视角推动了人们更深入地发觉和认识芦苇的审美价值，使人们从整体上深刻把握芦苇的品格特质，为诗人创作时的精神寄托与人格象征奠定了基础。

　　在初盛唐时期，羁旅题材诗歌是芦苇意象应用的主阵地，到了中晚唐时期，漂泊题材的诗歌作品成为芦苇意象出现的重点领域，芦苇意象由此承载了更加丰富的情感。在《晦日马镫曲稍次中流作》中，常建写道："夜寒宿芦苇，晓色明西林。初日在川上，便澄游子心。"诗中描述了一个寂静的夜晚，诗人夜宿在茫茫无际的芦苇丛中，产生了强烈的孤独感与空间辽阔感，从而引发浓郁的愁思，久久不能入眠。这类题材的诗歌大多表达了与之相同的感受，如白居易《风雨晚泊》："苦竹林边芦苇丛，停舟一望思无穷。"张乔《江行夜雨》："江风木落天，游子感流年。万里波连蜀，三更雨到船。梦残灯影外，愁积苇丛边。不及樵渔客，全家住岛田。"

从唐代的整体文学创作上看，芦苇题材与意象在文学作品的类型、数量以及质量上都较之前有了巨大的发展。进入晚唐，文人欣赏芦苇时，不仅关注其外形特点，而且对其品格进行了形容与赞赏，唐代诗歌内容涵盖了芦苇的方方面面。从地域文化色彩表现上看，芦苇意象在先秦两汉时期所体现的色彩以北地文化色彩为主，晋唐以来，芦苇虽尚未完全成为江南景物的代表，但已明显体现出江南文化色彩。产生这一变化的原因主要分为两方面，一方面，从芦苇的生长特性上看，芦苇主要生长于湖畔水岸，具有近水性，因此更常见于江南水乡，为芦苇意象在后来体现出鲜明的江南文化色彩奠定了基础与前提；另一方面，从人类活动的客观环境上看，魏晋时期频发大小战争，本就呈现荒凉之势的黄河流域变得更加残破，而到了唐代，随着我国北方地区生态环境的不断恶化，大量河流、湖泊逐渐减少，同时人类南迁活动使社会文化、经济中心向南迁移，共同为芦苇意象体现江南文化色彩提供了支持和保障。

三、宋元时期：芦苇意象和题材创作的繁盛

很多意象因为具有较强的艺术感染力，被历代诗人多次使用。意象在横向方向上表现出了普遍性特点，在纵向方向上表现出了传承性特点，基于此，诗人或创造新意象，或沿袭旧意象，目的始终是将自身的思想情感与审美感受形象地表达出来。根据这一规律不难发现，宋元时期诗人所

用的芦苇意象，就是在沿袭了晋唐时期意象的基础上做出了一定的创新与开拓。

　　宋元时期的诗歌作品中，出现了很多重点描绘芦花与芦苇的单篇咏芦花作品，与晋唐时期相比，这一时期出现了更多吟咏芦花的专题诗歌。从作品内容上看，宋元时期的作品不仅对芦苇的外在形象特征进行了描写，而且延续了唐代诗人赋予芦花、芦苇的象征意义与情感意蕴。例如，苏轼的《和子由记园中草木十一首（其五）》："芦笋初似竹，稍开叶如蒲。方春节抱甲，渐老根生须。不爱当夏绿，爱此及秋枯。黄叶倒风雨，白花摇江湖。江湖不可到，移植苦勤劬。安得双野鸭，飞来成画图。"诗中"芦笋初似竹，稍开叶如蒲"是对芦苇外在形象的描写，芦苇初长时，与竹子、笋非常相像，长出叶子后又与蒲草十分相似。"方春节抱甲，渐老根生须"描写的是芦苇在生长过程中，逐渐拔节，根须越来越多的态势。之后诗人在诗中表达了自己观赏芦花的态度，表示炎炎夏日到处是葱绿茂密的芦苇的景色虽优美，但并不能打动诗人，反而到了秋季万物枯萎衰败时，芦花独特的美更能引发诗人心生喜爱。与其他花木相比，夏季的芦苇没有娇艳的花朵，外在形象姿态不像杨柳婀娜，在诗人看来没有特点，反观到了秋季，万物凋零，芦花却在此时迎风盛开。"黄叶倒风雨，白花摇江湖"描述的就是在秋风吹起时，枯黄的芦叶在风雨中折落，但白花花的芦花却随风飘向四面八方，游荡在江河之间，这幅画面充斥着特别的意蕴，体现了诗人的淡泊意趣，同时也是诗人的精神寄托。即便难以找到这样具有雅趣野兴的"江湖"，诗人也要"移植苦勤劬"，寄希望于在未来创造理想的生活环境。最后一句"安得双野鸭，飞来成画图"则是诗人构想的未来景象。在写作这首诗时，苏轼采用赋的形式，对芦苇从初生到渐老，再到枯萎的整个过程做出了细致具体的叙述，同时表达了自身对芦苇独特的审美体验。

　　在宋代文人的文学作品中，芦苇不再给人以四处飘摇的芦花这一单一印象，他们擅长在人体感官，如嗅觉、视觉等方面，使用更加丰富的词汇做出更生动细致的描绘，以便读者充分领略芦苇在不同姿态下的外形特点。另外，在对芦苇意象的物色观照上，宋人对色彩搭配也很重视，将色彩的对比利用到了极致。例如，李含章《出典宣城三首》："芦花未白蓼初红，绿水澄蓝是处通。"释德洪《汪履道家观所蓄烟雨芦雁图》："萧梢碧芦秋叶赤，青沙白石纷无数。"范成大《过松江》："青鹢惊飞白鹭闲，丹枫未老黄芦折。"汪元量《秦岭》："红树青烟秦祖陇，黄茅白苇汉家陵。"在这些作品中，都是短短两句写出四种颜色。元代基本沿袭宋代诗人的描写，同样也十分注重颜色的相连。例如，王冕《赠杨仲开画图引》："平湖大泽无界限，黄芦白水秋烟孤。"岑安卿《百雁图》："水寒芦叶黄，霜清苇花白。"白朴《双调·沉醉东风·渔夫》："黄芦岸白蘋渡口，绿杨堤红蓼滩头。"

黄芦意象源自唐代诗人白居易的"黄芦苦竹"。宋代诗人进行诗文创作时，常使用更加强烈的色彩对比，使用的物象内容也比唐代更加丰富，如在《十月十三日泊舟白沙江口》中，黄庭坚写下："绿水去清夜，黄芦摇白烟。"在短短的十个字中，描写颜色的词就有三组，"绿水""黄芦""白烟"的勾勒使画面饱满丰富，表现出十足的动感。宋人追求色彩感还表现在，用色彩感强的植物对比和衬托黄芦意象，如在《送吴殿中知景陵》中，王安礼写道："郭畔黄芦宜日晚，水边红橘与秋深。"在《三次刘寺韵赋张以道新居与约斋夹湖相望》中，项安世写道："碧柳黄芦冷映门，荒陂寒水净涵村。"

虽然在唐诗中不曾出现寒芦意象，但寒芦意象早在南北朝时期的作品中曾出现过一次。南朝梁沈约《咏雪应令诗》："思鸟聚寒芦，苍云轸暮色。"寒芦意象在宋代诗人笔下多次作为秋景物象出现，如苏庠《平远堂（其二）》："寒芦淅淅催秋晚，浦雨溟溟忆去年。"王之道《平沙雁落》："寒芦飞花秋色老，乱扑客衣纷不扫。"赵希逢《九日舟中》："旧菊重阳日，寒芦两岸秋。"《和水禽》："白鸥远远随潮上，隐映寒芦两岸秋。"诗人在作词时，常选择具有秋季特征的景物来搭配寒芦，凸显秋季的萧条，如宋代李曾伯《浪淘沙·舟泊李家步》："斜日挂汀洲。帆影悠悠。碧云合处是吴头。几片寒芦三两雁，人立清秋。"所谓"十月芦苇振秋凉"，寒芦通常给人秋风萧瑟、万物凋零之感，将其与秋季典型的景物搭配，可以突出秋天的清冷与萧条。

宋元诗词创作的另一个需要关注的点在于意象叠加的表现手法，宋元诗词作品中常见交叉组合使用芦、葭、苇意象的现象，且使用的修饰词也各有不同。这种创作和表现手法可以使诗词中的景色更具鲜明特点，尤其在词中，可以表现出更加灵动传神的意境和渲染出更具感染力的气氛。

首先，芦、苇的交叉描写，如舒坦《宿鹭亭》："云过千溪月上时，雪芦霜苇冷相依。"邓肃《芙蓉轩》："此来踏雪空无有，黄芦败苇争号风。"释行海《周浦道中》："浅芦深苇雨丛丛，一浦潮来一浦风。"

其次，文人们通常在交叉描写苇、葭时，会使用很多中性的色彩词进行修饰，展现出别样美感，同时抒发自身的真情实感。例如，陈允平在《渡江云》中的描写："离情暗逐春潮去，南浦恨、风苇烟葭。肠断处，门前一树桃花。"《塞垣春·草碧铺横野》："烟葭露苇，满汀鸥鹭，人在图画。"以及葛长庚在《贺新郎·倚剑西湖道》中的描写："倚剑西湖道。望弥漫、苍葭绿苇，翠芜青草。"

宋元时期正处于我国文化重心从北向南迁移的过程中。在这一时期，喜欢近水生长、常见于湖畔江边等地的芦苇广泛走进文人的视野。文人在描写芦苇时，还会写出江南优美婉约的景色，并营造出悠闲恬静的氛围，如元代陈孚在其诗作《瓜州》中的描写："烟际系孤舟，芦花满棹秋。江空双雁落，天阔一星流。"以及宋代朱长文在其诗作《烟雨楼》中的描写："山色有无烟变态，湖光浓淡雨收功。凭栏正好催归去，横笛数声芦苇中。"

宋元时期不仅有大量以芦苇为题材和应用芦苇意象进行创作的作品问世，而且创作方式上也出现了创新，文人们将芦苇的形象塑造得更加饱满立体，还赋予了芦苇更加丰富的情感意蕴。可以说，宋元时期是文人对芦苇的审美认识达到繁盛的阶段，分析这一时期吟咏芦苇的诗词作品可以发现，这一时期文人表达方式与情感内涵的体现得到了深化并被基本确立下来。与此同时，在这一时期，芦苇意象所反映的地域文化色彩也真正完成了从北方到南方的转变。芦苇在江南水乡飘摇的过程中，逐渐沾染上了江南水乡温润柔婉的气息。自此，很多宋元文学作品的创作将芦苇意象与江南水乡关联起来，甚至将其与洞庭、潇湘等极具江南特色的地理意象联结起来，芦苇由此逐渐成为具有典型代表性的江南景物。

四、明清时期：芦苇意象与题材创作的延续

前人对芦苇的审美认识延续到了明清时期。经过此前历代的积淀与宋元时期四个多世纪的发展定性，在社会生活、文学艺术等多个方面，芦苇的应用、审美等都形成了一套模式。可以说，明清两代是芦苇题材与芦苇意象创作发展后的延续期，继承和发扬传统创作模式是这一时期的主要特点。从整体上看，这一时期实现了宋元文学的进一步完善与推进。

在明清时期的文学创作中，芦苇题材依旧繁荣，很多文人对芦苇的描写与此前相比更加深入和集中，这一时期涌现出一批质量不错的对芦苇的单篇描写。具体来说，在物色描写上，明清文人将视线焦点回落到物态本身，对芦苇的审美特点进行了侧重描写，芦苇的美感形象由此受到人们更高程度的认可与回归。很多时候，同一诗人会创作多首单篇描写芦苇的诗词作品，专门吟咏芦苇的作品数量也因此有了很大程度的增长。

明清时期，中国古代封建主义进入最后阶段，文人们在各方面进行了大量著述与学术研究，生产编纂了大量百科全书与大型类书。其中很多分类的书籍都涉及芦苇，如园艺谱录类中包括明代王路的《花史左编》、明代王象晋的《二如亭群芳谱》、清代汪灏等奉敕编的《广群芳谱》等；植物学类中包括清代吴其濬的《植物名实图考》；医药类中包括缪希雍撰《神农本草经疏》、清代程林撰《圣济总录纂要》以及明代李时珍撰《本草纲目》等。这些著作或有资料编总，或有专题考述，或有事迹杂录，在食用、医药、艺术等多个领域的方方面面收录了丰富且广泛的著述材料，

同时这些著作还被视作芦苇文化历史传统的总结与积累。

第二节　芦苇的物色美感多维分析

一、因时而变的风景美观

芦苇是一种多年生挺水草本植物，地上部分一年成熟一次，地下部分是多年生的根状茎。随着季节变化更替，芦苇的生长需要经历初生、盛长、开花和枯衰的过程，在此过程中，芦苇作为景观可以表现出明显的四季变化。

（一）春季芦笋嫩芽之景

不同的生长环境会影响芦苇在生长时间上形成差异，通常情况下，芦苇发芽的时间为冬末初春，初生的嫩芽看起来很像细竹笋，因此也被叫作"芦芽""芦笋"。在先秦时期，《诗经·召南·驺虞》就有："彼茁者葭，壹发五豝，于嗟乎驺虞。"茁，生出壮盛之貌。葭，芦也，亦名苇。其中提到的"葭"就是初出土至苗期的芦苇，这段时期的芦苇与竹笋非常相似，因此获得了芦笋、芦芽的俗称。在古汉语中，芦苇有很多名称，如芦、苇、葭，这三种名称分别代表不同生长时期的芦苇，而后来文人在创作文学作品时，不再做细致区分，只用葭泛指芦苇。正如宋人沈括论述："然《召南》：'彼茁者葭。'谓之初生可也。《秦风》曰：'蒹葭苍苍，白露为霜。'则散文言之，霜降之时亦得谓之葭，不必初生，若对文须分大小之名耳。"[①] 因此，《召南》中提到的"彼茁者葭"指的就是许多肥壮粗大的芦芽，由此可以看出芦芽有茁壮、强劲的生长态势。

诗人对芦芽的关注不仅在于其外形特点，而且还有颜色特征。与前

---

① 沈括. 梦溪笔谈 [M]. 北京：中华书局，1985：33.

面几点相比，描写芦芽颜色的文学作品出现较晚。在花草姹紫嫣红、万物生机勃勃的春天里，芦芽的青绿色常使人感到清新愉快，描述芦芽的诗词作品中也都能表现出春天鲜活的生机。例如，在《故山春日（其三）》中，明代杨基写下的："青青芦笋杂蒲芽，细细浮萍是柳花。"在《题春江送别图》中，元代郑洪写下的："西陵渡口山日出，芦芽青青柳枝碧。"嫩白的芦芽总能让人产生它很美味的联想，对此，清代诗人邓廷桢在其诗作《刀鱼三首（其二）》中写道："吹雪纤鳞人馔香，芦芽嫩白韭芽黄。"清代阮元在其诗作《梨云曲》中写道："芦芽白，江南燕，河豚翻乳西施馔。"

（二）夏季芦滩湖荡之景

宋代诗人刘敞写道："萧萧江上苇，夏老丛已深"，夏季的芦苇生长速度很快。通常情况下，芦苇在五六月生长最快，这一时期芦苇的茎秆快速拔高，平均每日植株的高度都会增长 2～3 厘米，到了 7 月中旬，芦苇开始孕穗，在 8 月上旬到立秋之前（8 月中旬）抽穗，成熟后的芦苇高度为 1～3 米，这时的高度通常为全株最终高度的 70%～80%，由此可以看出芦苇的高。很多诗人在文学创作中描述过芦苇高大的特征，有的叙述了具体高度，如宋代诗人贺铸在其诗作《食鲥鱼》中的描述："雨长沙田三尺芦，截江逻钓待嘉鱼。"古时三尺约折合为现如今的一米，由此可见芦苇的高大；也有的直接描写芦苇丛深，如宋代孔平仲在其诗作《咏芦》中的描写："地近长芦芦已深，舟行两岸蔚森森。能藏蛇虺连山涧，强庇蛙蟆接水阴。"北宋苏辙在《和文与可洋州园亭三十咏·寒芦港》中的描写："芦深可藏人，下有扁舟泊。"以及北宋梅尧臣在《送弟禹臣赴官江南》中的描写："尔来芦岸深，须防虎潜搏。"除了这些较为直观的平面描写外，还有一些通过比拟、对比手法进行的描写，如北宋梅尧臣在《送次道学士知太平州因寄曾子固》中的描述："牙兵可拟岸傍芦，森森甲立雄南土。"他利用比拟和对比的手法，将芦苇的挺立、高大形象清晰地勾勒出来。

芦苇是一种喜水性植物，湖边、河岸、池沼等潮湿的浅水低地是芦苇主要生长的地方。我国古代的文学作品中也反映了芦苇的近水性，如宋代苏辙所作的《赋园中所有十首（其三）》，其中提到了"芦根爱溪水，馀润长鲜绿"。唐代储光羲作的《同诸公秋日游昆明池思古》，其中提到"猵獭游渚隈，葭芦生滑湄"。

芦苇的生长习性与外在形象是其成为夏季芦滩湖荡景观的必需条件。芦滩也作为景观多次出现于文学作品中，如宋代曾巩在创作《西湖二首（其二）》时写下："湖面平随苇岸长，碧天垂影入清光。"芦苇丛一片碧绿，广袤幽深，在湖水中的倒影十分清亮。芦苇丛边常有祥和恬静的美丽景致，宋代陈与义在《赠傅子文》中描绘："芦丛如画斜阳里，拄杖相寻无杂宾。"北宋蒋堂在《和梅挚北池十咏（其三）》中描绘："岸草衬丹毂，滩芦假画船。"

炎炎夏日，在荷花的映衬下，芦苇丛一片碧波荡漾，自成一片美丽的景观。芦苇在水岸上生长，荷花作为夏景生长在水中，二者有相似的习性，它们在同一区域中相互呼应，文人频频吟咏这样的美丽景色。宋刘宰《漫塘集》卷二十一载："金坛县北七里，柘荡浸其东，高湖浸其西，大溪贯之。居民多聚居于水之阳，其尤著者观庄，沿溪皆芦苇、芰荷，夏月唤渡，香风袭人。"明人黄淳耀在《山左笔谈》中记载："大明湖下有源泉，又为诸泉所汇，当城中地三之一。古称遥望华不注，如在水中。夏时荷菱满湖，苇荻成港，泛舟其中，景之绝胜者。"

（三）秋季芦花雪海之景

在秋季的芦苇景观中，芦花是最重要的组成部分。每年的 7～11 月是芦苇的花果期，芦苇 7 月孕穗，8 月抽穗，成熟时，其茎秆会经历由绿色变成黄白色，再变成黄褐色的过程。到了 9 月上旬，也就是白露节气时开花，花期漫长，可超过 7 个月，芦花的观赏时间为当年 10 月至次年 4 月。古代文人在进行文学创作时，对芦苇的生长时间有较为详细的记载，如北宋李观的《渔父二首（其一）》："八月九月芦花飞，南溪老人垂钓归。"唐代岑参的《青山峡口泊舟怀狄侍御》："九月芦花新，弥令客心焦。"北宋郭祥正的《追和李白秋浦歌十七首（其一十二）》："清溪十里岸，芦花八月天。"

自《诗经》创作之时，人们就已经开始关注秋季的芦苇，但当时大部分诗人主要对秋季芦苇衰败枯黄的形象特征有所关注，对芦花略忽视。到了南北朝时期，芦花的意境美虽然吸引到了一部分诗人，但相关的描写仍较少。随着文学创作的发展，芦花在秋季漫天飘飞的风姿逐渐走进越来越多诗人的视野，很多诗人在创作时将翻飞的芦花与秋风联系起来，暗示秋季的到来。例如，五代时期李珣在《渔歌子（其四）》中写道："九疑山，三湘水，芦花时节秋风起。"唐代易思在《山中送弟方质》中写道："芦花飞处秋风起，日暮不堪闻雁声。"

不同于其他花卉的是，芦花不靠鲜艳的色彩与沁人心脾的花香吸引人的注意，它引人关注的主要是其在风中飞舞摇曳的姿态。对此，宋代白玉蟾将之描绘下来，记录在《江口有怀二首（其一）》中："风把芦花缕作茸。"南宋王质在《笛家弄》中刻画其为："水边沙际。芦花摇曳。唤住行人，蓼花妩媚。引翻游子。"

芦花在秋风中翻飞的姿态犹如冬雪，这一景象丝毫不逊色于一般的花姿。芦花外形为白色绒毛，体积小，数量多且密，质地轻柔，宋代卢方春在《窄岭》中形容积聚起来的芦花为"芦花大如钱"。另外，芦苇丛繁密广阔，秋风吹起，数不尽的芦花翩然飞舞，像漫天的飞雪一样。对此，宋代廖行之在《西郊即事三首（其二）》中用"芦花飞空讶舞絮"来表现寒芦飞花，从远处看去，芦苇丛一片苍茫，像一片雪海一样十分壮观，且颇有野趣。

（四）冬季芦苇枯残之景

进入万物萧索的冬季后，芦苇枯折衰败，在这一季节中的芦苇很少引起诗人的关注。初冬时节，"菊色滋寒露，芦花荡晚风"（宋代吴芾《初冬山居即事十首》）只是零星描写，更多的是"长杨卷衰叶，敦苇拉枯茎"（宋代宋祁《孟冬驾狩近郊》）的枯败之感。整个冬季，芦苇的衰老更显冷寂，如五代时期李建勋《赋得冬日青溪草堂四十字》："疏苇寒多折，惊凫去不齐。"宋代林逋《孤山雪中写望》："远分樵载重，斜压苇丛干。"宋代刘应时《辛亥季冬雪中作》："江村景物堪入画，渔翁荡桨依枯葭。"宋代姚勉《雪景四画·寒江独钓》："残芦飒欲干，枯柳渐已集。"进入冬季后，芦苇的欣赏价值虽然因为其衰败残破大打折扣，但其在日常生活中的实用价值却使其得到了人们的广泛关注，清代卫杰所编的《蚕桑萃编》卷三载："每岁秋冬间，收芦苇织而为箔，箔上可安置蚕蔟。"有诗亦载："瘿枕闲欹苇箔窝，浩然情性雪晴天。"（宋代魏野《冬日述怀》）

芦苇在不同季节表现出了不同的审美特征，古人对此有丰富的感受和描写，并通过诗词创作对芦苇的美做出了全面且深入的揭示，尤其一些文人在描写芦花与芦荡时，常赋予芦苇新的色彩。文人笔下的四季风景关注的是处于不同生长阶段的芦苇特点，从这一角度看，文人刻画不同情境中的芦苇，则以人的主观感受为出发点，将审美意趣进一步体现出来。

二、不同情境的万千姿态

"风吹草动，雨打花落"，芦苇生长在辽阔的天地间，与大自然的环境、天气变化密切相关。随着古人审美认识的不断丰富，很多文人不仅从整体上对芦苇景观的季节性特点有所把握，而且他们能够通过描写处于不同环境氛围下的芦苇来展现芦苇的各种姿态和气质，使人们对芦苇的外在形象产生更加丰富的审美认识。

（一）风吹芦苇吟秋声

在文人墨客看来，每每提到秋天的芦苇、芦花，总能使人联想起清冷的秋风、秋声"秋声谁种得，萧瑟在池栏"（唐曹松《友人池上咏节》），唐代钱珝《江行无题一百首（其三十四）》："任君芦苇岸，终夜动秋声。"唐代吴融《秋事》："更欲轻桡放烟浪，苇花深处睡秋声。"宋代范浚《送兄茂瞻机宜之官广东》："黄芦飂飂秋风肥，鬼雨洒草南山悲。"宋代戴复古《琵琶行》："浔阳江头秋月明，黄芦叶底秋风声。"从这些诗作可以看出，芦苇总能让人感受到秋风。

芦苇在秋风中摇曳常常会营造出哀伤低沉的氛围，更容易触动诗人内心的真情实感。宋代姜夔在其诗作《湖上寓居杂咏十四首（其一）》中描述："荷叶披披一浦凉，青芦奕奕夜吟商。平生最识江湖味，听得秋声忆故乡。"这一组诗创作于诗人姜夔因政治失意出行在外，寓居杭州西湖时期，他通过这组诗表达了想要隐居的清明阔达之情。其中"青芦奕奕夜吟商"的意思是，夜风吹来，穿过青翠的芦苇丛，发出肃杀之声。"吟商"指吟唱乐曲时发出的商音，其中"商"表示的是五代五音之一，《礼记·月令》记载："孟秋之月其音商。"因此，这首诗中的"吟商"指的就是吟秋风。诗人在听到夜风穿过芦苇丛发出的凄清声音后，产生思乡之情，通过表示隐居的意愿来表达内心的愁苦，表现心境的悲凉。

（二）雨落苇丛空寂寂

雨是自然界最为常见的一种天气，芦苇与雨之间也有紧密的关联。不仅风吹芦苇会发出声音，下雨时，雨滴落在芦叶上也会发出声音。例如，唐代贾岛《雨后宿刘司马池上》："芦苇声兼雨，芰荷香绕灯。"唐代温庭筠《南湖》："芦叶有声疑雾雨，浪花无际似潇湘。"而且雨中的芦苇也给人冷清的感觉，如宋代张耒《淮阴》："芦梢林叶雨萧萧，独卧孤舟听楚谣。"

雨后芦花、芦叶出现在诗人笔下的次数较多。风雨过后，芦叶零落，芦滩水满的样子就好像明代王璲《瓜洲道中》："满汀芦叶孤舟雨，一树梨花小旌风。"宋代陈郁《偕潘寒岩陈定轩游石湖次定轩韵》："霜催菊涧风凄恻，雨浃芦汀水渺漫。"唐代许浑《经故丁补阙郊居》："风吹药蔓迷樵径，雨暗芦花失钓船。"一场大雨结束后，洲渚到处飘落芦叶的景象十分常见，有诗人对雨后芦花格外关注并做出了细致描写，将雨滴落下打散芦花的景象生动地描绘出来。例如，唐代温庭筠《送陈嘏之侯官兼简李常侍》："春服照尘连草色，夜船闻雨滴芦花。"五代末期欧阳炯《南乡子（其八）》："岛上阴阴秋雨色，芦花扑，数只渔船何处宿。"除此之外，雨后的芦苇总能给人朦胧如烟的感觉，相关的文学作品常能反映出雨后宁静的意境，如宋代方岳《泊龙湾》："安得蓬笼雨一蓑，芦花深处卧烟波。"在蒙蒙秋雨中，芦花慢慢飘散，若隐若现，远远望去好似烟波缭绕，给人以缥缈如仙境的视觉审美感受。

（三）月照芦花相映白

在诗人笔下，月光下的芦苇与雨中、风中的芦苇一样，是诗歌中常见的物象。将明月写入诗歌，可以渲染出一个清幽静谧的环境，使人在优美柔和的月光中暂时忘记现实世界中的纷争与欲望。明月意象总能营造澄净清幽的意境，而在诗歌创作中，诗人将芦苇与明月组合，使诗歌更添加了一丝安逸静谧。例如，宋代方岳的《兰溪晚泊》："岸岸芦花白，空江多月明。"宋代洪咨夔《宿柁头次及甫入沌韵》："今夜宿头应更好，月明四面尽芦花。"宋代詹体仁《昔游诗十五首（其一）》："青芦望不尽，明月耿如烛。湾湾无人家，只就芦花宿。"由此可见，明月与芦苇常常陪伴在露宿在外的人身边。

"皓月借芦花"（宋代杨徽之《句》），月光显得格外皎洁，芦花"凝洁月华临静夜"（宋代钱易《芦花》），也是分外洁净，因而两者有着审美上的相通性。首先，月与芦花颜色相近。宋代释普信《颂古九首（其七）》："明月芦花同一色，落霞孤鹜共遥天。"宋代释师范《偈颂七十六首（其五十二）》："万籁俱沉兮明月半窗，一色难分兮芦花两岸。"宋代释惟一

《月浦》："孤明历历曲弯弯，色与芦花仿佛间。"其次，月与芦花二者交相辉映，芦花之上的月亮更加明亮。宋代邵棠《咏鹭鸶》："见说得鱼归较晚，芦花滩上月偏明。"宋代郑樵《湘妃怨》："芦花深月色，燐火剧萤飞。"芦花在月光照映下也越发雪白，如唐代孟浩然《鹦鹉洲送王九之江左》："月明全见芦花白，风起遥闻杜若香，君行采采莫相忘。"明代薛瑄《平沙落雁》："向夕聚俦侣，月映芦花明。"有时候月亮的洁白盖过芦花，如宋代姜特立《和潘倅新溪七首（其四）》："钓月亭边三两家，月明无处认芦花。"元代黄庚《白雁》："夜月芦花无认处，惟闻嘹唳数声秋。"或是芦花的洁白要比明月更胜一筹，如唐代张蠙《丛苇》有诗曰"花明无月夜"，此时的明月与芦花浑然一体，不分你我，正是"夜半雨晴洲上白，不知是月是芦花"（明代张渊《渔舟》）。

第三节　芦苇意象解读

一、芦苇意象的情感意蕴

在中国文学中，芦苇一直是一个重要的意象，经过长期的文化积淀，芦苇承载着人类很多种情感内涵。在《人间词话》中，王国维指出："昔人论诗，有景语情语之别，不知一切景语皆情语也。"在诗词中，诗人描写景物是为了将情感更充分地抒发出来。人事、时世、风景的不同，必然导致诗人产生不同的情感；不同的遭遇、不同的环境、不同的心境心态使不同诗人面对同一景色时，往往流露出不同的感情，芦苇由此逐渐变成诗人借景抒情和触景伤怀的特定情感载体。前文论述的芦苇意象与芦苇物色美感的组合模式，为芦苇意象承载人类的情感意蕴奠定了基础，而芦苇主要表现的就是诗人漂泊客旅的愁苦、与亲友离别的愁思与对时光流逝的感慨。

（一）时光流逝之感

1. 追忆历史兴亡的怀古感怀

在历史题材中，旺盛的花草并不一定用来表现时光荏苒、世事变迁，而也可用来反衬物是人非，反映诗人寂寞凄凉的心境。秋季冷清萧瑟，将秋季与芦苇结合起来，能引发人们追忆往事、思念故园，产生如同深秋一样枯槁无力的苍茫感。随着时空流转，昔日繁华热闹的帝都变成了杳无人烟的荒蛮之地，更使诗人触景伤怀。唐代很多诗人都在作品中表达了类似的情感，如：

昔时霸业何萧索，古木唯多乌雀声。芳草自生宫殿处，牧童谁识帝王城。

残春杨柳长川迥，落日蒹葭远水平。一望青山便惆怅，西陵无主月空明。

——［唐］刘沧《邺都怀古》

战国城池尽悄然，昔人遗迹遍山川。笙歌罢吹几何日，台榭荒凉七百年。

蝉响夕阳风满树，雁横秋岛雨漫天。堪嗟世事如流水，空见芦花一钓船。

——［唐］栖一《武昌怀古》

到了宋代，诗人普遍接受和使用芦苇意象来创作怀古诗歌，以此表达自身对朝代更迭的感受。这一时期涌现出不少佳作，如曹组《赏心亭》："白鹭洲边芦叶黄，石头城下水茫茫。江山不管事兴废，今古坐令人感伤。"这首诗中提到的"赏心亭""白鹭洲""石头城"都是金陵著名的历史遗迹。到了宋代，芦苇体现出来的江南文化色彩日趋浓厚，诗人们在诗歌中描写秋季芦苇时，深化了诗歌的历史沉重感，给人更加萧瑟的感触。

2. 对岁月流逝人生衰老的感怀

秋季芦叶枯萎，芦花变白，随风飘落，总能使人联想到青春年华的逝去，年少不再，由此触景伤怀。尤其是秋季蒹葭苍老，更易引起人的感慨。例如，宋代范成大《李深之西尉同年谈吴兴风物，再用古城韵》："安知有恨事，但恐蒹葭苍。"宋代李曾伯《辛丑都司公廨与陈景清诸友小集作（其二）》："蒹葭白露嗟今老，榆柳西风感昔游。"

雪白的芦花已然成为诗人感慨青春不再的媒介，看到雪白的芦花，人们总能想到逐渐变白的双鬓，从而感慨时光的无情流逝与生命的倏然衰老。唐代李商隐《自桂林奉使江陵途中感怀寄献尚书》："芦白凝粘鬓，枫丹欲照心。"宋代赵蕃《将至豫章》："芦雪新须鬓，枫丹昔面颜。"这些作品都表达了时光易逝，容颜易老，青春年华流逝就像流沙一样无法阻止，人生就像芦苇一样年复一年地在新生和衰亡中轮回。诗人借芦花比喻人的青春年华，表达自己对生命意义的感悟与思考。

（二）漂泊客旅之愁

在中国古代文学史上，很多文人都曾有过漂泊在外的经历，这些人或因躲避战乱不得不开始颠沛流离的苦旅；或为追求功名利禄，孤身一人远行闯荡；或因朝廷的贬谪和调遣，在各地辗转任职，东奔西走。水路是古代主要交通方式之一，芦苇作为近水性丛生植物，长期陪伴在漂泊者的旅途中。在南北朝时期，很多诗词歌赋中都有芦苇出现，如江淹的《报袁叔明书》《待罪江南思北归赋》《去故乡赋》、鲍照的《游思赋》。这些诗文表明，漂泊者在旅途中最常见的一种景物就是芦苇，但芦苇作为一种具有明显季节性特征的植物，起初没有被文人们赋予丰富内涵。后来，随着文学的发展，文人们在进行文学创作时赋予了芦苇丰富的情感意蕴，他们结合芦苇的枯荣变化，来抒发自身漂泊在外、客居他乡的愁思。

1. 抒发对家乡的思念之情

芦花随风飘摇引发诗人对家乡的深切思念。到了宋代，芦苇与漂泊、思乡之间的联系日趋密切，如宋代王令《晚泊》："客子有倦怀，归心动秋苇。"诗人将客子、芦苇、乡心汇合在一起，更进一步地表达了芦苇和思乡的确定关系。宋代文天祥《金陵驿（其一）》："草合离宫转夕晖，孤云飘泊复何依。山河风景元无异，城郭人民半已非。满地芦花和我老，旧家燕子傍谁飞。从今别却江南路，化作啼鹃带血归。"光阴似箭，日月如梭，芦苇已从青翠嫩绿变得苍老不堪，但诗人却无法确定自己何时能归家。这些诗文表现了在芦苇的牵引下，诗人的思乡之情越发浓烈。

2. 抒发漂泊中的孤独和愁苦

在外漂泊的人长期以来随遇而安，居所不定，芦苇丛就成为游子在夜里最常休憩的地方。这些漂泊在外的游子常常将小船停泊在苇岸边，在空旷的野地休息，内心滋生出浓厚的孤苦凄凉之情。例如，唐代白居易《风雨晚泊》："苦竹林边芦苇丛，停舟一望思无穷。青苔扑地连春雨，白浪掀天尽日风。忽忽百年行欲来，茫茫万事坐成空。此生飘荡何时定，一缕鸿毛天地中。"

此外，芦苇在清冷的秋风中瑟瑟作响，也会使漂泊在外的游人深感愁苦，如唐代陆龟蒙《五歌·雨夜》："兼似孤舟小泊时，风吹折苇来相佐。我有愁襟无可那，才成好梦刚惊破。"宋代张耒《将至汉川夜泊》："苇风惊客梦，江月伴人眠。多病闲偏乐，苦吟愁易牵。"宋代刘过《南康邂逅江西吴运判（其二）》："万里西征一叶舟，谁怜天地此生浮。初征秋浦雁飞处，又泊江南相叶洲。贫困尽从归后见，雄豪半为病来休。十年心事闲搔首，荻雨芦风总是愁。"

（三）离情别绪之思

很多诗文将芦苇作为衬托离别时气氛的景物来描写：芦苇生长于水边湿地，送别也常发生在水边，芦苇因此成为离别的象征。从不同的角度描写芦苇，会营造出不同的离别氛围。

秋芦折苇衬托离别时的凄凄清冷，如唐代张贲《送浙东德师侍御罢府西归》："孤云独鸟本无依，江海重逢故旧稀。杨柳渐疏芦苇白，可怜斜日送君归。"宋代方岳《送胡兄归岳》："未知雪径青灯夜，谁记临分岸岸芦。"

秋季芦花反映离别时的悠悠情思，如唐代武元衡《送陆书还吴》："君住包山下，何年入帝乡。成名归旧业，叹别见秋光。橘柚吴洲远，芦花楚水长。我行经此路，京口向云阳。"宋代杨无咎《永遇乐（其二）》："波声笳韵，芦花蓼穗，翻作别离情绪。"摇曳的芦花似乎也在替诗人诉说离别时的不舍。

苍苍蒹葭增添了离别时的缕缕伤感，如宋代释行海《送希晋还云间》："一帆风露官河晓，十月蒹葭雁碛寒。别后相思那可免，水云西望白漫漫。"《与中上人至云间话别》："江乡雁过蒹葭冷，雨馆人分蟋蟀愁。相见有期还惜别，百年能得几交游。"提及"蒹葭"，总会使人联想到"寒""冷"，在上述诗文的描述中，芦苇的存在，使本就伤感的离别更添一丝离愁。诗人通过对周围景物的描写渲染孤寂、不舍的氛围，通过萧索的芦苇、清冷的氛围表达自身在离别时的伤怀愁绪。

二、芦苇意象的象征意义

诗人对芦苇外在形象的审美认识，不只停留在芦花、芦叶和茎秆上，更关注芦苇内在的象征意义与神韵。早在春秋时期，诗人就将芦苇与代表隐逸者的渔翁结合起来。芦苇与钓翁、渔翁、渔郎、渔子等形象的组合在中国古典文学作品中很常见，芦苇因此成为代表孤洁清高隐士精神的意象。另外，芦苇的实用价值很早就得到了人们的广泛关注，在日常生活中，芦苇常被用作编织材料。从本质上看，芦苇即芦草，是一种草类植物，常被认为是价值低廉的杂草，因此文人们也常将芦苇与贫士联系起来，用芦帘、芦藩、葭墙等衬托贫士固穷守节的人格品行。

（一）芦苇与隐士

芦苇是一种水草植物，依水而生，渔夫常辗转于江河湖海中，远离城市的喧嚣，可以说，生长于水边的芦苇是以打鱼为生的隐逸者在生活中较为常见的植物之一，两者的结合十分自然。随着文学的发展，芦苇逐渐成为刻画渔夫隐居环境必不可少的景物，渔夫的典型形象也定型为"苇间渔父"。

隐士通常居住在芦苇深处，"萧萧芦苇中，着此清静坊"（宋代魏了翁《夏港僧舍》）描写了一个居住在芦苇丛深处的隐居者远离世俗，不受杂念干扰，尽情享受无拘无束的悠闲生活，追求身心俱隐的境界。

在长期的文学发展中，芦苇逐渐成为逍遥江湖的代名词，宋代叶茵《试问》："在在江湖芦苇，家家杨柳楼台。"看到芦苇就容易让人想到潇洒自由的江湖，如宋代吕陶《寄题洋川与可学士公园十七首·寒芦港》载："悠悠江湖思，扰扰声名累。溪上见芦花，宁无慊然意。"看见芦花，诗人心中有了不满足的感觉，更加向往不被名利困扰的江湖。宋代释道潜《戏书诚师秋景小屏》："黄芦败苇两三丛，仿佛江湖在眼中。"由此可见，芦苇已经不是一种单纯的景物，而是脱离尘世之处。"棹取扁舟湖海去，悠悠心事寄芦花"（宋代文天祥《寄故人刘方斋》）描写了一个生活在芦苇丛深处的隐居者，不受世俗喧嚣的影响，丧失了对功利的欲望，心中生起闲适淡泊的意趣，这就是广大文人士大夫共同追求的精神境界。

随着文学的不断发展与积淀，芦苇逐渐成为江湖隐士孤洁自由精神的象征。宋代宋祁《芦（其一）》："袅娜脩茎青玉攒，凫翁濯罢翠痕干。湘君直寄江湖乐，要作风汀雨濑看。"宋代赵蕃《芦苇林》："虽为林园居，不忘江湖趣。"从中可见，文人为芦苇赋予了独特的象征意义，在文人的心中，芦苇不仅代表逍遥自由，而且作为抵挡凡尘世俗、名利气息的盾牌，更成为隐士清高孤洁品格的象征。

（二）芦苇与贫士

芦苇是一种常见且易获得的植物，古代贫穷之士因家贫，只能将干枯的芦苇编织成家居用品满足自己的生活需要。宋代梅尧臣《岸贫》载："野芦编作室，青蔓与为门。"作为一种家居建筑材料，芦苇常被人们用来编制围墙、窗帘、草席、栅栏等，即古代的葭墙、芦帘、芦席、芦藩等，可见芦苇的实用价值在当时就已得到人们的重视。文人在诗文创作中提到葭墙、芦帘、芦席等是为了赞扬贫士固穷守节、自得其乐的品格与精神面貌。

北宋后期文人对如何面对人生际遇和对待忧患有深入的思考，很多文人追求自然与生命相融合的境界，想要获得精神上的解脱与超越。对此，宋代张耒领悟颇深，他在《超然台赋》的序中说："予视世之贱丈夫，方奔走劳役，守尘壤，握垢秽，嗜之而不知厌，而超然者方远引绝去，芥视万物，视世之所乐，不动其心，则可及谓贤耶？"因此，无论生活如何困顿，张耒也能寄情感于身边的万事万物，在摒除声色、饮食、功利欲望影响的情况下找出人生的真乐。张耒的《芦藩赋》记录了其被贬谪后，用芦苇编成篱笆，居住在十分简陋的环境中，但却在贫穷的生活中不失气节，怡然自得，表现出其品格的高尚与坚毅。

陆游晚年住所的简陋在他的诗歌中多有体现，如《弊庐》载："弊庐虽陋甚，鄙性颇所宜。欹倾十许间，草覆实半之。碓声隔柴门，绩火出枳篱。缚木为羵牢，附垣作鸡埘。"《杂言示子聿》载："庐室但取蔽风雨，衣食过足岂所钦。"

自古以来，我国文人就有用自然景物的特点衬托人类道德品格的传统，即"比德"。例如，《论语·子罕》中就曾用松柏比喻人的道德品性：

"岁寒，然后知松柏之后凋也。"通过描写生活环境中出现的花草树木，以衬托居住者的品性特征。再如，孔子对其学生颜回的称赞："一箪食，一瓢饮，在陋巷，人不堪其忧，回不改其乐也。贤哉，回也！"生活环境的简陋与家居用品的粗糙，在这里都用来衬托颜回穷居陋巷却安贫乐道的美好品行。

　　所谓"葭墙艾席是民居"，一方面，生活贫困的人会因缺乏物资支持而只能居住在"茆屋葭墙，不蔽风雨"的环境中，在《幽居赋》中，唐代陆龟蒙将自己的居住环境形容为："止则葭墙艾席，行则葛屦柴车。"另一方面，真正品行高洁的人，即便生活再贫困，也不会因此烦恼忧虑，反而会认为"斯是陋室，惟吾德馨"，甚至将生活在简陋的环境中视作一种乐趣，或者希望通过简陋的居住环境磨炼自身的意志。因此，芦篱葭墙常用以表现生活贫困、居住环境简陋的贫士追求超脱境界的精神与固穷守节的品格。

第五章

古典文学中梅花的题材与意象解读

第一节　咏梅文学渊源及梅花的文化内涵

一、咏梅的文学渊源

"万花敢向雪中出，一树独先天下春"（元代杨维帧《道梅之气节》），这是对梅花的赞美诗句，描绘了梅花在漫天飘雪的冬季独自盛开的坚韧形象，象征着其在所有花中独树一帜，率先迎来春天的生机。在中国这片古老的土地上，梅花拥有着深厚而久远的栽培历史，其栽种之久，可追溯至数千年以前。

梅花因其独特的风格和特性，特别是其在严冬中绽放的坚韧精神，一直以来都是文人墨客喜爱描绘和赞美的对象。在这方面，不得不提到与咏梅诗词相关的文学创作，在中国的文学历史长河中，"咏梅"的起源极早。文人们关于"梅"的创作并非近几百年才有，而是早在《诗经》这部古老的诗歌总集时代就已经出现，那时候的诗人就已经开始用文字描绘和赞美梅花与梅子，表达自己的情感和意境。

（一）先秦两汉：咏梅文学的肇始期

笔者通过对早期文献的研究和分析，发现梅在古代的用途主要集中在日常生活中，尤其是作为一种调料的角色存在。1975 年，在安阳殷墟的一次重要考古发掘中，考古专家在出土的铜鼎中发现了梅的果核。这一重要发现进一步证实了在距今大约 3300 年前的商代中期，人们已经认识到了梅的食用价值，并将其用作烹饪调料。此外，这也表明在那个时期，梅树在我国的分布已经相当广泛。关于梅的调味功能，《尚书·说命》中是这样记载的："若作和羹，尔惟盐梅。"这句诗中将对国家的治理比喻成调鼎中之味，从中可获得梅具有调味作用的信息。后来，人们又慢慢发现，梅还有极高的药用价值，汉代的《神农草本经》中就有相关记载："梅实味酸平，主治下气，除热烦满，安心，止肢体痛，偏枯不仁，死肌，去青黑痣，蚀恶肉。"由此可知，乌梅、白梅以及梅花的花蕾都有着各自不同的药用价值。"望梅止渴"的故事，更是家喻户晓。因梅花冰中孕蕾，雪里开花，朱红玉白，暗香浮动，"独先天下春"，于是，人们逐渐认识并喜欢上了梅的神、姿、色、态、香，并有意进行了栽培。据汉代刘钦所著的《西京杂记》卷一"上林名果异木"，上林苑有朱梅、同心梅、燕支梅、丽枝梅等。可见，早在两千年前，梅已被作为园林树木了。

早在《诗经》时代，梅就已经以一个文学及艺术形象被记载。如下：

摽有梅，其实七兮！求我庶士，迨其吉兮！摽有梅，其实三兮！求我庶士，迨其今兮！摽有梅，顷筐塈之，求我庶士，迨其谓之！

——［先秦］《诗经·召南·摽有梅》

这是一首表达追求爱情的诗歌，其言辞虽然含蓄，但又饱含胆识。在春季的尾声，梅子已经金黄熟透，纷纷落下。一位年轻女子在这样的景象下深感时光匆匆，感叹青春年华在不知不觉中流逝，然而自己却还没有嫁人。她无法抑制自己的情感，借用眼前的梅子作为引子，急切地唱出这首诗歌，旨在表达对青春的怀念、对爱情的渴望。这种对青春的珍视和对爱情的期待，是中国诗歌的核心主题之一。《摽有梅》这首诗被视为春思求爱诗的源头。

（二）魏晋南北朝：咏梅文学的自觉期

在魏晋南北朝时期，梅已经成为人们生活中经常会看到的花木，并获得了人们的欣赏，于是，社会中开始兴起了一股赏梅、咏梅的风潮。在这一时期，有大量和咏梅相关的诗作问世，如下：

> 绝讶梅花晚，争来雪里窥。下枝低可见，高处远难知。俱羞惜腕露，相让到腰嬴。定须还剪彩。学作两三枝。
>
> ——［南梁］简文帝《雪里觅梅花诗》

> 春近寒虽转，梅舒雪尚飘。从风还共落，昭日不俱销。叶开随足影，花多助重条。今来渐异昨，向晚判胜朝。
>
> ——［南梁］阴铿《雪里梅花诗》

除了前述的咏梅诗之外，历史上还有很多著名的诗人创作了咏梅诗，如唐代吴筠的《梅花》、南朝陈谢燮的《咏早梅诗》。这些诗歌都精准描绘了梅花的生长习性和早春萌发的时节，生动展示了梅花的独特气质。他们对梅花早春独自盛开、不畏严寒、傲立雪中的特性进行了热烈的赞美。梅花最早被赞誉为春天的使者，并且成为传达友情的象征。这可以追溯到南朝陆凯《赠范晔诗》中的诗句："折花（梅）逢驿使，寄与陇头人。江南无所有，聊赠一枝春。"自此以后，用梅花表达友情，成了流传千年的佳话。除了诗歌，梅花的形象也广泛出现在散文、小说甚至绘画作品中，如在《太平御览·果部》中就记载了宋武帝女寿阳公主的梅花妆的故事，据说后人纷纷仿效。另外，根据唐代张彦远的《历代名画记》记载，南朝梁的张僧繇创作了一幅名为《咏梅图》的绘画作品。所有这些都表明，在魏晋南北朝时期，由于文人的自我觉醒，咏梅文学得到了迅速的发展，梅花逐渐成为文人墨客的创作焦点，赏梅、咏梅的行为开始流行起来，为后世咏梅文学的发展奠定了坚实的基础。

（三）隋唐五代：咏梅的渐盛期

在《全唐诗》中，有102首是咏梅诗，这些诗大部分是中唐时期被创作出来的，在这些诗中，杜甫《和裴迪登蜀州东亭送客逢早梅相忆见寄》、齐己《早梅》等堪称佳作，那时的咏梅名家还有卢照邻、沈佺期、张九龄、孟浩然、元稹、韩愈、刘禹锡等。除此之外，宋之问《题大庾岭北驿》"明朝望乡处，应见陇头梅"，王维《杂诗三首（其三）》"来日绮窗前，寒梅著花未"，卢仝《有所思》"相思一夜梅花发，忽到窗前疑是君"等，这些作品虽然不是专门歌咏梅花的，但是依然不失为佳作。

关于梅花的品格，唐代的诗人们已经有了深刻的理解。朱庆馀在其诗《早梅》中写道："天然根性异，万物尽难陪。自古承春早，严冬斗雪开。艳寒宜雨露，香冷隔尘埃。堪把依松竹，良涂一处栽。"朱庆馀通过赞美梅花的优雅和坚贞的品格寄寓他自己的美好愿望，含蓄地描绘了自己的理想人格。齐己《早梅》："万木冻欲折，孤根暖独回。前村深雪里，昨夜一枝开。风递幽香去，禽窥素艳来。明年如应律，先发映春台。"从这首诗中，我们不仅可以了解到早梅幽香、素雅的独特气质和艰苦的生长环境，还可以感受到作者不畏强权、不愿与世俗同流合污的高尚气节。

除了诗和散文，唐代新的文学形式——词也包含了许多关于梅花的描述。例如，《花间集》中收录温庭筠的66首词中，就有3首是关于梅花的。同时，韦庄、韩偓等文人也常常以梅花作为主要的象征。举例如下：

汉使昔年离别。攀弱柳，折寒梅，上高台。

——［唐］温庭筠《定西番（其一）》

暗想玉容何所似，一枝春雪冻梅花，满身香雾簇朝霞。

——［唐］韦庄《浣溪沙（其三）》

这些词大多表达的都是闺怨，在风格上也非常相近，但是表现手法却极为丰富，这是艺术匠心的体现。这些唐代的咏梅词对后来宋代的咏梅词产生了很大的影响。

另外，南唐的词家也常以梅花作为描写的对象。例如，李煜《清平乐》："别来春半，触目愁肠断。砌下落梅如雪乱，拂了一身还满。"从这首词中，我们可以看到作者运用梅花来营造充满情感的氛围，并巧妙地表达离别之情。词中的描绘细腻，具有强烈的艺术感染力。李煜的梅花词不仅仅是关于相思和闺怨的忧伤，更多的是表达离别的痛苦，意境深邃，感情真挚，极具感染力。冯延巳《鹊踏枝》："梅落繁枝千万片。犹自多情，学雪随风转。昨夜笙歌容易散，酒醒添得愁无限。"这首词中的前三句是对景物的描写，用梅花飘落的场景来象征情感的陨落。《抛球乐》："酒罢歌余兴未阑。小桥秋水共盘桓。波摇梅蕊当心白，风入罗衣贴体寒。且莫思归去，须尽笙歌此夕欢。"这是一首带有神韵的好词，词中的梅不只是眼前的景象，主要是作者通过眼前的梅而唤起了内心的迷惘。

综上所述，在我国的文学史中，咏梅、忆梅的传统是非常久远的，这也为宋代咏梅文学的发展打下了良好的基础。

二、梅花的文学内涵

实际上，梅花在宋代，特别是在南宋时期，受到了极大的欢迎，其独特的历史地位和丰富的文化内涵也在这个时期得到了充分的推崇和深化，一大批描述梅花的诗歌纷纷涌现，为文化领域带来了新的活力。在宋代，文学成就最高的体裁是词。在词中，梅花以其深邃的含义和美丽的象征，在这种文学形式中大放异彩。在词的创作中，梅花的形象被赋予了深远的含义和丰富的情感，让读者深深感受到其魅力。这种独特的魅力，使得梅花在宋代的文学中占据举足轻重的地位，也让宋代的文学世界更加多姿多彩。

（一）梅花之风雅与品格

1. 万木寒痴吹不醒，一枝先破冷

宋代林逋在咏梅史上是开启一代风气的鼻祖。他以《山园小梅》独领"孤山八梅"之风骚。在他所创作的词中，影响至深的不单是其中"疏影横斜水清浅，暗香浮动月黄昏"这样的名句，更是其在梅花上倾注的"雅性"，或是说梅花予以他的"淡然"，这是更受世人瞩目，使众人为之一振的"林逋之梅"。辛弃疾《念奴娇》："未须草草赋梅花，多少骚人词客，总被西湖林处士，不肯分留风月。"可见林逋在咏梅史上的影响之深。

在北宋的前期，有很多的词作能够反映梅花独特的优雅和孤独的风格，这些词作大都与林逋笔下梅花的优雅风格有着密切的联系。特别值得一提的是以晏殊等为代表的官员文人这一群体。由于他们的地位显赫、生活富裕，他们的词作中透露出了一种特别的气质，那就是高雅且富有贵气。他们通过对梅花的描绘，不仅展示了自己对生活的独特见解，同时也通过梅花的形象，传达出他们对于美好生活的向往和对于社会秩序的理解。例如，蔡襄《好事近》："瑞雪满京都，宫殿尽成银阙。常对素光遥望，是江梅时节。如今江上见寒梅，幽香自清绝。重看落英残艳，想飘零如雪。"这首词是在作者被贬之后看到梅花盛开而引发了其对过去生活的深深怀念。从词中的"京都""瑞雪""银阙"等词语可以看出，词人曾经在繁华的京都生活，尽管如今他身处异地，但那种富贵的气质并没有因此而消失。也许只有当表面的华丽褪去，人们才能更清晰地看到梅花的真实面貌——其"幽独的香气"，这是一种真正的高尚和雅致。在这首词中，无论是对生活的感慨，还是对梅花特性的理解，都深深地映射出词人的情感世界和内心独特的审美追求，这也从另一个角度展示了词人的豪情壮志和坚韧不屈的精神风貌。

2. 辨杏猜桃君莫误，天姿不到风尘处

（1）东坡之梅。苏轼咏梅最突出的贡献是第一个明确提出了"梅格"概念，这一概念以石曼卿《红梅》诗引发而出，其中有两句为："认桃无绿叶，辨杏有青枝。"因石曼卿是北方人，到南方之前未见过梅花。苏针对他此诗而作《定风波·咏梅》："好睡慵开莫厌迟，自怜冰脸不时宜。偶作小红桃杏色，闲雅，尚余孤瘦雪霜姿。……诗老不知梅格在，吟咏，更看绿叶与青枝。"

在寒冷的季节里，梅花如同一个孤勇的壮士傲立于雪地之中。之所以会将其称赞为壮士，是因为它独有的特征，梅花在开花时间的选择上总是显得那么不合群，它在冬季绽放，要适应寒冽的冬季，以确保在严酷的环境中存活。然而，尽管它面对着寒冷的环境，但还是选择融入一些桃色和杂色，让自己看上去不那么突兀，也更加美丽。在这样丰富多彩的环境中，梅花独树一帜，没有随波逐流，更没有迎合众人的口味，反而显得更加不合群，也因此被抛向了空间的孤独。在繁华的背景下，梅花以瘦削的雪霜之姿，淡雅中透出孤瘦，如同饮酒过后的美人脸上透出的红晕，是如此动人和久久不能忘怀。东坡通过拟人的手法将梅花的形象进行升华，为其注入品格与灵魂。魏晋南北朝时期无人知晓梅花的花开花落，宋代初期人们只识梅花的清新雅致，而东坡则是用"品格"二字将梅花的傲骨昭告世人。

（2）"梅格"的影响。苏轼"梅格"这一概念的提出，可谓点铁成金之举，成为众文人普遍接受、赞赏的观点。宋代释德洪《西江月·入骨风流国色》："入骨风流国色，透尘种性真香。为谁风鬓浣新妆，半树入村春暗。雪压枝低篱落，月高影动池塘。高情数笔寄微茫。小寝初开雾帐。"

在释德洪的词作《西江月》中，可以清晰地看到东坡词人的独特印记，那就是如何捕捉和描述梅花那种与世无争的高雅与洁净，这种品质仿佛是从梅花的深处流露出来的。而且，这种香气并不是源自梅花本身，而是来自它身上散发出的一种洁净的、无须任何装饰的、天生的美好，它以一种无形的方式，深入人们的心灵，让人们感受到一种独特的、清新的、纯真的气息。这种香气，实际上就是梅花所代表的独特人格魅力，它的清新与纯真，就像一首无言的诗，默默地对世人讲述着梅花的故事。宋代晁补之《盐角儿·亳社观梅》："开时似雪。谢时似雪。花中奇绝。香非在蕊，香非在萼，骨中香彻。"这首词以"骨中香彻"点明梅花奇特的香味是其具有的一种风骨韵香。"一点多情、天赐骨中香。"（宋代晁补之《江神子·亳社观梅呈范守、秦令》）是说这香味并非后天形成，而是上天对它的恩宠。宋代陈师道在《卜算子·送梅花与赵使君》中也叹曰："不借芳华只自香，娇面长如洗。"

（二）梅花的韵致与精神

1. 此花不与群花比

李清照，这位卓越的才女，她的词作呈现出一种独特的清新和高雅格调，以及深邃而富有内涵的词境。她的作品描绘出一种典雅、恬静的生活境界，并以真挚、感人的言辞表达她的心声，这正是她身为书香门第之家翩翩佳人的气质所在。而梅花，这种本就纤细、娇嫩、晶莹剔透的花卉，在她的词作中呈现出一种与众不同的美感。她的词体本身带有一种柔美、婉约的特点，在李清照聪颖、感性的才情笔触下，梅花得到了另一种独特的呈现。

花在李清照的心中有着特殊的地位，如《浣溪沙》就是以梅花为主题的伤春词作，可见梅花与她的人生有着深厚的渊源。在李清照十八岁那年，她与著名的金石学家赵明诚喜结良缘，两人因志趣相投而感情深厚。她创作的《渔家傲》描绘了她与赵明诚在青州时宁静悠闲的美好生活："雪里已知春信至，寒梅点缀琼枝腻。香脸半开娇旖旎，当庭际，玉人浴出新妆洗。造化可能偏有意，故教明月玲珑地。共赏金尊沈绿蚁，莫辞醉，此花不与群花比。"

《满庭芳》中后人所补的"残梅"词篇，堪称李清照咏物词中的一首杰作。词中提出了"梅韵"的概念：尽管梅花与其他花卉一样在风雨中零落凋谢，甚至《梅花落》这一曲子更为梅花的凋零增添了几分愁绪，然而，正是这种经历沧桑后的风骨和气质，成为作者所欣赏的"梅韵"。这种赞美并不仅仅停留在梅花消逝后的"扫迹情留"，更体现在那"良宵淡月"、疏影横斜的高雅情趣上。这种情感的传达让梅花和词人的人格魅力共同绽放，为读者呈现出一幅绝美的画卷。

2. 更无花态度，全有雪精神

（1）放翁之梅。陆游是南宋有名的词人，也是众多爱国文人中的代表之一，他出生于靖康之变的前一年，留下了上万首诗篇，其中最重要的主题就是抗金救国。靖康之变使国家处于危难之中，而还在襁褓中的陆游也不得不跟随家人过上了颠沛流离的生活，直到他九岁的时候，生活才开始慢慢稳定。他曾在《三山杜门作歌》中回忆："我生学步逢丧乱，家在中原厌奔窜，淮边夜闻贼马嘶，跳去不待鸡号旦。人怀一饼草间伏，往往经旬不炊爨……"陆游是在这样的环境中成长起来的，他从小就听家人们谈论国事，感受着家人愤愤不平、怒发冲冠，在这样潜移默化的影响下，他成了忧国忧民的大诗人。

提到陆游的梅花词，笔者最先想到的是他那首《卜算子·咏梅》："驿外断桥边，寂寞开无主。已是黄昏独自愁，更著风和雨。无意苦争春，一任群芳妒。零落成泥碾作尘，只有香如故。"梅花在偏远落寞的环境中茁壮成长，即使花开花落时无人欣赏与关注，它依然坚持着自己孤高的姿态。在夜幕降临的黑暗中，梅花孤独地忍受着忧伤，风雨肆意侵袭更是难以抵挡。即便在最后凋谢成泥，被践踏至尘埃，梅花仍然坚守着自己那份幽淡而清雅的香气，始终保持着恒久不变的魅力。

梅花在陆游的笔下绽放着它的坚定信念，挺拔着它高尚的品格，散发着它独有而恒久不变的人格的幽香。在陆游的作品中，梅花成为承载着词人身世感悟的意象，他所描绘的花，实际上是在描写人。梅花成为陆游过去生活的写照，是他"幽姿不入少年场，无语只凄凉"（《朝中措》）的形象化身，他不愿以迎合世俗之姿融入喧嚣纷杂之中，因此注定了他的孤独与寂寞。他联想到自己的经历可谓"一个飘零身世，十分冷淡心肠"（《朝中措》），居无定所的童年时期、壮志难酬的青年时期、梦想幻灭的中年时期，都使他心灰意冷无处诉说。他在"江头月底"独自幽然，怀揣着"新诗旧梦"的无奈，他也曾"孤恨清香"，可谓造化弄人，生不逢时，可毕竟"也曾先识东皇"，他在执着的信念中仍肯定自我。从陆游的词中，笔者体会到了那个时代文人的独特心灵感受，那种在"衣带渐宽终不悔，为伊消得人憔悴"的无奈中的执着与无悔。

（2）稼轩之梅。辛弃疾出生的时候，中原地区沦陷已久，作为沦陷区的"遗民"，他从小受到的教育是爱国反正，因此，年纪轻轻的他就招兵买马组织义军，南渡面圣以图报国。但此举并未得到朝廷的信任和重视，而是将他闲置。"历史的一次笔误，时代的一种错置，使一生'以气节自负，以功业自许'的辛弃疾以笔代剑终老楮墨。"①

辛弃疾的《念奴娇·题梅》描绘了稀疏开放的梅花，展现出与众不同的纯真本色。在春天五彩缤纷的花草中，梅花在雪中绽放，呈现出柔美的姿态；在水边绽放，展现出明亮秀丽的气质。这些美丽的特质都是与生俱来的，是非凡的造化所赐。梅花散发着怡人的清香，显然是上天赋予它的独特之处。虽然梅花毫不畏惧艰苦的生存环境，但它更愿意回归仙境，因为那里有人会珍爱它。这首词正好反映了词人自身的处境，展现了词人内心的真实感受。辛弃疾年少时立下志向，期望在战乱中救国救民，他的高尚品格和宏大志向超越了常人。然而，命运却在冷酷的现实中使他付诸东流，无法发挥所长。他的英雄志向最终无法找到施展的舞台，他的志向和理想都化为泡影。在孤独自赏、漂泊半生的过程中，辛弃疾深陷无助的困境，内心充满了复杂的情感和无奈的心情。

在稼轩之梅词中，梅花没有太多的脂粉气，并不做"粉面微红，檀唇羞启，忍笑含香"（宋代杨无咎《柳梢青四首（其二）》）的女儿态，而是在"疏疏淡淡"中突出其风骨精神。作者写梅着重表现文人之风骨，展示了阳刚文人的风骨。辛弃疾笔下的梅花之姿多以"瘦损"勾勒："漂泊天涯空瘦损"（《念奴娇·题梅》），"偏解写、姑射冰姿清瘦"（《念奴娇·赠妓善作墨梅》），"瘦棱棱地天然白"（《最高楼》），"艳妆难学，玉肌瘦弱"（《瑞鹤仙·赋梅》）。这种"瘦"，不仅仅是词作中作者半生飘零、愁思憔悴的写照，更重要的是体现词人的精神风貌，正如梅花瘦弱而坚韧的形态

---

① 张惠民，邓妙慈.寒烟衰草后庭花：论金陵怀古词[J].暨南学报（哲学社会科学版），2008（5）：6.

一样。辛弃疾一生渴望而半生失落，他的失意和彷徨的情绪完全凝聚在这个"瘦"字中。然而，他却是坚持的、执着的，即使遭遇多少失望和愁苦，他仍怀揣着梦想，高举理想的旗帜。他的热血、自我觉醒的情怀以及他的品性是无法改变的。

在辛弃疾眼中，梅花不是只供人欣赏、遣宾娱乐的景物，而是他精神上的良师益友。他笔下的梅花诉说着他生命中的点滴感受，而这感受又不是家长里短、儿女情长的一己之私，将宏大的社会主题转化为真诚的生命主题是辛词最动人之处，词人忧国忧民，不得志却襟怀洒落。苏轼之忧生而达生，指出向上一路显其高；辛弃疾之忧生总为忧世，至死不渝吞吐六合而成其大。二人之梅词除在外形摹写上有明显差别外，其精神旨归也有明显差异，当然，这也与二人所处时代环境不同有关。故而东坡之梅孤高自旷，稼轩之梅清寒自守。稼轩以赤胆之心、孤高之志寄于笔墨，正所谓，"剩水残山无态度，被疏梅料理成风月"（《贺新郎》）。

第二节　古典诗歌中咏梅题材的多元指向

一、古典诗歌中的"梅香"题材

（一）南北朝、初唐和中唐："清香"

在南北朝的咏梅诗中，并没有强调梅香，也没有过多去形容梅香的性质，在描写手法上也是平平常常，而描写最多的情景则是风吹送梅香。举例如下：

苔衣随溜转，梅气入风香。

——［南朝梁］萧绎《和鲍常侍龙川馆诗》

日影桃蹊色，风吹梅径香。

——［南朝陈］顾野王《芳树》

　　进入唐代，诗人们对梅花的赞美仍然注重其香气。然而，他们缺乏具体的描写，只是简单地提到梅花的香气。例如，杜甫在《西郊》中写道："市桥官柳细，江路野梅香。"这种表达方式缺乏细腻的描绘。不过，唐代的诗人们延续了南北朝时期的传统，经常描写风吹送梅香的情景，这已经成为一种固定的表达方式，如杨炯在《梅花落》中写道："影随朝日远，香逐便风来。"然而，直到隋代侯夫人的《春日看梅诗二首（其二）》，才开始对梅花香气进行关注。随后在很多唐代诗人创作的古诗中也可遇见对梅花"清香"的描写。举例如下：

　　白石盘盘磴，清香树树梅。

——［唐］顾况《梅湾》

　　欲托清香传远信，一枝无计奈愁何。

——［唐］王初《梅花二首（其二）》

　　可是，在唐代的咏梅诗中，诗人却很少用"清香"一词形容梅花，而且"清香"也不是梅花的专属，在形容山茱萸、樱桃花、荷花等的香气时也会用到这个词。也就是说，在中唐时期以前，咏梅诗中对于梅香的描写方式还不固定。

（二）晚唐："冷香""寒香""孤香"

　　到了晚唐时期，诗人们更加注重梅花的高洁品格，与此同时，他们也逐渐将梅花的"清香"视为其独特的特质之一。在这一时期，诗人们开始深入探索梅花的意义，并将其与高尚的人格相联系。

　　清香无以敌寒梅，可爱他乡独看来。

——［唐］吴融《旅馆梅花》

　　往事皆陈迹，清香亦暗衰。

——［唐］徐铉《史馆庭梅见其毫末历载三十今已半枯……伏惟垂览》

　　尤其是在上述提到的吴融的诗中，他明确指出，在所有散发清香的花朵中，没有任何一种能够与寒梅媲美。这表明在那个时期，人们对于将梅花香味形容为"清香"的认识已经非常普遍。而除了"清香"之外，到了晚唐时期，诗人们也开始用"冷香""寒香"等词语形容梅花。如下：

艳寒宜雨露，香冷隔尘埃。

——［唐］朱庆馀《早梅》

返照三声角，寒香一树梅。

——［唐］杜牧《早春寄岳州李使君李善棋爱酒情地闲雅》

梅花在早春绽放，那凌寒开放的白色花朵似乎带着一股寒气，人们形容它的香味为"冷香"或"寒香"。这样的描写不仅符合梅花开放的季节特征，还体现了梅花那遗世独立、桀骜不驯的气质。同时，类似"冻香""孤香"等的形容词更为梅花增添了一抹悲凉的色彩。如下：

冻香飘处宜春早，素艳开时混月明。

——［唐］罗邺《早梅》

素艳照尊桃莫比，孤香黏袖李须饶。

——［唐］郑谷《梅》

在文学中，使用以寒、冷、冻等感觉修饰嗅觉上的"香"属于一种表现技法，被称为"通感"。通感能够让不同感官之间互相沟通、互相转化，创造出新颖效果的手法。在审美活动中，人们常常使用通感来丰富作品的表现力。举例来说，人们常用"甜美"来形容歌声，其中"甜"来自味觉印象，"美"则来自视觉印象，而"歌声"则是听觉的感受，人们通过将这些感官融合在一起，形成了通感的效果。在中国古典诗文中，通感是一种常见的修辞手法，尤其在唐诗中经常出现。通过运用通感，诗人们能够以多样的感觉表达出丰富的意境和情感，给作品增添了层次和生动性。仅举几例，如下：

北风吹海雁，南渡落寒声。

——［唐］李白《秋夕书怀》

泉声咽危石，日色冷青松。

——［唐］王维《过香积寺》

观察上述诗句，可以发现"寒声"这一词是通过运用听觉感知来创造触觉的感受，同样，"日色冷"则是利用人们的视觉经验来塑造触觉的体验，至于"酸风"，它则是借由人们的味觉来呈现触觉的感知。这些都是诗人们独特的通感手法，通过这种方式，他们将梅花的香气描绘成寒冷与孤独的香味。这一意象的形成，不可忽视的因素是晚唐时期梅花地位的显著提高。以韩偓的《梅花》一诗为例，诗句中说道"风虽强暴翻添思，雪欲侵凌更助香"，诗人的观点是风雪的压迫并不能击落梅花，反而进一步强调了梅花的芬芳气息。然而在晚唐时期，诗人们对梅花意象的描述并不是一成不变的，它既被视作挺拔于寒冷中，宛如高洁的君子，同时也被看作随风飘荡，轻薄的物品。对于梅花的香气，也有着"薄香"和"残香"的诠释。举例来说，唐代陆龟蒙在《奉和袭美行次野梅次韵》一诗中的"风怜薄媚留香与"，意味着风认为容易被摧残的梅花太可怜了，于是留下了一点香气给它，这就是诗人对梅花香气的另一种看法。

（三）宋代："幽香""仙香""天香"

到了宋代，梅花在中国文化中的地位获得了前所未有的提高，同时，诗人们对于梅花香气的描绘也显现出了丰富多样的风貌。唐代诗人对梅花香气"清香""寒香""冷香"的形容在宋代诗词中得以延续。例如，北宋诗人黄庭坚在他的《次韵中玉早梅二首（其二）》中写道："折得寒香不露机，小窗斜日两三枝。"这首诗描绘了梅花独特的寒香。而南宋陈宓在《问梅》这首诗中说道："孤芳皎皎怕人知，欲近清香远却宜。"这句诗将梅花的香气塑造成清新而又怕人知晓的形象。

然而，在宋代诗文中，诗人们对于梅花香气最为常见的形容词则是"幽香"和"暗香"。这两个词有着非常相似的含义，都用来描述那种不知从何处飘来的清幽、淡雅的香气，好像它在空气中悄无声息地弥漫开来，却又能深深打动人心。先来看看"幽香"的例子：

幽香粉艳谁人见，时有山禽入树来。

——［北宋］蔡襄《十一月后庭梅花盛开（其一）》

爱惜幽香意如此，一樽岂是等闲来。

——［北宋］黄庭坚《饮南禅梅下戏题》

在宋代诗词中，"幽香"的表现，可以说是在前代"清香"和"寒香"这些描绘梅花香气的基础之上，更进一步地加深了描绘的深度和广度，特别是将焦点转向了梅花在幽深而人迹罕至的地方独自绽放的独特魅力。例如，蔡襄的诗中描述到：梅花独自绽放的幽香和艳丽的姿态，在寂寥无人的环境中，究竟有谁来欣赏呢？或许，只有偶尔在林间徜徉的山鸟，才能真正领略和欣赏到梅花的美丽和魅力。越是冷清寂寥的地方，梅花的香气就显得越深远而吸引人，而"暗香"这个词也是用来形容那种幽雅、朦胧的香气。这个词的出现可以追溯到宋初诗人林逋的咏梅名作《山园小梅（其一）》中的诗句"疏影横斜水清浅，暗香浮动月黄昏"。事实上，"暗香"一词在古代文学中早已经出现，如元稹的《春月》一诗中就有"露梅飘暗香"的描述。然而，真正使"暗香"这一词变成咏梅的固定诗语，还要归功于宋代的林逋。自南宋以后，"暗香"在诗中几乎都用来形容梅花的香气，以至于"暗香"一词本身也已经成了梅花的代名词，如南宋辛弃疾《和傅岩叟梅花二首（其一）》："月澹黄昏欲雪时，小窗犹欠岁寒枝。暗香疏影无人处，唯有西湖处士知。"

"幽香"和"暗香"都是强调香气的清幽和淡雅，南宋包恢《马上口占感梅感事二首（其一）》中有言"香不祈人闻，芳不取世妍"，道出了人们喜爱此种淡香的理由——并非媚俗地迎合世人，而是独自保守节操。梅花正是由于这种纤尘不染的高洁意象为文人们所称道。

除了上述两种相对普遍的描述手法外，宋代诗人对于梅花香气的描绘，也展现出其他独特而生动的创新方式。他们用富有想象力的比喻，将梅香比喻为罕见而独特的"仙香""天香""国香"，如北宋邓肃《落梅二首（其一）》："一夕狂风雨万英，醉扶筇竹踏疏星。归来衫袖天香冷，一洗人间龙麝腥。"

在宋代这个咏梅诗创作繁盛的时期，人们对于梅香的描绘主要围绕着表达隐士高洁形象的"幽香"和"暗香"进行。这些描述方式尽管主题一致，但根据各位诗人独特的理解和创作风格，又展示出各种各样的描绘方式。

二、古典诗歌中的"梅枝"题材

花卉可以根据其生长性质大致分为木本和草本两大类。草本花卉的特点是花朵通常较大且色彩艳丽，因此，观赏草本花卉的重点往往集中在花朵本身的形态和色彩上；相反，木本花卉则由于其木质茎部的发达，以及枝条的繁多，往往使得其枝干部分也能引起观赏者的关注和欣赏。梅花作为一种木本花卉，其以枝条枯瘦而清冷的姿态，赢得了文人墨客的赞赏。梅枝的特性不仅使它成为诗歌创作的重要对象，还使得梅枝本身形成了一种独特的文学意象，这种意象通常与坚韧、孤独和清雅等品质相联系，成为文人墨客用来隐喻人性格和态度的象征。

（一）"南枝北枝"

说到中国古典诗歌中与"梅枝"相关的典故，最有名的莫过于"南枝北枝"了。此典故出自白居易所编的《白氏六帖·梅部》，"南枝"条："大庾岭上梅，南枝落，北枝开。"

大庾岭，位于如今江西省和广东省交界处，在唐代有着特殊的历史意义。当时的宰相张九龄曾在此地监督新路的开凿工程，他下令在道路两旁大量种植梅树，因此大庾岭也被人们称为梅岭。从那个时期开始，梅岭就成了远近闻名的赏梅胜地。大庾岭的梅花有一个独有的特征，那就是由于山体南北两侧气温的差异，导致南枝与北枝的梅开花时间并不一致。有时候，南枝的梅花已经凋落，北枝的梅花却刚刚盛开。这种大自然的妙手偶得，令人感叹不已，也给人们带来无限的遐想和感慨，这更是成为文人墨客们寄托情感和表达思想的重要来源。因此，"南枝北枝"的典故，与大庾岭这个赏梅的名山一起，时常出现在中国历代的咏梅诗词之中。如下：

大庾敛寒光，南枝独早芳。

——［唐］李峤《梅》

柳絮三冬先北地，梅花一夜遍南枝。

——［唐］刘长卿《奉酬辛大夫喜湖南腊月连日降雪见示之作》

（二）"疏枝""横枝""瘦枝"

在中国的咏梅诗歌传统中，诗人们关注的焦点在最初阶段主要集中在梅花本身，对于梅花枝条形态的描述并不多。因此，在早期的咏梅诗歌中，梅枝并没有形成固定或统一的艺术表现方式。对于梅枝的描绘和理解，诗人们的观点甚至存在着显著的差异。一些诗人观察到的梅枝表现为稀疏、瘦弱的形态，他们将梅枝视为坚韧不屈的精神象征，把梅枝的稀疏与冷峻视为其独特的魅力。"疏枝"的例子有：

梅李夹两岸，花枝何扶疏。

——［唐］王绩《薛记室收过庄见寻率题古意以赠》

巡檐索共梅花笑，冷蕊疏枝半不禁。

——［唐］杜甫《舍弟观赴蓝田取妻子到江陵，喜寄三首（其二）》

也有诗人认为梅花的枝条是茂密的，小鸟可以隐藏在里面，如唐代王储《赋得花发上林》："秾枝藏宿鸟，香蕊拂行车。""秾"就是草木浓密的意思，其在诗中不只是形容枝条，同时也是为了突出梅树整体上看起来枝叶繁茂的样子。此外，诗人们也开始热衷于描写梅枝的形态，如南朝梁何逊注意到了梅枝横向延伸的特点，写出了"枝横却月观，花绕凌风台"的诗句。

然而，从总体来看，在早期的咏梅诗歌中，梅枝只是作为梅花的附属物被描绘，它并未真正作为一个独立的审美对象来被关注和欣赏。梅花的艳丽和鲜明，使得梅枝的存在似乎稍显黯淡，而这就是早期咏梅诗歌中对梅枝审美关注的缺失。到了宋代，情况发生了显著的变化。宋代诗人林逋在其诗《山园小梅》中说道"疏影横斜水清浅"，这一表述引发了人们对梅枝新的关注和认识。这一创新的视角，使得梅枝的稀疏、横斜和清瘦等特性开始受到人们的欣赏。于是，"疏枝""横枝""瘦枝"等表述开始在咏梅诗歌中频繁出现，成为描述梅枝的典型方式。例如，北宋张元幹《奉简才元探梅有作兼怀旧游》："疏枝气压群芳尽，羞杀墙阴锦被堆。"

事实上，枝叶的稀疏正是梅花的一种生态特性。在梅花盛开的季节，梅树通常是无叶的，因此，梅花枝条和花朵的疏密关系，很容易吸引人们的注意。当梅花被造就出隐士的意象以后，引发了众人对梅枝枯淡之美的喜爱，而这种新的风潮直到南宋时期到达了顶峰。南宋陈傅良的咏梅诗《咏梅分韵得蕊字》中就说道："惜树须惜枝，看花须看蕊。枯瘦发纤秾，况此具众美。"这首诗是说，观赏树木最重要的是枝条，而赏花重要的是花蕊，而梅枝枯瘦具有风韵，梅花也纤小可爱，真不愧是兼具各方之美的"天下尤物"。

当人们开始欣赏梅树那枯瘦而稀疏的枝干时，他们看到的不仅仅是自然的景色，更是一种寄托了人格理想的风貌。人们赞叹这种枝干的姿态，因为它象征着隐士遗世独立的坚韧精神和君子清瘦的儒雅风骨。在宋代诗歌中，"疏枝"和"瘦枝"等词汇频繁出现，成为描述梅枝姿态的典型词语。例如，南宋诗人陈亮在他的诗《咏梅（其四）》中写道："疏枝横玉瘦，小萼点珠光。"这里的"瘦"字直接描绘了梅枝的枯瘦风貌。又如，南宋诗人陈淳在《丙辰十月见梅同感其韵再赋》中写道："霜枝秃秃瘦，孤英自中鲜。"这里的"瘦"字再次强调了梅枝瘦弱而独立的姿态。对于这种"瘦"字所描绘的梅枝，评论家林雁认为，这种表现形式满足了中国传统道德观对"清"的追求。[①] 这样的描写体现了梅花的姿态美，并赋予

---

① 林雁.论梅姿的自然美 [J].现代园林，2006（10）：23-32.

了梅花一种"仙界之美"。因此，可以看到，在宋代这个赏梅文化高度发展的时期，梅枝已经从梅花中脱离出来，成为一个独立的审美对象。这种变化，无疑体现了文人墨客审美视野的拓展和深化。

（三）"古枝"

如上所述，人们对梅花的枯枝和瘦枝的热爱，最终演变成了对"古梅"的赞美和欣赏。在这里，古梅并不是指梅的一种特殊品种，而是指那些枝干交错、复杂，甚至长满了苔藓的老梅树。南宋戴复古《得古梅两枝》一诗：

老干百年久，从教花事迟。似枯元不死，因病反成奇。

玉破稀疏蕊，苔封古怪枝。谁能知我意，相对岁寒时。

梅树，特别是树龄超过百年的古梅，常常以一种颇具传奇色彩的方式展现其生命力。尽管它们在外观上看起来已经枯死，然而，这些梅树实际上依然在顽强地发芽开花，成为大自然中的一大奇观。不仅如此，它们疏淡的花朵与奇形怪状的枝条也使得这些古老的梅树成为世间的珍稀品种。古梅枯枝之美，甚至衍生出了"梅龙"的说法，这里的"梅龙"，是指那些形状像卧龙一样的古梅树。这种形象的描述，既描绘出古梅的古朴、雄浑之美，也展现出了人们对于梅树枯枝的深深喜爱。关于"梅龙"的记载，南宋范成大《范村梅谱》中有明确的叙述。他在书中说道："去成都二十里，有卧梅，偃蹇十余丈，相传唐物也，谓之梅龙。"此外，南宋陆游《大醉梅花下走笔赋此》"终当骑梅龙，海上看春色"一句的注释中也有"梅龙，盖蜀苑中故物也"的说明。这也证明了"梅龙"是对形状如卧龙的古梅的赞美和尊称。在南宋的诗作中，也有很多赞颂"梅龙"的诗句，如南宋黄庚《梅龙》："孤根蟠屈浸冰壶，蛰里阳和发朽枯。雪树鳞封寒水玉，月梢额吐夜明珠。暗香吹冷龙涎湿，疏影涵清蜕骨癯。安得华光叶公笔，共描云水卧云图。"

三、古典诗歌中的梅与雪题材

在丰富多彩的中国古典诗文创作中，与梅花有关的自然元素繁多，其中包括风、雨、月、冰等许多种。然而，在所有这些自然元素中，与梅花关系最为密切的，无疑还要数雪。这个特殊的组合，既源于实际生活的观察，也深受人们审美取向的影响。为什么说梅与雪的关系特别密切呢？是因为梅花的盛开时节正好与降雪的季节相吻合。大自然的这一巧合，使得雪与梅成为共同出现在诗歌之中再自然不过的组合。

（一）梅雪互似

在中国古典诗歌的艺术构建中，比喻是一种极为常见且效果显著的修辞技巧。以白色花朵喻为雪的例子在诗歌中可以说比比皆是。除了著名的梅花，还有李花、梨花、海棠花等，乃至飘散的柳絮也都被用作雪的比喻。特别是在南北朝时期的咏梅诗作中，梅花与雪的组合起初主要体现为直接的实景描绘，重点是刻画梅花在雪中顽强盛开的壮美景色。然而，随着文人墨客对诗歌艺术探索的深入，逐渐出现了"梅映雪""雪映梅"等新颖的表现手法。这些创新的表现方式，可以看作梅花与雪互相映衬、互相比喻的前奏。例如，南朝梁何逊《咏早梅诗》："衔霜当路发，映雪拟寒开。"《咏春雪寄族人治书思澄诗》："本欲映梅花，翻悲似玉屑。"

到了陈代，才开始有了以梅喻雪的表现手法，如下：

胡地少春来，三年惊落梅。偏疑粉蝶散，乍似雪花开。

可怜香气歇，可惜风相摧。金铙且莫韵，玉笛幸徘徊。

——［南朝陈］江总《梅花落二首（其二）》

这种梅雪互喻的比喻手法也被唐诗所继承，梅似雪、梅成雪、梅如雪等表达方式层出不穷，以梅喻雪的例子有：

梅花如雪柳如丝，年去年来不自持。

——［唐］骆宾王《代女道士王灵妃赠道士李荣》

一树寒梅白玉条，迥临林村傍溪桥。不知近水花先发，疑是经春雪未销。

——［唐］张谓《早梅》

还有以飞雪比喻梅花飘散的例子：

送君何处展离筵，大梵王宫大雪天。庾岭梅花落歌管，谢家柳絮扑金田。

——［唐］白居易《福先寺雪中饯刘苏州》

此外还有一些作品中描写梅与雪浑然一体，不辨彼此的情景：

梅岭花初发，天山雪未开。雪处疑花满，花边似雪回。

——［唐］卢照邻《横吹曲辞·梅花落》

去岁荆南梅似雪，今年蓟北雪如梅。

——［唐］张说《幽州新岁作》

总的来看，中国南北朝时期的诗歌与唐朝时期的诗歌中，梅花与雪的关系较为单纯。这种关系除了实景描绘之外，主要是基于两者外观上的相似性，采用比喻的手法来表现梅花的皎洁，以及雪的优雅风姿。然而，这种比喻方式虽然直观明了，但过于直接和表面化，未能深入探究两者内在的相似性和联系。由于这种比喻方式缺乏深度和创新，因此，在后来的诗歌创作中，并未得到发展和深化。

（二）梅雪对比

在唐代的咏梅诗中，诗人除了会对梅花和雪的相似性进行描写以外，还会将二者进行比较，如通过拟人的手法描写梅雪"相争"：

散漫祥云逐圣回，飘飘瑞雪绕天来。不能落后争飞絮，故欲迎前赛早梅。

——［唐］李峤《游苑遇雪应制》

在中国古代诗词中，诗人们将冬季飘扬的雪花与春季盛放的梅花进行对比，使得这两种象征性的元素因为季节的转变，无法在同一时间呈现在读者面前。于是，诗人选择在诗中设想，让飘落的雪花与盛开的梅花在同一场景中展开对决，从而创造出别具一格的景象。

在这首诗中，诗人将雪花进行了拟人化的处理，仿佛雪花拥有了生命，可以和梅花竞争。这种手法不仅让原本平淡的写景诗增添了一种新的活力，同时也使得读者更加深入地体验诗中的情感。此外，诗人也借助这个场景，进一步探讨了雪和梅谁更加洁白的问题。例如，唐代杨凭在《送别》中写道："江岸梅花雪不如，看君驿驭向南徐。"这种以梅与雪作比较的诗歌，在历代诗人的创作中得到了不断的演化和发展。

在唐代，出现了"雪妒梅"这一新的表现形式。唐朝陈子良《咏春雪》中的诗句"光映妆楼月，花承歌扇风。欲妒梅将柳，故落早春中"明显地表现了这一点。春天的雪，这一肆意撒落在复苏大地的天然馈赠，被看作丰年富饶的吉祥预兆，因此它比冬季那封冻大地的雪更为人们所欢喜和珍爱，也因此频繁地出现在诗人们的笔端，被用各种美丽的言辞赞颂和描述。在这首诗中，诗人巧妙的想象力把冬季的雪赋予了嫉妒的情感，它嫉妒早春中的梅花与柳絮摇曳生姿，因此选择在早春的时节飘落，希望与早春的梅花和柳絮进行一场美丽的较量。通过这种拟人化的手法，诗人生动地描绘了人们对春雪的惊喜和喜爱之情。

而下面这首诗中，雪却被赋予了因嫉妒梅花而故意将其吹落的反面形象：

芳意何能早，孤荣亦自危。更怜花蒂弱，不受岁寒移。

朝雪那相妒，阴风已屡吹。馨香虽尚尔，飘荡复谁知。

——［唐］张九龄《庭梅咏》

随着时间的推移，特别是到了晚唐，人们对于梅花那种冒着严寒，傲然挺立在厚厚雪地中的特性开始有了更深的认识和更高的评价。这种在寒冬中傲然独立的品质，让梅花在人们心中的形象更加高贵，也让梅花与雪之间的比较更加鲜明。尤其是在晚唐诗人朱庆馀的《早梅》这首诗中，他通过"自古承春早，严冬斗雪开"这样的诗句，生动描绘了梅花在严酷冬季中傲然盛开的壮丽景象。这种描绘，无疑为后世诗歌中关于梅花与雪的对比和比喻，提供了极为鲜明的范例和启示。

（三）以雪衬梅

当时间推进到宋代，梅花的象征意义和审美地位在文人心中得到了进一步提升。在诗人的诗歌创作中，梅花与雪的结合方式也随之发生了显著变化。在这种变化中，梅花逐渐从边缘转移到了中心，成为表现的主体，而雪则相对边缘化，更多地被作为梅花的背景和对比，以更好地突出梅花的特性和风貌。同时，梅与雪之间的对比和比喻，也由原先以外貌特性为主的对比，逐步扩展到了精神属性和抽象概念的对比。这种对比和比喻，使得诗歌的意境更加深远，给读者留下了更多的想象和理解空间。在宋代诗歌中，关于梅花与雪的对比和比喻，大致可以分为以下三种类型。

1. 雪助梅

在中国古代文学的长河中，晚唐时期的咏梅诗歌给人们留下了深刻的印象。在这一时期，诗人们开始将风雪元素拟人化，将其视为梅花的良友，为描绘梅花营造出更为丰富多彩的背景。在这些诗篇中，雪被形象地描述为梅花的忠诚伴侣，而风则被赋予了传递梅花香气的角色。唐代韩偓的《早玩雪梅有怀亲属》就提供了一种典型的例证，他在诗中写道："冻白雪为伴，寒香风是媒。"在这首诗中，他明确地指出雪是梅花的伙伴，风是梅花香气的传递者。到了宋代，这种将雪视为梅花伙伴的表现手法在咏梅诗中得到了更广泛的应用。例如，陈襄在《和程公辟红梅》中写道："朔雪有情相掩映，东风何事少嘘吹。"陈必复在《梅花》中则说："天下有花皆北面，岁寒惟雪可同盟。"这些诗句都在一定程度上体现了雪对梅花的衬托和辅助作用。

此外，也有一些诗篇描绘了梅花在风雪的映衬下更加绚丽夺目的景象，或是通过风雪历练展现出坚韧不屈的精神。在这类诗歌中，雪同样对梅花起到了辅助作用。例如，南宋大诗人陆游在《芳华楼赏梅》中就写道："天工丹粉不敢施，雪洗风吹见真色。"这句诗旨在表现梅花在风雪的洗礼中显现出其最真实、最美的一面。

2. 雪欺梅

有时，雪又被视作欺凌梅花的恶毒之物，与"助梅"的意象相反。在这类诗歌中，雪和狂风、冰霜一同被赋予了恶人的形象，从而对梅花不屈不挠的精神品质起到反衬的效果。如下：

雪虐风饕愈凛然，花中气节最高坚。

———［南宋］陆游《落梅（其一）》

幽香淡淡影疏疏，雪虐风饕亦自如。

———［南宋］陆游《雪中寻梅（其二）》

还有一些诗描写的是梅花对风雪的残暴进行顽强抵抗，最终战胜了风雪。如：

辨桃认杏何人拙，压雪欺霜政自妍。

———［南宋］曹彦约《同官约赋红梅成五十六字》

以上示例说明了在宋代的咏梅诗中，雪除了可以作为梅花的陪衬以外，还会被梅花打败，这一与事实相悖的大胆描写体现出了宋代诗人对梅花精神的极力推崇。

3. 雪塑梅

在宋代咏梅诗中，描写梅拥有"雪姿""雪肌"或"雪魂"的表现方式在诗中屡屡出现，也就是说雪成了梅的一部分，起着塑造梅花形象的作用。下面介绍几个具有代表性的表现方式及其用例。

（1）描写梅"冰雪颜"的表现方式。北宋苏轼《红梅三首（其一）》："怕愁贪睡独开迟，自恐冰容不入时。"南宋陆游《梅》："逢时决非桃李辈，得道自保冰雪颜。"

（2）描写梅"冰雪姿"的表现方式。北宋苏轼《红梅三首（其一）》："故作小红桃杏色，尚余孤瘦雪霜姿。"北宋王安石《与微之同赋梅花得香字三首（其三）》："婵娟一种如冰雪，依倚春风笑野棠。"南宋陈棣《惜梅》："天然水雪姿，不许铅华渎。"

（3）描写梅"冰肌雪肤"的表现方式。北宋王安石《次韵徐仲元咏梅二首（其二）》："肌冰绰约如姑射，肤雪参差是太真。"北宋苏轼《忆黄州梅花五绝（其一）》："争似姑山寻绰约，四时常见雪肌肤。"

（4）描写梅"冰魂雪骨"的表现方式。北宋苏轼《再用前韵》："罗浮山下梅花村，玉雪为骨冰为魂。"南宋白玉蟾《梅花二首寄呈彭史部（其二）》："清所以清冰骨格，损之又损玉精神。"南宋吕及之《梅林分韵得爱字》："玉雪为骨冰为魂，气象不与凡木对。"

（5）描写梅"冰魂雪魄"的表现方式。南宋陆游《北坡梅开久一株独不著花立春日放一枝戏作》："广寒宫里长生药，医得冰魂雪魄回。"南宋陈杰《和徐子苍扬州梦梅》："冰雪为魂玉在侧，了知不是梦梨花。"

此外，在实际的观赏活动中，诗人也较为关注梅花和雪之间的关系。"有花无雪花只俗，有雪无梅雪何好"（唐代杨万里《次秦少游梅韵》），"无梅诗兴阑珊了，无雪梅花冷淡休"［南宋刘克庄《梅花十绝答石塘二林（其三）》］，"有梅无雪不精神，有雪无诗俗了人"［南宋方岳《梅花十绝（其九）》］。由此可见，在实际的赏梅活动中，将梅花和雪共赏已经在当时人们的大脑中形成了思维定式。

第三节　梅花意象的象征意蕴解读

一、梅花的贞士情操

在那个充满繁杂琐碎和人情冷暖的尘世里，那些有着崇高理想但未能实现的文人，与梅花建立了一种深深的感情纽带。在冷冽寒冬中绽放的梅花，那份傲雪凌霜、耐寒独立的精神，以及其独有的清香，深深地打动了文人们的内心。因此，他们将这种独特的形象寓意为一种超脱俗世、不媚世俗、自尊自爱的高尚人格，以梅花的象征来隐喻他们自身所追求的品质和美德。他们的内心深处，对那种孤傲、清高的君子品质有着无尽的向往和追求，而梅花的形象，就像是他们内心的一面镜子，反射出他们的理想和期待，也成为他们自我塑造的一种精神支柱。

（一）脱俗高洁的形象

中国文化巨人鲁迅曾经特意邀请雕刻大师为他创作了一枚"只有梅花是知己"的石印，这一举动足以显示他对梅花的独特偏爱和深深敬意。他将梅花视为中国的象征，他笔下的梅花在枯败衰老的状态下仍然能够重焕生机，迸发出强劲的生命力，恢复到满树繁花、绿叶丛生、生机勃勃的景象。梅花在他笔下淋漓尽致地展现了与众不同的品质，同时鲁迅也借此形象揭示了中国人民在困境中坚韧不拔、永不言败的精神风貌。对于中国的文人墨客来说，梅花具有的特殊之处，早已超越了其他任何花卉，它那种不屈不挠、高洁孤傲的品格，以及在严寒中盛开的坚韧精神，使得其在文人墨客心中占据了无法取代的地位。

南朝宋鲍照《梅花落》："中庭杂树朵，偏为梅咨嗟。问君何独然？念其霜中能作花，露中能作实。摇荡春风媚春日，念尔零落逐寒风，徒有霜华无霜质。"这里诗人笔下的梅是节操高尚的旷达贤士，他通过对耐寒梅花与软弱动摇杂树的对比，表达了对节操低下士大夫的蔑视和对旷达贤士的赞扬。唐代朱庆馀的《早梅》："天然根性异，万物尽难陪。自古承春早，严冬斗雪开。"这首诗把梅花凌雪而开作为高尚品性加以赞美，赋予了梅花高风亮节的品性。隋代宫女侯夫人《春日看梅诗二首（其二）》："香清寒艳好，谁惜是天真。玉梅谢后阳和至，散与群芳自在春。"从"天真"二字可以看出作者对梅花的无比喜爱之情，而这两个字也是作者的自评。元代贯云石《清江引·咏梅（其一）》："南枝夜来先破蕊，泄露春消息。偏宜雪月交，不惹蜂蝶戏。有时节暗香来梦里。"他笔下的梅花不招蜂惹蝶，孤高纯洁。宋代女词人李清照《满庭芳》："难言处，良宵淡月，疏影尚风流。"这首词赞美了一种饱经苦难折磨之后，仍孤高自傲，虽人生潦倒，仍存在信心的高尚精神品格。南宋文豪陆游《落梅二首（其一）》："雪虐风饕愈凛然，花中气节最高坚。"他用强烈的对比，生动描绘了梅花在风雪中盛开的壮观景象，表达了他对梅花坚韧、高洁品质的崇敬，以此传达出他的情感寄托和人生理想，使得梅花在中国文学，乃至在整个中国文化中，具有了极高的象征意义。

从以上例子可以看出，在历代的文人墨客眼中，梅花孤芳自赏，象征着高洁、坚韧的美好品质，诗人们通过对梅花的描写，来表明自己的心迹以及人生追求。

（二）凌寒不屈的形象

明代李渔在其著作《梅》中曾论赏梅："风送香来，香来而寒亦至……雪助花妍，雪冻而花亦冻。"可见，雪与梅常常是不可分开的。以"雪"咏梅始于南朝苏子卿《梅花落》："只言花是雪，不悟有香来。"宋代卢梅坡《雪梅二首》更是将两者的关系写得形象至极："梅须逊雪三分白，雪却输梅一段香""有雪无梅不精神，有梅无诗俗了人。"唐代许浑《早梅》亦云："素艳雪凝树。"寒梅花发，似玉如雪，"遥知不是雪，为有暗香来"（宋代王安石《梅花》）。"梅花香自苦寒来"，在白雪皑皑的大地上，万物凋零，梅花却傲雪绽放，因此，文人在赞颂它的时候，经常赞扬它的凌寒不屈，正所谓"高标逸韵君知否，正是层冰积雪时"〔宋代陆游《梅花绝句（其三）》〕。

唐代张谓《早梅》诗云："一树寒梅白玉条，迥临村路傍溪桥。不知近水花先发，疑是经冬雪未销。"首句采用精细的描绘手法，生动呈现了早梅优雅绝伦的姿态。梅花洁白如玉，在寒风中独自盛放，宛如春雪中的一抹娇羞，为寂静的冬日带来了无尽的生机。第二句则是写诗人精细描摹了环境背景，这株梅花孤寂地生长在人烟稀少的村庄旁，靠近溪流的古桥边。诗人利用"迥"与"傍"二字精准而富有力量地创造出对比效果，暗示着早梅因其隐秘而偏僻的生长环境，常常难以引起人们的关注和爱护。进入诗的第三、第四句，诗人开始详细记录他的观察与发现：从远处仰望，寒梅的影子似雪非雪，令人产生迷茫的感觉，而当把视线拉近，细细查看，溪畔桥边，寒梅近水，迎风盛开。诗人从中所体验到的欣喜，以及他对早梅如玉般洁白、似雪般纯净、凌寒而傲然独放特性的发现，无疑更好地展现了早梅的魅力。总的来说，全诗以诗人的细心观察和内心体验为线索，巧妙地引出早梅迎寒开放的风貌。同时，唐代齐己的同题诗作《早梅》则通过对梅花的寓意，巧妙地传达了自己的情感态度和生活理想："万木冻欲折，孤根暖独回。前村深雪里，昨夜一枝开。风递幽香出，禽窥素艳来。明年如应律，先发映春台。"首联以寒冬腊月的景象为铺垫，描述万木凋零、枝叶无存的画面，随后引出梅树孤独而旺盛的生机，与当下的环境形成了鲜明的对比，生动地描绘了梅花在严寒中坚韧不屈的特性。诗人巧妙地运用环境对比的手法，强调了梅花的不凡生命力与其坚韧的生命精神。颔联以山野间皑皑的白雪作为背景，恰如其分地衬托出梅树"一枝独放"的非凡。在被雪覆盖的山村，孤独的梅花独自绽放，形成了一道独特的景致，既令人惊奇，又引发人们的喜爱。在颈联中，诗人主要描绘了梅花的内在香气和外在美丽。上句描述了梅花散发出的淡淡幽香，伴随风声四溢，而下句则着重描绘了梅花素净而高雅的外貌，充满了洁净和美感。齐己早年曾怀有宏大的抱负和对功名的渴望，然而，科举的失败和他人的忽视让其感到了怀才不遇的失落。他通过描绘梅花在山村野外的独立生长，以及它与风、鸟共处的情景，暗示出自己对前途的无限期望。这朵内含淡雅幽香、外显素洁艳丽的梅花，并没有因为环境的困厄而感到沮丧，反而怀着满心的希望，期待着明年再次盛开。这实际上是诗人借梅花隐喻自己不畏困厄，志向远大的精神。

宋代郑域《昭君怨·梅花》："道是花来春未，道是雪来香异。竹外一枝斜。野人家。冷落竹篱茅舍，富贵玉堂琼榭。两地不同栽，一般开。"这首词上阕是咏梅和惜梅。前两句热情地赞美了梅花的非凡特性和无可比拟的美。梅花与众不同，虽然春天还未到来，但它已经独自冲破寒冷盛开了：尽管它的洁白如同纯净的雪花，但是冰雪却不能散发出梅花那种沁人心脾的幽香。接下来的两句以竹为背景，突出了梅花的主体地位。在茂密的绿色竹子的映衬下，一株寒梅独立显现，其疏影斜落，娴静幽独，超脱世俗，形成了一种独特的美感，更进一步地通过竹节的挺拔引出梅花的品格，强调了梅花面对严寒仍然傲然绽放的形象。下阕是赞梅。不管是栽种在质朴的"竹篱茅舍"，还是豪华的"玉堂琼榭"，梅花都保持着其初心："两地不同栽，一般开。"这首词不仅描绘了梅花的外貌，更深层次地揭示了梅花的高洁品格。此外，通过这一层揭示，诗人暗示自己虽然怀才不遇，但并不会因此放弃自己的信念和原则，随波逐流，这是对其个人坚持高尚情操的典型表现。

在雪中盛开的梅花，除了颜色像雪一样洁白以外，还像一位坚贞不屈的勇士在风雪中傲然挺立，极大地鼓舞了人们的意志。

二、梅花的隐者风标

古代文人在受挫时感到尘世的不如意，开始向往与世无争的生活，将目光投向山林风景。梅花在寒冬腊月时节开放，它生长在高山低谷、水驿荒村中，却依然保持着清香和洁白无瑕，给逆境中的文人带来了无限的慰藉和启示。

北宋诗人林逋的《山园小梅（其一）》是一首咏梅绝唱，这首诗以梅花为主题，描绘了梅花不畏严寒、不卑不亢傲立风中的形象。通过对梅花的赞美，林逋表达了自己对隐逸生活的向往，同时也展现了中国文化中的隐逸思想。"众芳摇落独暄妍，占尽风情向小园。疏影横斜水清浅，暗香浮动月黄昏。霜禽欲下先偷眼，粉蝶如知合断魂。幸有微吟可相狎，不须檀板共金樽。"在这首诗中，作者和梅花融为一体，梅花便成了隐逸诗人林逋的化身，下面是这首诗的赏析。

首联以梅不畏严寒、傲立风中起句，"众"与"独"字对出，呈现出梅花在天地间的独特地位，不仅抗寒冬而且高傲不群，这是梅花所具有的峻洁清高之美。梅花并不因此而骄傲自满，只在一方小园，以孤芳自赏的姿态在山间傲立，这种丰富的宁静与充实的美丽，也恰好符合隐逸生活的理念。"占尽风情向小园"，则是在强调梅花的风姿与美丽，它是"风情"中的佼佼者，吸引着众多的观赏者，因而被人们占尽了风情。接着，诗人通过描写水面上的梅花倒影，表现出梅花"疏影横斜水清浅"的特点，同时又表达出梅花与自然环境的融合。

颔联的描写手法可谓妙笔生花，作者通过对梅花形、色、香、意的描绘，深刻地展现了梅花的高洁、清雅、自然、淡泊之美。上句的描写主要侧重梅花的形态和动态，通过"疏影横斜"和"水清浅"这两个词语来描绘梅花的姿态和气质。这些词语所呈现出来的形象，使人感觉到梅花的轻盈、妩媚、灵动和温润；下句则更多地关注梅花的香气和意境，通过"暗香浮动"和"月黄昏"这两个词语来描绘梅花的香气和环境。这些词语所呈现出来的景象，使人感觉到梅花的优雅、清香、温柔和浪漫。当然，林逋这两句诗也并不是臆想出来的，他除了有生活实感外，还借鉴了前人的诗句。五代南唐江为有残句："竹影横斜水清浅，桂香浮动月黄昏。"这两句既写竹，又写桂，不但未写出竹影的特点，也未道出桂花的清香。因无题，又没有完整的诗篇，未能构成一个统一和谐的主题、意境，使人无法感受到主人公的激情，故缺乏感人力量。而林逋只改了两字，将"竹"改成"疏"，将"桂"改成"暗"，这点睛之笔，使梅花活灵活现。上句的实写为下句的虚写作铺垫，下句的虚写又更进一步强化了上句的实写，使整个诗篇构成了一个统一和谐的主题、意境。这样的手法为梅花增加了深度和内涵，同时也凸显了林逋在诗歌创作上的独特性和精湛技艺。

颈联"以物观物"，通过对比梅花与鹤、蝶的形态和动作，进一步展现了梅花的美丽和吸引力。梅花的美丽不仅体现在其独特的姿态和姿容上，也体现在其色、香、味等多个方面。梅花的色彩清淡素雅，给人以静谧、高雅的感受；梅花的香气清幽，给人以神秘、诱人的感觉；梅花的味道苦涩，给人以刺激、挑战的感觉。林逋在诗中巧妙地将这些美妙都展现出来，达到了"以物观物"的诗意效果。"霜禽偷眼"将鹤的形态和动作生动地描绘出来，鹤是一种优美的大鸟，而"偷眼"则表示鹤在观察周围环境时的姿态和动作，这种特殊的姿态和动作与梅花的清幽高雅相得益彰；"粉蝶"则是一种小而美丽的昆虫，与鹤形成了鲜明的对比，这种对比从一个侧面反映了梅花的多样性和富于变化的特点。"断魂"则是一种夸张的修辞手法，将梅花的美妙推崇到了极致。梅花的美丽和诱惑力是如此强烈，以至于人们会被它迷倒，为之心醉神迷，这种感受正是"断魂"所表达的含义。

尾联"微吟"实讲"口中梅"也，"微"言其淡泊雅致，如此咀嚼，虽不果腹，然可暖心、洁品、动情、铸魂，表达出诗人愿与梅化而为一的生活旨趣和精神追求，至此诗人对梅的观赏进入了我国哲学家冯友兰所说的"天地境界"，笔者看到的则是与"霜禽""粉蝶"一样迫不及待和如痴如醉的诗人——一个梅化的诗人。宋代苏轼曾在《书林逋诗后》说："先生可是绝伦人，神清骨冷无尘俗。"《四库全书总目》说："其诗澄澹高逸，如其为人。"[①] 可知其言不谬，此诗之神韵正是诗人幽独清高、自甘淡泊的人格写照。

元代张可久《天净沙·鲁卿庵中》："青苔古木萧萧，苍云秋水迢迢。红叶山斋小小，有谁曾到？探梅人过溪桥。"作者将读者带入渺无人迹的深幽境地，这里的"梅"指的是隐居的鲁卿，而探梅人也可以看作探访隐者的访客。作者将隐者比喻成梅花，表达了隐者高洁、纯真、孤傲的品

---

① 永瑢. 四库全书总目 [M]. 北京：中华书局，1965.

格。这种将隐者比喻成梅花的情感表达方式，既有传统文化的底蕴，也有对人格高尚的赞扬。

南宋黄昇的《南乡子·冬夜》中有"应是夜寒凝，恼得梅花睡不成。我念梅花花念我，关情。起看清冰满玉瓶"之句，这首词通过将梅花拟人化，描绘了一个山中隐士的清高飘逸之风采。在这首词中，梅花被赋予了"恼得睡不成"的情感，仿佛有着自己的意识和感受，而词人则以"我念梅花花念我，关情"来表达自己与梅花的亲密关系，这种关系更像是知己之间的心灵交流。在这样的描绘中，词人也通过梅花表达了自己的隐士情怀和对自然的热爱，这是中国文学中常见的意象。整首词的语言精练优美，展现了词人高超的词艺和情感表达能力。

梅花因其独特的开花时间和不与其他花卉同期开放而被文人赋予了淡泊和宁静的象征意义。在中国传统文化中，梅花被视为高洁和坚贞的象征，其淡雅和不凡的品性被文人墨客视为精神寄托和高尚情操的象征。因此，梅花常被用来表现文人墨客的隐逸情怀。

三、梅花的美人姿态

自古以来，梅花就被视为"霜雪美人"的代表。明末小说家冯梦龙在其著作《东周列国志》第五十二回中载："夏姬卸下礼服，露出一身淡妆，如月下梨花，雪中梅蕊，别是一般雅致。"柳宗元在《龙城录》中记载了梅花的传说，说隋代开皇年间，赵师雄在寒冬时节在罗浮山见到了一位穿着素服的美人，这位美人正是梅花的化身。因此，后人常用梅花来比拟美人，形容其为"霜美人""雪美人""冷美人"，这不仅是因为梅花本身具有美丽的形态，而且也因为它的美是清冷而高雅的。

元代张雨在《喜春来·泰定三年丙寅岁除夜玉山舟中赋》中写道："江梅的的依茅舍，石濑溅溅漱玉沙，瓦瓯蓬底送年华。问暮鸦，何处阿戎家。"小令中"的的"二字形容梅花在暮色中仍显得鲜明耀眼，把灰黄的茅舍也辉映得富有神气。"的"在古代亦指女子脸上装饰的红点，汉代文熙《释名·释首饰》云："以丹注面曰的，的，灼也。"晋代傅成《镜赋》亦云："点双的以发姿。"可见，梅花如美人颊上的艳艳红点，越发增添了梅花的美艳。

宋代苏轼《定风波·红梅》："好睡慵开莫厌迟。自怜冰脸不时宜。偶作小红桃杏色，闲雅，尚余孤瘦雪霜姿。"这是词的上阕，一开始便运用拟人手法，写花似美人，美人似花，饶有情致，写梅因"迟"开而与桃杏同放。"小红桃杏色"，这些色彩都是以美人妆容为基础而来的。而"闲雅"一词则强调了梅花的清冷之美，将其与俗世的花卉区别开来。最后，苏轼用"孤瘦"这一词语来描绘梅花，增添了梅花的清高孤傲之感，也更好地表达了词人的感慨。

在《红楼梦》中，梅花被赋予了更深层次的意义，其不仅代表着美丽的女子，还象征着高尚的精神和坚守的道德准则。妙玉作为小说中的重要角色，被形容为"一株傲世独立的白雪红梅"，这个形象与她的性格特点相符：她独立而高傲，有自己的思想和态度，不随波逐流，表现出梅花的精神特质。此外，梅花的孤高和质朴也与妙玉的性格相契合：她不愿与恶俗的世态同流合污，宁愿选择独处，表现出梅花的高洁和自持，而梅花的白色和红色也象征着妙玉纯洁和热情的双重性格。在小说中，梅花的美丽和高尚被赋予了深刻的内涵，成为表现人物性格和情感的象征物，进一步丰富了小说的意境和情感表达。

第六章

古典文学中桃花的题材与意象解读

第一节　桃花美感特征及其艺术表现

一、桃花的物色美

（一）花色

自然界的花卉中，"花在绿叶之前，其色常黄，花在绿叶之上，其色常赤"。[①] 桃花，这种在春日艳阳下盛开的花卉，是一种花叶同生但花比叶早盛开的植物，它的花朵颜色多变，从淡淡的粉红色到鲜艳的深红色都有。桃花的美，最主要的体现就在它的花色，这种美感早在古代就被人们所赞美和认可。例如，宋代陆佃在《埤雅》中就说道："俗云'梅华优于香，桃华优于色'。"这句话表明了梅花的香气无人能及，而桃花的色彩无人能比。因此，当读者翻阅中国古典文学作品，查看历代文人对春天里盛开的梅花、杏花等花卉的描绘和赞美，会发现一个有趣的现象：对于梅花，文人们的笔触往往聚焦于其清新的香气和雅致的风韵；而对于杏花，文人们描述更多的是其如雪的花瓣和粉嫩的颜色。然而，对于桃花，文人们的关注点则集中在其或深或浅的颜色上。那么，为什么文人们会对桃花的颜色有如此普遍的关注呢？其原因主要有以下几个方面。

---

① 　渠红岩.桃文化论集 [M].北京：北京燕山出版社，2018：63.

第一，桃花的花期早，开花时间在春季万物复苏的时候，这时，人们还没有见到太多鲜花，桃花便成为这个季节中的一抹鲜艳。此外，阳光明媚的天气也为桃花的美感特征增色不少，让它的颜色更加鲜明，花朵更加娇艳动人。桃花的物色美正是通过这些气候条件的优势而得以突出展现的。

第二，在春季，有许多常见的花卉与桃花的花期相近，其中包括梅花和杏花。这些花卉的颜色、形态与桃花有着明显的差异。梅花的色彩偏淡，其特点是花朵在叶子之前开放，这种独特的生长方式使其在早春的寒风中独树一帜。而杏花则在含苞待放时呈现红色，但当花朵完全开放后，杏花的颜色会逐渐转为纯白。尽管杏花在花朵盛开时比叶子更早繁茂，但由于叶子体积较小，它们并不能引起人们的关注。相较而言，桃花的颜色始终如一，无论是花朵初开还是凋零时，都保持着鲜艳的红色。桃花另一个显著的特点是，它的花和叶子是同时开放的，因此，在桃花的花叶搭配中，桃叶可以说是桃花的最佳伴侣，这种独特的搭配以最简洁的方式展现了自然美的完整性。细长的嫩绿色桃叶衬托着或淡或浓的桃花，它们之间的对比形成了鲜明的视觉效果，赋予人们深刻而持久的美感。

从美学知识和生活经验的角度来看，颜色比线条更容易吸引人的视线。在所有的颜色中，红色是比较耀眼、比较具有吸引力的一种颜色，对于桃花而言，深红或粉红色也是常见的花色之一。每年的阳春三月，和风暖煦，桃花以如胭脂、如红霞的绚烂色彩，成为春天最引人注目的景物。早在《诗经》中就有"桃之夭夭，灼灼其华"的描写，历代文人亦无不以其为题材，用心描绘桃花之红。因此，"红"或"粉红"成为中国古代文学中代表桃花的颜色之一。

南朝梁简文帝在他的《咏初桃诗》中，用"初桃丽新采，照地吐其芳"来描绘初开的桃花，呈现出其粉嫩鲜艳的美感。北周庾信在《奉和赵王途中五韵诗》中，用"村桃拂红粉，岸柳被青丝"的诗句描绘了桃花婀娜多姿、柔美妩媚的形象。唐代杜甫《江畔独步寻花七绝句（其五）》写道："桃花一簇开无主，可爱深红爱浅红。"作者看到了一簇簇桃花在江畔开放，它们色彩浓郁、姿态婀娜，深红和浅红交相辉映，形成了一幅美丽的画卷，令人心醉神迷。在这幅画卷中，深红和浅红的桃花没有了分别，都成了自然赋予的美丽。唐代韩愈《闻梨花发赠刘师命》"桃溪惆怅不能过，红艳纷纷落地多"的满地桃花，令人感伤而不乏美丽。唐代元稹《桃花》以"桃花浅深处，似匀深浅妆"写出了桃花或深或浅的红色如美人淡浓相宜的妆容。而唐代吴融在其诗作《桃花》中更写道："满树和娇烂漫红，万枝丹彩灼春融。"满树的桃花好像天工以巨笔特意描绘出来的，烂漫得似乎融进了人间所有的春光。宋代杨万里《寒食雨中同舍约游天竺得十六绝句呈陆务观（其五）》"两岸桃花总无力，斜红相倚卧春风"，元代赵孟頫《题山堂》"推窗绿树排檐入，临水红桃对镜开"等，无不以不同的"红笔"描绘桃花艳丽的花色。

桃花或野生桃花所呈现出的"红色"，与平地或平原上的桃花相比，更显出一种野性、夸张的色彩。唐代庄南杰《阳春曲》："沙鸥白羽剪晴碧，野桃红艳烧春空。"描述了野桃广袤、红艳欲烧的场景，强烈表现了野生桃花旺盛的生命力。唐代陆希声《阳羡杂咏十九首·桃花谷》："君阳山下足春风，满谷仙桃照水红。"则通过描绘满谷的红色染透整条河水，生动地表现了山桃无主、不可遏止的生机。而唐代韩愈《桃源图》"种桃处处惟开花，川原近远蒸红霞"则更加强调了野生桃花热烈的红色，凸显了其美丽和旺盛的生命力。通过这些文字，可以感受到山间野生桃花所具有的野性美。

不仅诗歌中常见对桃花之红的渲染，在宋词中，桃花也是一个常见的主题，词人们常常用色彩鲜艳的"红色"来描绘桃花的美丽与魅力。北宋苏轼《殢人娇·王都尉席上赠侍人》上阕云："满院桃花，尽是刘郎未见。于中更、一枝纤软。仙家日月，笑人间春晚。浓睡起、惊飞乱红千片。"其中"乱红"一词生动地描绘了飘落的桃花，更加丰富了词人的表达；北宋黄庭坚《水调歌头·游览》上阕云："瑶草一何碧，春入武陵溪。

溪上桃花无数，花上有黄鹂。我欲穿花寻路，直入白云深处，浩气展虹霓。只恐花深里，红露湿人衣。"以"红露"描写出桃花红色欲滴令人心神摇荡的美；宋代向子諲《浣溪沙·连年二月二日出都门》中有"人意天公则甚知，故教小雨作深悲，桃花浑似泪胭脂"的描写，作者以"泪胭脂"比喻雨中桃花之姿色，柔弱而美丽。宋代李彭老《踏莎行·题草窗十拟后》中有"桃花红雨梨花雪"的句子，这句词中的"桃花红雨"正是受李贺诗歌的启发，将桃花花瓣飘撒落下的场景与红色的雨水相比拟，表现出桃花落败时的独特美感。南宋周紫芝《点绛唇·西池桃花落尽赋此》"燕子风高，小桃枝上花无数。乱溪深处，满地飞红雨"亦是如此。从这些例子中能看出，宋朝的词人在描绘桃花的红色时，采用了一种与以往截然不同的艺术手法。他们并没有直接描述桃花的红色，而是借用了许多生动的象征和比喻。如"红雨""乱红""飞红"等词语，以暗示和寓意的方式表现桃花色彩的鲜明与活力，显示出宋代词人在表现桃花意象方面的精妙艺术成就。

与深红色桃花相比，粉红桃花更具有娇嫩之美，如明代文徵明《钱氏西斋粉红桃花》即言："温情腻质可怜生，浥浥轻韶入粉匀。新暖透肌红沁玉，晚风吹酒淡生春。窥墙有态如含笑，对面无言故恼人。莫作寻常轻薄看，杨家姊妹是前身。"这首诗中描写的粉红桃花好像美女细腻剔透的肌肤，娇嫩而浥浥生香。

（二）花形

桃花的鲜艳色彩是令人们在一瞬间惊艳的因素，但当人们注视久了，桃花的形态就成了审美的焦点。桃花的结构由多个部分组成，包括花梗、花萼、花瓣、花蕊、花药等。桃花的萼片一般呈卵圆形或三角状卵形。根据花瓣大小，桃花的花形可以分为蔷薇形和铃形，而花瓣的形状则有圆形、卵圆形、椭圆形、长圆形等。桃花的花瓣又可分为单瓣和复瓣，其中单瓣桃花一般有五瓣，近似圆形的五瓣是构形比较规整的，与梅花相近，但梅花花瓣为正圆形。

根据生物学相关理论，桃花从花芽萌动到凋谢共经历六个时期，包括花芽膨大期、露萼期、露瓣期、初花期、盛花期和落花期。由于桃树分布广泛、阳春即萌动的生物习性，其每个时期都有独特的美感和魅力，引起人们的关注和赞赏。在古代文学中，桃花经常被用来描绘自然美景和爱情美好，其优美的外形成为文人雅士们的创作素材。在一些文学作品中，有的是整体把握桃花的美感，有的则是通过局部描写来刻画其形态和美感，而花瓣则是被着重描写的部位。这些描写形象生动，栩栩如生地展现了桃花姿态各异的美感，娇柔、纤巧、玲珑等形容词形象地描绘了桃花的美丽特征。

宋代汪藻《春日》有言："桃花嫣然出篱笑，似开未开最有情。"这"似开未开"的桃花蕴含着饱满的生机，可以带给踏青寻芳的人们以惊喜，因而早在南朝，大诗人谢灵运就有了《酬从弟惠连诗（其五）》中"山桃发红萼"的诗句，"萼"即花瓣下部的一圈小叶片，由此，初发的红萼、绮萼就成为后人描写桃花的一个视角。宋代朱熹《春日言怀》："春至草木变，郊园犹掩扉。兹晨与心会，览物遍芳菲。桃萼破浅红，时禽悦朝晖。"宋代陆游《初春纪事二首（其二）》："入春一再雨，喜气满墟落。又闻湖边路，已破小桃萼。一尊傥可携，父子自酬酢。"都描写了"桃萼"初发带给人们的无限惊喜。

对桃花姿态形象描写最为详尽的要数唐代薛能的《桃花》："开齐全未落，繁极欲相重……乱缘堪羡蚁，深入不如蜂。有影宜暄煦，无言自冶容。"这样的表现深得林逋的称颂，他在《桃花》中这样赞赏薛能的艺术表达："比并合饶皮博士，形相偏属薛尚书。"可见，桃花繁密娇美、仪态妖娆的姿容令人如此倾情！

（三）花香

花卉常常因其颜色、形态、香气而被人们欣赏，但在自然界中，存在一种现象，即那些颜色美丽、形态优美的花卉往往没有香气；而那些有香气的花卉，颜色和形态则不太吸引人。桃花以其优美的颜色和形态著称，但实际上，花香也是桃花富有美感的重要组成部分。与桃花的色彩和形态主要给人带来视觉感受不同，桃花的香气则是一种更加纯粹和细腻的美，常常让人陶醉其中。

南朝时期，梁简文帝在其诗作《咏初桃诗》中就描绘了"枝间留紫燕，叶里发轻香"的场景。南朝文人非常注重细节，他们对桃花清香的描写异常详尽，这种清香也成为他们沉静思考时的感受和领悟。经过长期的文学演变与发展，"桃花香"已成为桃花美感的代名词。桃花香气较淡，且需借助于空气的流动才能散发，人们只有用心细致地感受才可获得。元代朱希晦《月夜放歌》言："碧桃花香夜初静，露滴衣裳怯清冷。"碧桃之花香是在夜深人静时默默袭来。明代赵完璧《春夜》亦言："深院秋千儿女情，桃花香暖月华清。"因而，古典文学作品对桃花香的描写，或与"水"和"风"等流动性意象结合，或以夜深人静的环境传递缥缈幽微的情韵，增加诗文的美感。北周庾信《奉在司水看治渭桥诗》"春洲鹦鹉色，流水桃花香"表达了一种浓浓的春意，同时也让人体会到桃花之美。宋代陈襄《寄远》中有诗句"步障影迷金谷路，桃花香隔武陵溪"。那淙淙的小溪，似乎更契合隐隐约约的花香，潺潺的流水传递着淡淡的芬芳。明代顾清《为南村题蟠桃图寿喻守》："海山千里春茫茫，东风是处桃花香。"若有若无的花香借着轻柔的春风弥漫开去，渲染出宁静、祥和的春意。

二、桃花的风景美

（一）不同气候之美

桃花灿烂若锦，阴晴雨雪、落霞烟雾都可显现娇艳芬芳的倩影。桃花是一种热爱阳光的植物，它们在气温相对较高的物候期内开放速度更快，且花朵更为繁茂。在明媚的晴日下，桃花无拘无束地绽放，释放出令人眼花缭乱的鲜艳色彩。这种绚丽的景象，被唐代诗人李白在其《古风·桃花开动园》中巧妙地描绘出来："桃花开东园，含笑夸白日。"诗句中，李白将桃花形象地描绘成含笑夸赞阳光的美女，生动地展现出阳光下灿烂盛开的桃花的傲人风采。然而，虽然都是在阳光照耀之下的桃花，但在夕阳中的桃花却有着与日光下桃花截然不同的韵味。元代诗人白廷在《湖居杂兴八首（其六）》中写道："桃花含笑夕阳中。"与李白诗中那种带有骄纵意味的桃花相比，夕阳中的桃花显得更为温文尔雅，充满了宁静的魅力。唐代周朴的诗作《桃花》"桃花春色暖先开，明媚谁人不看来"，以及宋代王安石的《春风》"春风过柳绿如缲，晴日烝红出小桃"，都描绘了在阳光明媚的春日里，桃花以其艳丽的容貌，成为最动人的风景，无人能抵挡其明媚的诱惑。然而，笔者认为唐代崔护在其诗作《题都城南庄》中对于桃花的描绘才最具吸引力："人面不知何处去，桃花依旧笑春风。"这首诗生动地描绘了一树盛开的桃花，它们如同笑容可掬的美人令人神往，让人陷入无尽的遐想之中。

相比晴天的桃花，雨中的桃花更具一种含蓄的美感，不张扬，却有一种静谧之美。在文学作品中，也常有雨中桃花的描绘。唐代李峤《桃》："山风凝笑脸，朝露泫啼妆。"这句诗以"啼妆"写出了雨露中桃花如美女啼妆的形态美。唐代李白《访戴天山道士不遇》："犬吠水声中，桃花带雨浓。"在这句诗中，微雨轻洒，千株含露，媚人的桃花更添了一分莹润粉嫩之美。唐代韦庄在《庭前桃》中的描述"带露似垂湘女泪"，雨露桃花如湘妃晶莹的泪滴，让人想象其姿态之美。而唐代李商隐《赋得桃李无言》中的"得意摇风态，含情泣露痕"与之有异曲同工之妙。唐代杜甫在《风雨看舟前落花戏为新句》中咏雨中桃花："江上人家桃树枝，春寒细雨出疏篱。……吹花困癫傍舟楫，水光风力俱相怯。赤憎轻薄遮入怀，珍重分明不来接。湿久飞迟半欲高，萦沙惹草细于毛。"宋代杨万里在诗作《寒食雨中同舍约游天竺得十六绝句呈陆务观（其五）》中亦云："小溪曲曲乱山中，嫩水溅溅一线通。两岸桃花总无力，斜红相倚卧春风。"宋代陈与义《窦园醉中前后五绝句（其五）》："自唱新诗与明月，碧桃开尽雨声中。"雨洗桃花，幻化出千尺晴霞，足以令诗人对月歌吟了。宋代晁端礼《水龙吟》："岭梅香雪飘零尽，繁杏枝头犹未。小桃一种，妖娆偏占，春工用意。微喷丹砂，半含朝露，粉墙低倚。似谁家丱女，娇痴怨别，空凝睇、东风里。"朝露助添了桃花的柔美，含露的妖娆小桃，低低地倚靠粉墙下，好像娇嗔的女子，含情脉脉。明代岳岱《桃花图》："尚忆春来三日醉，晓烟疏雨卧山家。"这首诗描写的是桃花先桃叶而茂，簇簇团团的桃花与春雨如诗如画的体贴，使桃花尽显其生命的另一种美感：含蓄、温柔。

唐代薛能《桃花》诗中的"冷湿朝如淡，晴干午更浓"非常精准地描述了桃花在不同时间的不同美感。在潮湿阴冷的早晨，桃花的颜色会比较淡雅，像是淡淡的粉色；而在晴朗干燥的午后，桃花则会变得更加鲜艳浓郁，犹如精美的妆容。

（二）不同种植形式之美

桃树既可以单株种植，也可以数株甚至大规模林植，这几种种植形式皆可创造出不同的景观美。古时的人们在庭院内或者是窗前经常会种植一株或几株桃树，而由于这些桃树往往是主人亲自栽种的，因此也会被赋予主人的主观情感，正是因为情感的融入，使得这些桃花更具情意的韵致。唐代李白《寄东鲁二稚子》："南风吹归心，飞堕酒楼前。楼东一株桃，枝叶拂青烟。……小儿名伯禽，与姊亦齐肩。双行桃树下，抚背复谁怜。"在这首诗中，楼前的桃树牵动着诗人的情思，孩子的折花相忆是最能打动人的细节所在，由此，桃花也成为家园情思主题的常见意象。例如，唐代顾况《洛阳早春》："何地避春愁，终年忆旧游。一家千里外，百舌五更头。客路偏逢雨，乡山不入楼。故园桃李月，伊水向东流。"宋代范成大《浙江小矶春日》："客里无人共一杯，故园桃李为谁开。"这两首诗都借故园之桃抒写浓浓之乡愁。

　　对于桃树的种植方式，有时候它们被分散种植，或者成片种植，甚至形成桃花林，这样的种植方式常见于园林、道观等公共场所。人们这样做的目的，是希望这些桃树烂漫的花色能够美化空间，相较于单株的桃花或者是片植的桃花，成林的桃花更能强烈地刺激人们的视觉感官。唐代李白《鹦鹉洲》中的"烟开兰叶香风暖，夹岸桃花锦浪生"一句，"夹岸"的桃花映着明丽的春水，如大片的锦缎般闪耀。唐代文豪韩愈在他的作品《桃源图》中，以"种桃处处惟开花，川原近远蒸红霞"描绘了一幅桃花烂漫的壮丽景色，其中充满了形象生动的画面，仿佛无边的红霞正在天空中翻腾，使人仿佛能感受到满山遍野的桃花开放的盛景。明代彭大翼在其作品《山堂肆考》卷一九八中，则将韩愈的这篇佳作列为"蒸霞"之优美范例，不仅如此，词语如"锦"和"霞"也成为描绘桃花的经典比喻，以形象地捕捉桃花艳丽烂漫的美丽形象。例如，即便是在平生不过于热爱桃花的宋代诗人陆游晚年所创作的《泛舟观桃花》中，他也以"花泾二月桃花发，霞照波心锦裹山"来描绘桃花的美，表达了如锦似霞的桃花令人如醉如痴的魅力。明仁宗在其作品《桃园春晓》中写道："碧桃千万树，鲜妍如锦绚。"展现了桃花林如诗如画的壮观景色，使人仿佛可以看到满园桃花一同绽放，其美丽炫目如同彩锦。与此同时，野生桃花的美丽则带有一种热烈气息。在唐代诗人唐彦谦的《绯桃》中，"短墙荒圃四无邻，烈火绯桃照地春"一句形象地描绘了在人烟稀少的荒郊野径，桃花如同烈火一般疯狂地绽放，呈现着它们旺盛的生命力。

第二节　桃花意象的文学意蕴

一、"人面桃花"意象的分析

　　唐代崔护的《题都城南庄》是一首富含深意且充满文人墨客深情表达的诗歌。这首诗简洁而凝练的语言风格影响了后世的许多文学创作。许多文人学者在阅读此诗后，或在其基础上进行扩展和创新，对其进行重新诠释，赋予其新的生命力，以此展现他们对传统主题的继承和发展；或者，他们会把"人面桃花"这个经典意象引入自己的诗词创作中，从而展示他们对原诗深层含义的理解和重塑。晚唐诗人孟棨在他的作品《本事诗》的"情感"篇中，对崔护的诗进行了充满想象力的推演和发挥，这可以说是崔护诗歌影响力的催化剂，或者说是一种"酵母"。从那时起，"人面桃花"的意象和相应的故事便在中国文学的广阔领域中如同长流的溪水，川流不息，如持续发出笙歌的悠扬旋律，永不消逝。如此一来，"人面桃花"这个独特的意象以及相应的故事便在中国文学的历史长河中流传下来，如同轻飘的音符，缭绕不绝。

唐代孟棨《本事诗》"情感第一"："博陵崔护，资质甚美，而孤洁寡合。……门院如故，而已扃锁之。崔因题诗于左扉曰：'去年今日此门中，人面桃花相映红；人面不知何处去，桃花依旧笑春风。'"

孟棨在其《本事诗》中对崔护诗歌的扩展与创新，赋予了桃花鲜明的故事性和富有生命力的想象空间。这种独特的构思方式使得这部作品非常适合作为市民文艺创作的素材，进而得以在更广大的人群中流传与传承。同时，崔护原诗中的"人面"和"桃花"这两个意象，独特而富有诗意，它们不仅显得含蓄而凝练，同时还充满了强烈的抒情情感。因此，这种意象成为许多文人雅士所钟爱的创作对象，他们会通过这两个意象来表达自己对深情绵渺爱情的追求，或者对时光流转、世事变迁的感慨。这种利用传统意象进行创作的现象，在宋代及以后的诗词创作中体现得尤为鲜明。

第一，表达对美好景色的赞美。宋代王洋《携稚幼看桃花》中"人面看花花笑人，春风吹絮絮催春"的句子，就以孩子稚嫩的脸庞和夭夭如笑的桃花互相映衬，描写春天万物焕发生机的美景。宋代陆游《春晚村居杂赋绝句六首（其三）》中也这样抒写春景："一篙湖水鸭头绿，千树桃花人面红。茆舍青帘起余意，聊将醉舞答春风。"俨然人面的桃花与绿如蓝染的湖水辉映出乡村春色的浓郁气象。明代胡奎《渡江》描写的是祥和的桃花源境界："日出江头春雪消，双鬟荡漾木兰桡。歌声唱入武陵去，人面桃花一样娇。"兰舟上美如桃花的女子将不休的山歌带进了武陵，令人想起那片广袤的桃花林。

第二，表达对往日恋情的追忆和留恋。在宋词中常常会遇到这样情感表现的作品，如宋代柳永《满朝欢·花隔铜壶》下阕这样写道："因念秦楼彩凤，楚观朝云，往昔曾迷歌笑。别来岁久，偶忆欢盟重到。人面桃花，未知何处，但掩朱扉悄悄。尽日伫立无言，赢得凄凉怀抱。""彩凤"和"朝云"这两个形象，都曾经是作者深深爱恋的歌女，她们的魅力和风情，在诗人的心中留下了深深的痕迹。这里的"人面桃花"意象，其语义内涵丰富，既含有人物美的象征，又呈现桃花艳丽的视觉感受，充分体现出诗人对于过去美好时光的深深怀念和向往。"但掩朱扉悄悄，尽日伫立无言，赢得凄凉怀抱"又表现了诗人对过去欢乐时光的回忆，那种怀旧的情绪，已经渗入他的心底，只是那些快乐的回忆，如今只能存在于脑海，无法再现。在宋代的文人中，蔡伸是最为青睐"人面桃花"意象的一位作家。他的《极相思·相思情味堪伤》中，充满了对这一意象的描绘和创作，其内容曰："相思情味堪伤。谁与话衷肠。明朝见也，人面桃花，碧藓回廊。别后相逢唯有梦，梦回时、展转思量。不如早睡，今宵魂梦，先到伊行。""人面桃花"一句所凝聚的相思意味极为浓厚。

值得一提的是，"人面桃花"这一意象倾向展现一种伤感和迷惘的心态。不论是通过细腻的笔触，描绘作者对过去美满爱情的深深怀念，还是通过深沉的情感，流露作者对世事无常、人事变迁的深深感慨，都体现出诗人对这一意象深入骨髓的理解和把握。"人面桃花"这一意象，充满了诗人对于生活的理解和感叹，同时也展示了他对美的追求和理解，宋代蔡伸《点绛唇·人面桃花》："人面桃花，去年今日津亭见。瑶琴锦荐。一弄清商怨。今日重来，不见如花面。空肠断。乱红千片。流水天涯远。"流水天涯，好像已经消逝的美好情感；瑶琴清商，又似乎应和着断肠之人的深深叹息。宋代袁去华的词作《瑞鹤仙》中"伤离恨，最愁苦。纵收香藏镜，他年重到，人面桃花在否。念沈沈、小阁幽窗，有时梦去"的描写也是如此。而宋代石孝友《谒金门（其四）》中有"风又雨，断送残春归去。人面桃花在何处，绿阴空满路"的描写，明代吴宽所作的《赴李世贤赏月》中也有"岸帻披襟素影中，施床列坐短墙东。月宫桂树依然在，人面桃花已不同"的描写，这里的"人面桃花"表达的就是作者对时光匆匆的感慨。

二、"桃花流水"意象的文学意蕴

（一）春天景色的象征

"桃花流水"中包含了两种意象，一是"桃花"，二是"流水"，这两个自然意象看上去好像并没有太紧密的联系，但是在岁时节令上，它们都是在春季出现的。正如元代方回《舟行青溪道中入歙十二首（其十一）》所写："蕨拳欲动茗抽芽，节近清明路近家。五日缓行三百里，夹溪随处有桃花。"在年复一年的清明时节，流水潺潺，落花簌簌，整个大地充满了生机勃勃的春意。此时处处可见的桃花，仿佛在向人们展示春天的气息，它们的粉红色与春天的清新流水构成了一幅生动的画面。文人学士们，就是根据这样的自然关系，巧妙地将流水与桃花这两种元素组合起来，创造了一个新的意象——桃花流水。这两种视觉元素，桃花的粉红和春流的清澈，一同构成了一个视觉和弦，形成了一幅动人的春天景象。因此，当"桃花流水"这一新的意象被引入文学作品时，就能激起读者内心的某些情感反应，从而使作者产生一种"超以象外，得其环中"（唐司空图《诗品二十四则·雄浑》）的艺术效果。在这些情感反应中，诗人们对春天的感受无疑是一种最为普遍的状态。因为，人们不需要过多的知识和文化背景，只需凭借视觉和生活经验，就能感受到春天的美丽和活力。因此，"桃花流水"这一意象，逐渐成为历代文人描述美丽春色的常用文学工具。早在北周，王褒《燕歌行》中就有"初春丽景莺欲娇，桃花流水没河桥。蔷薇花开百重叶，杨柳拂地数千条"的诗句，其以"桃花流水"渲染了"初春丽景"。宋代释道潜《次韵方平送李南仲赴试春闱》"拜命还家春尚好，桃花流水涨渔矶"，宋代郭祥正《忆敬亭山作》"桃花流水三月深，柳絮披烟辞故林"，两篇作品虽然一是言返还家乡的喜悦，一是写辞别故土的留恋，但都是以"桃花流水"的春景衬托家乡的美好。而在这些作品中，代表作为欧阳修《送宋次道学士赴太平州》的"古堤老柳藏春烟，桃花水下清明前"的描写。太平州，位于长江之滨，由于地理环境的影响，这里的桃花每年都会在清明节之前盛开。欧阳修的这首诗以其独特的视角和细腻的描绘，将清明时节桃花盛开与河水激荡的春意表达得淋漓尽致。在他的诗句中，可以看到"桃花流水"的春意被生动地描绘出来。在春天的清明时节，桃花纷纷绽放，河水也因春雨的滋润而涌动起来，水面上荡漾着明媚的春光。这里的"桃花流水"也可以看作一种约定俗成的春景词语，意指春天的景色，这一词语已成为描述春天景色的常用词语，它的出现，总是带给人们无尽的遐想和美好的期待。

（二）仙境的象征

在桃花文化的演进过程中，两汉时期和魏晋时期成为强调桃花神奇和灵性特质的重要时期。在这段时间里，对桃花神秘和灵性的描述频繁出现在小说、野史笔记等文学形式中。这些叙事性的文学作品利用其独特的文体优势，将桃花的神奇和灵性展现得淋漓尽致，构造出一种典型的艺术真实。在这些文学作品中，桃花的神奇和灵性不仅是对前代桃花意象传统的继承，也是对其赋予新的意义和内涵的尝试。宋代李昉、扈蒙、序铉等著的《太平广记》卷六十一"天台二女"的故事，衍生了桃花意象的仙境意义——桃花流水，这可以从故事的细节体现出来："山上有桃树……瞰数枚，饥止……以杯取水，见芜菁叶流下，甚鲜妍，复有一杯流下，有胡麻饭焉……溪边有二女子，色甚美……"溪边姿色绝美的女子，盛满杯子的胡麻饭，常春的草木，这真是仙境！而不谢的"桃花"与常清的"流水"成为传递仙境信息的"青鸟"！基于此，后世的文人常常以"桃花流水"象征福乐无边的仙境。唐代王维在其《桃源行》中以"春来遍是桃花水，不辨仙源何处寻"表达了对神奇缥缈的仙境的向往和追寻。宋代杨炎正《洞仙歌·寿稼轩》："带湖佳处，仿佛真蓬岛。曾对金樽伴芳草。见桃花流水，别是春风，笙歌里，谁信东君会老。功名都莫问，总是神仙，买断风光镇长好。"这首词中有着"桃花流水"的带湖风光，犹如蓬莱仙岛，作者直欲为此抛弃功名。在这些含有桃花流水意象的作品中，最著名的要数唐代李白《山中问答》："问余何意栖碧山，笑而不答心自闲。桃花流水窅然去，别有天地非人间。"明代李东阳《怀麓堂诗话》言李白此诗中的"桃花流水"句："淡而愈浓，近而愈远。可与知者道，难与俗人言。""难与俗人言"的评论一方面点明李白超脱的心态，另一方面也表明"桃花流水"的世界是"非人间"的仙境。

（三）时光易逝、人生失意的感伤

南朝梁钟嵘《诗品》卷一云："气之动物，物之感人，故摇荡性情，行诸舞咏。"草长莺飞、行云流水，这是大自然生命纷呈的表现，而霜落露凝、落木萧萧，这又是生命终结的信息。在"感人之物"中，"桃花""流水"是较为鲜明突出的物象。

当桃花盛开的时候，其色彩之明艳，引人注目。然而，这种短暂的美丽却像流星划过夜空一般，其花期只有短短的十五天左右，随后便会迅速地凋谢。那些轻盈、薄如蝉翼的花瓣，像一场红色的雨纷纷扬扬地飘落，给人的视觉印象极为深刻。这种视觉效果不仅美丽，而且引人深思，触发了一连串丰富的联想。早在《诗经》中，人们就将自然的景象与人的情感相结合，使用自然现象来比喻和象征人的情感。在中国文学史上，这种比兴的技巧被广泛使用，如先秦的儒家和道家就已经形成了在自然中寻找和理解人生的态度，并且倾向将自然事物人格化。桃花的凋谢也常常与红颜的衰老和追求爱情的失落联系起来，以表达人们对生命和爱情的感慨。在中国古典文学史上，用花落象征情感的表达方式可以追溯到《诗经》中的《小雅·苕之华》篇："苕之华，芸其黄矣。心之忧矣，维其伤矣。"《毛传》亦云："苕，陵苕也，将落则黄。""心之忧矣，维其伤矣"则写出了生命由盛转衰的深沉哀叹。这是中国古典文学中以花的凋谢表达生命流转的哀伤渊源。而以桃花的凋落寄寓生命之慨叹的较早作品是曹植的《杂诗七首（其四）》："南国有佳人，容华若桃李。"从这首诗中可以清楚地看到，诗歌是以明喻的修辞手法，将南国倾国倾城的"佳人"比作桃李之花，结尾的"俯仰岁将暮，荣耀难久恃"即表达了佳人荣华短暂的悲感情韵。南朝梁简文帝《梅花赋》"花色持相比，恒愁恐失时"一句中，美人迟暮之感是"物色摇情"的南朝之音，南朝梁沈约《咏桃诗》"风来吹叶动，风去畏花伤……讵减当春泪，能断思人肠"和南朝陈张正见《衰桃赋》"既而风落新枝，霜飞故叶，叹垂钓之天童，怨倾城之丽妾"等作品，则建立了桃花飘零与女性青春易逝之间的稳固比喻关系。

"中国传统思维方式是以形象中心主义为特征的，这种思维方式造成了中国人善于用直感的具体形象来表达思想的特点。"[①] 流水的连绵不断契合了古人心目中的时间、年华等的不可复返，如《诗经·大雅·抑》中即有"肆皇天弗尚，如彼泉流"的感慨，《论语·子罕》中的"逝者如斯夫，不舍昼夜"的临流之叹更是痛切之言。而南朝乐舞《前溪歌（其六）》："黄葛结蒙笼，生在落溪边。花落逐水去，何当顺流还？还亦不复鲜。"则是用落花来比喻不可追回的爱情。

这样看来，在中国古代独特的文化氛围和背景下，"桃花"和"流水"这两个自然元素，在各自的意象中都蕴含着人生的流转、理想的追求以及爱情的失落等深层含义，它们在这些方面拥有某种特殊的相容性和共通性，宛如两条平行线在精神层面上交汇。因此，文人便把这两种自然现象

---

① 梁一儒，户晓辉，宫承波. 中国人审美心理研究 [M]. 济南：山东人民出版社，2002：64.

巧妙地结合起来，以"桃花流水"的意象寓言人生，富有诗意地表达出这些复杂却又普遍的人生情感。唐代释贯休《偶作因怀山中道侣》："是是非非竟不真，桃花流水送青春。""桃花流水"意象中年华易逝的感伤情韵非常明显。而唐代刘禹锡《杂曲歌辞·忆江南》："春过也，共惜艳阳年，犹有桃花流水上，无辞竹叶醉樽前，惟待见青天。"这首词以对"艳阳年"的珍惜，表达青春如"桃花流水"般的消逝之意。宋代魏夫人《减字木兰花（其一）》下阕："玉人何处？又见江南春色暮。芳信难寻。去后桃花流水深。""桃花流水"表达的是爱情的缥缈之感。元代贡性之《送别》诗曰："江上船开起棹歌，离愁无奈故人何。桃花流水春三月，杨柳东风雨一蓑。"其中的"桃花流水"传达着浓浓的离别愁绪。

第三节 "桃花源"意象的文化意蕴解读

一、中国古典文学"桃花源"思想的渊源

（一）陶渊明"桃花源"：理想的生活世界

桃花源是中国古代文人陶渊明创造的一种富有象征意义的文学意象。桃花源并非一个真实存在的地方，而是陶渊明根据当时的社会现实和各种传闻，巧妙地构筑出来的一个理想化的世界。这个虚构的世界，既混淆了现实与理想的界限，又寄寓了陶渊明自己对于人类生活和社会秩序的理想追求。那么，陶渊明的"桃花源"思想是怎样形成的呢？

《桃花源记》以武陵渔人所见为线索，描写出一幅这样的田园风光："土地平旷，屋舍俨然，有良田、美池、桑竹之属。阡陌交通，鸡犬相闻。其中往来种作，男女衣着，悉如外人。黄发垂髫，并怡然自乐。"陶渊明所作的《桃花源诗》亦云："相命肆农耕，日入从所憩。桑竹垂余荫，菽稷随时艺。……童孺纵行歌，斑白欢游诣。草荣识节和，木衰知风厉。"

俨然一幅上古时期的农耕图。丹纳在《艺术哲学》一书中认为："作品的产生取决于时代精神和周围的风俗。"① 其中包含了两层意思，即艺术创作能够体现艺术品产生的时代性和地域性特征。晋末大乱，百姓居无定所，道路断绝，千里无烟。在残酷的现实背景下，本欲大济苍生的陶渊明在其《感士不遇赋》中深深叹息："哀哉！士之不遇，已不在炎帝帝魁之世。"于是"逃禄而归耕""甘贫贱以辞荣"，憧憬着"汩以长分"的"淳源"。在陶渊明的心里，远古帝王时期"悠悠上古，厥初生民。傲然自足，抱朴含真"《命子·悠悠上古》的生活是永远值得怀恋的，其在《桃花源诗》和《桃花源记》中所描写的有着古朴民风的桃花源就是这种思想的体现。

（二）天台山"桃花源"：理想的情爱世界

《太平广记》卷六一引《神仙传》"天台二女"条："刘晨、阮肇入天台采药，远不得返。经十三日，饥，遥望山上有桃树，子熟。遂跻险援葛至其下，瞰数枚，……女遂相送，指示还路。乡邑零落已十世矣。"

故事的发生背景在南朝时期，那是一个政权更替如同走马灯般频繁，灾难频发，人民生活困苦的年代。在这种混乱不安的社会环境中，人们的生活得不到保障，生存面临巨大的威胁，更别提对于爱情的追求了。然而，正是在这种极端压抑的环境中，人们对于爱情的向往，对于生命中美好的追求，反而被更加强烈地激发出来。在这个时代背景下，陶渊明笔下的那个恬静安宁、无忧无虑的桃花源，或者是刘晨、阮肇与仙女之间那段凡尘难觅的恩爱，都被视为理想的极致境界。这些古书中描绘的景象和故事，如同天堂般美丽，完美到无可挑剔，让人们心生向往，让他们倾心追寻，并将此作为对自由世界的憧憬和期待。正是因为这种无尽的向往，刘晨和阮肇的爱情天台艳遇在后代的诗文创作中，被赋予了"桃花源"的特殊含义，被看作爱情的理想国度。这种现象的出现，无疑是陶渊明《桃花

---

① 　丹纳.艺术哲学 [M].傅雷，译.北京：北京大学出版社，2017.

源记》对人们思想深远影响的体现。

总的来说，在后代的文学创作中，这两种意义上的"桃花源"，一种是陶渊明笔下无忧无虑的社会，另一种是刘晨和阮肇的理想爱情，它们之中所包含的深厚的文化内涵，吸引着历代文人反复吟咏，无尽追寻。因此，这两种意义上的"桃花源"，共同形成了意蕴丰富、形式多样的"桃花源"文化，对中国文化产生了深远的影响。

二、桃花源意象的文学意蕴

（一）南朝文学中桃花源意象的仙景内涵

自陶渊明笔下描绘的和谐自足的桃花源世界产生之后，桃花源的意象便以独特的魅力进入了南朝文人的审美领域，桃花源作为一片远离世俗的宁静、安逸的自由境界，成为南朝文人向往的对象。南朝梁沈君攸在《赋得临水诗》中写道："开筵临桂水，携手望桃源。花落圆文出，风急细流翻。光浮动岸影，浪息累沙痕。沧波自可悦，濯缨何用论。"这里的"桃源"就是诗人向往的乐园，在那里，诗人可以畅游江湖、荡漾水波，自由自在。南朝陈徐陵在《山斋诗》中则直接表达了桃源的脱俗意味："桃源惊往客，鹤桥断来宾。复有风云处，萧条无俗人。"而北周的庾信则因为对乡愁的深切感受而钟情于桃源，其在《徐报使来止得一相见诗》中写道："一面还千里，相思那得论。更寻终不见，无异桃花源。"身在异国他乡、心系故园的诗人只能将思念寄托于报信之人，而远方的距离让期盼变得美好却又遥远，犹如"桃花源"般虚无缥缈。

尤其重要的是，南朝文学的桃花源意象已经表现出仙化意蕴。南朝陈张正见《神仙篇》这样描写神仙世界："玄都府内驾青牛，紫盖山中乘白鹤。浔阳杏花终难杤，武陵桃花未曾落。已见玉女笑投壶，复睹仙童欣六博。同甘玉文枣，俱饮流霞药。"很明显，"武陵桃花""浔阳杏花""青牛""白鹤""玉文枣""流霞药"都是古典文学作品中常见的仙界意象。

"武陵"一词最早见于《汉书》，该书卷八"地理志"第八有"武陵郡"的记载，陶渊明《桃花源记》中的"武陵"即指武陵郡。张正见这首诗中的"武陵桃花"显然是化用陶渊明《桃花源记》中武陵渔人发现桃花林而入桃源之事。其实，后代文献或文学作品也是将"武陵"与陶渊明的《桃花源记》联系起来的，如明代章潢《图书编》卷六十三"大酉山"条云："楚之西洞庭之北，有武陵桃花源，即昔人避秦处也。"李贤《古穰集》卷二十四《桃花源》诗中亦有"武陵桃花源，邈矣隔人世"的句子。

在魏晋南北朝时期，道教经历了一段漫长而复杂的发展过程。这一时期，道教从最初的民间宗教形式，经过内部的持续改革和发展，最终形成了一种更为成熟和完备的官方宗教体系，成为社会主流意识形态的一部分。在这一发展过程中，道教信仰中"得道成仙"这一终极理想，也在此时期得到了进一步的美化和强化。从此，对神仙的信仰深入人们的心中，成为民众广泛接受的一种信仰形式。道教中的神仙信仰，为中国当时的文学和艺术创造了一种独特的创作氛围，使得神仙传说在这个时期得以广泛传播，并对文学艺术产生了深远影响。在这些影响下，先人们创作出的神仙传说作品数量众多，其中包括西汉刘向的《列仙传》、东晋葛洪的《神仙传》、唐代杜光庭的《墉城集仙录》等。这些作品以生动活泼的散文笔法，构建了一个光怪陆离的神仙世界。在那一时期，神仙传说的广泛流传，激发了众多诗人的创作灵感，诸如三国时期曹植、晋代郭璞等人的"游仙诗"，都是在这样的背景下产生的，而南朝陈张正见的《神仙篇》也是在这种文学氛围的影响下产生的作品。此外，陶渊明的《桃花源记》描绘的仙境之美，也是受到了道教神仙理念影响的结果。从某种程度上来看，桃花源这种仙化现象，是这一时期道教神仙观念影响的一个重要体现，也是反映当时社会文化背景的一个重要方面。

（二）唐代文学中桃花源意象的个性化内涵

在辉煌的盛唐时代，中国文化在思想领域呈现出前所未有的自由和开放状态。这个时期，儒家、佛家和道家三大思想体系得到了深度的融合，形成了一种新的哲学思想风格。这种风格的主要特征是对个体精神和个性的高度尊重和倡导。这一时期，文人们的精神气质和个性得到了充分的展现，他们的作品多元、开放，具有丰富的个性特色以及精神内涵。

　　盛唐文坛早期的诗人孟浩然较早表现出对仕途厌倦而追寻桃花源的思想倾向，其在《南还舟中寄袁太祝》诗中云："沿溯非便习，风波厌苦辛，忽闻迁谷鸟，来报五陵春。岭北回征帆，巴东问故人。桃源何处是，游子正迷津。"在复杂而多变的仕途生涯中，孟浩然经历的各种挫折和风波使其身心俱疲，在无尽的压力和挫折面前，他强烈地渴望找到一片能够安放身心，让精神得到安宁的净土，这就是他内心深处向往的"桃花源"。这里的"桃花源"意象，明显与陶渊明笔下的"桃花源"具有相同的精神内涵，这一内涵主要体现在对现实的否定和超越上。他在《游精思题观主山房》中曰："误人桃源里，初怜竹径深。方知仙子宅，未有世人寻。舞鹤过闲砌，飞猿啸密林。渐通玄妙理，深得坐忘心。"爱静尚柔的精神气质使他以"坐忘心"渐渐领悟了桃花源的"玄妙理"，由此，其对桃花源理想的追求由道教式的外在寻求转向道家思想的内在超越。

　　晋代陶渊明《桃花源记》中的洞中天地为盛唐人提供了充分的想象素材，道教的盛行更刺激了文人的想象，使得桃花源成为仙界的洞天景观。宋代张君房《云笈七签》卷二十七"洞天福地"引《司马承祯集》中"十大洞天"和"三十六小洞天"之说，并云："太上曰：十大洞天；其次三十六小洞天，在诸名山之中，亦上仙所统治之处也。"而"桃源山洞"位居第三十五。"周回七十里，名曰白马玄光天，在朗洲武陵县，属谢真人治之。"桃花源意象的仙化现象在文学作品中也多有反映，这明显体现在具有仙风气质的李白的作品中。其《拟古十二首（其十）》云："仙人骑彩凤，昨下阆风岑。……遗我绿玉杯，兼之紫琼琴。……琴弹松里风，杯劝天上月。风月长相知，世人何倏忽。"仙人彩凤、玉杯琼琴、松风伴奏、明月劝酒，这就是李白盛赞的仙境桃源！"五岳寻仙不辞远，一生好入名山游"（唐代李白《庐山谣寄卢侍御虚舟》）的诗人对桃花源的追求有着不同于王维的方式，带着诗人飘逸浪漫的气质和个性，李白总是将追寻的名山赞赏为具有仙境意蕴的桃花源，尽情享受山景带来的超脱闲逸。

中晚唐文人笔下的桃花源有时是友人的私家亭园，如吕温《道州春游欧阳家林亭》："主人虽朴甚有思，解留满地红桃花。桃花成泥不须扫，明朝更访桃源老。"奚贾《寻许山人亭子》中也有"桃源若远近，渔子棹轻舟。川路行难尽，人家到渐幽。山禽拂席起，溪水入庭流"的描写。有时是私人书院，如杨发《南溪书院》："茅屋住来久，山深不置门。草生垂井口，花发接篱根。入院将雏鸟，攀萝抱子猿。曾逢异人说，风景似桃源。"有时甚至是自家庭院，如韦庄《庭前桃》："曾向桃源烂漫游，也同渔父泛仙舟。皆言洞里千株好，未胜庭前一树幽。"吴融《山居即事四首（其四）》，更直接云："无邻无里不成村，水曲云重掩石门。何用深求避秦客，吾家便是武陵源。"这些描写都是文人将身边实际生活的环境当作纯真、闲逸的世外桃源，体现当时文人想要脱离世俗、追求超脱境界的思想。

（三）宋代文学中桃花源意象的情感内涵

在中国文学的长河里，宋代文学占有非常重要的地位，其中，宋词的独特风格和韵味更是深受人们的喜爱。宋词作为宋代文学的杰出代表，最能反映出那个时代文人和士大夫的内心世界，展现他们细腻的情感和深沉的心境。不同于诗歌创作中大气磅礴、意象丰富的特点，词的意象更多地取自细微处，注重对小景小物的描绘，而花卉就是宋词创作中的重要题材与意象。

虽然宋代是人们喜欢以花卉来比喻美德的时代，桃花在审美价值上的地位相较之前有所下降，然而，这个时期的世俗文学思潮却让不同的人群都有了表达自己的舞台。无论是官僚文人还是江湖士人，他们都可以在舞台楼榭、花前月下抒发自己的情感，对人性中爱的渴望，对世俗生活的体验和欣赏，都成了宋代文人情感生活的重要组成部分。桃花，作为与女性有密切关系的花卉，自然地被词人广泛用作表达男女之间相爱主题的意象，成为他们抒发情感、表达心声的重要工具。

晏殊《红窗听（其二）》："记得香闺临别语，彼此有、万重心诉。淡云轻霭知多少，隔桃源无处。"香闺一别，昔日的缱绻缠绵令词人彻夜无眠，只有那隔着渺渺云霭的"桃源"是情感的归宿。显然，词人赋予"桃源"意象以温馨爱情世界的意蕴。晏几道《风入松（其二）》："心心念念忆相逢，别恨谁浓。就中懊恼难拼处，是擘钗、分钿匆匆。却似桃源路失，落花空记前踪。"也是将朝夕期盼的相逢想象为找寻"桃源"的历程。秦观《鼓笛慢》："乱花丛里曾携手……好梦随春远，从前事、不堪思想。念香闺正杳，佳欢末偶，难留恋、空惆怅……苦恨东流水，桃源路、欲回双桨。"曾经的爱情，就像昔日并肩同行的旅程，如今却已随着时间的流逝，如同窗外的春色，渐渐淡去。然而，这份深深的感情却似老酒，越陈越香，岁月的磨砺只会让这份情感更加浓厚。因此，词人不惧困难，即使需要逆流而上，也愿意去寻找那个曾经美好的"桃花源"。在北宋文人的创作中，"桃花源"无疑成为一种精神寄托，它不仅代表着男女之间美好而纯粹的情感交融乐园，更是他们心中的情感归宿。

（四）清代文学中桃花源意象的意境追求

清代文学从对桃花源景观的接受方面体现出对陶渊明笔下桃花源意境的理解。例如，在李修行的小说《梦中缘》第二回中有这样的描写："但见夹堤两岸，俱是杨柳桃杏，红绿相间，如武陵桃源一般。"夹岸的桃林就是桃花源的景观特征。又如，诸人获《隋唐演义》第三十四回："原来这清修院……惟容小舟，委委曲曲，摇得入去。里面许多桃树，仿佛是武陵桃花源的光景。二人正赏玩这些幽致，忽见细渠中，漂出几片桃花瓣来。"这部分内容也是将桃花盛开、曲径通幽的洞天视为武陵桃花源之境，体现出作者对《桃花源记》文本中桃花源景观特征的认同和接受。

　　总的来说，中国古代文学中的桃花源意象在不同的历史时期和各类不同的文人作品中，都有各自独特的诠释和理解。这些差异性的理解和诠释，是由作者所处的特定历史时代背景、他们的亲身经历以及他们的个人思想观念等多种因素共同塑造而成的。这就意味着，无论是在政治动荡还是社会稳定的年代，无论是在文人骚客还是农民诗人的笔下，桃花源这一意象都会有其独特的呈现方式和内涵。某些时候，它可能是作者对于美好生活的渴望和向往；而在另一些时候，它可能又成了对人生苦难和社会现实的深刻批判。正是由于这些多元性的理解和解释，中国古代文学中的桃花源意象才能够蕴藏如此丰富的内涵，展现出无穷的艺术魅力。

　　如果将陶渊明笔下的"桃花源"看作艺术符号，那么历代文人作品中的"桃花源"就可以被看作"艺术中使用的符号"。对于二者，苏珊·朗格在《艺术问题》中这样区分："（艺术中使用的符号）是一种暗喻，一种包含着公开的或隐藏的真实意义的形象。"[①] 而"艺术符号"可以看作一种至高无上的意象，一种超越了语言表达能力的独特意象。这种意象并非理性的产物，而是直接诉诸人的直觉和感知，富有个性，充满情感和生命力。因此，艺术符号成了人们情感和知识的桥梁，是理性认识的源头和起点。这些作品中所表现的感知、想象、理解和情感等方面，既有相似之处，也存在差异。这种现象的深远意义在于，陶渊明笔下的桃花源意象原型在引发人们情感共鸣的同时，也在不断熏陶和塑造着人们的情感。这种意象原型使人们的情感变得更为复杂、细腻、丰富和深沉，从而不断丰富和拓展桃花源意象的原型含义。在读者的心中，桃花源这个艺术符号会激发起他们不同的想象和感受，形成各自独特的解读。这种多元性和深度，正是桃花源意象深深吸引人们并成为经久不衰艺术符号的原因。陶渊明的桃花源，不仅是一片美丽的田园风光，更是一种超越现实的理想境界，一种人们内心深处的精神寄托。

---

① 苏珊·朗格. 艺术问题 [M]. 滕守尧，译. 南京：南京出版社，2006.

第七章

古典文学中琴的题材与意象解读

第一节　琴与魏晋文人的艺术人生

一、"琴"的意象解读

（一）"琴"意象的生成及其内涵

1. "琴"意象的生成

关于"意象"学术界有着几种代表性观点。第一种观点认为意象实际上是"意"和"象"不同形态的结合，这种结合以"象"为最终表达载体，是在主观心灵与客观世界完美融合的前提下，构造出具有深厚意蕴与独特情调的艺术形象。简单来说，这种观点认为，意象是由心灵的投射和物象的表现共同构成的。第二种观点来自中国传统意象理论的主张，即强调"意"对"象"的统摄地位，认为"象"只是一种传达"意"的媒介或符号，仅仅是一种启示的方式。"象"的表现仅仅是表象，而其背后的"意"才是真正的主宰，是意象一词的核心和本质。第三种观点是古典文学专家袁行霈在《中国古典诗歌的意象》一书中所提出的观点。他认为："意象是融入了主观情意的客观物象，或者是借助客观物象表现出来的主观情意。"这种观点看似简单，但其实它更加全面而精确地揭示了意象的本质。

　　在中国的春秋时代，琴乐器逐渐成为人们倾诉内心感情、表达诗意情怀的重要媒介。在那一时期，琴的地位与用途并非停留在单纯的乐器层面，它还承载着深厚的象征意义，作为情感、思想、人格的象征开始出现在文人的诗歌、散文以及历史记载之中。如今，在一般情况下，琴更多地被视为一种具有实际音乐效果的乐器，通过弹奏产生美妙的音乐，传达人们内心深处的情感。然而，即使在当今时代，人们也能看到"琴"与"瑟"被联合使用，用以象征夫妻之间深厚的情感联系。

　　在魏晋时期，随着文人对琴的深入理解和广泛接纳，琴逐渐进入了他们的诗歌创作领域，成为他们倾诉情感、抒发思想的重要工具。因此，这一时期的诗歌作品中出现了大量与琴相关的内容。根据逯钦立在《先秦汉魏晋南北朝诗》一书中的统计，魏晋时期的诗歌中有 106 首与琴相关。其中，不仅包含直接提及琴的诗歌，还包括以"弦""丝竹""瑟"等别称提及琴的诗歌，以及根据具体语境可以推断出其实际表达对象为琴的诗歌。在此过程中，琴的地位发生了明显的变化。它由最初作为一种具体的乐器，逐渐上升为一种抽象的、富有象征意义的意象，成为诗人在诗歌中表达情感与思想的重要符号。

　　在魏晋时期，许多文人面临混乱无序的社会环境和内心的挣扎与迷茫。他们可能感到无助和失落，也可能尝试寻找人生的真谛并实现自我超越。在这样的背景下，他们纷纷拿起琴这一乐器，将其作为一种工具，借以表达出他们内心深处的情感和思想。他们可能在琴声中表达出对生命的悲哀，对爱人的怀念，对未能实现的理想抱负的幽愤和哀叹，也可能表达出他们的精神追求，对知音和亲情的深深渴望，以及对隐退生活的向往。如果人们对比琴作为具体乐器和作为意象符号这两种不同的表现形式，会发现它们之间的主要区别在于是否包含作者的情感和追求。南朝时期刘勰在其作品《文心雕龙·神思》中，明确地阐述了"意象"的概念："使玄解之宰，寻声律而定墨；独照之匠，窥意象而运斤：此盖驭文之首术，谋篇之大端。"他认为"意象"是文学创作的中心环节，是客观物象触发和进一步引发作者思想情感的过程。琴从最初作为具体的乐器，逐渐上升为象征性的意象，其主要原因就在于诗人在创作过程中，赋予了琴一种固定的内涵意义，通过将琴融入文学创作，他们将自己的情志，自己的思想和感受表达出来。这种内涵意义是琴由具体乐器向象征符号拓展的关键因素，使得琴不仅仅是一种乐器，还是一种能够反映诗人内心世界的象征符号。

2. "琴"意象的内涵

琴作为我国古老的弦乐器之一，在魏晋时期完成了从具体的乐器发展成文人抒怀的意象的转型。"琴"意象主要有以下几种内涵。

（1）宣泄悲情。在魏晋时期，社会处于一种动荡和混乱的状态。频繁的战争、持续的社会动荡、时常暴发的瘟疫和深深的政治腐败，使得社会环境充满了无法预测的危险因素。在这样的环境下，文人发现自己无法找到一条能够通向安宁和平静的出路。他们所持的理想和信念与现实之间的巨大鸿沟，使他们感到迷茫和困惑，他们仿佛是在风雨中摸索方向的人，无法确定自己的去向。长期的痛苦和压抑，使他们的内心充满了悲哀和疲倦。然而，这种痛苦并未使他们沉溺于绝望，而是激发了他们对生活的深度思考和反省。他们开始转向对客观世界的深入观察和感悟，试图通过对自然和人文环境的观察，寻找生活的意义和价值。因此，魏晋时期的文学作品中，人们常常可以看到"以悲为美"的特质，在这个时期，琴的声音渗透文人的日常生活，成为他们用来对话、表达和疗愈自我心灵的重要工具。

在中国的儒家学派中，礼乐被视为一种重要的道德和社会规范，儒家学派反对超出中庸之道的过分情感的表达，认为过于悲伤的音调与礼乐的中和思想是相对立的。因此，在先秦两汉时期，大部分音乐属于正统的乐曲，充满了和谐与平稳。然而，在魏晋时期，随着儒家思想束缚的松弛，哀乐成为极受欢迎的审美对象，常用于宴会或文人自娱，"以悲为美"

就成为魏晋文人的主要审美风尚。

三国曹魏时期，曹植、阮籍等人在诗作中以琴宣泄悲情。曹植《杂诗七首（其六）》：“国仇亮不塞，甘心思丧元。拊剑西南望，思欲赴太山。弦急悲声发，聆我慷慨言。”把琴弦绷紧，琴发出的声调就会高亢，国家多事，而自己空有一身抱负却被投闲置散，无用武之地，此时的琴声饱含着作者满腔的悲愤之情。阮籍在《咏怀八十二首（其四十七）》中也表达了悲哀的心境：“生命辰安在，忧戚涕沾襟。高鸟翔山冈，燕雀栖下林。青云蔽前庭，素琴凄我心。崇山有鸣鹤，岂可相追寻。”诗人目光所及，是山丘上栖息的大鸟，以及在低矮林木间休憩的燕雀，他不由自主地充满了对亲人的深深思念。那些生活在高山峻岭之中的大鸟，那些栖息在矮林深处的小鸟，都像是在唤起他对自身孤寡艰辛经历的无助之情，那种情感化作泪水，滴滴沾湿了他的衣襟。在这种情绪的驱动下，唯有凄清悲戚的琴音，才能与他的心情产生共鸣。琴音如同回应他的内心深处的情感。有时候，阮籍的琴音弹奏起来，不仅仅是琴弦在振动，更像是他的心弦在颤动，那一首首琴曲，成了他在无数个不眠之夜，自我安慰、宣泄自己愁绪的重要工具。晋代陆机的诗《拟行行重行行诗》模仿了汉代诗歌《行行重行行》的形式创作而成。这首诗中，他巧妙地运用了诗歌的意象和隐喻，深刻描绘了思妇的无尽愁绪和忧郁之情，“揽衣有余带，循形不盈衿。去去遗情累，安处抚清琴”，游子归期难寻，思妇为了排解相思之苦，只好安居操琴，琴发出的悲戚之音与她的惆怅之心正相契合。

（2）追求超然。琴，在起初的时候，只是一种普通的乐器，被用来伴随诗歌、戏曲的演唱或独立演奏。然而，在魏晋时期，由于受到了玄学哲理的深远影响，琴逐渐上升为一种充满深意的象征符号，它不再只是作为简单的音乐工具被使用，而是成为描绘和体现诗人心灵与精神追求的一种重要的艺术形象，当它出现在诗歌作品中时，便已被赋予了文人那种闲适雅致、超然物外的精神风貌。在那个时期，战乱纷飞，社会动荡不安，生活在其中的文人面对日益加剧的黑暗和压抑，他们的内心感受到了巨大的痛苦和冲击。于是，一部分的文人选择了逃避这个世俗的世界，他们放弃了对物质生活的追求，而转向了精神世界，寻找内心的平静和安宁。三国魏正始年间的竹林七贤，正是这种精神追求的典型代表。他们以琴为友，以酒为伴，快意恩仇，豪放不羁，展现了一种超然物外的生活态度和精神风貌。

三国曹魏时期诗人嵇康《四言赠兄秀才入军诗》（第十四章）中的名句："目送归鸿，手挥五弦。俯仰自得，游心太玄。"虽然从表面上看，嵇康在这段描述中似乎是在想象他的兄弟嵇喜在长途行军的过程中，自我陶醉、自得其乐的情景，但如果深入分析，就会发现这更像是对他个人精神状态的一种细腻刻画。这种精神状态的存在，恰恰让他有了一种独特的情感体验和生活感悟。在他的眼前，是一群鸿雁在空中翱翔，这个景象唤起了他的无尽遐想。他的手随意地在琴弦上轻轻拨弄，那种悠扬的音乐随着飞翔着的鸿雁的身影，将他的思绪带到了无边无际的天地之间，在这样的舒缓和宁静的心境下，嵇康开始对自然之道有了更深的理解和感悟。嵇康在《与山巨源绝交书》中说："今但愿守陋巷，教养子孙，时与亲旧叙离阔，陈说平生，浊酒一杯，弹琴一曲，志愿毕矣。"无高官厚禄之累，平生之趣在于弹琴咏诗，嵇康的这番豁达心境几人可得！他在临刑之时，索琴而弹《广陵散》，至死都是这般超然物外、淡泊致远的精神状态。

晋代孙绰《赠谢安诗》："洋洋浚泌，蔼蔼丘园。庭无乱辙，室有清弦。足不越疆，谈不离玄。心凭浮云，气齐皓然。"魏晋时期，名士谢安选择隐居于东山，时常会与孙绰等人一同在山间溪流之间徜徉游赏，放飞心情，不受世俗烦琐的约束，过着一种闲适而超脱的生活。他们心怀乐观与宁静，感悟人生，享受大自然的馈赠，体会生活的甜酸苦辣，洗涤内心的浮躁与杂念。在他们的寓所，那个静谧而清雅的丘园里，常常摆放着一把素色的琴。这把琴简单而端庄，并且有着无尽的内涵，他们在闲暇之余常常会拨动琴弦，那美妙而悠扬的琴声弥漫在空气中，像是一种精神的寄托，一种情感的释放。他们有时候会走出丘园，深入自然界探寻生活的真谛。他们在游玩中尽情享受，无拘无束，自由自在。他们放浪形骸，不受世俗礼节的束缚，用真挚的心领略徜徉精神世界的微妙之处。琴，正是他们在这个过程中寻求精神安慰、宁静内心的重要工具，这种超然的追求，通过他们的诗淋漓尽致地展现了出来。

晋代殷仲堪在《琴赞》中说："五声不彰，孰表太音。至人善寄，畅之雅琴，声由动发，趣以虚深。"摒弃世俗，心灵随琴音的引领，进入淡然空灵之境，愁绪烦忧得以平复，唯有对个人精神的滋养与对生命的体悟。

（3）寻觅知音、亲情。晋代何劭的《赠张华诗》："在昔同班司，今者并园墟。私愿偕黄发，逍遥综琴书。举爵茂阴下，携手共踌躇。奚用遗形骸，忘筌在得鱼。"何劭被暮春之际眼前的季节变化深深震撼，他感到这个世界的变化是如此迅速，如此强烈，从而对生活的无常和生命的短暂发出深深的感慨。他心中充满了感情和想法，想要找到一个能够理解他，一个能够和他共享这种深沉情感的人。于是，他邀请了他的朋友张华共同欣赏这个季节的美丽，一起弹琴，一起读书，逍遥自在，他们用琴声表达他们的情感，用琴声传达他们的心声。他们认为，琴是他们之间极好的交流方式，是他们共享情感、理解彼此的极佳途径。晋代陆机的《拟西北有高楼诗》："高楼一何峻，迢迢峻而安。绮窗出尘冥，飞陛蹑云端。佳人抚琴瑟，纤手清且闲。芳气随风结，哀响馥若兰。玉容谁能顾，倾城在一弹……"陆机在他的诗作中，仿照汉代的《西北有高楼》这首诗，深深感叹知音难寻。他感到生活中充满了孤独和寂寞，尽管他怀有深深的情感，但是却找不到能够理解他，能够共享喜怒哀乐的人。他尝试通过琴声来寻找知音，希望通过美妙的琴声能够吸引那些有同样心境、同样感情的人。他希望他的琴声能够传达他的情感，表达他的期盼，希望能够引来那些能够理解他的人。然而，尽管他的期待如此强烈，尽管他的琴声如此动人，这种期待最终还是落空了。在逯钦立《先秦汉魏晋南北朝诗》中收录了晋代李充的三首诗，居于第一首的《嘲友人诗》就是对于和知音相隔甚远的深深悲痛的描述。与知音一起时"燕婉历年岁，和乐如瑟琴"，后因客观原因两人分隔遥远，"修昼兴永念，遥夜独悲吟。逝将寻行役，言别泣沾襟。愿尔降玉趾，一顾重千金"，然而，这样微小、简单的愿望，却无法实现。

"琴"作为表现男女情笃的意象的典型代表是《汉书》中记述的司马相如与卓文君的爱情故事。"卓王孙有女文君新寡，好音，故相如缪与令相重而以琴心挑之。相如时从车骑，雍容闲雅，甚都。及饮卓氏弄琴，文君窃从户窥，心说而好之"①。古代的乐器之中，瑟和琴是特别受人们喜爱的两种。在许多古代文献中，人们经常可以看到"琴"和"瑟"这两个词被同时使用。这种用法可以追溯到《诗经·小雅·常棣》中的一句诗："妻子好合，如鼓瑟琴。"从此之后，"琴瑟"或者"瑟琴"的说法，就在文人们的作品中常常出现，用来象征男女间深厚的感情。然而，魏晋时期的文人在这一传统的基础上，做了更进一步的延伸和丰富。他们将"琴瑟"的象征意义，从只限于男女感情，扩大到了骨肉亲情。在这个背景下，三国曹魏时期的曹植成了突出的代表人物。曹植是曹丕等人的弟弟，因才华横溢，曹丕担心曹植会对自己的政治地位构成威胁，于是在政治上对曹植进行打压，使得曹植壮志难酬。在曹植的诗歌中，他一方面怀念着过去的兄弟及叔侄情意；另一方面，他又不禁慨叹抱负难展。这种深深的失落和哀愁，以及对亲情的怀念和珍视，都在他的诗歌中得到了深深的反映。《浮萍篇》中的"在昔蒙恩惠，和乐如瑟琴"，回想当年的骨肉亲情，那般和乐，怎料现在却"何意今摧颓，旷若商与参"。《种葛篇》中的"窃慕棠棣篇，好乐如瑟琴"，以"瑟琴"象征之前兄弟和谐的状态，而如今"行年将晚暮，佳人怀异心。恩纪旷不接，我情遂抑沉"。

（4）希冀隐逸。魏晋时期特殊的政治背景使文人的隐逸情结重现，"琴"成为隐逸主题的意象化象征。"若论其体势，详其风声，器和故响

---

① 班固. 汉书 [M]. 张永雷，刘丛，译. 北京：中华书局，2009：2530.

逸，张急故声清，间辽故音庳，弦长故徽鸣。"① 琴声的清幽缥缈正与隐士超凡脱俗的归隐之心相一致。

在中国古代文人的生活和创作中，晋代陶渊明的无弦琴成为魏晋时期隐逸主题的一个突出代表。陶渊明的生活态度和人生选择，表明了他对于主流社会价值观的坚决否定和抗议。陶渊明"不为五斗米折腰"的故事已经流传千年，成为对他个人性格和人生态度的完美诠释。他并不愿意为了财富和地位，而放弃自我，放弃信仰，放弃自己的理想，宁愿选择回归自然，回归质朴的生活。陶渊明对于自然的热爱，表现在他的诗歌创作中，也体现在他的生活中。他不仅热爱自然，也热爱那些简单而质朴的事物，例如，无弦的琴。他放弃了弹琴，放弃了社交，这不仅是因为他想要完全融入大自然，更是因为他希望通过无声和无言，领受自然的恩赐，从而达到一种纯粹的精神境界。另外，晋代左思的《招隐诗二首（其一）》中的"杖策招隐士，荒途横古今。岩穴无结构，丘中有鸣琴"，也是把"琴"作为隐逸的象征，琴出现在诗歌中，无疑让隐逸的主题思想更加浓烈和引人入胜。左思手持杖棒，漫步在秀美的山川之间，寻访那些隐居的智者。在寂静的山间，突然洞穴深处传来了一阵阵悠扬的琴声，隐者在这样荒凉和寂寥的环境中独自弹奏，其怡然自得的境界深深地感染了左思。左思在经历了社会的昏暗，尤其是晋代统治阶级的腐败和不义后，对社会环境产生了深深的悲痛和不满。他深知，在这样的社会环境中，普通人的利益和权利无法得到保障，社会的公平和正义被深深地践踏。因此，他渴望能够追求一种与世无争、远离纷争、自由自在的生活状态，这种状态在他心中被形象地归为隐逸。

在魏晋时期，游仙诗不仅发扬了道家的自然和超脱的生活哲学，而且也充满了渴望逃离尘世纷争、归隐山林的深沉情感。这一点，在晋代郭璞的《游仙诗十九首（其三）》中得到了生动而深刻的表现。在诗歌中，

---

① 嵇康.嵇康集校注 [M].戴明扬，校注.北京：人民文学出版社，1962：105.

郭璞描绘了一幅宁静的画面："中有冥寂士，静啸抚清弦。放情凌霄外，嚼蕊挹飞泉。"这里，他以隐士的身份，将自我投入远离人世喧嚣的境界，享受那份宁静与超然。实际上，这些描绘神仙生活的诗篇，并不是意在反映神仙的生活，因为神仙在现实世界中并不存在。然而，郭璞却在诗歌中写了大量关于仙人的描述，这反映出他内心深处对于幽深寂静、清闲自在的隐居生活的热切向往。晋代杨羲《云林与众真吟诗十一首（其八）》中的"鸣弦玄霄颠，吟啸运八气。奚不酣灵液，眄目娱九裔。有无得玄运，二待亦相盖"将"琴"化入超然之境引起了人们对道家哲学中"有待""无待"的思考。

（二）"琴"意象的文学表现

1. 借助意境表现琴音

意境这一概念源于美学范畴，这里把它和古代文学理论联系起来，从诗歌创作的实践出发，在文学范围内研究魏晋诗歌中借助意境表现未真实发出的琴音。明清时期，王夫之在《古诗评选》中有一段点评意境的话，他说："言情则于往来动止，缥缈有无之中，得灵响而执之有象；取景则于击目经心丝分缕合之际，貌固有而言之不欺。而且情不虚情，情皆可景……"意境，这个美学概念，涵盖了诗歌创作者通过客观环境和情境描绘，深刻表达其真实情感的过程。意境的建构，是诗人所要描绘的情境和他们在瞬间真实感受的有机结合。琴乐在诗歌中的表现，虽然往往不会被明确地描述和描绘，但它却在意境的营造中发挥了极其重要的作用。人们阅读诗歌，可以通过诗人营造的整体气氛，联想和体验那种与琴音相应的情感基调和音乐旋律。琴乐所激发的情感和气氛，进一步丰富了诗歌的意境，并深化了诗歌的情感深度。另外，意境对琴音的表达也起到了弦外之音的推动作用。它充当了一种媒介，让读者可以透过诗歌的意境，想象和体验琴音的韵律与情感。

　　魏晋时期，竹林七贤之一刘伶《北芒客舍诗》："泱漭望舒隐，黮黮玄夜阴。寒鸡思天曙，拥翅吹长音。蚊蚋归丰皁，枯叶散萧林。……何以除斯叹，付之与蕊琴。长笛响中夕，闻此消胸襟。"诗作开篇就描绘了一幅苍穹被浓厚的云雾覆盖、月色难以照亮大地的黑暗寒夜图，这样的情境赋予了全诗一种沉郁的基调。接着，诗人进一步刻画出一幅更为悲凉的画面：野生的鸡在荒野上啼哭，残草凋零，落叶纷飞，这些景象烘托了一位被迫客居他乡的诗人，生活在破旧的房屋之中，无法释放内心的情感。因此，诗人选择借助酒意和歌舞暂时抚慰自己的悲伤与孤寂。然后，诗人坐在满是破损棉絮的被子里，期待着黎明的到来，而沉重的愁绪却使他无法承受。在这种情境下，他选择了抚琴，用琴声表达内心的情感。诗人通过描绘外部环境的沉郁景象，将痛苦和愤慨的情感表达得淋漓尽致，整个意境充满了悲怆和叹息，抚琴成了他宣泄情感的一种方式。值得注意的是，尽管诗人用了大量的篇幅描写情境，但他并未对琴音本身进行过多的描述，而更多的是将注意力放在琴音所带来的意境上。至于琴曲的具体名字，听众或读者并不需要过多在意，因为重要的不是琴曲本身，而是诗人在琴音中寄托的情感和他希望通过琴音表达的深层次情感。

　　晋代谢安《与王胡之诗》（第六章）："朝乐朗日，啸歌丘林。夕玩望舒，入室鸣琴。五弦清激，南风披襟。醇醪淬虑，微言洗心。幽畅得谁，在我赏音。"这首诗的大意是：在清晨的阳光下，我欣赏着朝日的美丽，心中充满喜悦。我在茂密的山林中游荡，尽情地高歌娱乐，享受着与大自然的亲近。随着夕阳西下，我伴着明亮的月光回到了家中。在我温暖的小屋里，我坐下来，开始弹奏我的五弦琴。琴音清亮而富有激情，从窗户外面吹来的南风轻轻拂过我的衣襟。我品尝着甘醇的美酒，它使我思维清晰，思想愈加深邃。那些深奥而微妙的词句净化了我的内心。我希望有人能听懂我的琴音，理解我深沉而独特的情感。在谢安入朝担任官职之前，他曾经在会稽东山隐居过一段时间。在那里，他经常和王羲之、孙绰等人一起欣赏山水，过着自由自在的生活。这首诗就是谢安在那个时期创作的。诗中提到的朗日、丘林、望舒（借指月亮）等景物都是充满清新气息和美丽色彩的元素，作者借用这些景物，以描绘一种美妙而和谐的生活情景。作者对世俗的功利主义持有淡漠的态度，对自然充满热情和向往。在这样的心境中弹奏琴，虽然诗人并没有对琴音进行详细的描绘，但人们却能够从中感受到他深刻、独特的人生追求。

2. 借前人典故抒情言志

《文心雕龙·事类》中说："事类者，盖文章之外，据事以类义，援古以证今者也。"这里所提到的"事类"实际上是指运用历史文化中的典故。利用典故的技巧，诗人不仅可以生动且具体地表达自己内心的感情，而且也可以借由前人的经验和故事，将自己丰富的精神世界清晰地展现出来。此外，运用典故也有助于加深和拓宽诗歌的主题，使得诗歌更具深度和内涵。关于琴这个主题，在历史文化中有很多的传说和典故。例如，在魏晋时期的诗歌中，人们常常可以看到俞伯牙、钟子期高山流水遇知音，师旷鼓琴，荣启期知足常乐等典故。这些典故赋予了"琴"某种特殊的含义和情感色彩。当诗歌中出现这样的典故时，读者往往会自然而然地联想到诗人借此所要表达的思想和情感。

曹丕《善哉行》（"朝游高台观"）："清角岂不妙，德薄所不任。大哉子野言，弭弦且自禁。"嵇康《四言诗（其十一）》："弦超子野，叹过绵驹。"这两首诗中都用到了师旷鼓琴的典故，《韩非子·十过》中对这一典故有着生动的记载，其故事梗概是：在春秋时期，晋国的平公有一次邀请了当时著名的乐师师旷为他演奏清角调。师旷在接到邀请后，却直言不讳地对平公说出了他的看法，他认为平公的品德并不足够深厚，因此不适合听清角这种深沉、庄重的乐调。然而，平公一再要求，师旷不得已奏起了清角，在他的琴声下，天空中突然风雨大作，仿佛是在回应他的琴声。从这个典故中，人们可以看出，师旷鼓琴的故事一方面在赞扬师旷的琴艺高超，可以引动自然现象；另一方面，它也蕴含一种深层的暗示：那就是通过师旷的言行，批评了平公作为君主，品德有所不足。这种含义并非直接明示，而是通过典故和乐声的比喻，巧妙地传达出来。

晋代张载《拟四愁诗四首（其四）》中有一句："佳人遗我绿绮琴，何以赠之双南金。""绿绮"是历史上非常有名的琴，梁王对于司马相如很欣赏，于是，赠给司马相如这把价值连城的琴作为礼物。这把琴的音色深沉悦耳，深受当时人们的喜爱。当然，除了琴本身优质功能以外，司马相如高超的琴艺也是"绿绮"得以大放异彩的重要原因。更为人们所熟知的，是司马相如后来用"绿绮"琴弹奏出了一首名为《凤求凰》的琴歌，用这首歌向心中的爱人卓文君表达了自己的爱意，两人因此缔结良缘，这个被称为"琴挑文君"的故事也成为传世的佳话，久久流传。因此，"绿绮"这把琴不仅代表着高尚的艺术追求，也成为恋人情深、知音相遇的象征。

3. 感性方式的自我表达

《先秦汉魏晋南北朝诗》收录的舞曲歌辞《白纻舞歌诗三首（其二）》："双袂齐举鸾凤翔，罗裙飘飖昭仪光。趋步生姿进流芳，鸣弦清歌及三阳。人生世间如电过，乐时每少苦日多。……"白纻舞舞服的曼妙，姿态万千的舞者动作轻灵多变，伴随着琴弦的挑动和悠扬的乐曲，宴会的气氛显得非常欢快。然而，在这瞬息万变的光景中，时光匆匆流逝，韶华不再，作者不禁陷入了哀思之中，深深感叹岁月的无情。这种悲情与欢乐的宴饮场景产生了矛盾，然而，正是由于这种内心的矛盾，诗歌才充满了感性的光辉，真实地抒发了作者的心声，毫不做作。

《先秦汉魏晋南北朝诗》一书也收录了魏晋时期的《宛转歌》："月既明，西轩琴复清。寸心斗酒争芳夜，千秋万岁同一情。歌宛转，宛转凄以哀。愿为星与汉，光影共徘徊。悲且伤，参差泪成行……"据南朝梁吴均所作《续齐谐记》记载，王敬伯在泫露之时弹奏着琴，他的琴音触动了在此逝去的少女刘妙容的心灵。尽管他们身处不同的世界，阴阳相隔，但刘妙容仍然被他的琴音所打动，她以自己的方式抚琴，创作了一首名为《宛转歌》的作品，献给了王敬伯。这个故事充满了传奇色彩，世间并没有鬼神，然而这首诗歌却依然能够打动一代又一代人的内心，从而得以流传下来。它的魅力在于它极为感性地表达了深情。

二、魏晋文人的艺术人生

（一）魏晋文人与琴、酒的关系

在魏晋时期的诗歌中，除了琴的意象外，酒的意象也经常出现，并且两者常常同时出现，成为贯穿整个魏晋诗歌史的两种主要意象。前文已详细分析了魏晋诗歌中琴的意象，下面将进一步分析魏晋诗歌中酒的意象，并探讨两者之间的关系。

在魏晋时期，政治环境阴暗，文人时常感到未来并不安稳可靠。因此，他们开始借助酒躲避现实世界的压力。他们把酒当作主要的遁世工具，在酒的世界里倾诉对现实的愤懑，宣泄内心的痛苦。他们将酒作为一种武器，从而与世间的丑陋和不公进行对抗，勇敢地表达自己的内心想法。同时，他们以饮酒打破内心的障碍，忘记世俗的束缚和困扰。他们真诚地以酒寄情，纵情而自由地畅游于广阔的天地之间。通过这种方式，他们能够扩展思维，远离尘世的纷扰，展现出他们内心的真实情感。

诗人不仅会通过琴这一意象表达思想情感，同时也常常借助酒的意象对内心想法加以展现。可以说，酒在魏晋诗人的作品中扮演着助推和提升诗情的角色，与琴形成了一种有力的组合。二者成为诗人表达和宣泄情感的重要媒介。例如，曹操《短歌行》一诗中的"对酒当歌，人生几何""何以解忧，唯有杜康"。又如，左思《悼离赠妹诗二首（其二）》："将离将别，置酒中堂。衔杯不饮，涕泗纵横。"

"浊酒一杯，弹琴一曲"，嵇康的名句可以说真切地表达了魏晋诗人的人生理想。魏晋时期的诗人通过酒这一意象，将自己对人生的感悟完整地呈现出来。同时，酒的意义也被赋予了更加丰富的内涵，魏晋时期的诗歌中蕴含着悲情、超脱，爱情与亲情，以及隐逸与感悟，这一切沉淀下来，构成整个魏晋诗歌史的精髓。酒发挥着麻痹和宣泄的作用，诗人借此或是逃避黑暗的现实世界，或是遥想知己良朋、亲人兄弟，或是忘却尘世的喧嚣、追求田园山水间的隐居生活，或是遨游四方、领悟生命的真谛。诗人们通过酒这一意象，不仅表达了对现实世界的情感态度，还深入思考和选择了人生的道路。

通过将琴和酒这两种意象结合起来进行分析，人们可以看到酒的出现不仅增强了诗歌的张力，还深化了诗作的情感内涵。琴意象所包含的思想旨趣在酒的呈现下得以延续，进一步强化和充实了诗歌的表达效果。琴和酒成为意象魏晋诗歌中难以分割的两大意象，它们的交叉或重叠不仅提升了诗歌本身的内涵，还有力地表达了诗人的感情和意志，丰富诗歌中的人生意识。

（二）琴与魏晋文人艺术人生的体现

魏晋时期的文人承受着战乱和政治腐败的双重压力，但这些艰难环境反倒激发了他们对美好人生的渴望。面对政治理想破灭后的失落，他们以各种艺术形式转移注意力，如弹琴、吟诗，寻求自己想要的理想人生。魏晋文人以独特的艺术视角构筑自己想要的生活，并将人文情怀融入诗歌创作之中。他们追求的人生境界是一种艺术化的人生，将生活与艺术完美融合，通过诗歌和其他艺术形式，追寻内心的愿景和境界。他们将人文关怀与审美追求相结合，创造出独具魅力的文学作品，以表达对美的追求和对理想人生的向往。

1. 体悟自然山水

晋代阮修《上巳会诗》："三春之季，岁惟嘉时。灵雨既零，风以散之。英华扇耀，翔鸟群嬉。澄澄绿水，澹澹其波。修岸逶迤，长川相过。聊且逍遥，其乐如何……"上巳之日，文人聚集在水边，这个场景既没有宗教活动，也不存在歌功颂德。宗教的色彩已经消退，世俗情趣却提升不少。文人将目光投向自然山水，并对其进行了大量描写，减少了对玄学和哲学的探索，展现了对自然的重视和热爱。在这些诗歌作品中，琴只是作为一种装饰，用来烘托新春美景。文人弹奏着琴乐，欣赏着山水的景色，在音乐的陪伴下获得了愉悦，并对自然山水美产生更深的情感共鸣，从而通过作品将这份热爱和共鸣传达给读者。

晋代《兰亭集》中的诸诗，体现出文人在欣赏大自然生机的同时，又在寻觅大自然的妙理。例如，王羲之在《兰亭诗二首（其二）》中写道："虽无丝与竹，玄泉有清声。虽无啸与歌，咏言有余馨。取乐在一朝，寄之齐千龄。"王羲之善于弹琴，也非常好琴，但此次兰亭集会却不携琴，他在《兰亭集序》中也说："虽无丝竹管弦之盛，一觞一咏，亦足以畅叙幽情。"这是为何？因为"玄泉有清声"，在这个文人团体中，自然之音是妙不可言的，虽然琴音很动听，但是也无法与之相提并论，而这里的琴恰恰衬托了魏晋文人对自然之美的喜爱之情。

2. 发现率真人格

《庄子·杂篇·渔父》有言："真者，所以受于天也，自然不可易也。故圣人法天贵真，不拘于俗。"袁行霈先生对这句话的解读是："'真'是一种至淳至诚的精神境界，是受之于天的，性分之内的，自然而然的。不受礼教约束的、没有世俗伪饰的、保持其天性的人，就是'真人'。"[①]这体现了庄子对"真"的界定。从魏晋开始，此真在产生、变化或消灭着的各种现象中，是起到主宰和支配作用的无形的实在，即意味着根源的生命本身。[②]在魏晋时期，"真"成为文人的生命形态。将前人对"真"的解释作为基础，笔者将"真"定义为率真的人格，无论是悲伤还是欢乐的情

① 袁行霈，罗宗强. 中国文学史：第2卷[M]. 北京：高等教育出版社，2003：11.
② 笠原仲二. 古代中国人的美意识[M]. 杨若薇，译. 北京：生活·读书·新知三联书店，1988：8.

感，都可以毫不避讳、无须伪装地倾注于作品中。文人不受世俗生活的桎梏，也不受外在物质的束缚，而是追寻本真之美的，这正是他们对于精神超越的追求。

"弦歌荡思，谁与销忧。"（《朔风诗》）"笙磬既设，琴瑟俱张。悲歌厉响，咀嚼清商。……欢笑尽娱，乐哉未央。皇室荣贵，寿若东王。"（《正会诗》）"弦急悲声发，聆我慷慨言。"[《杂诗七首（其六）》]曹植大多数诗作的主题是因自己受到迫害而表示愤慨。他满怀建功立业的抱负却无处施展，便以琴排遣自己的忧愁。汉代王粲《七哀诗三首（其二）》有言："独夜不能寐，摄衣起抚琴。丝桐感人情，为我发悲音。羁旅无终极，忧思壮难任。"表达了作者身处他乡而怀念家乡的忧伤之情，诗中写道，他的这种悲伤情绪连琴都能感受到。

在汉朝与魏晋时期，儒家思想的主导地位逐渐减弱，这导致了魏晋文人思想中的个性解放与率真性情表现得更为突出。他们的作品中展现了率真和自然之美，使得他们在这样混乱的时代背景下活得更加真实和自由。魏晋时期是一个文人个体觉醒和文学自觉的时代，在这一时期里，文人大胆地表达个人意志，展示个人魅力，并通过诗歌艺术在历史上独树一帜。他们的创作活动使得文学成为表达自我的重要途径，并在后世散发着璀璨的光芒。

3. 追求玄学意趣

东晋时期流行玄学，这促进了陶渊明田园诗的诞生。在儒家安贫乐道和道家清静无为思想的影响下，陶渊明写出了很多田园诗，从这些诗中人们可以了解到陶渊明对玄学的意趣。"衡门之下，有琴有书。载弹载咏，爰得我娱。岂无他好，乐是幽居。朝为灌园，夕偃蓬庐。"（《答庞参军"衡门之下"》）"息交游闲业，卧起弄书琴。园蔬有余滋，旧谷犹储今。"[《和郭主簿二首（其一）》]"悦亲戚之情话，乐琴书以消忧。"（《归去来兮辞》）田园诗人并不追求世俗的欲望，他们白天辛勤劳作在田间地头，晚上回到简陋的家中休息，虽然身体很累，但是内心却十分满足，因为在他们眼中，拥有琴和书已经足够。抚琴自得其乐，阅读满足内心需求，还能欣赏田间的美丽景色。他们展现出对人生无欲无求的洒脱态度，就如陶渊明在《饮酒诗二十首》中所写的那样："采菊东篱下，悠然见南山。"只有内心宽广清朗的人才能与外界融合，亲近自然，心怀愉悦。这样的生活是真正的艺术化的生活。

魏晋时期堪称中国文学史上一个极富个性的时代。在这个时期，文人的个体意识和文学意识觉醒，使他们极其关注内心的呼唤，同时也怀揣着对艺术人生的强烈追求和渴望。生逢乱世，他们在那个无可奈何的时代中，开辟了一方独特的精神家园。他们用心体悟自然山水的韵味，追寻那些玄妙之美，不被外在世俗事物限制，展现出率真的个性魅力。他们巧妙地将玄学思想与日常生活结合，在生活中做出独特的选择，追求着精神层面的境界，并通过艺术修养的积淀，共同塑造了魏晋文人那独具魅力的艺术形象。魏晋时期的文人以独特的方式追求内心的自由与情感的表达，创造了一幅独具风采的艺术画卷。

第二节　唐代琴诗创作的文化承载

一、讽喻琴诗与中唐古文运动

到了唐朝时期，虽然琴这一音乐艺术形式仍然得到了很大的发展，但是如果进行横向的比较，人们要承认的是，唐代出现了很多外来的新兴乐器，这些乐器种类繁多、异彩纷呈，而琴与这些乐器相比，则显得有些不合时宜，给人孤傲之感。唐玄宗十分爱好音乐，但是他对琴乐却没有表现出太多的好感，据唐代南卓《羯鼓录》记载："上性俊迈，酷不好琴，曾听弹琴，正弄未及毕，叱琴者出曰：'待诏出去。'谓内官曰：'速诏花奴，将羯鼓来，为我解秽！'"

　　唐代是一个充满矛盾而富有特色的时代。这个时期有着独特的文化特征，同时也见证了胡乐的繁荣与发达。唐代诗歌中出现了一种新的潮流。在这个潮流中，文人努力维护文化的正统，他们崇敬古代流传下来的琴诗风格，讽刺当时的琴诗。在他们的诗作中，可以看到对琴的命运的深深叹息，以及对这一古老乐器的敬重与忧虑。

　　琴诗中出现对"古代"和"当代"的辩论是从唐代中期开始的，这可以从盛唐到中唐过渡时期刘长卿的作品中看出，其创作《听弹琴》："泠泠七弦上，静听松风寒。古调虽自爱，今人多不弹。"之后，生平活动基本在同一个时期的戎昱在诗文中提出了相同的批评，即《听杜山人弹胡笳》中的"如今世上雅风衰，若个深知此声好。世上爱筝不爱琴，则明此调难知音。今朝促轸为君奏，不向俗流传此心"。

　　进入中唐时期，诗人韩愈、白居易等开始重视琴乐古今之辩的现象，例如，白居易在诗作中慨叹着："古琴无俗韵，奏罢无人听。"（《邓鲂、张彻落第》）表达了他对于琴乐的现状感到不满。

　　白居易一生创作了一百三十余首琴诗。他的琴诗创作情况是比较复杂的，主题丰富多样。根据他的诗集归类，琴诗主要可分为两大类型，一种是讽喻琴诗，另一种则是闲适琴诗。闲适琴诗是白居易琴诗的一大特色，它继承了前人的传统，极力推崇文人琴的自娱自乐之道，对琴的地位予以极高的评价。与此同时，白居易在诗作中多次表现出一种慵懒的心态，强调自己对琴的随性态度，以此表达他的闲适心境。这些闲适琴诗既继承了传统文化，又展示了白居易个人的情感与态度。白居易的讽喻琴诗虽然数量不多，但在中唐时期却是极具代表性的。这些诗作主要针对胡乐泛滥和琴乐衰退的现象，通过讽喻的手法进行文化层面的批判。除了白居易，还有其他一些作者的琴诗，主题与他的讽喻琴诗相吻合，因此也可以将它们归于讽喻琴诗的范畴。

　　在白居易创作的琴诗中，只有五首是讽喻类的。这五首诗的立意都很明确，都表达了对胡乐的批判。而其中有三首诗都以此为主题。如《废琴》："丝桐合为琴，中有太古声。古声澹无味，不称今人情。……废弃来已久，遗音尚泠泠。不辞为君弹，纵弹人不听。何物使之然，羌笛与秦筝。"《秦中吟十首·五弦》："嗟嗟俗人耳，好今不好古。所以绿窗琴，日日生尘土。"《五弦弹——恶郑之夺雅也》："人情重今多贱古，古琴有弦人不抚。更从赵璧艺成来，二十五弦不如五。"

白居易的诗作将当时流行的"今"乐与"胡"乐联系在一起，与古雅和传统的琴音形成鲜明对比，通过这种对比凸显了古今之间的差异同时也明确地表达了他的叹息和主张。

其他人的讽喻琴诗创作大多兴发类似的感叹，表达古今之叹。例如，唐代韩愈《秋怀诗十一首（其七）》有言："有琴具徽弦，再鼓听愈淡。古声久埋灭，无由见真滥。"唐代于武陵《匣中琴》有言："世人无正心，虫网匣中琴。何以经时废，非为娱耳音。"

唐代之后的诗人虽然也会在琴诗中表达自己对古今变化的叹息，但是时代既然已经发生了改变，即便是再有这样的感触，也不会将社会批判作为琴诗的主题，更多的是为了凸显自己不媚世俗的高尚情操。如，五代至宋初期的诗人王元《听琴》有言："拂尘开素匣，有客独伤时。古调俗不乐，正声君自知。"

事实上，在唐代，琴艺的实际发展状况并不悲观。正如前文所提到的，琴学、琴师和琴曲在唐代都得到了显著的发展。然而，在中唐时期，文人开始集中关注琴艺的传播状况，并通过诗文表达了对琴艺命运的感慨和不满。虽然这种感叹并不完全反映历史的真实状况，但却反映了当时社会背景下作者的真实心态。

正如宋代姚铉在《唐文粹》所指出的"今之为琴者多矣"，讽喻琴诗中诗人的批评并非针对无人喜爱琴艺，而是对当时社会发展的不满情绪的表达。作为雅乐的代表，琴乐也象征着儒家的价值观。雅乐是朝廷推行教化的关键媒介，雅乐在朝廷中扮演着重要的教化角色，是儒家文化中乐教不可或缺的一部分。当雅乐衰落时，人们认为这预示着社会将陷入混乱。

因此，在社会动荡的时期，士人和儒者首先关注的就是雅乐的发展，试图通过振兴雅乐，恢复政教的兴盛。这一传统由中唐延续至宋代，并在这段时间内得到进一步的传承和发扬，也成为古文运动中不可或缺的一部分。尽管诗中批评的琴乐衰退并非与历史的完全真实情况完成相符，但对这一现象的感慨和批判无疑是那个时代的呼声，凸显了人们对雅乐衰败的忧虑与不满。

而在当时特殊的社会历史背景下，古今之叹同时有着另外一层意义。荀子《乐论》曾说："先王贵礼乐而贱邪音。其在序官也，曰：'修宪命，审诛赏，禁淫声，以时顺修。'"儒家文化对于正声的追求可谓极为严谨，这成为乐教中一项重要的理论。然而，中唐时期的安史之乱对唐王朝造成了巨大的冲击，也成了唐代从鼎盛走向衰落的转折点。安史之乱后更形成了藩镇割据的混乱局面，曾经的繁华盛世一去不复返。这段历史在中唐士人的思想和精神世界留下了永恒的烙印，士人的民族意识被唤醒。

讽喻琴诗的创作承载着古文运动思潮中的重要主题，同时也是特殊社会背景下的历史产物。在中唐时期，以白居易为代表的文人广泛涉及琴诗创作，并广泛探讨古俗之间的区别，他们以维护中原文化为本位的心态，倡导古琴演奏回归古淡之风。这种观点对唐代以后琴的演奏风格产生了深远影响。随着时间的推移，琴的演奏风格逐渐从激烈流畅转变为平淡典雅，并且还加重了文人化的倾向。琴乐理论也更加强调琴在文化中的独特地位，并注重以古雅为本的演奏风格。因此，唐代琴诗的创作对于唐代以后直至今天的琴文化定位起到了重要作用，使后世的琴文化逐渐形成了典雅而个人化的文人琴风格。

在文化和艺术的海洋中，琴诗的创作是一个细致入微的过程，琴诗也无法躲避时代思潮的冲击，其形态与内容随着社会背景的改变而发生演变，这种现象在唐代的琴诗创作中表现得尤为明显。唐代诗人在创作琴诗时，重视结合具有审美功能的行为，如倾听琴声、歌咏琴乐等，使诗歌的创作更加生动活泼。在他们的诗歌创作中，表现艺术之美成为首要任务之一，他们并未局限于表现道德内容和要求，还将眼光投向了追求艺术创新之路。这种创新表现为奇特追求和崛起的想象力，以及充满活力的艺术表现力。他们的风格自由灵活，打破了传统的束缚，不再拘泥于既定的框架。韩愈、李贺的听琴诗是这种风格的典型例子。他们在创作时，没有过多地强调琴曲本身的思想意义，反而更注重运用丰富的想象力开拓艺术联想的空间。

中唐时期，社会的形态和士人的心态都发生了明显的变化。白居易创作的琴诗作品，以其突出的讽喻主题，集中和明确的创作手法，极大地丰富了琴诗的艺术形式。他的创作，为琴诗在创作意图上的一致性，为后来的宋代创作提供了极大的推动力。在白居易的琴诗中，文化警醒和反抗意识的思想内核，不仅被他本人坚持和传承，更被后来的人们继续传承，而后来的创作方式和思想表达，在很大程度上未能超越白居易的琴诗范畴。白居易在诗中倡导恢复古琴雅调、恢复社会正伦的理念，通过对琴道的衰落批评政治、文风的衰败，以及对崇尚俗套、抑制雅致、贬低古代等议题的讽刺，都深深地影响了宋代人的价值观。白居易的诗歌创作，不仅在形式上丰富了琴诗的艺术表现，也在思想上为后代诗人提供了一种全新的视角和表达方式，对宋代人的思维方式和创作方法产生了深远的影响。"自从郑卫乱雅乐，古器残缺世已忘。"① 宋代苏轼批评时下琴曲的"数声浮脆"，欣赏雅正纯朴、中正和平之音。苏轼斥韩愈诗不是适当的琴诗，自作《听贤师琴》："大弦春暖和且平，小弦廉折亮以清。平生未识宫与角，但闻牛鸣盎中雉登木。门前剥啄谁叩门，山僧未闲君勿嗔。归家且觅千斛水，净洗从前筝笛耳。"与唐代的琴诗相比，可以看出宋代琴诗在艺术审美的层面上更加严格，同时更接近儒家琴论的中正平和之说，不过自唐代以后，像韩愈这样的以艺术联想为追求的琴诗便慢慢消逝了。

---

① 王新龙 . 苏轼文集：1[M]. 北京：中国戏剧出版社，2009：1.

二、言情琴诗的绝唱

（一）言情琴诗的界定

在中国古代文学历史中，唐代及以前的琴诗创作数量之多、内容之丰富、风格之多样，都令人印象深刻。专家经过细致分析和研究，将这些琴诗的写作大致划分为三大类：言志类、抒怀类和抒情类。古琴作为中国传统的音乐艺术形式，其起源和形制背后都隐藏着浓郁的政教色彩。在儒家理论中，琴乐被赋予了重要的教化育人的功能。同时，历代文人对琴的描绘，以及在创作中使用的"舜歌南风""宓子贱鸣琴而治"等众多典故，也进一步加深了琴在文化中的地位和入世功能。在言志类琴诗中，诗人大量运用与琴相关的典故和语汇，如"薰琴""虞琴""琴台"，以此表达自己的治世理想和志向。然而，尽管琴在社会文化中的地位特殊，但它作为一种艺术表现形式，同样被广泛用于表达情感。因此，人们也能在古代文学中找到大量的抒发个人情感的琴诗，有的琴诗是为了表达对亲友、知己、师长的情感，有的琴诗是为了描绘对心仪女子的爱慕。在这些琴诗中，以琴为媒介表现爱情情怀的作品，笔者将其称为"言情琴诗"。其特点在于，以琴为媒介，以刻画女性形象为重心，大多采用代言体，语言艳情绮靡。这种类型的琴诗在其发展过程中，既深受唐代诗歌总体风格的影响，也同时受到了琴文化本身的制约。

言情琴诗的存在和发展，有其独特的历史背景和文化特性。从琴被创造出来以后，它就被推上了道德的制高点，它由圣人创制，由君子弹奏。此外，琴以其清幽的音质，成为士大夫用来抒发内心情感、修身养性的重要工具。他们通过琴声，表达出内心的隐逸、超脱、思辨等复杂思想。因此，抒怀类的琴诗也应运而生，这类琴诗主要表达作者的内心情感和思想。在文学历史中，这一类的琴诗数量较多，也较为普遍，作者遍及各个时期。此外，抒怀类的琴诗也发展出了许多固定的语汇，如

"琴剑""琴酒""无弦琴",这些词语已经成为文学史上的典型意象。从另一个角度讲,琴作为一种乐器,早已经具有了其独特的文化属性,即供古代士大夫阶层自娱,他们以琴声为媒介,表达出自己的情感和思想。

琴在文化传承中,除了对弹琴者的身份做出了规定以外,对弹琴的行为范式也进行了规定。在弹奏环境、弹奏人的动作等方面都做出了一些规定。或对明月流水独奏于松林高岗,或于静室焚香对二三知己吟啸唱和,弹琴的意境要求极为严格,正如《红楼梦》中总结的,琴者,禁也。……若要抚琴,必择静室高斋,或在层楼的上头,在林石的里面,或是山巅上,或是水涯上。再遇着那天地清和的时候……才能与神合灵,与道合妙。

古琴所承载的丰富文化素质,并不是以爱情和女性主题为主导的。尽管从先秦时期开始,"琴瑟和鸣"的寓意已经被广泛用于象征婚姻的和谐,但在有关琴的文本记载中,真正涉及女性和爱情主题的部分,其数量之稀少,可以用"凤毛麟角"形容。然而,正是在这样的背景下,言情琴诗这一琴诗文学的分支,却一直保持着旺盛的生命力,持续存在并发展。尤其值得一提的是,唐代对于言情琴诗的发展起到了关键性的作用。在那个时期,社会风气开放,文人墨客的创作思维活跃,他们开始更加广泛地探索琴诗的表达方式和主题,其中就包括以琴为媒介,叙写爱情的言情琴诗。

（二）唐代言情琴诗的风貌特征

1. 多出现于中晚唐

在唐代的诗词创作中,言情琴诗有 70 余首,主要分布在中唐和晚唐时期。具体来看,出现在中唐的言情琴诗有 20 首左右,而晚唐时期则有 31 首,两者加起来,大约占到了唐代言情琴诗总数的百分之七十。相较于中唐和晚唐这两个时期，初唐和盛唐时期的言情琴诗数量较少。在初唐和盛唐时期，书写琴的诗歌主题往往是围绕着圣贤琴、舜琴、雍门琴、单父琴等传统主题展开。从中唐开始，言情琴诗的数量明显增加，直至晚唐达到唐朝言情琴诗创作数量的顶峰。这一趋势从侧面反映了唐诗的发展走向。晚唐时期诗歌创作倾向的明显变化，即出现大量的书写闺阁生活和爱情主题，以至歌楼舞榭等题材的诗作。

2.代言体写作

以表达爱情和描绘女性为核心标准，唐代的言情琴诗有70余首。在这些诗作中，晚唐时期所创作的琴诗占了较大的比例，为30余首。同时，从性别角度看，女性作为作者的琴诗有15首，而由男性创作的则有60余首。在创作模式上，唐代的言情琴诗延续了南朝琴诗的写作手法。例如，琴诗从描绘女性的身份、妆容出发，然后进一步描述女子携琴、弹琴等姿态，表达女性闺阁中的幽怨之情。此类以女性为主角的琴诗有39首。另一种模式是以男性代言的形式表达情感，此类琴诗有27首。学者钱锺书在《管锥编》一书中，提到了一种"揣度拟代之法"，称"设身处地，借口代言，诗歌常例。貌若现身说法，实是化身宾白，篇中之'我'，非必诗人自道"。可见所谓代言体，指的是作者"设身处地"地"化妆"为另一种身份，为这种身份抒情写心。在言情琴诗中，作者大多化身为闺阁女性，自称"妾身"，是这种代言形式的标志之一；有的则题目直接标明为"代人作"。如李白《代别情人》、沈宇《代闺人》、杜牧《代人作》《为人题赠二首》、赵嘏《代人听琴二首》。其中，沈宇《代闺人》："杨柳青青鸟乱吟，春风香霭洞房深。百花帘下朝窥镜，明月窗前夜理琴。"从诗歌的题目以及内容可知，有些代言体诗作是应人的请求，根据写作要求创作出来的，因此很难从中看出创作者的感情，不过也有部分代言体诗歌表面看起来是以代言为主，但实际上创作者加入了自己的真实情感和思考。

3. 悲怨之感

自汉代开始，琴这一乐器便承担起了以悲为美的审美倾向。而言情琴诗多为闺怨题材，因此常流露着悲怨之感。例如，虞世南在主题分明的《怨歌行》中便选择将琴作为抒发怨情的器具："香销翠羽帐，弦断凤凰琴。镜前红粉歇，阶上绿苔侵。"无独有偶，在选择闺怨题材的时候，诗人常以琴作为美人闺房中的重要道具，以琴兴悲，例如，隋末唐初徐彦伯《拟古三首（其三）》："纤指调宝琴，泠泠哀且柔。"又如，唐代王琚《美女篇》："清歌始发词怨咽，鸣琴一弄心断绝。"

从总体上看，言情琴诗的出现和兴盛主要集中在晚唐时期，相对于此前的琴诗，这个阶段的琴诗明显在内容上有了更深的层次。值得关注的是，这些琴诗的内容主题主要是对女性的描绘，以及对爱情中深深的忧郁和无奈的表达，这与此前的琴诗形成了鲜明的对比。在体裁的选择上，这些晚唐的言情琴诗更倾向于采用乐府诗的形式。乐府诗以其富有韵味和情感的特点，成为这些诗人表达情感的主要形式。更为独特的是，诗人经常以拟古的形式，代入女性角色中，通过这种特殊的角度表达爱情。同时，人们也可以看到，受到琴意象"悲"的审美倾向的影响，这些言情琴诗的情调大多充满了悲伤和感慨。在语言表达上，这些言情琴诗往往运用绮丽的描绘，并以此衬托文本中的女性形象。

琴作为一种具有崇高地位和悠久历史的乐器，在历史的沉积中形成了自己独特的文化体系。其中，积累了多种复杂的文化元素，而唐代言情琴诗的发展也是多种因素共同作用的结果。首先，特定时代的唐诗风格演变为言情琴诗提供了发展的土壤。唐诗在初唐时期从南朝的艳丽风情中走出，逐渐发展出独特的清新、健硕、雅致的特质。然而到了晚唐时期，唐氏又回归绮丽的风格。言情琴诗在唐代，尤其是在晚唐的兴盛，与唐诗风格的变迁有着密切的关联。

其次，时代文化的包容性赋予了言情琴诗更广阔的发展空间。唐朝时期的文化氛围自由且开放,是我国古代其他时期都无法复制的。唐朝时期的社会心理在更大程度上允许爱情元素在"圣人之器"——琴中发展壮大。言情琴诗继承了六朝的写作传统,更深地将表达女性、爱情的特质融入琴文化中,产生了深远的影响。即便是在封建传统道德观念的否定下,琴与爱情的关联也无法被抹去。然而,随着中唐古文运动的兴起,士大夫为了拯救传统文化,坚持本土乐器,对琴激发了文化救亡式的热情。他们对琴文化、琴文学产生了深远影响。尽管这种影响随着唐朝的衰败而变得无力,但在宋朝新建后,将琴文化加以限制的文人化倾向就表现得尤为明显。随着宋初诗歌艳丽风格的结束,虽然琴诗表达爱情的功能并未终止,但类似唐朝那种规模的言情琴诗再也没有了。宋诗中虽然有大量的琴诗,但艳丽的言情风格却少之又少。即使在专门表达情感的宋词中,用琴表达爱情和美丽女性的句子也几乎不见。这样的文化环境变迁使得中晚唐的言情琴诗变得凤毛麟角,近乎成为一种绝响。

三、悼亡琴诗的文化情结

(一)人琴两亡

从《礼记》中提出"士无故不撤琴瑟"的观点以来,琴瑟就已经成为士大夫社会阶层中立身的重要标准之一。事实上,琴瑟在这里主要是指琴。对于士大夫阶层来说,琴不仅仅是一种乐器,还是他们理想主义精神的象征,对于他们的身份认同和文化价值观有着至关重要的影响。因此,在士大夫的文化语境中,琴的存亡往往被赋予了深远的意义,被用来象征人的生死。当琴的主人离世时,琴也就失去了生命的意义,成为无声的存在。琴声的消失,如同人的生命终止,人与琴的双重消亡,成了他们悼念逝者的常用象征手法。在诗歌的表达中,诗人不仅使用了"琴书"这样的典型元素,而且还运用了许多与士人生活密切相关的事物,与琴并列出现,以此来表达对逝者的哀悼和对生命的深思。如唐代李乂《故西台侍郎上官公挽歌》："顾日琴安在，冲星剑不留。"唐代沈佺期《哭苏眉州崔司业二公》："罢琴明月夜，留剑白云天。"唐代李白《自溧水道哭王炎三首（其三）》："一罢广陵散，鸣琴更不开。"唐代白居易《元相公挽歌词三首（其三）》："琴书剑珮谁收拾，三岁遗孤新学行。"唐代许浑《题故李秀才居（一作伤李秀才）》："琴倚旧窗尘漠漠，剑埋新冢草离离。"

在吊挽类型的诗歌中，琴往往与诗、书、剑并列出现，以表达人亡物在的悲痛之感。

（二）闻琴伤逝

闻琴起兴叹伤逝，也是以琴诗悼亡的一种重要方式，如唐代刘禹锡《乐天见示伤微之敦诗晦叔三君子皆有深分因成是诗以寄》中的"万古到今同此恨，闻琴泪尽欲如何"。唐代李益《闻亡友王七嘉禾寺得素琴》："故人惜此去，留琴明月前。今来我访旧，泪洒白云天。讵欲匣孤响，送君归夜泉。抚琴犹可绝，况此故无弦。何必雍门奏，然后泪潺湲。"

琴成为触媒，触发诗人对友人的思忆与悲伤的怀悼之情。

（三）抚琴而歌

抚琴而歌是秦汉士人的一种行为模式，其在先秦生活中应用于社会生活的方方面面。如《乐府诗集·雉朝飞操》"独沐子年七十无妻，出薪于野，见飞雉雄雌相随，感之。抚琴而歌曰：'雉朝飞鸣相和。雌雄群，游於山阿……'"《乐府诗集·将归操》"将归操者，孔子之所作也。赵简子循执玉帛以聘孔子，孔子将往，未至，渡狄水。闻赵杀其贤大夫窦鸣犊，喟然而叹之……于是援琴而鼓之……"

而抚琴而歌以吊挽较早可见于《庄子》中，以鼓琴相和的方式进行吊挽："子桑户、孟子反、子琴张三人相与友……子桑户死，未葬。孔子闻之，使子贡往侍事焉。或编曲，或鼓琴，相和而歌……"

据逯钦立考证："琴操有此引，但无歌辞，乐府诗集尚无著录。此歌系后人依托。"① 虽然《伯姬引》不能被作为抚琴而歌以吊挽的源头，但"抚琴而歌"无疑是古代士人吊挽的一种重要形式。唐诗中常出现以弹琴吊丧、抚琴流涕的诗句，如唐代陈子昂《同旻上人伤寿安傅少府》中的"援琴一流涕，旧馆几沾巾。幽明长隔此，歌哭为何人"。唐代李洞《吊膳曹从叔郎中》中的"蜀客弹琴哭，江鸥入宅飞"。

（四）女性的挽歌

在唐诗以及墓志铭中关于女性的挽诗比较少，而在这些少量的诗作中，琴往往承担着指代的作用。但是和祭奠士大夫时所用的指代不一样的是，琴诗在用来祭奠女性时，常用的指代词语有"宝琴""琴瑟"等。徐安贞《程将军夫人挽诗》："琴瑟调双凤，和鸣不独飞。正歌春可乐，行泣露先晞。"韦庄《悼杨氏妓琴弦》："魂归寥廓魄归烟，只住人间十八年。昨日施僧裙带上，断肠犹系琵琶弦。"由于从先秦时期开始，琴瑟和鸣带有夫妇和谐的意象，所以，在指代离丧的时候，即便"撤琴瑟"起初指代的是士大夫，但是在唐诗中出现时往往用于对妇女的祭奠。而对于士大夫的离世则常常用琴与诗、书、剑的并举加以指代。

以琴诗悼亡女性时，经常使用"宝琴"这一专用于女性的琴形象。如杨炯《和崔司空伤姬人》："昔时南浦别，鹤怨宝琴弦。今日东方至，鸾销珠镜前。"或在以琴诗悼亡女性时提及湘妃舜帝的典故，如韦庄《悼亡姬》"湘江水阔苍梧远，何处相思弄舜琴。"

总的来看，琴因其与士人生命的紧密联系，以及其在士人心中的特殊位置，其生命认同自唐代开始逐渐成为一种情结。这种情结深深地烙印在士人的文学作品中，使得琴不仅仅是一种乐器，还是具有生命、具有情感的存在。士人在诗歌中，经常在表达哀悼之情时，运用"人琴两亡""援琴而歌"等描绘琴的方式，把琴作为象征，通过琴寓言人的生死，表达对

---

① 逯钦立.先秦汉魏晋南北朝诗 [M]. 北京：中华书局，1983：320.

生命的哀思和对离世亲友的深深怀念。而在对女性进行悼念时，诗人则倾向于使用"琴瑟""宝琴"等更具有女性化意味的琴的形象，以体现他们对女性的尊重和爱慕。

第三节 李白琴文化与琴意象解读

一、李白的琴文化修养

《礼记》中提到的"士无故不撤琴瑟"，强调了琴在中国传统文化中的重要地位。琴，作为中国古代文人四艺——琴棋书画中的第一艺，从古至今，一直是文人修身养性、陶冶情操的必备技艺之一。因此，李白作为一位身居诗坛之巅的杰出文人，他能弹琴是可以被人们直接理解的。然而，值得人们注意的是，李白在他的诗歌创作中，对琴这一意象的使用频率，以及琴诗在他的诗歌作品中所占的比例，远远超过了他所处的盛唐时期其他诗人。这无疑显示出了李白对琴的深深喜爱和深厚的琴乐修养，而他的这种对琴的热爱和对琴的理解，可以被认为是他在蜀地生活的二十余年间，深受蜀地好琴善琴之风的熏陶和影响的结果。

（一）地理人文条件对蜀地琴风的影响

蜀地优异的自然环境，多样的地形风景为琴者提供了十分优越的弹琴环境。古人弹琴十分讲究环境，明代胡文焕所编《文会堂琴谱》中记载了古琴"十四宜弹"："遇知音，逢可人，对道士，处高堂，升楼阁，在宫观，坐石上，登山埠，憩空谷，游水湄，居舟中，息林下，值二气清朗，当清风明月。"其中，后十一宜所言便是环境。天地有大美，在优美自然的环境中弹琴，极能滋养琴者的琴心与琴声，唐代王维曾"独坐幽篁里，弹琴复长啸"（《竹里馆》），孟郊有诗云："闻弹一夜中，会尽天地情。"（《听琴》）蜀地向来多青山秀水，茂林修竹，亦不乏高崖谷川、阁楼宫观。幽雅超逸、生机勃发的环境，自然而然地便能引起人的雅兴，此时弹奏本就象征着天地自然的古琴，琴心俱化，天人合一，而更易感致"心不外驰，气血和平，方与神合灵，与道合妙"（杨表正《弹琴杂说》）的境界。正如晋代王羲之《兰亭集序》的书法与文章都创造于青山环绕、流觞曲水的环境中。理想的创造环境对于文化艺术的发展有重要推动作用，而蜀地的自然环境可谓是琴者所追求的较为理想的环境了。

自汉朝时期文翁化蜀后，蜀地的文学风尚一直未曾中断，蜀地居民对文雅事物的热爱为其琴乐文化的繁荣提供了丰厚的文化土壤。蜀地的琴艺风气的兴盛，有其深远的历史根源。自古以来，蜀地就诞生了一批又一批善于奏琴的高人。回溯到汉代，便可见到司马相如、扬雄、诸葛孔明等善于弹琴的蜀地名士，他们的才华和品质被人们深深仰慕。琴，作为承载着文人风采的乐器，自然得到了人们的喜爱和推崇。从大量出土于四川的汉代画家砖与抚琴俑中，人们能够隐约窥见当时蜀地的琴艺文化繁盛的景象。到了隋代，隋文帝的儿子蜀王杨秀曾"造琴千面，散在人间"，他的热爱无疑为当时社会的琴艺之风锦上添花，极大地促进了琴艺的传播和制琴技术的发展。到了唐代，基于蜀地深厚的琴艺传统，制琴技艺达到了新的高度，也就出现了制琴艺术界的著名世家——雷氏家族。在雷氏家族中，不仅有蜚声遐迩的制琴大师雷威，还有雷俨、雷珏、雷文、雷霄等一批才华横溢的制琴艺术家。唐代诗人元稹在《小胡笳引》中说："雷氏金徽琴，王君宝重轻千金。"雷氏所制作的"雷琴"，被历代人士视为珍宝，备受推崇。如今，人们仍然能在各大博物馆和艺术研究院中见到雷琴的杰作。例如，北京故宫博物院收藏的"大圣遗音""九霄环佩""飞泉"，以及中国艺术研究院收藏的"枯木龙吟"，都是唐代的雷琴，是世间罕有的绝世珍品。

蜀地的自然环境优美，社会环境宜人，历史文化底蕴深厚，为古琴艺术的繁荣与发展提供了得天独厚的条件。其中，既有翠山环绕、江水潺潺的优美自然风光，也有文化底蕴丰富、人文气息浓厚的社会气候，还有历代文人墨客孕育出的深厚的历史文化渊源。如唐代徐晶在其诗篇《送友人尉蜀中》所描绘的那样，"人家多种橘，风土爱弹琴"，这既是对蜀地风土人情的真实描绘，也是对蜀地人民热爱琴艺的深深赞美。唐代刘希夷《蜀城怀古》中也有"寂历弹琴地，幽流读书堂"的描绘，这是对蜀地古琴艺术兴盛的有力写照。优越的自然和社会环境，使得蜀地的斫琴技艺得以繁荣发展，琴风醇厚深沉，琴音悠扬悦耳。随着时间的推移，"蜀琴"逐渐从一种单纯的乐器演变成了一种深具象征意义的文化符号，它承载着蜀地人民的情感，也反映了蜀地深厚的历史文化底蕴。

（二）蜀地琴风与道风造就李白琴文化修养

李白是爱琴且会弹琴的，甚至是非常善于弹琴的。虽然人们很难从史料记载中了解李白的琴技达到了怎样的水平，但是从他的诗歌中人们不难看出他对琴艺的深深喜爱。李白《答杜秀才五松见赠》中"袖拂白云开素琴，弹为三峡流泉音"，叙写了他为友人弹奏需要不浅琴道造诣的琴曲《三峡流泉》；李白在《月夜听卢子顺弹琴》中"忽闻悲风调，宛若寒松吟。白雪乱纤手，绿水清虚心"体现出他熟谙这些琴曲本身曲调及其所奏意境；再加上李白在《暮春于江夏送张祖监丞之东都序》中所言"至于清谈浩歌，雄笔丽藻，笑饮醁酒，醉挥素琴，余实不愧于古人也"的自信之语，应该说，李白的琴艺修养、琴道修养都是不低的，他是一位善琴、懂琴之人。

关于李白身世长期流传众多版本，人们一般认为李白出身于一个具有良好文化背景和优渥生活条件的家庭。从童年时代开始，他就接受了系统而全面的文化教育，为他习琴提供了良好的条件和环境。"士无故不撤琴瑟"[①]，琴艺犹如文人雅士的必修课程，因此，李白会弹琴也就毫不意外

---

① 阮元.十三经注疏[M].北京：中华书局，1980：1259.

了。但是，在初唐盛时期的诗人群体中，李白的琴艺造诣和他在诗歌中对琴的情感投入，尤其是他对琴意象频繁且生动的运用，都使他在众多诗人中独树一帜。这种特殊的倾向和才华的展示，无疑与他在蜀地生活的二十余年有着紧密的联系。

在李白的诗作中，琴意象分为多个种类，其中部分意象明显是受蜀地文化的影响而产生的，例如，"绿绮"，《游泰山六首（其六）》中有"独抱绿绮琴，夜行青山间"；又如，"绿琴"，《代别情人》中有"风吹绿琴去，曲度紫鸳鸯"；再如，"蜀琴"，《长相思三首（其二）》中有"赵瑟初停凤凰柱，蜀琴欲奏鸳鸯弦"。这些显然都受到了蜀地文化及蜀地琴文化的影响。

此外，在李白的诗歌中，许多经典之作都与琴有着密切的联系，其中尤以《听蜀僧濬弹琴》引人入胜。这首诗描绘了一位出身蜀地、手持精制之琴的僧人在夕阳西下之际，于峨眉山脚下弹奏琴曲的情景："蜀僧抱绿绮，西下峨眉峰。为我一挥手，如听万壑松。客心洗流水，余响入霜钟。不觉碧山暮，秋云暗几重。"李白以精湛的笔触，描绘了那位蜀僧的琴艺如何高超，他的宝琴又是如何上佳。这恰恰间接地反映了唐代蜀地琴文化的深厚，以及其制琴业的繁荣昌盛。正是得益于蜀地琴文化的深深影响，人们可以从李白的诗歌中体会到他对琴的热爱以及对琴艺的独特理解。

对于李白这位伟大的诗人来说，他优越的家庭环境以及古代文人修身养性的四艺之一——琴艺的传统教育，为他提供了接触和学习琴艺的基础条件。然而，仅仅有这样的基础条件，还不足以使李白取得他在琴艺上的成就。蜀地的琴风源远流长，其深厚的文化底蕴和优秀的琴艺传统，无疑为李白的琴艺成长提供了极为重要的营养和土壤。同时，蜀地深深的道风也使得李白有机会接触到琴道，使其在琴道上走得更远、更深入。

二、李白诗歌琴意象的思想情感与艺术特色

（一）李白诗歌琴意象的思想意蕴

从思想追求上讲，琴意象主要表达了李白在政治、道教以及人格理想方面的思想。

1. 政治思想

（1）寻求入仕。琴，不仅仅是弹奏者表达自我情感的工具，还是一种能够进行深层次沟通的媒介，它能够在弹琴者与听琴者之间架起一座沟通的桥梁。因此李白经常自称弹琴者，他以琴艺作为自己才华的象征，以听琴知音者作为对理解他诗歌、欣赏他才华的人的赞美。他希望能通过这种方式，找到那些能够理解和欣赏他的才华的人，从而得到他们的帮助和支持，走向仕途。如《留别王司马嵩》中有"他日闲相访，丘中有素琴"，这体现了李白在请求坊州司马王嵩举荐而失败时的无奈心情，同时也能看出他对来日依然是心存期待的。诗中有言："愿一佐明主，功成还旧林。西来何所为，孤剑托知音。""托知音"正是寻求赏音识才之人，寻求能在仕途之路上助其一臂之力的人，然而，李白这次的干谒求荐以失败告终。所托之人还暂时未能成为知音，只有待"他日"其人能识才引荐，而诗人会一直以琴相待，以心相托。实际上，管中窥豹，可见一斑，这首诗是李白干谒求荐之路上的一种极具代表性的真实写照与缩影。

（2）美政理想。在琴的意象中，人们不仅可以看出李白想要入朝为官的政治意图，同时也可以发现琴意象寄托了他的美政理想。

诗歌思想世界中，诗人常以"身不下堂而一地治化"表达对作为一地之宰官的赞誉。他的这种赞誉并不是空洞的，而是有着深深的人道关怀和责任意识的体现。只有当地方官员能够自身清廉，坚持做到公正无私，推行仁政善策，以公平公正的法治保障百姓的权益，引导社会走向公正与

和谐，才能实现"抚琴而一地治化"的理想状态。然而，即使社会政治已经实现了清明与稳定，百姓的生活有了保障，民生的问题得到了解决，作为官员，还应该保持一种自我审视和自我约束的态度，而不能仅仅因个人意愿就随意实行政策举措，不能以牺牲百姓的利益为代价，滥用公权，侵害百姓的权益，而是应该时刻关注民众的生活状况，以民众的福祉为施政目标，与民同享休息和安宁，让社会自然生息，充分体现对民的仁政，这才是维护和延续优良政策的最好方式。正如在《献从叔当涂宰阳冰》中，李白赞美其叔父李阳冰，写道："宰邑艰难时，浮云空古城。居人若薙草，扫地无纤茎。惠泽及飞走，农夫尽归耕。广汉水万里，长流玉琴声。"在局势艰难时期，李白的叔父李阳冰通过采取积极的政治举措，引导农夫归耕，复兴农业，稳定了社会秩序，广施德政，抚琴而一地治化。故而李白对叔父李阳冰政教风化的赞美，对其身不下堂，以礼乐道德教化民众，抚琴而一地治化的颂扬，实际上正体现出李白心中积极有为的仁政举措与自然无为的德政态度是相统一的，寄托和描述着他心中理想的美政情景。

2. 道教思想

道教和古琴有着天然的亲近感，古琴是使用天然的材料制作而成的，发出的声音也带有清新、自然之感，这与道教所追求的清净自然相契合，因此，很多道士都会弹琴，通过古琴修身养性，希望自己更加超凡脱俗。而在李白的诗歌中，也可以从琴意象中体会到道教思想。

"李白有老庄自然无为的宇宙观"[①]，《老子》中言"见素抱朴""道法自然"，《庄子》中有"朴素而天下莫能与之争美"，皆体现出对于本真素朴、自然而然的追求，李白受道教思想影响甚深，素来追求"清水出芙蓉，天然去雕饰"的天然本真，他在《草书歌行》中说："古来万事贵天

生"，所谓"贵天生"就是对于本真自然的追求，对于外在雕饰的排斥。他在《送岑征君归鸣皋山》中也写道"贵道皆全真"，同样是对自然本真的推崇。特别是李白《古风（其一）》中的"垂衣贵清真"，清真，就是李白的追求和标准，这也是从他的道教思想承接而来的。李白诗歌中的琴意象也反映出李白对于本真自然的推崇，尤其体现在李白对"素琴"的喜爱和选择，因为"素琴"无虚饰，不矫揉。《幽涧泉》中有"拂彼白石，弹吾素琴"，他所弹奏的是素朴无饰之琴。《古风五十九首（其五十五）》中有"安识紫霞客，瑶台鸣素琴"，无饰素朴之琴，发出清正之音，此音能规正荒淫，驱除邪僻。《答杜秀才五松见赠》中有"袖拂白云开素琴，弹为三峡流泉音"，以素琴奏音，曲赠友人，以抒其深厚友谊，以及《月夜听卢子顺弹琴》中"闲坐夜明月，幽人弹素琴"，以素琴赞扬琴者琴艺高妙、本真清洁等。

3. 人格理想

魏晋时期，嵇康《琴赋》言"众器之中，琴德最优"，《礼记·曲礼下》中载"士无故不撤琴瑟"，正是以琴修身，以琴德养己德。琴德雅正，《风俗通义·声音·琴》："雅琴者，乐之统也，与八音并行，然君子所常御者，琴最亲密，不离于身……故琴之为言禁也，雅之为言正也，言君子守正以自禁也。"在李白的诗歌中，琴还承担着对理想人格的寄托与追求。而在人格这方面，琴这一意象所寄托的往往是高风亮节、不与世俗同流合污的品格。

（1）和雅高远。琴为雅器，弹琴之人亦须为雅人、有雅意。李白在诗歌中常以琴描绘出清雅之景，如《邺中赠王大》中的"抱子弄白云，琴歌发清声"，《春日独酌二首（其一）》中的"横琴倚高松，把酒望远山"，《独酌》中的"手舞石上月，膝横花间琴"，还有《答杜秀才五松见赠》中的"袖拂白云开素琴，弹为三峡流泉音"等。

在以上的这些诗歌中，弹琴的场景并非位于富丽堂皇的厅堂殿阁，也不是低矮的平原之中，而是在高远险峻的地方。这些地方的环境广阔无边，给人一种震撼的感觉，仿佛宇宙的宏大与无限都在这里得到了展示。"抱子弄白云"，已见白云，当是高处，"袖拂白云开素琴"同样如此，"横琴倚高松，把酒望远山"，弹琴人在高高的松树边，前后的视线所及，是远远的大山。这里的松树是高大的松树，而前方的山是那深远而遥不可及的大山，是高远之地。弹琴者环顾四周，那宽阔的视野，无不让人产生心胸开阔的感觉，感到豁达，感到自由，仿佛可以超越那些琐碎的世俗事物。在如此的地方弹出的琴声，必定是雅致而悠远的，那是一种自得的情趣，是一种超然的情态。

（2）清白独立。琴既是雅器，又是正器，清正则不屈于邪淫，不同于污俗，不同流合污，则风骨自现。李白在琴意象中，便寄托了其对清白独立的品格追求。《幽涧泉》："拂彼白石，弹吾素琴。"所在之地清洁，所弹之琴朴素，弹琴者当喜爱与追求清白素朴，不染尘嚣。《鸣皋歌送岑征君》："盘白石兮坐素月，琴松风兮寂万壑。"白石素月、松风万壑，景清而寂寂，人独行而不改。"抱子弄白云""袖拂白云开素琴""横琴倚高松"，弹琴之地的无瑕白云、傲立高松等景物，都从侧面衬托出弹琴之人的清白自立。而在《古风五十九首（其五十五）》中，李白批判荒淫纵情的邪乱之象，"安识紫霞客，瑶台鸣素琴"，以清正之音规正邪淫，这正体现出琴的和正清音之用。

而李白在诗歌中还借"无弦琴"的意象，借陶渊明其事其人表露的品格德行，突出对自己所赠诗之人品格的赞美。《赠临洺县令皓弟》："大音自成曲，但奏无弦琴。"勉励因被讼停官的临洺县令李皓不改其高志，洁身自持。《赠崔秋浦三首（其二）》："抱琴时弄月，取意任无弦。"《戏赠郑溧阳》："素琴本无弦，漉酒用葛巾。"这些诗句皆是用陶渊明的清廉自守，格调高雅，赞美崔秋浦与郑溧阳等赠诗之人，同样是对其品格德行的褒扬。

另外，"玉琴"等意象不仅仅是对具象事物的描绘，还是对人的品格和德行的隐秘而细腻的赞美。例如，在《古风五十九首（其二十七）》这首诗中，出现了"纤手怨玉琴"这样的诗句，"玉琴"不只是表现琴的物理美感，还象征人物具有像玉一样的品质，清白无瑕，光明磊落。这样的佳人，既拥有玉琴般的美色，同时又具备玉琴一样的品格，双重美合一，显示出她无比的魅力。又如，《宿白鹭洲寄杨江宁》中的"因声玉琴里，荡漾寄君愁"。在这里，"玉琴"同样寄托着诗人的深意。它以玉琴的声音为媒介，将弹琴者的情感和心境表达出来，这里的琴，其音色清妙美好，象征着弹琴者和听琴者都拥有着美好的品格与高尚的情操。在《献从叔当涂宰阳冰》这首诗中，人们又能看到"广汉水万里，长流玉琴声"的诗句。"玉琴"的形象象征着李阳冰在严峻的局势中，依然能够保持如玉琴一样的美德，使得自己的领地安定，民生得到保障。这样的领导，无疑具备了玉琴所象征的诸多美德，坚韧、高雅、威仪和从容，都在他的身上得到了体现。

因琴意象的品格崇高，内涵丰厚，故文人雅士常用琴修身自治，常以琴象征高尚美好的德行，琴意象亦成为李白心中理想品格的承载者。

（二）李白诗歌琴意象的情感表达

1. 怀才不遇的愤懑

富有朝气和才气的李白一生中受到了很多赞誉，他潇洒傲然，意气风发，从《示金陵子》中就能看到这一点："金陵城东谁家子，窃听琴声碧窗里。"无论是他对自身琴艺才华的坚定自信，还是巧妙地通过相似的情节和经历自比于历史上著名的文人司马相如和谢安，都以极其生动的笔触，展现了一位正处在青春年华、充满活力的才子那旺盛的斗志和意气风发的精神风貌。这位才子，他的才华横溢，理想远大，前途光明，一幅美好的人生画卷仿佛就在人们眼前，那就像是人们期待着一出精彩的剧目，正在等待拉开序幕。

　　由于某些身份和历史背景的原因，李白并未有机会参加科举考试从而走向仕途。因此，自从公元724年的卅元十二年，李白离开自己的故乡四川，直到公元742年的天宝元年，他受到皇帝传召入京为官，这中间长达十多年的时间，李白一直身处在漫游四方、寻找仕途机会的阶段中。然而，人的理想有时与现实相去甚远，尽管李白心中充满了希望，但现实的残酷却是他无法忽视的。在接近二十年的时间里，李白始终未能如愿步入仕途，展现他的才华。他用诗歌表达出对英雄无用武之地的苦闷和愁绪，表达现实的困境令他感到无能为力。有时，他会借助一些象征的元素，例如，琴，抒发自己的心声，表达自己的感情。

　　在四处漫游之后，身体虚弱、卧病在床的李白并未找到一份适合自己的官职。他思念起自己在蜀地的老师，写下一首诗，以倾诉心中的苦闷，向老师表达自己的失落和无奈。在《淮南卧病书怀寄蜀中赵征君蕤》这首诗中，他写道："古琴藏虚匣，长剑挂空壁。"他以古琴和长剑比喻自己的才华与锐气，然而却没有人欣赏他的才华，面对仕途的挫折，李白陷入了深深的困惑和苦闷。他在诗中创造的这些形象，清晰地展示了他当时的心境和遭遇。

　　无论是李白在《古风五十九首（其二十七）》中描述一位弹奏着玉琴的佳人，她美丽出众却遗憾地无法找到一位真正欣赏她的君子，还是在《长相思三首（其二）》中，通过蜀琴的奏鸣，寄托自己对远方思念之人的深情，这些诗歌中都多多少少透露出李白自身的情感追求。他渴望找到一位能够真正欣赏他才华的"良人"，然而这样的愿望却无法实现，这份难以言喻的苦涩和失落在诗中一览无余。而在《幽涧泉》一诗中，"幽涧愀兮流泉深……心寂历似千古，松飕飗兮万寻。中见愁猿吊影而危处兮，叫秋木而长吟。客有哀时失志而听者，泪淋浪以沾襟"这样的词句，更是将李白内心深处的哀伤和忧郁展现得淋漓尽致。

　　在李白四十三岁至五十五岁的这段时间里，他再次开始了游历的生活。离开繁华的长安后，他在洛阳遇到了杜甫，两位伟大的诗人在此相识，后来李白、杜甫与高适三人一起游历各地，互相切磋诗歌。天宝三年（744）秋天，李白在齐州道观紫极宫正式受道箓，开始追求道家的修炼生活。然而，在天宝四年（745），李白作出了《拟古十二首（其十）》这首诗，其中写道："遗我绿玉杯，兼之紫琼琴。杯以倾美酒，琴以闲素心。"这些词句看似在描述求道的生活，实际上却隐含着李白内心深处的苦闷和忧郁。

对世俗污浊的愤懑和批判还体现在他在天宝八年（749）冬天写下的《答王十二寒夜独酌有怀》中"折杨皇华合流俗，晋君听琴枉清角。巴人谁肯和阳春"等诗句，李白认为俗人甚众，下里巴人如何能赞和《阳春》之曲，明白己身之志呢？

李白通过琴意象，将自己内心的苦闷抒发出来，可以说，李白怀才不遇、内心愁苦的心境，人们都可以在其不同时期诗作的琴意象中感受得到。

2. 豪放不羁的洒脱

李白身上深深烙印着一种不羁、豪放的气质，这种气质犹如一股洒脱的风流，印入他的骨髓之中。而当李白将这股气质赋予琴艺，琴艺便独树一帜，展现出一份超然物外的清逸和旷达。他在《前有一樽酒行二首（其二）》这首诗中写道："琴奏龙门之绿桐，玉壶美酒清若空。催弦拂柱与君饮，看朱成碧颜始红。"诗中的龙门之绿桐，玉壶之美酒，以及美姬的舞蹈，都是他洒脱生活的一部分，也是他灵魂的写照。醉后的李白，不仅才华横溢，还有一种豪放不羁的气质流露出来。

开元二十七年（739），李白与他的挚友王昌龄在湖南的巴陵相聚。此时的王昌龄已经对仕途生涯感到失望，于是他建议李白一同前往石门山隐居。然而，李白并没有接受王昌龄的建议。李白随后创作了《邺中赠王大（一作邺中王大劝入高凤石门山幽居）》这首诗，诗中表达了他的坚定志向和坚韧精神。他心中所想的是要为时代的进步贡献自己的智慧，"欲献济时策"，并希望"投躯寄天下，长啸寻豪英"。他希望在年轻的时候实现自己的壮志和理想，"富贵吾自取，建功及春荣"。在临别之际，他"抱子弄白云，琴歌发清声"，琴音歌声响亮远扬，展现了他的豪情壮志。虽然他对分别感到遗憾，但他仍然坚定地选择继续前行，追求自己的理想。

天宝三年（744），李白虽然已经踏上了仕途，但是他深知在这条路上很难实现自己的志向。因此，他向皇帝献上辞表后决定离开长安。他离开之前，留下了《东武吟》这首诗，表达了自己的人生感受，从期望能够辅佐明主，功成之后身退，到因为他的文采而得到皇帝的赏识，身边都是王公贵族，"依岩望松雪，对酒鸣丝桐"，这是怎样一种怡然自得的生活情态。然而，一朝被放还，他如同飞蓬一般四处飘零。这些复杂的情绪和感受，只有他自己才能深切地感知到。尽管如此，李白依然对自己的才华充满了自信，他坚信"才力犹可倚，不惭世上雄"。他将这首诗献给了他的知己，而他自己则决定继续他的隐逸之路。

天宝十三年（754），满腹愁绪的李白游黄山，闻吴地的歌声动人心魄，写下《夜泊黄山闻殷十四吴吟》："我宿黄山碧溪月，听之却罢松间琴。朝来果是沧洲逸，酤酒醍盘饭霜栗。半酣更发江海声，客愁顿向杯中失。"暂消客愁，顿生豪气。

李白有一种豪迈洒脱的气质，他的诗中充满了对生活的热爱和对自由的向往。这份洒脱与他对琴的热爱相结合，一种清新旷达的意境便自然而然地渗透到了诗中。

3. 情真意挚的友情

源于先秦时期俞伯牙与钟子期的故事，那个被誉为"高山流水遇知音"的动人传说，琴，在后世的文化传承中，也经常与"知音"这个概念紧密地联系在一起，成为纯真且稀有的友情的象征。李白作为盛唐诗坛的璀璨繁星之一，他交友广泛，对待朋友真诚而热烈，这种深情厚谊，有时便通过他诗歌中的琴意象展现出来。

开元二十一年（733），李白送友人赴选，作《送杨少府赴选》："吾君咏南风，衮冕弹鸣琴。……流水非郑曲，前行遇知音。"这一临别寄语，高山流水，景行大道，必能得同志，必能得知音，颇有"天下谁人不识君"之意。

天宝十四年（755）夏天，李白在五松山遇到了杜秀才。这次相会，李白深感珍贵，他高度赞扬了杜秀才的品性和才情。他们之间的友谊深厚而珍贵，于是李白在《答杜秀才五松见赠》一诗中，表达了自己对这份友情的深深眷念。在他们即将分别的时刻，李白拿出了素琴，他所弹奏的《三峡流泉》的旋律在五松山之上流淌，那如泉水般的音乐仿佛是李白对杜秀才的深深情谊。在《山中与幽人对酌》这首诗中，李白写道："我醉欲眠卿且去，明朝有意抱琴来。"

李白在面对山中知己时，也许已经是酒意微醺，但他仍然不忘邀请对方明天带着琴再来，一起深谈。

面对挚友离世的巨大打击，诗人李白深感哀痛，他将内心深处的痛苦与哀思寄托在琴的音符中。在他的诗《自溧水道哭王炎三首（其三）》中，他写道："一罢广陵散，鸣琴更不开。"这是他对挚友王家"碧瑶树"的离世感到极度悲痛的表达。王炎一直被李白尊为高人，然而现在，王炎已经离世，那曾经能让他鸣琴的乐曲《广陵散》再也不会由他奏响。这是多么的哀伤和痛苦，弹琴者与听琴者本是知音，然而，现在听琴的人还在，弹琴的人却已离世。同样令李白深感悲伤的情景还有他回忆起另一位已经逝世的挚友崔宗之。那时，李白看到崔宗之曾在游历南阳时留给自己的孔子琴，他为此深感悲伤。在《忆崔郎中宗之游南阳遗吾孔子琴抚之潸然感旧》中，李白写道："留我孔子琴，琴存人已殁。谁传广陵散，但哭邙山骨。"他曾经和崔宗之共享音乐之美，如今崔宗之已经不在，李白面对崔宗之赠送的珍贵琴器，感受到友人深深的情谊，同时李白也因自己的经历而感到悲伤。在双重感情的影响下，李白无法控制自己的情感，潸然泪下。

上元二年（761）春天，李白流落到江南的金陵一带，靠赈济度日。当年冬天，李白到历阳，留诗《嘲王历阳不肯饮酒》："地白风色寒，雪花大如手。笑杀陶渊明，不饮杯中酒。浪抚一张琴，虚栽五株柳。空负头上巾，吾于尔何有。"虽漂泊无依，却仍不影响李白的豪情，诗句戏而不谑，反映出了李白与历阳王县丞之间亲密的友情。

李白在他漫长的一生中，遇见过无数的人，结交了很多朋友。然而，真正能够得到他认可，成为他真心以待的朋友却并不多。对于这些知音，李白在诗歌中，总是毫不吝啬地展现出对他们的认可和赞美，对自己与他们之间真挚的友情表达出无比的珍视。李白热爱琴艺，他在琴的世界里找到了安慰和乐趣，但他更加热爱的是隐藏在琴艺背后的深层含义。他珍视从俞伯牙和钟子期之间传递下来的那种纯粹的知音情谊，那种超越了外在因素的、直抵心灵深处的深深友情。李白虽然以其豪放的个性闻名于世，但他的内心却充满了细腻的情感。他用琴声代替了言语，将自己对友人的深挚情谊融入琴声中。这种情谊，这种发自内心的情感，深深打动了每一个听到的人。

4. 清雅傲岸的孤独

李白是一个天才，众所公认。李白对自身的才华也颇为骄傲，"至于清谈浩歌，雄笔丽藻，笑饮醇酒，醉挥素琴，余实不愧于古人也"[①]，他在《江上吟》里写自己"兴酣落笔摇五岳，诗成笑傲凌沧洲"。

在这个世界上，大部分人希望能被他人欣赏和理解，期待能找到与自己心灵相通的知音。但对于那些拥有高尚品质，卓越才华，以及丰富情感体验的人来说，真正能理解他们、欣赏他们的人却可能少之又少。当他们的才华与品格未得到周围人的认可，甚至遭到妒忌与诽谤时，强烈的孤独感与寂寞感会如潮水般涌来。李白就是这样一位品性高洁、才华横溢的

---

① 李白. 李太白全集：第 34 册 [M]. 北京：中华书局，2015：1464.

人。因此，在他的诗歌中，人们常常可以感受到他的孤独与悲凉。李白深感世间真正理解他、愿意帮助他的人非常少。他在《送蔡山人》中说道："我本不弃世，世人自弃我。"在《上李邕》中也说道："世人见我恒殊调，闻余大言皆冷笑。"这些都是他深深孤独的表现。然而，李白之所以是李白，其中一个重要的原因是他具有坚定不移的独立精神。因此，他的孤独并非单纯的寂寞，而是深深融入了他对自身天赋才华的坚定自信，对庸俗世界的反抗，以及对高尚品格的坚守。他的孤独是一种高傲的孤独，是一种超脱俗世、清雅高远的孤独。在李白的诗歌中，他常常将这种复杂且深沉的情感寄托在琴的意象之中。

天宝五年（746），李白在梁园与他的故友岑征不期而遇。在这次的相会中，他写下了一首名为《鸣皋歌送岑征君》的诗。在这首诗中，李白通过描述岑征在旅途中所遭遇的严寒冰封、雪飘落、山高水深的艰难环境，借此寓言般地表达了自身遭受谗言攻击的不平情绪。他痛斥了当时政治场上的权臣尔虞我诈、争权夺利的恶劣行径，不愿随波逐流，与政场权奸为伍。因此，他追求"盘白石兮坐素月，琴松风兮寂万壑"。白石素月，松风万壑，景色清幽，充满了自然的宁静。这样的环境下，李白独自前行，坚守自我，不改初心。在这里，清雅的环境自然显现，但同时孤独清寂的情感也随之浮现，让人深感触动。

在亚瑟·叔本华（Arthur Schopenhauer）看来，"孤独是伟大灵魂的显著特征"①。"孤独是伟大卓越之人的共同命运——尽管他们有时也会为此悲叹痛惜，但仍然总是选择孤独，因为这种不幸要远远小于庸俗的不幸。"②此说法颇有道理，当人们深入探究李白对生活和人生的独特理解时，会发现孤独是李白理解生命价值时使用的一种特殊且富有深意的方式。对于李白来说，孤独并不只是一种情感状态，更是一种人生态度，一

---

① 亚瑟·叔本华. 孤独通行证 [M]. 张宁，译. 南京：江苏凤凰文艺出版社，2017：13.
② 亚瑟·叔本华. 孤独通行证 [M]. 张宁，译. 南京：江苏凤凰文艺出版社，2017：14.

种生命的选择和体悟。正如李白在《答王十二寒夜独酌有怀》中所言，"一生傲岸苦不谐"，即便要付出"恩疏媒劳志多乖"的代价。正是因为这种孤独，李白的人格更加鲜明，他的诗歌更加深沉。虽然周围寂寞，然而他内心清雅自在，坚守自我，风骨自显。

（三）李白诗歌琴意象的艺术特色

1. 丰富性与生动性

在盛唐那个文化繁荣、诗人辈出的辉煌时代里，李白在其诗歌创作中对琴意象的运用仍呈现出独树一帜的艺术特色。首先，李白的诗歌创作中，一个重要的特性就是他对琴意象的运用是丰富多样的。李白在诗歌创作中，会涉及各种各样的琴以及与琴有关的典故和意象，高达数十种。李白的诗歌创作在使用琴意象的数量以及频率上，都远远超过了同一时期的其他诗人，可以说，在整个唐代的诗歌历史上，李白对琴意象的使用都是别具一格、独一无二的。

同时，李白在诗歌创作中对琴意象的运用丰富而生动，并不是简单的复制粘贴或者机械的照搬套用，而是恰如其分，符合诗歌的主题和情感，将深深的寓意巧妙地注入其中。如李白在《答杜秀才五松见赠》这首诗中写道，"一时相逢乐在今，袖拂白云开素琴，弹为三峡流泉音"。在这里，素琴的形象朴素而本真，恰如李白自身的真挚和诚恳。而李白所弹奏的琴曲《三峡流泉》更是将琴音融入水声之中，深深表达了他对友人的深厚情感，同时也隐含了他对未来的深远祝福。李白另一首诗《古风五十九首（其二十七）》中，"纤手怨玉琴，清晨起长叹"，描绘了佳人执琴的优雅情景，通过玉琴的美质，隐喻了佳人的美貌，进而以佳人的美貌象征自身的高贵才华。在《宿白鹭洲寄杨江宁》中，"因声玉琴里，荡漾寄君愁"，李白以琴音作为载体，将其情感寄托在玉琴的声音中，隐约展现出心中的忧愁和思念。在《淮南卧病书怀寄蜀中赵征君蕤》中，"古琴藏虚匣，长剑挂空壁"，李白用珍贵的古琴自喻，既表达了他对于英雄无用武之地的沮丧，又展现出他那种傲岸而独立的精神风貌。

除此之外，还有大量类似的琴意象的运用，让人们进一步感受到李白诗歌的魅力。可以说，李白诗歌中琴意象的丰富性，并不是其为了追求形式上的多样性，而刻意这样做的，而是源自其深厚的艺术感知能力和独特的创作灵感。每一种琴意象，都与诗歌的主题相契合，都在为情感思想的表达服务。它们不仅展示了诗人多样的情感思想，还通过生动的运用方法，使诗歌中的情感思想表达得更加细腻深沉，让人对其深意回味无穷。

2. 虚实结合

李白在诗歌中使用琴意象时的另一个显著特点是他巧妙地将虚实结合在一起，创造出情景相生的艺术效果。这种虚实结合的方式，充分体现了李白丰富的想象力，他能够跨越时空界限，呈现现实情感与想象情景相互衬托、相互映照的艺术风采。李白在遭受谗言被排斥时，创作《怨歌行》以表达感伤，其中"寒苦不忍言，为君奏丝桐"，巧妙地用琴意象"丝桐"将微妙的琴弦与沉重的情绪紧密结合起来，以琴思表达情思，同时他巧妙地引用了前人的诗句，使虚实相结合，浑然一体。这种技巧既能凸显他强烈的情感，又刻画出他情思的持久和深远。

李白在游历池州秋浦期间，写了赠给当地崔县令的《赠崔秋浦三首（其二）》。诗中的"抱琴时弄月，取意任无弦"一句，将陶渊明的无弦素琴典故与崔县令弹琴赏月的实景巧妙地结合在一起。虚实相应，将陶渊明弹奏无弦素琴时的清逸自在之气注入崔县令的举止中，使得崔秋浦清逸高迈之姿跃然于纸上。

在《猛虎行》中，李白写道"肠断非关陇头水，泪下不为雍门琴"。雍门子周弹奏的琴声拥有动人心魄、催人泪下的力量，但在李白的诗中，引发他泪水盈眶的并不是雍门的琴声，也不是因为听到悲伤的曲调，反倒是当李白想到孟尝君听见子周的悲痛表达时，李白从这一脑海里的情景中感受到了国破的哀伤。这种典故中的虚拟之景与亲身经历安史之乱，亲眼见证山河破碎的李白，产生了强烈的情感共鸣。这种一虚一实的境况通过雍门琴音的传递相互融合，使其思想情感的表达更加意味深长。

李白在使用琴意象的过程中，有时会做出自己的选择和取舍。他并不只是满足于琴这一具体器物的表象，更会注重琴意象所蕴含的精神内涵。李白巧妙地将这种无形的精神寓意与具象的现实景象相结合，将深厚的情感体验与想象的情境相互交融。通过这种虚实结合、情景相生的表现方式，诗歌如同被赋予了生命力一般，诗歌所表达的情感和思想更加细腻、生动，也更能打动读者的心弦。

第八章

古典文学中雨的题材与意象解读

第一节　中国古典诗歌中的雨意象概述

一、古典诗歌中"雨意象"的发展历程

雨进入诗文的时间很早，如《诗经》中就有许多以雨为内容的诗篇。但此时的雨所扮演的角色往往只是其本身，即纯粹的自然现象，并不具备独特的美学意义，反而会让人产生一种阴冷、潮湿的感觉，如"风雨凄凄""风雨如晦"（《郑风·风雨》）。"芃芃黍苗，阴雨膏之"（《小雅·黍苗》）则直观地描写了可浇灌"黍苗"的"雨"的真身，即雨只是一种普通的自然现象。值得注意的是，在先秦文学中，人们已经开始为"雨"这一自然现象赋予特殊的含义。例如，《豳风·东山》中有这样一句"我来自东，零雨其濛"，描写将士从东方征战归来，恰逢天空飘洒蒙蒙细雨，除了本身的伤痛和疲惫外，更多的是对亲人的思念。此句中蒙蒙细"雨"赋予环境一种伤感、忧郁之色。"雨"被赋予比喻和象征意义的诗文在《诗经》中还有一些，如《邶风·谷风》中的"习习谷风，以阴以雨。黾勉同心，不宜有怒。"将"雨"比喻成粗暴无情的丈夫。《豳风·鸱鸮》中的"予室翘翘。风雨所漂摇，予维音哓哓。"将"雨"作为凶恶势力的象征。但是，《诗经》中使用"雨"的比喻义、象征义的诗文毕竟只占少数。

汉魏魏晋南北朝时期，以"雨"为内容和意象的诗篇并不多，也几乎没有名篇传世，但南梁何逊的出现，重新打开了雨意象这一诗作中尘封已

久的"门扉"。何逊所创作的与"雨"有关的传世名所，分别是"夜雨滴空阶，晓灯暗离室"(《临行与故游夜别》)和"江暗雨欲来，浪白风初起。"(《相送》)，都描述了作者与友人离别时的场景，营造一种悲凉的氛围。

唐朝作为我国诗文发展的繁荣时期，描述"雨"这一意象的诗文不胜枚举，名篇同样数不胜数，因此，唐朝时期也是"雨"意象大放异彩的时期。例如，孟浩然在秘省诗会上写出的《句》中有言："微云淡河汉，疏雨滴梧桐。"此联一出，"举坐嗟其清绝，咸搁笔不复为继"[①]。又如，他的《春晓》中有言："夜来风雨声，花落知多少。"这更是家喻户晓的名句。此外，还有王昌龄《芙蓉楼送辛渐》中的"寒雨连江夜入吴，平明送客楚山孤"，《听流人水调子》中的"岭色千重万重雨，断弦收与泪痕深"等。此类诗文名篇举不胜举。"雨"这一意象在兴象玲珑、不可凑泊的唐诗中大多代表着优美、高洁、可爱、晶莹剔透，能给人以愉悦的感觉。比如，王维《送元二使安西》中的"渭城朝雨浥轻尘，客舍青青柳色新"，《送梓州李使君》中的"山中一夜雨，树杪百重泉"；杜甫《春夜喜雨》中的"好雨知时节，当春乃发生。随风潜入夜，润物细无声"，以上诗文中的"雨"可爱、清丽，带给人无以言表的美的享受。此外，"雨"在某些唐诗中还会具有阴暗、晦涩等能使人产生伤感、忧郁等情感的寓意。例如，白居易《长恨歌》中的"行宫见月伤心色，夜雨闻铃肠断声""春风桃李花开日，秋雨梧桐叶落时"，还有其《上阳白发人》"耿耿残灯背壁影，萧萧暗雨打窗声"；杜牧《清明》中的"清明时节雨纷纷，路上行人欲断魂"。以上这些诗文中的"雨"凄惨、悲凉，会让人感受到无尽的伤感和凄凉。

两宋时期，外敌环伺，宋朝本身国力积弱，在此背景下，宋代文人无不胸怀天下，以天下为己任，使命感、责任感都比较强，这种独特的情绪也被宋代文人融入诗篇当中，因此，宋朝与"雨"有关的诗篇中不仅包含

---

① 王辉斌.孟浩然和他的山水田园诗[M].武汉：长江文艺出版社，2020：100.

唐朝时期流传下来的寓意，还富含一股藏在深处的独特人生感悟，如苏舜钦的《淮中晚泊犊天》"晚泊孤舟古祠下，满川风雨看潮生"；黄庭坚的《寄黄几复》"桃李春风一杯酒，江湖夜雨十年灯"；陆游的《十一月四日风雨大作二首（其二）》"夜阑卧听风吹雨，铁马冰河入梦来"……这些诗篇都直观地表现了诗人在命运起伏时发出的感叹和感悟。"雨"这一意象在宋词中主要以婉约风格存在，主要用于表现细腻的情感波动。如晏几道《临江仙（其七）》中的"落花人独立，微雨燕双飞"，《浣溪沙（其五）》中的"软草平莎过雨新，轻沙走马路无尘"，《江城子》中的"昨夜东坡春雨足，乌鹊喜，报新晴"；贺铸《青玉案》"试问闲愁都几许？一川烟草，满城风絮。梅子黄时雨"。李清照更善于用"雨"营造凄凉伤感的气氛，如《声声慢》："梧桐更兼细雨，到黄昏，点点滴滴。这次第，怎一个愁字了得！"宋代蒋捷《虞美人·听雨》："少年听雨歌楼上，红烛昏罗帐。壮年听雨客舟中，江阔云低，断雁叫西风。而今听雨僧庐下，鬓已星星也。悲欢离合总无情，一任阶前，点滴到天明。"这首词使用的多个"雨"，也营造出了多种意境，单从对"雨"这一意象的描写方面来讲，这首宋词可以称为总结性作品。以上词作中"雨"的风格都属于婉约派，但有的"雨"是可喜、清新、动人的，有的"雨"却是萧瑟、凄凉、忧郁的。

唐诗、宋词作为我国文学史上诗歌的两座高峰，为后世诗歌的发展起到无法估量的作用，但也为后人套上了难以超越的"枷锁"，后世文人想要冲出唐宋的"藩篱"，再创新意、再造辉煌盛世实在有心无力，明代之后，发现无法超越前人的文人开始模仿前人，甚至出现了宗唐还是宗宋的争辩，描述"雨"这一意象的名句只在少量文学作品中出现，如《牡丹亭》中的"雨丝风片，烟波画船"。但这样的名句也在逐步减少，这意味着古典文学中"雨"这一意象的生命力已经慢慢走到尽头，越来越僵化。

二、"雨"意象的基本特征

第一，"雨"意象一般不会单独出现，而是会和程度、季节、情感等各种描述性词语联系在一起，以复合的方式出现，形成一种带有丰富内蕴的意象体。例如，"春雨"这一诗文中常见的词汇，其本质就是"春"这一季节和"雨"这一意象的结合，所以，"春雨"可以理解为春天的雨，详细来讲就是：春天到了，万物复苏，大地在雨的滋润下带上一片片绿意，生机勃勃；而且还有这样一句描述"春雨"的俗语——"春雨贵如油"，更直观地证明了这一点。正因"春雨"具备这样独特的寓意，它被无数文人运用在诗文中，指代春季独特的欢乐和希望。古代诗人为了更契合"春雨"的意蕴，在使用它时一般会搭配欢乐的风格、语调，从而更准确地表达诗人对未来美好生活的期盼和希望。例如，宋代陆游创作的《临安春雨初霁》中有这样的描述："小楼一夜听春雨，深巷明朝卖杏花。"陆游通过下了一夜的春雨联想到此时接受春雨洗礼的杏花明朝必将会得到更多人贩卖，展现了诗人内心对未来的期盼和欣喜。又如，杜甫《春夜喜雨》中的"好雨知时节，当春乃发生。随风潜入夜，润物细无声"；韩愈《早春呈水部张十八员外二首（其一）》中的"天街小雨润如酥，草色遥看近却无"。诗人借助春雨润泽万物抒发喜悦之情。

秋天到来，万物逐渐凋零，宋玉在《九辨》中说："悲哉，秋之为气也！萧瑟兮草木摇落而变衰。"曹丕的《燕歌行二首（其一）》"秋风萧瑟天气凉，草木摇落露为霜"等，这些诗文通过描绘秋季草木凋零、天地萧瑟之景，突出诗人内心的悲凉、忧郁之情。"秋"与"雨"组成的"秋雨"意象不仅没有春雨的生机、轻盈，也没有夏雨的磅礴、绚丽，反而无比的沉重，总是给人以悲凉、凄惨的感觉。例如，李商隐《宿骆氏亭寄怀崔雍崔衮》中的"秋阴不散霜飞晚，留得枯荷听雨声"的苍凉，白居易的"春风桃李花开日，秋雨梧桐叶落时"的凄苦，无不体现出秋雨凄寒苍凉的特征。此外，"雨"还可以是"绵绵细雨"或"肆虐暴雨"，由此可见，"雨"这一意象的内蕴既丰富又庞大。

第二，诗文中的"雨"意象一般作为背景出现，主要起烘托气氛、渲染感情的作用。当古代诗人内心十分惆怅、无奈、忧郁之时，所作的与"雨"有关的诗文多会使用较为凄苦、萧瑟的描写以抒发悲伤之情，如在思念亲人、思念家乡、临行送别情境下创作的诗文。例如，唐代王安石的《送和甫至龙安微雨因寄吴氏女子》就是与弟弟话别时所作，其中描写"雨"使用的是"荒烟凉雨助人悲"；唐代皇甫松的《梦江南·兰烬落》也是对雨夜送别场景的回忆，其中描写"雨"使用的是"闲梦江南梅熟日，夜船吹笛雨潇潇，人语驿桥边"。唐代韦应物的《赋得暮雨送李胄》创作于江边送别时分，其中描写"雨"使用的是"相送情无限，沾襟比散丝"。多么的凄凉、惨淡。唐代温庭筠的《更漏子·玉炉香》描述的是一位妇人的相思，其中描写"雨"使用的是"梧桐树，三更雨，不道离情正苦。一叶叶，一声声，空阶滴到明"。宋代柳永漂泊一生，凭栏远望时在《八声甘州》中发出"对潇潇暮雨洒江天"的哀叹，抒发自己无尽的乡愁。这些诗文中对雨的描述大多悲凉、凄苦，很容易让读者陷入幽怨、悲悯的情境当中，而且，这些对雨的描述也增强了诗歌的内涵，使诗歌带有丰富的美感，抒发诗人的审美心理。唐代杜甫所作的《茅屋为秋风所破歌》中使用大量的语句描述连绵不绝的秋雨，此时的雨不仅是背景，还烘托出当时环境的恶劣，诗人本身正在经受秋雨的摧残，自身情感也在雨声、雨势不断增大的过程中不断起伏，从自身联想到"天下寒士"，抒发了作者心怀天下、忧国忧民的强烈情感。

　　第三，诗歌中描写雨时多使用"比兴"的手法。雨作为一种自然现象，可以是一种馈赠，如滋润万物生发；也可以是大自然力量的彰显，如摧毁繁盛的事物。其不同的模样也让人有了悲喜之情，这也导致无数的诗人在写雨时使用"比兴"手法。古人对于"比兴"有很多研究，如《礼记·乐记》云："凡音之起，由人心生也。人心之动，物使之然也。感于物而动，故形于声。"南朝刘勰在《文心雕龙·明诗》中写道："人禀七情，应物斯感，感物吟志，莫非自然。"唐代皎然《诗式》云："略论比兴。取象曰比，取义曰兴。义即象下之意。凡禽鱼、草木、人物、名数，万象之中义类同者，尽入比兴。《关雎》即其义也。"① 叶嘉莹先生在《叶嘉莹说诗讲稿》中说："赋、比、兴所讲的是'心'与'物'之间的关系。'比'是由心及物，……'兴'是由物及心的过程，……是一种完全自然的感发。"因此，诗人即使因景生情，也会将心中的情感潜藏在外在风景之下，然后在外环境的刺激下勃然迸发，有如滔滔江水、汹涌澎湃。

　　雨意象无论是细腻、轻盈的，还是晦涩、阴暗的，在诗人眼中都是情感的代表，令人感叹，区别只是悲喜不同而已。辛弃疾说："山才好处行还倦，诗未成时雨早催。"（《鹧鸪天》）上述诗文明确表示"雨"这一意象能对诗人的创作过程产生刺激，从而使诗人诞生创作灵感。但从本质上讲，雨只是一种简单的自然现象，根本没有悲喜、苦甘之分，但久旱逢甘霖往往会让人的内心产生不可言状的喜悦，连绵的阴雨却通常会让人产生凄苦之感。梁元帝萧绎在《金楼子·立言篇九下》中用"雨以时降，则谓之甘；及其失节，则谓之苦"的表述，解释了"雨"蕴含的甘苦之情。基于此，诗人通过对雨的不同描述，如轻盈秀洁、凄寒苍凉，以及比兴手法，映衬诗人或愉悦或忧郁的情感，体现"雨"这一意象的美学特征。

第二节　雨意象与题材类型及文化意蕴

一、雨意象与题材类型

（一）闲适类题材雨意象

1. 清雅绵密的细雨

何谓清雅？所谓"清"指的是高洁、清新，常用于形容本性，而

---

① 皎然. 诗式校注 [M]. 李壮鹰，校注. 北京：人民文学出版社，2003：31.

"雅"则是"俗"的反义，指的是一种脱俗的、非凡的气质。由此可知，"清雅"指的是兼具高洁、清新之本性和脱俗、非凡之气质。苏轼作为北宋著名的文学家，有大量的诗文属于传世名篇，他诗文中描述的细雨就是清雅的，同时也是轻柔的、朦胧的、绵密的。例如，《九月中曾题二小诗于南溪竹上，既而忘之，昨日再游，见而录之（其一）》中的"湖上萧萧疏雨过，山头蔼蔼暮云横"，借助天空中的雨丝在划过湖面时留下的一道道印痕，衬托出湖上环境的优美、清新。其他例子还有很多，"薄云不遮山，疏雨不湿人"（《游惠山》），"清风乱荷叶，细雨出鱼儿"（《道者院池上作》），诗中描绘的细雨则又呈现出清新朗练的风貌；"细雨晓风柔"[《春帖子词：夫人阁四首（其二）》]，"淡烟疏雨暗渔蓑"（《次韵周邠》），"细雨溟濛湖上寺"（《题西湖楼》），"松江烟雨晚疏疏"（《杜介送鱼》），这些诗中是绵密淡雅的细雨。苏轼的细雨好似划过世间万事万物，雨水的洁净、清新使整个世界都变得干净，让人心旷神怡、赏心悦目。

苏轼所创作的诗文中的细雨，展现了其高洁清新之本性，同时映衬出其具备脱俗的非凡气质，彰显了苏轼清雅的审美情趣。这一点在以下两首诗中有明确体现。

其一，《雨中过舒教授》："疏疏帘外竹，浏浏竹间雨。窗扉静无尘，几砚寒生雾。美人乐幽独，有得缘无慕。坐依蒲褐禅，起听风瓯语。……自非陶靖节，谁识此闲趣。"

元丰元年（1078），苏轼担任徐州知州，一时兴之所至创作了这首诗。整首诗的风格是恬淡的，营造出一种怡然自得的气氛。根据诗文内容可知，当时屋外正在下雨，竹林被细雨冲击发出微微的声响，随雨降临的还有一丝丝寒气，几砚都因天气寒冷生出一层薄薄的雾。作者此时正独坐在窗前听风、观雨，好似听到人整理帽子、鞋子的声音，应该是有客至，遂起身焚香、煮茶，与客在朦胧烟雨、袅袅炉香中品茗、论道，一扫胸中苦闷，留下一片清明，表达出作者怡然自得、闲适逍遥的精神面貌。而且诗文中的"疏疏帘外竹，浏浏竹间雨"，借助竹与雨的对比和反衬，赋予了雨淡雅、清新的独特韵味。

其二，《雨中邀李范庵过天竺寺作二首（其一）》："步来禅榻畔，凉气逼团蒲。花雨檐前乱，茶烟竹下孤。乘闲携画卷，习静对香炉。到此忽终日，浮生一事无。"

上述这首诗中用"禅榻""团蒲""花""雨""茶""竹""画卷""香炉"等多种意象营造出十分静谧且超凡脱俗的特殊意境。这些意象并非随意搭配，而是经过仔细筛选的，每一种都符合文人士大夫的身份和审美情趣，特别是在描写"雨"这一意象的"花雨檐前乱，茶烟竹下孤"一联中，作者刻画了一个世间万事万物都被蒙蒙细雨和袅袅茶烟包围的场景，抒发了作者悠然自得的心情。同时，"檐前细雨"和"竹下孤烟"形成对比，让整首诗更具雅趣、诗意盎然。

细雨在苏轼的诗文描述中不仅轻柔、淡雅，还十分绵密，那纷纷的雨丝从天空散落人间，好似以一张薄纱覆盖世界，整个世界也因此变得若隐若现、朦朦胧胧，进入空灵、淡雅的诗歌境界，表现出苏轼清雅的审美趣味。

2. 清远雄丽的急雨

苏轼诗文中对雨意象的描述不只包含细雨，还包含暴雨、大雨、急雨，气势洒脱、磅礴。如《追和子由去岁试举人洛下所寄五首　暴雨初晴楼上晚景（其四）》："疾雷破屋雨翻河，一扫清风未觉多。"《连雨江涨二首（其二）》："急雨萧萧作晚凉，卧闻榕叶响长廊。"《连雨江涨二首（其一）》："越井冈头云出山，群舸江上水如天。"《过庐山下》："暴雨破块圠，清飙扫浑酣。"

上述三首诗分别描述了不同的场景，分别对应的是大雨、急雨、暴雨，苏轼在描述这三种雨势时不仅充分展现了每种雨具备的力度感、流动感，还为雨披上了一层淡远、洁净、清新的色彩，展现了苏轼清雄的审美趣味。"清雄"这一词与上文的"清雅"有一定相似之处，但也存在显著不同，所谓"清雄"指的是清远、雄丽。近代学者王鹏运在《半塘手稿》中评论苏轼之词时用了"苏文忠之清雄，复乎轶尘绝迹，令人无从步趋"的描述，这个评论对于苏轼之诗来讲，也十分恰当。苏轼称赞米芾："迈往凌云之气，清雄绝俗之文，超妙入神之字，何时见之，以洗我积年瘴毒耶！"（《与米元章尺牍》）称赞张方平的诗文："皆清远雄丽，读者可以想见其为人。"（《乐全先生文集》）由此可见，"清雄"指的是洁净清新的本性和雄心壮志的气概，是集恣肆、豪迈、雄壮之气与飘逸、逍遥、豁达之风于一体的"清远雄丽"之意。苏轼创作的诗文中对暴雨、大雨、急雨之类，恣肆、雄浑、豁达的描述彰显了其清雄的审美取向。

（二）忧愁类题材雨意象

1. 兄弟情深的夜雨

苏轼诗文中的"雨"意象不只包含细雨、急雨等带有闲适之意的描述，还包含夜雨、苦雨等带有忧愁之意的描述。苏轼对夜雨的描述主要分为两部分，第一部分是对弟弟苏辙的思念之情，第二部分是对兄弟之间共同梦想的不竭追求，苏轼甚至反复提醒苏辙，切莫忘记二人"夜雨相对"时做好的约定。这一点可从以下这首诗中看出，《辛丑十一月十九日，既与子由别于郑州西门之外，马上赋诗一篇寄之》："不饮胡为醉兀兀，此心已逐归鞍发。……君知此意不可忘，慎勿苦爱高官职。"

这首诗的创作背景是苏轼即将奔赴凤翔担任判官，这也是苏轼第一次和弟弟苏辙长时间分离，诗歌详细地表达了苏轼、苏辙兄弟二人依依惜别的真实情感，映衬出兄弟二人之间存在的真挚情感，更是拉开了苏轼、苏辙兄弟持续四十多年的唱和序幕。前两句详细地阐释了兄弟离别之苦。诗文第一句讲的是苏轼在与弟分别后头脑开始昏沉，神思开始恍惚，好似喝了大量的酒，但苏轼本身却并未饮酒，这种精神恍惚是因离别产生的，此句奠定了整首诗的基调，是伤感的、忧郁的、低沉的。第二句讲的是苏轼转身上路，路上想到兄弟回家可以奉养父亲，不必受到寂寞的侵扰，而自己独自上路，空余思念，这种强烈的对比，更突出兄弟分别的凄苦。中间三句详细描述了苏轼对兄弟苏辙的思念以及自己孤身上路的凄苦。苏轼因思念选择回首登高眺望弟弟离去的背影，却发现弟弟的身影已经被坡垅遮挡，能看到的只有弟弟头上若隐若现的乌纱帽。此时已经进入深冬，弟弟身穿的衣裳是否足够保暖，自己是否能抵挡孤独的情绪，一系列的疑问萦绕心头，再加上此时路上有人载歌载舞，而自己只有孤身一人出游，更反衬出苏轼的凄凉和悲苦。最后三句苏轼回忆了自己与弟弟的约定，并借此安慰自己，人的一生难免面临离别，不必太过悲伤。但世事无常，时光易逝，自己与弟弟一别不知何时才能再相见，即使相见，也可能因不再年少双双陷入凄苦之中，只希望弟弟能时刻谨记夜雨相对的约定，不受官场诱惑，早退闲居，共听夜雨，共享天伦。整首诗文的气氛是凄冷、忧愁的，不仅表达了苏轼和弟弟苏辙分别时的悲苦、感伤之情，更借助"夜雨"的凄寒揭示了苏轼内心的孤苦之情，营造出悲凉、萧瑟的气氛。

诗文中提到的"夜雨相对"不但是苏轼与弟弟苏辙的约定、共同梦想，还是兄弟二人手足情深的真实表现，此中的"夜雨"也为这份真情披上了伤感、凄凉的外衣。但苏轼在兄弟二人分离时仍然强调要不断追求二人共同的梦想，使得"夜雨"带有一丝丝的温馨、期盼和希望，凸显了苏轼乐观、旷达的情怀。

2. 人生坎坷的苦雨

"雨"可以说是一种特殊的语码，因为它可以指代人一生中遇到的各种坎坷。宋代李商隐在《风雨》中说，"黄叶仍风雨"，感叹人生多舛。唐代元稹在客舟中听雨，"曾向西江船上宿，惯闻寒夜滴蓬声"(《雨声》)。唐代杜荀鹤在旅舍中听雨，"半夜灯前十年事，一时和雨到心头"(《旅舍遇雨》)。唐代韩偓在春夜中听雨，"一夜雨声三月尽，万般人事五更头"(《惜春》)。五代时期的崔道融在秋夜听雨，"一夜雨声多少事，不思也尽到心头"(《秋夕》)。这些诗人身处凄冷的雨夜之中,触景生情,不由发出感叹,感叹自己一生坎坷、屡受挫折,感叹自己凄凉的身世。陆游在《四月二十八日作二首(其二)》中用"茅檐一夜萧萧雨,洗尽平生幻妄心",抒发自己因壮志销尽、只能黯然回首的无奈之情。如今,人们在描述一个人一生屡经坎坷时仍然会用"风雨人生"这个词语形容。作为语码的"雨"意象,在苏轼所作诗文中也经常成为使人联想人生苦难的指代词。如《至济南,李公择以诗相迎,次其韵二首(其一)》:"剩作新诗与君和,莫因风雨废鸣晨。"《和陶饮酒二十首(其十五)》:"去乡三十年,风雨荒旧宅。"《与赵、陈同过欧阳叔弼新治小斋,戏作》:"江湖渺故国,风雨倾旧庐。"《次韵子由三首(其一)》:"谁道茅檐劣容膝。海天风雨看纷披。"《郭熙秋山平远二首(其一)》:"目尽孤鸿落照边,遥知风雨不同川。"

在以上诗文中,苏轼都用"雨"指代了自己人生中所经受的各种磨难,但这并没有打倒他,苏轼仍然保持一颗从容、淡泊、平和、豁达之心,不以物喜、不以己悲,直面所有的风风雨雨,展现了苏轼清远旷达的审美情怀。如《奉和成伯大雨中会客解嘲》:"乐事难并真实语,坐排用意多乖误。兴来取次或成欢,瓦钩却胜黄金注。我生祸患久不择,肯为一时风雨阻!天公变化岂有常,明月行看照归路。"

该诗的大体意思是:赏心乐事本来就难以用真实的语言描述,而且自己因太过直言早已被众人排挤,自己生平的志向估计是无法实现了。如果我能够奉承一些,在众人兴致高昂之时多说些虚与委蛇的话,可能会让更多人欣喜,但我不能,因为在我眼中"瓦钩"比"黄金"重要。这首诗反衬出苏轼品质高洁,不愿与他人同流合污。正因如此,苏轼知道自己平坦的路可能已经走到了尽头,剩下的只有艰难险阻,自己可能只能在"忧患"中了此残生,但苏轼并未认命,区区"风雨"怎能够阻挡自己前行之路?无论"天公"如何变化,明月总会为自己指引前行的方向。由此可见,此处的"风雨"并非指自然界的风雨,而是人生道路上需要经受的各种磨难，但拥有豁达、乐观之心的苏轼将未来可能会遭受的磨难视若无物，在月光的引领下稳步前行。

二、雨意象的文化意蕴

（一）淑世精神的外化

苏轼不仅是一位著名的诗人、词人，还是一位伟大的文学家，他的学识极为渊博，思想更是通达。儒家思想对苏轼的影响极大，其中仁政爱民的思想更是贯穿了他的一生，是他立身处世奉行的重要原则。在这种思想的影响下，苏轼坚持以民为本，民众是他所有行为的出发点，这一点从他数十年从政生涯中无数次为民谋利、解决民众生活问题可以得到证明。他为无数贫困百姓做的实事可谓数不胜数，如他在惠州收殓并厚葬暴露在荒野的枯骨，修建两桥，在黄州拯救女婴，在徐州抗洪，在密州收养孤儿。

基于此种背景，苏轼在创作诗歌时也会将他重视民间疾苦的情感融入"雨"意象当中，这种情感主要表现为两方面：第一是民胞物与的同情心，第二是为民请命、直道而行的刚毅之性。

1. 民胞物与的同情心

苏轼由于十分重视普通民众的生活，所以对于能够解决干旱灾情的充足且及时的雨总是怀揣感激和喜悦。嘉祐七年（1062），苏轼任职的凤翔在久经干旱之苦后迎来了一场瓢泼大雨，这场雨一直持续了三天。在这三天时间里，农民在欢呼，商贾在歌唱，官吏也在纷纷庆祝，忧愁的人变快乐了，生病的人也出现了好转的迹象，苏轼目睹如此场景，大笔一挥，将一座刚刚建造的亭子命名为"喜雨亭"，并对旁边的人讲述此名的由来："今天不遗斯民，始旱而赐之以雨，使吾与二三子得相与优游以乐于此亭者，皆雨之赐也！"《喜雨亭记》因天降大雨，苏轼携友出游，愉悦之情难以言表，但这种愉悦并不是下雨休沐之喜，而是因下雨解决旱灾、拯救百姓而喜。由此可见，苏轼具有"忧百姓之所忧，乐百姓之所乐"的高尚情操，以及对广大百姓的深切同情。

苏轼所作的与"雨"意象有关的诗文中，无论是对于久旱之后普降的"甘霖"的喜悦，还是对造成灾害的"淫雨"的忧虑，都能体现出苏轼民胞物与的同情心，这是儒家思想悲天悯人胸怀的展现。

2. 为民请命、直道而行的刚毅之性

北宋熙宁年间，宋神宗支持王安石变法，在全国范围内大刀阔斧地改革，各种新政策层出不穷。但是，部分新政策并没有让百姓过得更好，反而带来了灾祸，许多百姓因新法遭受苦难，苏轼见此情景并未冷眼旁观，直接向宋神宗上书发表自己对新法的看法，针砭时弊，这一举动却导致苏轼被驱逐出京。这一系列举动展现了苏轼正直、刚毅的人格特点。如《吴中田妇叹》："今年粳稻熟苦迟，庶见霜风来几时。霜风来时雨如泻，杷头出菌镰生衣。……官今要钱不要米，西北万里招羌儿。龚黄满朝人更苦，不如却作河伯妇。"《雨中游天竺灵感观音院》："蚕欲老，麦半黄，前山后山雨浪浪。农夫辍耒女废筐，白衣仙人在高堂。"

在上述诗文中，"雨"这一意象带来的不再是期盼、喜悦等审美享受，而是变成一种降临在百姓头上的巨大灾难。苏轼借用诗文中"田妇""农夫"等人的身份对"雨"的灾难形象进行详细的描述，既抒发自己对无数生活在贫困当中的百姓的同情之心，也抨击了当时统治者不顾百姓生死的无耻行径。从这些诗文中，可以看出苏轼是一位为了广大百姓福祉不畏权贵、不避祸福、正直刚毅的仁者。

（二）生命意识的感慨

雨本身只是一种自然现象，但在诗文中却能以不同的意象身份出现，可以是小雨，绵柔细密；可以是甘霖，及时普降；可以是大雨或暴雨，肆

意磅礴；还可以是灾雨，直接影响百姓的生活。雨在诗文中以不同的面目出现时，其抒发的诗人内心的情感自然不同，其展现的诗人的意志也不同。因此，苏轼所作的诗文中对"雨"这一意象的描写多种多样，这表示苏轼借助"雨"抒发的情感极为复杂，这些情感是苏轼人格与意志的自然流露，即《大学》之中写到的"诚于中，形于外"。

1. 时光如梭的感慨

先秦时期屈原在《离骚》中发出了"日月忽其不淹兮，春与秋其代序"的感叹，表达了他对时光易逝的惋惜，这种感慨并非屈原独有，无数的文人墨客都在年过半百或经历困苦后发出此类感叹，苏轼也不例外。时光流转、岁月早逝、万物凋零，这些都会引发诗人内心的忧愁。随着时间流逝，苏轼已经不再年轻，但他的志向并未完全实现，此时他的内心好似被忧伤紧紧包裹，千丝万缕，感伤年华已逝，感叹意志未完成，再结合外界响起的滴滴雨声，一时愁绪起、悲慨升。元祐四年（1089），苏轼任杭州知州，雨日游西湖，偶遇莫同年（莫君陈），兴之所至，创作了诗作《与莫同年雨中饮湖上》："到处相逢是偶然，梦中相对各华颠。还来一醉西湖雨，不见跳珠十五年。"发出了人生如梦、聚散无常的感慨，这与唐代杜甫所作《送殿中杨监赴蜀见相公》中"离别重相逢，偶然岂定期"有异曲同工之妙。苏轼在熙宁七年（1074）之前也在杭州任职，也曾雨日泛舟西湖，欣赏这西湖烟雨之美，更是创作了"白雨跳珠乱入船"[《六月二十七日望湖楼醉书五绝（其一）》]的名句，如今再赴杭州履职，同样在雨日泛舟西湖，却发现已经过去了十五年，这才有了这首诗中的"不见跳珠十五年"一说。苏轼经过十五年岁月的洗礼早已满头华发，与友人离别后再见也是偶然发生的，西湖之景仍然与当年一样美丽，但苏轼早已不再是当年那个意气风发的苏轼了，真可谓物是人非。光阴如流水般流逝，诗人在经受了无数坎坷和磨难后只剩满头的华发和满腹的心事，这些无不令人感慨万千。

以上诗文通过描写雨，构建了人生短暂、时光易逝的独特意境，作者面对这种岁月消逝、悲凉萧瑟的画面不由烦闷、惆怅、忧愁，并发出"梦中相对各华颠"的感叹，更显感伤。

2. 理想落空的惆怅

苏轼所作的诗文在描述"雨"时可能会与不被重用、空有一身抱负却无法实现的压抑结合在一起，借助"雨"意象的悲凉、晦暗展现心灵的凄惨、惆怅、无奈、失落等情感。如"南来不觉岁峥嵘，坐拨寒灰听雨声。遮眼文书原不读，伴人灯火亦多情。嗟予潦倒无归日，今汝蹉跎已半生。免使韩公悲世事，白头还对短灯檠"［《侄安节远来夜坐三首（其一）》］。

安节是苏轼的堂侄，在元丰四年（1081）到黄州，并与苏轼会面，这些内容在《苏轼年谱》中有着详细记载。上面这首诗主要描写的内容是苏轼与堂侄秉烛夜谈，恰逢大雨降临，反衬出一种悲凉之意。而且，诗文中用"不觉"表示时光悄然间溜走，空余苏轼自己在这里拨弄寒灰，聆听窗外淅淅沥沥的雨声，整个环境被赋予一种孤独、寂寞、悲凉的气息。然后苏轼引用药山惟俨禅师之意，表示自己已经不用再看以往繁杂的文书了，只剩一盏多情的孤灯。苏轼到黄州属于贬谪任职，就是因为赫赫有名的乌台诗案，此案对苏轼可谓灭顶之灾，此时，苏轼虽然担任黄州团练副使，但这是个虚职，没有权力签署公事。在这种凄凉、悲惨的环境下，苏轼只能不断感叹，感叹自己如今的生活虽然无须过问很多事，但也逐渐穷困潦倒，感叹自己的前半生一直在蹉跎岁月。这时的苏轼因为被贬不能过问公事，而这对满怀经世济民宏伟抱负的苏轼来讲是巨大的摧残，再加上此时苏轼的生活已经陷入窘境，生活几乎无以为继。无论是官场被贬、空余抱负还是生活潦倒，种种这些都对苏轼的内心和精神产生巨大冲击，好似每一滴都砸进苏轼心中的淅沥雨声，使苏轼的内心越发惆怅，散发出一股英雄末路的悲凉。

苏轼的诗文除了描写自身理想抱负被辜负、自身价值无法实现的惆怅和悲伤之外，还描写了许多自己对身处社会底层的遭受苦难摧残的普通民众的无能为力。如《吴中田妇叹》中的"霜风来时雨如泻，杷头出菌镰生衣"；《汤村开运盐河雨中督役》中描述的"天雨助官政，泫然淋衣缨。人如鸭与猪，投泥相溅惊"；《石炭》中的"君不见前年雨雪行人断，城中居民风裂骭"。由此可见，带有暴力毁灭性质的雨对广大民众造成了巨大磨难，带来了巨大痛苦，苏轼虽然满怀同情，却无能为力，只能一味地空叹。他甚至将这个场景视作他无法实现"经世济民"理想的结果，进一步展现出他的悲慨和失意。

（三）思乡念归的流露

绵软细密的小雨在苏轼所作诗文中可以是春意盎然的生机，也可以是无法切断的乡愁，那细细的雨就像一道道丝线，将苏轼的内心时刻与家乡紧紧缠绕在一起。此时的风雨不仅不再是阻碍，反而是特殊的"推动力"，展现出诗人急切的归乡之情。

苏轼自从离家后多次流露出回归家乡的想法，想与弟弟秉烛夜谈、共聚天伦，但苏轼一生都没有实现这个极为普通的愿望，其中关键的原因是身在朝廷，宦海沉浮难以自控。在这种情况下，苏轼也没有沉沦在伤感之中，而是借助自己豁达的心胸，将异乡视为故乡，以此舒缓自己的思乡之情。如"居杭积五岁，自意本杭人"（《送襄阳从事李友谅归钱塘》）。"某睹近事已绝北归之望。然中心甚安之。未话妙理达观。但譬如元是惠州秀才，累举不第，有何不可？知之免忧。"（《与程正辅书》）"我本海南民，寄生西蜀州。"（《别海南黎民表》）苏轼本是四川人，但因无法回到家乡，于是主动将杭州、海南等地视作自己的故乡，这种主动将异乡视作故乡的举动充分展现了苏轼心胸的豁达，也反衬出故乡在苏轼心中的重要地位以及回乡对苏轼的重要程度，这一点在苏轼的诗文中有着直观表现。如"斜风细雨到来时，我本无家何处归。仰看云天真箬笠，旋收江海入蓑衣"［《又书王晋卿画四首（其四）》］。

上面这首诗是一首题画诗，作于元祐六年（1091），描绘的是西塞风雨。整首诗从风雨入手，通过描写迎面而来的风雨引出作者无家可归的悲凉。抬头望，发现整个天空已经连成一片，似一个大大的斗笠向下覆盖，好像要将地面所有的江河湖海全部收入蓑衣当中。这首诗通过细腻的语言，表达了苏轼无家可归的尴尬，但又通过广袤的天空展现苏轼虽无家可归但处处可去的豁达心态，更表现了苏轼对重新踏入江湖的期望。

以上的众多诗文既表明了苏轼浓郁的思乡之情，期盼着有生之年能够回到故乡颐养天年，也揭示了苏轼一入官场身不由己的窘境，回归家乡的希望并不大，但他凭借豁达的心胸、随遇而安的人生态度，能将所到之处视作自己的故乡。也正因如此，苏轼晚年不断被贬，甚至被贬南荒，仍唱出了"天其以我为箕子，要使此意留要荒。他年谁作舆地志，海南万里真吾乡"（《吾谪海南，子由雷州，被命即行，了不相知，至梧乃闻其尚在藤也，旦夕当追及，作此诗，示之》）的豪迈之歌，展现了苏轼内心至大至刚的浩然之气。

苏轼原本是为实现经世济民的理想才选择入仕为官，以为只要自己实现了理想就可以功成身退，归隐故乡，但官场与其他行业不同，可谓步步艰险，一旦踏入，往往就会变得身不由己，这也导致苏轼不仅没有实现自己经世济民的宏伟意志，连归隐故乡的最后愿望也成为幻影。在这种情况下，苏轼只能凭借豁达的心胸和旷达的心态，将所到之处视作自己的故乡，用以缓解自身思乡之苦，这展现了他的随遇而安、放达自适的人生态度。

第三节　苏轼与苏辙雨意象的异质化表达

一、雨意象凸显出不同的文化人格

苏轼、苏辙兄弟在一生中虽然共处的日子不多，但总是相互扶持、和衷共济，甚至可以用患难与共形容，这一点并不局限于生活当中，文学创作、治学乃至政治都是如此，这也使得无数同时代的以及后世人将二人视作一体。但是，如果对二人的诗文著作进行深入研究，就会发现二人之间无论是在诗歌风貌上，还是在思想上，都存在很多不同点。曾枣庄先生在《苏辙评传》中就这样说道："苏轼兄弟情谊甚深，但并不是兄唱弟随，而是和而不同，他们对很多问题的看法并不一致。"苏轼、苏辙兄弟在幼年时期是一同生活的，所接受的教育也是相同的，但因本身性格不同，两人形成了不尽相同的价值观、人生观，创作的诗文形象也各具特色，对"雨"意象的应用同样有所区别。

（一）智者与仁者的不同

古语有云："智者乐水，仁者乐山。"（《论语·雍也》）单从人格上讲，苏轼和苏辙两兄弟一位属于智者，一位属于仁者，其中苏轼更偏向于智者。这是因为苏轼的性格比弟弟苏辙更为外向，思维也更加敏锐，再加上他在仕途历经的各种磨难和坎坷，以及自身深厚的文学素养，使得他的感受力和洞察力超乎想象，具有典型的智者气象。这一点可以从下面的诗文中看出：

《东坡八首（其三）》："自昔有微泉，来从远岭背。穿城过聚落，流恶壮蓬艾。去为柯氏陂，十亩鱼虾会。岁旱泉亦竭，枯萍黏破块。昨夜南山云，雨到一犁外……"

这首诗的创作时间是元丰四年（1081），此时的苏轼已被贬居黄州。诗文中的东坡位于黄州城东。陆游《游黄州东坡记》中云："自州门而东冈，垄高，下至东坡则地势平旷开豁，东起一垄，颇高。"苏轼在《东坡八首·叙》中写道："余至黄州二年，日以困匮。故人马正卿哀余乏食，为余郡中请故营地数十亩，使得躬耕其中。地既久荒，为茨棘瓦砾之场，而岁又大旱……"文中明确提到黄州原本有一条从远处蜿蜒流淌而来的小型泉水，泉水清澈，穿城过地，不仅滋养了两侧的蓬艾，水中还有大量的鱼虾，但今年因天干地旱，泉水也逐渐枯竭，只剩下枯枝和泥块，可谓一片苍凉。但苏轼并未继续写悲凉景色，而是笔锋一转，用昨夜阴云起、甘霖降临抒发喜悦，而且更是将这种喜悦与自己联系在一起，猜想天地是知道"我"将要在此处耕作，才及时普降甘霖，滋润土地，恰如绝处逢生，喜悦之情难以言表。"泫然寻故渎，知我理荒荟。泥芹有宿根，一寸嗟独在。雪芽何时动，春鸠行可脍。"由此可将整首诗分为上下两部分，上部分的主要风格是凄苦，土地干旱、泉水枯竭，好似濒临绝境，下部分的主要风格是欣喜，因为绝处逢生，甘霖普降，使苏轼重新生出希望。这一点正是苏轼此时心情的真实写照，虽然被贬黄州，衣食匮乏，但苏轼并未沉浸苦闷之中，而是凭借自身坦然、旷达的心胸找到背后潜藏的喜悦。

《雨后行菜圃》："梦回闻雨声，喜我菜甲长。平明江路湿，并岸飞两桨。天公真富有，膏乳泻黄壤。霜根一蕃滋，风叶渐俯仰。未任筐筥载，已作杯案想……"

这首诗的创作时间是绍圣二年（1095），此时苏轼再次被贬，到了惠州就职。整首诗主要是围绕菜圃展开描写的，同样也伴随着"雨"这一意象。苏轼在首句中写道，自己在睡梦之中好似听到了窗外传来了淅淅沥沥的雨声，这场雨来得真及时，因为"我"的菜苗可以在雨的滋润下越长越高、越长越好，为整首诗奠定了喜悦、欢快的基调。等到苏轼第二天起床后发现，昨天果然下雨了，道路两边都湿了，而且"天公真富有"，雨下得很大，乳膏泻壤滋润霜根，绿叶也显得越发苍翠，整个场面充满生机。此时苏轼备受鼓舞，开始畅想在不久菜圃收获后自己可以得到大量清脆的芥蓝及鲜美的白菘，必然能好好吃一顿。整首诗的语调都是欢快的，充满了即将丰收的喜悦。苏轼在诗文中用农田丰收的喜悦和异域风物的优美抵消了被贬谪惠州的苦闷，此时的"雨"象征着希望，进一步展现了苏轼虽处低谷却并未低迷的超然智慧。

叶嘉莹先生说："苏轼对自己的生命是一个完成，他把儒家的理想与佛道的修养贯通、调和起来，从而完成了他自己。"[①] 从上述几首诗可以看

---

① 叶嘉莹. 北宋名家词选讲 [M]. 北京：北京大学出版社，2007：142.

出，苏轼无论身处逆境还是濒临绝境都没有自怨自艾，而是以豁达的心胸坦然视之，无论外界的风雨是疏是密，是急是缓，苏轼都会带着审美的眼光加以审视，从苦难背后发现希望、发现美，用于充实自己的生命。要知道，这种豁达并不容易实现，其本质是从另一个角度超越苦难、超越自我、超越人生，这是一种超凡入圣的、他人难以企及的伟大智慧。

苏辙与苏轼在性格上大有不同，苏辙更冷静、淡泊，行事也更沉稳、内敛，更多的时候是选择从理性的角度处理问题，为人处世宽厚，再加上他较为丰富的人生阅历，可以说，他更符合仁者的形象。宋代政治家文天祥在《瑞州三贤堂记》中写道："苏公世味素薄，其记东轩谓颜氏箪瓢之乐不可庶几，而日与郡家收锱铢之利，曾不以为屈辱。……不怨不尤，使人之意也消。"从这一记述来看，苏辙在世人眼中属于仁者形象。"一冬无雪麦方病，细雨迎春岁有望。愁见积阴连甲子，复令父老念耕桑。瘦田未足终年计，浊酒谁供清旦尝。赖有真人不饥渴，闭门却扫但焚香。"（《甲子日雨》）苏辙在诗的首句直接点明麦苗因没有得到冬雪的滋润出现生长困难，此时恰逢一场迎接春天的细雨降临，麦苗生长颓势得到及时缓解，百姓又能期盼丰收了，苏辙自己只有一份薄田，一壶浊酒，根本无法维持生活，但他并未陷入愁苦与烦闷，而是闭门扫尘、焚香静坐，不断反思己身，拥有与颜回相仿的，一箪食、一瓢饮而不改其乐的仁者风范。

苏辙不仅对普通百姓的疾苦保持高度同情和深度关怀，还对政治持批评态度，这一点也是苏辙"仁者"形象的重要体现。如《苦雨》："蚕妇丝出盆，田夫麦入仓。斯人薄福德，二事未易当。忽作连日雨，坐使秋田荒。出门陷涂潦，入室崩垣墙。覆压先老稚，漂沦及牛羊。……"

上面这首诗的创作时间是大观元年（1107），此时的苏辙已经年过半百，选择在庐州隐居，但庐州遭逢雨灾，田地被冲毁了，墙垣被冲塌了，老人和小孩被压在墙下，牛羊被冲走，更严重的是没有足够的存粮，百姓可能无法度过这个冬季。但就在这种悲惨的时刻，居然会有天上下豆子的传闻，何等的荒谬？苏辙在这首诗的后半段中直言斥责："嗟哉竟未悟，自谓予不戕。造祸未有害，无辜辄先伤。"诗人本来在家中无可忧之事，但却忍不住内心对时局的强烈愤懑，作诗斥责。杜甫在《自京赴奉先县咏怀五百字》中写道："穷年忧黎元，叹息肠内热。"显然，苏辙与杜甫一样，也具备忧国忧民之心，无论是关心受灾百姓还是斥责传谣行为，都是仁者之心的直观表现。

由上文论述苏辙所作两首诗可以看出，无论是与颜回相仿的一箪食、一瓢饮而不改其乐的内圣式自省，还是与杜甫"穷年忧黎元，叹息肠内热"相一致的同情百姓疾苦之心，都是苏辙本身"仁者"形象的直观表现，展现出苏辙善良、敦厚、淡泊、仁爱的特质。此外，通过苏轼、苏辙二兄弟在诗文中对生活小事的描述，可以看出二者对待坎坷、困苦时的不同人生态度，也能清楚地认识智者和仁者的区别。

（二）直道而行与理性内敛的不同

苏轼、苏辙两兄弟在幼时主要接受父亲苏洵的教育，他们都拥有"奋厉有当世志""澄清天下""致君尧舜"的梦想，但由于两兄弟性格不同、经历不同、生活经验不同，最终形成了不同的文化人格。苏洵在《名二子说》中写道："去轼，则吾未见其为完车也。轼乎，吾惧汝之不外饰也！天下之车莫不由辙。而言车之功者，辙不与焉。虽然，车仆马毙，而患亦不及辙。"轼原本指的是车外面露着的用作扶手的横木，属于装饰品，没有它，对车本身的功能影响不大；而辙是车走过留下的痕迹，虽然对车而言没有任何作用，但即使车辆倾覆也不会对辙产生影响，换言之，辙能更好地保护自己。苏洵在教导两个儿子时，发现长子的性格太过刚直，锋芒毕露，又不愿意拘泥于形式，很容易被人诟病，从而引火上身，故为其取名为"轼"，主要是希望儿子能在自身放荡不羁的内在之外，再装饰一层保护色，如车外安装的轼一样。随着苏轼年纪渐长，其性格与苏洵的判断并无二致，不仅个性张扬，疾恶如仇，还经常在与人交谈时直言不讳，甚至单凭主观感受就发表意见。后来，苏轼也曾公开表示："言发于心而冲于口，吐之则逆人，茹之则逆余。以为宁逆人也，故卒吐之。"(《思堂记》)正因为苏轼直言不讳，其率真的性格导致苏轼一生屡遭磨难，时常成为党争的主要攻击点，甚至被多个政敌围攻，但这也使得苏轼养成了直道而行的文化人格。

在苏洵眼中，次子比苏轼更像一位兄长，因为次子的性格更为内敛、稳重、淡泊，在遇到事情时总会多加小心，思维也更为缜密，苏洵认为次子定然能够消灾解惑、平安一生，故为其取名为"辙"。苏辙长大后与苏洵所料也是一般无二，性格沉稳、安之若素。宋代张耒在其《明道杂志》中对苏辙有这样的评价："某平生见人多矣，惟见苏循州不曾忙……虽事变纷纭至前，而举止安徐，若素有处置。"显然，苏辙的理性文化人格是被许多文人认可的。苏轼、苏辙两兄弟文化人格的不同，在其创作的诗文中有更为明显的表现，特别是在农事诗中表现得更直观。无论是苏轼还是苏辙，都曾亲身干过农活，如苏轼被贬黄州时期、苏辙晚年隐居时期，二人都曾模仿过陶渊明，"晨兴理荒秽，带月荷锄归"，亲身经历农事的辛劳，这一经历也让他们知晓生活在底层的百姓的辛苦，并不由对底层百姓产生同情。这一点在兄弟二人众多"农事诗"中有着直观的表现。但二人在抒发对底层百姓同情之心时使用的表达方式并不相同，这种不同是由他们本身具有的不同的文化人格决定的。

苏轼创作的农事诗，大部分明确地表现出他对底层百姓的同情之心，而且喜怒哀乐、善恶曲直均冲口而出，表达直白。如"去年夏旱秋不雨，海畔居民饮咸苦"(《次韵章传道喜雨》)，"君不见前年雨雪行人断，城中居民风裂骭"(《石炭》)，"水旱行十年，饥疫遍九土。奇穷所向恶，岁岁祈晴雨""君看大熟岁，风雨占十五"(《答郡中同僚贺雨》)，"霜风来时雨如泻，杷头出菌镰生衣"(《吴中田妇叹》)。在以上诗文当中，"雨"成了影响底层百姓生活和心情的关键要素，如果雨水及时、充沛，农民会感到欣喜，因为他们可以盼望丰收；如果雨水缺乏或连续暴雨，农民会感到忧虑，因为雨水过多会破坏农作物，雨水过少则可能减产，甚至导致颗粒无收。因此，苏轼诗文中"雨"意象的悲喜与诗文所描述的"雨"的类型有直接关系，如果描述的"雨"是及时的"甘霖"，苏轼表达的就是喜悦之情，如果描述的"雨"是连绵的"淫雨"，苏轼表达的就是悲伤之情，诗中的悲喜是与底层百姓的悲喜紧密联系在一起的，展现了苏轼时刻关注百姓生活和百姓命运，以及他对百姓的深刻同情。

与苏轼相比，苏辙所作的农事诗更多的时候是在刻画一个"老农"形象，这个"老农"好似真正的农民，祥和、友善，关心天气变化、重视农事活动，这一形象与苏轼刻画的形象完全不同。苏辙曾用"闲居赖田食，忧如老农心"（《久雨》）描述自己，他好像真的变成一位农民，站在农民的立场发现问题、思考问题、解决问题，这种真正的换位让他能够真实体会底层百姓的疾苦，在面对天降甘霖时不由欣喜。如"焦枯连夏火，洗濯待秋霖。都邑沟渠净，郊原黍豆深。流膏侵地轴，晴意动风琴。谁似臣居易，先成喜雨箴"（《次韵朱光庭司谏喜雨》）。

苏辙创作的几首《喜雨》诗都明确地表现了其在天降甘霖时的喜悦之情，而在《久雨》中展示的却是其因连绵阴雨而感到忧愁，这两种情感都是因为苏辙以一种老农的心态关注天气变化对农事的影响，而这同样是对底层百姓生活疾苦的同情和关心。此外，苏辙的部分农事诗也会对造成百姓生活困苦的原因发出强烈的批判，但这种批判无论是方式还是力度上都与苏轼直言不讳的抨击有很大区别，苏辙的批判更为理性，是经过慢火炙烤后的犀利与灼痛。

从苏轼、苏辙二人的农事诗可以看出他们都十分关心农事和天气，这些诗人也都展现了他们对无数生活在底层的百姓的同情。但由于文化人格不同，在抒发同情之心时，二人所站的立场、对造成人民生活苦难的原因的批判方式及切入角度都有很大差别。苏轼的批判是有力的、直接的、讽刺式的，苏辙的批判是沉稳的、理性的、委婉的，这是由二人文化人格、个性气质的不同决定的。

二、雨意象凸显出不同的审美趣味

苏轼、苏辙两兄弟在小时候接受的教育内容是相同的，都是跟随父亲苏洵学习并接受其教诲，但由于二人性格、人生经历不同，二人创作的诗文所具有的审美趣味也大有不同。

苏轼早年写下一首《出峡》："入峡喜巉岩，出峡爱平旷。吾心淡无累，遇境即安畅。"苏轼这种淡泊无累的心态是以一种超脱世俗、不慕名利的独特志趣，面对人生中的所有坎坷，无论是巉岩的奇崛之美，还是一望无际的开阔之美，苏轼都能安之若素、泰然处之。苏轼也正是因为具备这种特殊的心态，才能在平凡生活、普通事物中发现其他人未曾发现的、独特的、独立于事物本身之外的美。由此可见，苏轼的审美不仅不精心拣择物之美恶，也不择地之美恶，即寓意于物而无心于物，换言之，苏轼认为世间事物具备独属于自身的可以让人欣赏、喜悦的地方。这一点在他的诗作《邵伯梵行寺山茶》中有明显表示，该诗原文是："山茶相对阿谁栽，细雨无人我独来。说似与君君不会，烂红如火雪中开。"

这首诗的创作时间是元丰七年（1084），此时，苏轼因幼子新丧，上书到优美的常州暂住，整首诗描述的是诗人独自一人在雨中欣赏绽放的山茶花，整首诗的格调是喜悦的、生机盎然的。在蒙蒙细雨中，不知道谁栽种的山茶花悄然绽放，但这绽放之美却只有诗人一个人欣赏，因为只有诗人在雨中独行，欣赏到山茶花如火般的美丽。此时此刻，诗人、红花都被绵绵细雨覆盖，三者相互衬托，刻画了一幅诗人雨中独自赏花的美丽场景，而且细雨和红花的交相辉映，为整个画面增添了明媚、鲜活的色彩，更展现出诗人的喜悦。

苏轼虽然具备他所写下的"凡物皆有可观"（《超然台记》）的审美心态，但更让他喜爱的应该是清雅洁净、清静素朴之美。这是因为苏轼对"清"的理解更为深厚，它可以是清朗刚健之气，可以是超凡脱俗之质，更可以是事物之根本性质，这也促使苏轼在许多诗文中借助"雨"这一意象表达自己的此种审美意识。带有这种特殊意义的"雨"可以是绵密清雅的细雨，也可以是恣肆磅礴的急雨，还可以是漂泊一生的苦雨，苏轼通过将雨这一清新明净的自然物象与洁净清雅的自然语汇结合，营造出一种清静淡泊的意境。

苏轼和苏辙虽然是两兄弟，但二者在审美趣味上有很大区别。后世的许多人会用前代的诗人比喻两兄弟，苏轼因为性格刚直、直率个性，一直被人们认为与李白更为相像，而苏辙则因外表淡泊自然、内在冷峻理性，被人们认为更像杜甫，这从侧面反映出苏辙所作的诗文虽然不如苏轼的诗文清空、灵动，但却更为质朴、自然，而且苏辙在表达是非时更加理性，属于"淡""静"的审美趣味。

"静淡有味"是苏辙审美趣味的显著特点，其中"静淡"指的是语言比较质朴，修饰词也不会太过华丽奇崛，整体更平淡自然。"静淡"也可以指代诗文表达的情感较为平静、温和，哀而不怨，怨而不忿；"有味"指的是苏辙的诗文虽然语言平淡，但会将深厚的情感及身边的事物融入其中，言近旨远、意蕴深远，营造出一种宁静悠远的意境。这一点在以下三首诗歌对雨的描述中有直观体现。

《逍遥堂会宿二首（其二）》："秋来东阁凉如水，客去山公醉似泥。困卧北窗呼不起，风吹松竹雨凄凄。"这首诗的主要内容是诗人和兄长在秋季相聚，开怀畅饮，酩酊大醉，兄长离去后，诗人在北窗下酣眠，屋外响起了风声、雨声、松竹声，凄凄惨惨。本诗的创作背景是苏辙和苏轼在逍遥堂会宿，事情很小，所用语言也十分质朴，但却给人以飘逸之感，属于苏辙的佳作之一。

《雨中宿酒务》："微官终日守糟缸，风雨凄凉夜渡江。早岁谬知儒术贵，安眠近喜壮心降。夜深唧唧醅鸣瓮，睡起萧萧叶打窗。阮籍作官都为酒，不须分别恨南邦。"这首诗是苏辙被贬为筠州盐酒税时所写。诗歌开篇写道自己没有公务，只有酒务，在一个风雨交加的凄凉之夜中渡江，为全诗奠定了一种凄凉、黯然销魂的基调。此时此刻，风雨漫天，再加上自己现在被贬谪的处境，凄凉之意更甚。诗人直言自己早年的雄心壮志早已消退，现在残留的只有无奈，夜虽深，但醅鸣、叶打窗声并未停歇，凄凉、萧瑟之意在整个场景中无限扩散，诗人心中的悲凉之感难以平复。结尾诗人用阮籍做官亦为酒的故事安慰自己，排遣自己内心的忧愁。全诗平和婉转，哀而不伤，也毫不怨天尤人，有一种绵长醇厚的宁静，体现了苏辙"静淡"的审美倾向。

《秋雨》："禾田已熟畏愁霖，积潦欲干泥尚深。一雨一凉秋向晚，似安似病老相侵。人间有尽皆归物，世外无生赖有心。要觅尘埃不到处，一灯相照夜憎憎。"这首诗的第一句用"秋禾""愁霖""积潦""淤泥"四个意象渲染烘托出一幅深秋季节秋雨连绵的画面。第二句写在这深秋季节，诗人潦落的心情、身体的病痛、年事渐高而产生的人生失意感。其后两联慨叹世间万事万物皆有归宿。最后，诗人进一步联系自身，感叹觅尘埃无寻处，诗中那迎风而起的尘埃不知落向何处，陪着诗人的唯有一盏孤灯。屋子被一盏孤灯点亮，只剩满满的静默与孤寂。整首诗都充斥着萧瑟、凄凉的气息，又使用凄冷、阴寒的秋雨加以渲染，更加突出了诗人苍凉悲凄的心境。虽然整首诗的风格平淡自然，但却用平实而隽永的语言，将难以言表的内心孤寂刻画得活灵活现，意韵深远，令人深思和回味。

苏辙的诗文中有很大一部分是描述寻常事物、日常生活的，如《寒雨》《积雨二首》《次韵子瞻饮道者院池上》《雨后游大愚》等，这些诗所使用的语言也是平淡质朴，自然清新的，所描写的或是凄冷的寒雨，或是连绵不绝的阴雨，抑或是清新绵密的细雨，但都能刻画出一幅幅隽永、悠远、宁静的画面，展现了苏辙平淡自然的审美倾向。

总之，苏轼、苏辙两兄弟所作诗文中表现出的智者与仁者的不同、直道而行与理性内敛的文化人格的不同，以及诗歌创作审美情趣的不同，都是由于兄弟二人拥有不同的性格、气质、生活阅历及人生感悟。两兄弟的不同不仅是一种对比，也是一种相互衬托，弟弟性格方面的谨慎沉稳、文化人格方面的理性内敛，更映衬出哥哥热情外向、洒脱不羁的个性和直道而行的文化人格的可贵、可爱。

第九章

古典文学中月的题材与意象解读

第一节　苏轼"月"意象描写的思想渊源及内涵

一、苏轼"月"意象描写的思想渊源

苏轼对月意象的描写受到了道家与佛家思想的深刻影响，他在浑浊的现实生活中一边抵抗世俗的干扰，一边保持高洁的操守，他能在这样时世艰难的环境背景下，保持这种超脱自我、乐观进取的心态十分难得，虽然苏轼具有这样高尚超脱的品格，但其一生失意更多，其人生大部分时光是在贬谪中度过的。苏轼致君尧舜的理想抱负无法实现，但在了解儒家传统思想后，苏轼得到了坚持下去的动力，能坚守儒家清醒的入世精神，而不沉迷于安乐，同时在道家与佛家思想的指导下，在政治失意黯然伤神时依旧能够敞开胸怀，获得了心灵上的解脱与人格上的升华，月亮在此时成为苏轼寄托和抒发情感的重要载体。面对艰难的处境时，选择退守是为了逃避残酷的现实，苏轼投身释道哲学是为了使内心重归宁静。对于人生历程充满波折的苏轼而言，佛家与道家思想的指导使其形成了独特的思维方式，使其能够面对现实，超越现实，在这一过程中，佛家和道家思想成为苏轼书写诗词月意象的思想渊源。

（一）佛禅思想的影响

在佛家中，月有特殊含义，常被比喻为佛性清净，表示人生的虚幻

与短暂，是佛家的代表物象之一。月意象与佛家的禅宗思想密切相关。佛家思想对苏轼的影响贯穿一生。苏轼的父亲苏洵曾与多名禅师交流沟通，其母程夫人也对佛家十分推崇，在父母的带领和佛家思想的影响下，苏轼始终保持着乐观豁达的心态。然而，苏轼并不是自小就对佛家思想有深刻的认识和领悟。"乌台诗案"的发生，对苏轼的事业、信念、人生造成了严重打击，苏轼甘愿为国家效力的远大抱负遭受挫折，但不愿跟随世事浮沉，荒废人生，于是静下心，开始思考自己的未来发展。苏轼正是在这段时间找回了内心的安静，同时也对佛家思想有了更深入的理解。被贬谪到黄州后，苏轼居住在简陋的庙宇定慧院中，耐心研读佛家经典，与安国寺住持结识，在住持的辅助下，苏轼对佛家思想的了解日益深入，合理吸收了佛家思想中"静而达"的部分，通过这部分思想保持自己内心宁静，同时否定了佛国与仙山的存在。苏轼学习佛家思想是为了追求心灵上的自由，使自己的精神得到满足，体现了"为我所用"的思想。在写给章子厚、王定国等人的书信中，他描述自己的日常为："自余杜门不出，闲居未免看书，惟佛经以遣日，不复近笔砚矣！"[①]

需要注意的是，佛家思想常用水中月比拟人生的虚妄无实，以此表达人生短暂、世界虚无和人一直以来追求永恒的愿望。佛"静而达"的思想，不仅帮助苏轼获得了空明的心境，而且在很大程度上影响了苏轼在文学创作中对月意象的书写。例如，《和鲜于子骏郓州新堂月夜二首（其一）》："明月入华池，反照池上堂。堂中隐几人，心与水月凉。……先生病不饮，童子为烧香。独作五字诗，清卓如韦郎。诗成月渐侧，皎皎两相望。"

（二）道家思想的熏陶

苏轼应用月意象进行创作的另一个重要的思想渊源就是道家的自然

---

① 苏轼.苏东坡全集：下 [M].邓立勋，编校.合肥：黄山书社，1997：227.

观。苏轼生活在宋代，这一时期很多人将道家思想作为日常生活中的重要指引，希望脱离社会现实的苦痛。一直以来，苏家人都十分信仰道家，在家庭氛围潜移默化的影响下，苏轼对道家思想的了解逐渐全面和深入。因此，诵读《庄子》时，苏轼就已经产生了真切的感悟："昔吾有见，口未能言，今见是书，得吾心矣。"（《宋史·苏轼传》）宋代邵博在《邵氏闻见后录》中评价："东坡早得文章之法于《庄子》，故于诗文多用其语。"清代刘熙载《艺概》中也有这样的言论："东坡则出于《庄》者十之八九。"如"人生如逆旅，我亦是行人"（《临江仙·送钱穆父》）中的"逆旅"是逆迎往来客人之所，源自《庄子·山木》中的"阳子之宋，宿于逆旅"。

　　在了解老庄思想后，苏轼受到了一定程度的启发，将人生视作一场精彩但却艰难的旅程，不为过往的人和事伤怀，为人处世保持豁达的心态，不为自己徒增烦恼。在老庄"道法自然"思想的影响下，苏轼常对月沉思，在没有其他人和俗事纷扰的情况下，在月光下肆意表达自己，纵情自然山水中，将自己的身心与大自然融为一体。如《西江月·照野弥弥浅浪》："照野弥弥浅浪，横空隐隐层霄。障泥未解玉骢骄，我欲醉眠芳草。可惜一溪风月，莫教踏碎琼瑶。解鞍欹枕绿杨桥，杜宇一声春晓。"

　　这首词是苏轼被贬谪到黄州的时候写下的，在一个月光清明的月圆之夜，苏轼欣赏着清冷静谧月光中的自然风光，向月亮寄托自己的情感思想，将自己融入自然山水风物之中。这首词的上半阕生动形象地描绘了月光照耀下如仙境一般的自然美景，同时通过描写自己迫不及待地卸下马鞍，睡在芳草中，表现自己与自然相融，抒发自己内心的旷达舒适；下半阕则是对迷人月景由近到远的观赏和记录，以此展现苏轼对月色的喜爱。整首词将月、溪、风三种景象融为一体，画面不染世俗凡尘，给人以超脱之感。苏轼通过这首词描绘了一幅不染凡尘、诗情画意、超凡脱俗的月夜人间仙境图，表现苏轼与造化神游的愉悦舒适，反映其如空山明月一般空灵、澄澈的心境与超然物外、物我两忘的境界，彰显苏轼豁达、乐观、淡泊的胸襟。大自然使苏轼的精神与心灵得到了慰藉，月亮作为大自然重要的组成部分，作为诗词创作中的一种重要意象，同时作为苏轼喜爱的事物，自然成为苏轼笔下较为常见的描写对象之一。

二、苏轼诗词中"月"意象的内涵

苏轼喜爱月，擅长将月意象写进作品中。月意象在苏轼的诗词中频繁出现，并且常给人以深刻、独特的感受。苏轼在诗词创作中赋予了月意象非常丰富的内涵，尤其在其失意宦海后创作的诗词作品中，月意象空灵蕴藉，反映了苏轼对人生与现实的不懈探索、对宇宙哲理和人生道路的思考，对故园亲友的思念以及对自身经历的感慨。苏轼将思想情感寄托在月亮上，将月亮作为灵魂的载体，象征自身的精神意志，抒发内心的真情实感，同时通过月意象展示自身积淀的深厚文化修养与超然物外的美学追求。

（一）寄托对故乡亲人的思念

在苏轼所有描写了月的作品中很大一部分是苏轼借月意象表达对亲友的思念，抒发内心的真实情感。苏轼虽然在年少时就已崭露头角，但他在官场上却屡遭困境，迫居异乡，遭受了无数的宦海起伏和生活波折。人们在生活中常常会经历与亲朋好友的离别，然而，无论身处何方，人们都能借着那轮明亮的月亮，述说别离的痛苦和对对方的思念。明亮的月亮象征着对团聚的期盼，因此，月意象自然而然地与故乡产生了联系，成为思乡的象征之一。在明亮的月夜，苏轼每每看到月亮，也不禁想起与其相隔千万里的亲朋好友，这也激发了他对故乡的深深思念，这种情感复杂而难以言明。苏轼并非首位使用月意象寄托内心情感的文学家，他是在先人的现实观照与人文情怀的基础上，对咏月诗歌的文学思想进行了继承和发扬，由此创作了大量抒发对故乡、亲友的思念之情和描写悲欢离合的咏月作品。

苏轼的政治生涯始于王安石变法的开端，他因为一直坚守自己的立场和观点，不愿附和任意一方，所以在新旧派别的争执中同时得罪了新旧派别两方势力，这导致他多次被贬谪，甚至差点丧命。他的人生颠沛流离，遭遇了种种困难，诸如被诬告、入狱、临近被判处死刑、贬职、贫穷饥饿等。苏轼一生三度被流放，每次的地点都比前一次更偏远。可以总结，苏轼的政治生涯不是在被贬，就是在前往贬谪之地的路上。苏轼在年逾六旬之时，乘坐小船，抵达了位于海南岛西北部的贬谪之地，亦即他去过的最偏远的贬谪之地——儋州。苏轼在外奔波多年，一直无法回家，离开故土与亲朋好友的陪伴，客居他乡，深深地想念着家乡和亲人。从客观角度来看，无论身处何方，人们看到的都是同一轮月亮，所以身处异乡的人看到明亮的月亮，都会自然而然地想到，这同一轮明月也在照亮自己的家乡。在外漂泊的苏轼不能与亲友相聚，唯一能见到与家乡有联系的就是天空中那轮明亮的月亮，因此他只能向月亮表达自己对家乡和亲人的思念。例如，《西江月·世事一场大梦》，在这首词中，苏轼用一个"凉"字统领全文，点明中心，通篇内容表达对自身身世经历的感慨，哀婉、低沉的语调体现了他在谪居生活中难以排解的苦闷，被贬外放的他既没有了"此事古难全"的自我安慰，也没有了"千里共婵娟"的豁达，词中"中秋谁与共孤光，把盏凄然北望"表示在本该团圆的中秋月夜，陪伴苏轼的只有清寒的凉风、孤灯与遥遥相望的明月等，营造了非常凄凉、幽怨、孤苦伶仃的情境氛围。

自古以来，月意象在诗词等各类文学作品中就代表着团圆。每逢中秋之夜，满月高悬，洒下银光，亲人就会相聚在一起，进行祭月和赏月的活动，这一习俗源远流长。然而，在这样的中秋夜晚，被世人冷落的苏轼在月光之下，显得更加孤单寂寥，这令苏轼不禁回忆起往年中秋夜与亲人朋友一同在家乡开怀畅饮的场景，心头顿时生起怅然若失和酸楚的感觉。于是，苏轼举起了酒杯，遥敬故乡所在的北方，用饮酒的方式安抚自己对故乡的思念，表达与亲人团聚的殷切期待。在这个时刻，明月不仅承载着苏轼离愁别恨的思绪，也为苏轼的离愁失意带来了安抚。

分析苏轼的作品不难发现，苏轼的弟弟苏辙常令苏轼感慨与牵挂。在苏轼创作的写有月意象的大量诗歌中，大多数表达了对亲人的思念之情。例如，《水调歌头·明月几时有》序记述："丙辰中秋，欢饮达旦，大醉。作此篇，兼怀子由。"子由是苏辙的字。又逢中秋佳节，苏轼七年没有见到弟弟苏辙，十分思念弟弟，于是整晚放纵饮酒，在酩酊大醉时写下这首词，第二天醒来，只见词作，仍见不到弟弟的苏轼顿时怅然若失。在贬谪外放做官期间，苏轼曾经申请调任到与苏辙相距较近的地方做官，以期手足相聚，但却没能实现。《中秋月寄子由三首》也是在中秋节时，苏轼思念弟弟苏辙所作的，当时正处元丰元年（1078）的中秋佳节，身处徐州的苏轼无法与弟弟苏辙相见，憔悴卧病，对着月亮伤感，思念苏辙。苏轼在诗中回忆了去年自己与弟弟苏辙一同在徐州赏月的情境，时光消逝，明月依旧，兄弟二人却相隔万水千山，不能相见，由此，苏轼感慨人生聚散犹如浮萍，心中充满了见不到弟弟的失落和黯然。《中秋月寄子由三首（其二）》中的"六年逢此月，五年照离别"，表现了苏轼一生漂泊不定的经历。

苏轼的词作《阳关曲·中秋月》则描写了苏轼与弟弟苏辙久别重逢、一同赏月的情境。在这首词中，字里行间仍难掩苏轼刚与弟弟重逢不久又要与之分离的悲伤之情。在苏轼看来，中秋节应是家人团聚一堂、共同赏月的节日。细数苏轼度过的中秋夜，大多时候月亮被风雨所掩盖，但这一年的中秋夜，明月高悬，倾泻一片清冷银光，是难得的好景色，可人生无常，在与弟弟苏辙分离的时候，苏轼不由感慨这一夜时光的短暂，并发出明年中秋会在哪里赏月的疑问。

在苏轼的诗词作品中，还有很多表达他对好友思念的佳作。例如，《临江仙·送钱穆父》："一别都门三改火，天涯踏尽红尘。依然一笑作春温。无波真古井，有节是秋筠。惆怅孤帆连夜发，送行淡月微云。……人生如逆旅，我亦是行人。"

苏轼在作词写诗时，常用月意象表达自身对家乡的怀念。一直以来，明月象征着对亲人团聚的期待，所以古人常把月亮与家乡紧密相连。天空中只有一轮明月，所以客居异乡的人每次看到明月，自然会联想到它也照亮了自己的家乡。苏轼为父亲守孝回乡之后，就再也没有返回过家乡，而是在各地游历。在身处各种陌生的环境时，明月成为这些地方与苏轼家乡唯一的共同点，月亮由此成为苏轼思乡之情的寄托。在《醉落魄·离京口作》中，苏轼在月色朦胧、云彩飘动的夜晚，从沉醉中醒来，坐在小船上凝视着月亮。他想跟别人分享自己的梦境，但身边却无人可言。小船载着苏轼飘荡在蒙蒙的江面上，不知何时能停歇，而苏轼的一生也像这条小船，无尽地飘摇，无依无靠，不知何时能安定下来，返回家乡。

（二）折射澄明的心境和高洁的品格

苏轼的很多诗词作品用鲜明的笔调刻画了明月千里的画面，体现了苏轼在遭遇离愁别绪或人生失意时的婉转情怀，同时反映了苏轼心境的澄明。例如，"月明风露娟娟，人未眠"（《醉翁操》），"过沙溪急，霜溪冷，月溪明"（《行香子·过七里濑》），"明月如霜，好风如水，清景无限"（《永遇乐·明月如霜》），这些诗词作品通过刻画自然景色，展现月色的澄明清冷，表达苏轼自身的高洁情怀。

苏轼的后半生几乎一直处于贬谪的状态，基本上已被主流社会生活边缘化，因此他常常沉浸在流水和夜色构造的自然世界中。尽管生活困苦，但苏轼仍未被逆境打垮，他没有陷入消沉的情绪，也没有抱怨人生不公、生命困苦，反而真正沉醉于大自然的纯粹之美中。无论身处逆境还是濒临绝境，苏轼始终保持着乐观豁达的态度，真正达到了心境澄明、淡泊世事的境界。如七言绝句《东坡》："雨洗东坡月色清，市人行尽野人行。莫嫌荦确坡头路，自爱铿然曳杖声。"

诗篇的开篇便渲染了一种清新宁静的气氛，一场雨结束后，皎洁清亮的月光透过无尘无垢的碧空洒落在万物之上，打造了一个清澈、明亮的世界。苏轼不仅在这里勤劳付出，而且还对这个地方产生了深厚的情感，苏轼向这个地方倾注了大量心血。在月色澄明的夜晚，苏轼扶着拐杖，在东坡高低不平的山石路上漫步，兴致盎然。这不平坦的东坡路代表着苏轼艰难曲折的仕途。面对人生的挫折，苏轼始终保持着豁达昂扬、乐观开朗的态度。这首诗表现出了苏轼对世俗名利的淡泊和对乡野生活的热爱，反映了他渴望长久沉醉在山水之间的愿景。

《行香子·述怀》这首词充分展现了苏轼洒脱超然的人生态度。苏轼在仕途上经历了诸多坎坷，尤其在"乌台诗案"发生之后，他的思想、创作乃至人生都发生了翻天覆地的变化。苏轼一直怀揣两种矛盾的思想观念：一方面，他时刻关心国家政治发展，胸有壮志却无法实现；另一方面，苏轼对佛家、道家思想多有关注，想要从中找到解脱的办法。这两种思想观念相互冲突，苏轼夹在其中饱受折磨，只好"作个闲人"，在"清夜无尘，月色如银"时，为自己斟满美酒，独自开怀畅饮。这首词刻画了夜晚的静谧，月光如银，清幽美丽，与白日的喧闹形成鲜明对比。月光照耀下的夜空和庭院变得神秘莫测，激发了苏轼的思考，他希望自己也能像月光照亮的世界一样沉静而美好。

《虞美人·有美堂赠述古》中的"夜阑风静欲归时，惟有一江明月、碧琉璃"，生动描写了月光与水色交汇的清丽场景，此时，苏轼的内心犹如江上高悬的明月一样，斩断了与世俗纷扰之间的关联，苏轼将自己的身心、情感彻底融入这样的自然景观之中，达到了一种超脱世俗的境界。

《西江月·照野弥弥浅浪》创作于苏轼被贬黄州时，苏轼在诗词中描绘了澄澈月夜下，超然物外的自然风光，将月亮比作琼瑶，生动地烘托了月的明亮，水的清澈与夜晚的静谧，还描绘了月光照耀世间万物，将人间装点成仙境的景象，苏轼将自己与这一美丽景象融为一体，表达了自己神游于自然天地的愉悦畅快。

苏轼常年在各地任取，足迹遍布大江大海，性情在广阔清朗的天地间得到了熏陶，一度忘记了世俗烦恼，精神世界达到新的平衡，心境在不断的磨炼中达到更加超脱世俗的境界，苏轼内心郁结的愁绪也随着时光的流逝与内心的不断强大逐渐消散。正是苏轼寄托情感的自然万物，帮助苏轼获得了内心的成长，跨过了人生的困境，在险恶的政治逆境中，不受世俗干扰，最终形成超脱世俗的自由人格，形成如山川江海一般豁达开阔的气魄。

苏轼《江月五首（其二）》中的"二更山吐月，幽人方独夜！可怜人与月，夜夜江楼下"，也描绘了一个开阔的世界。在苏轼的眼中，世界宽广浩大，无穷无际，宁静皎洁的月光照耀在苏轼身上，引导苏轼摆脱世俗纷扰，注重内心的修炼，以豁达的胸怀承载更强大的内心力量。苏轼用平常心思考，不计较个人得失，达到了超凡脱俗的思想境界，纵情山水，闲适自得。

（三）象征知己或化身自我

在苏轼的作品中，月意象各不相同，但精细解读下来，可以发现很重要的一点就是，苏轼经常将月亮视作亲密的朋友、知己，或者将其作为自我精神的投射。从苏轼的诗词中可以看出，他常在与朋友分别时，向月亮寄托自己的情感，通过月意象表达自己对友人的眷恋与不舍。例如，《木兰花令·次欧公西湖韵》："霜余已失长淮阔。空听潺潺清颍咽。佳人犹唱醉翁词，四十三年如电抹。草头秋露流珠滑。三五盈盈还二八。与余同是识翁人，惟有西湖波底月。"

这首词是苏轼为追和欧阳修的《木兰花令》而创作的，它赞扬了颍州西湖的美景。苏轼和欧阳修之间不仅存在着深厚的师生情谊，还有着坚定的友谊。在苏轼担任颍州知州期间的某天，苏轼正游览西湖，忽然听到人们在歌唱欧阳修四十三年前吟咏颍州西湖的词作，这激发了苏轼追和这首词的兴致。《木兰花令·次欧公西湖韵》的上阕描绘的是苏轼泛舟颍河看到的美景，通过吟咏颍州的人文风景，表达颍州人民与苏轼自身对欧阳修的歌颂和思念；词的下阕以景抒情，通过描写湖心倒映的月影，发出内心的感慨与对欧阳修的思念。在这首词中，"与余同是识翁人，惟有西湖波底月"将西湖月拟人化，以其"识翁"的功能，从侧面体现欧阳修夜游颖州西湖的频繁，同时以此作为"醉翁"欧阳修建设颖州的种种功绩的见证，表达苏轼对恩师欧阳修的歌颂与思念。无论是在为人处世上，还是在行文上，欧阳修对苏轼的影响都是非常深刻的，苏轼在词尾将自己对恩师的深切怀念融入潋滟的水光月色中。漫长的四十三年时光转瞬即逝，西湖景色依旧，但却物是人非，欧公的事迹又刻印在谁的心中呢？只有"余"（苏轼）和"月亮"。在最后一句词中，苏轼将自己与月亮并提，通过并置欧阳修、西湖月与"余"三个意象，跨越时空的界限对意象进行跳跃性组合，使人明显感受到光阴流逝，物是人非。

诗人常为明月赋予情感，用多情的描述将月亮拟人化，形容与月亮相识相知，相互陪伴。例如，《点绛唇·闲倚胡床》："谁与同坐？明月清风我。"这句词表现了苏轼的自得与潇洒。辞别好友时，苏轼将遥挂天际的月亮也带入送别场景中，成为与其一同送别好友的"第三人"，并让月亮与送别场景共情，表达对好友的不舍。在《次韵送徐大正》中，有着"多情明月邀君共，无价青山为我赊"的佳句。这首诗作于送别好友徐大正时，苏轼将月亮视作伙伴，表示在月亮的陪伴与见证下，送别友人，表达自己溢于心扉的不舍。诗中虽然说的是明月多情、青山无价，但事实上苏轼以明月代表自己，表示自己在与友人离别时的伤感之情，以青山代表苏轼与徐大正之间的友情，表现苏轼对这份友谊的重视和对好友的依依难舍。《生查子·诉别》中的"酒罢月随人，泪湿花如雾。后月逐君还，梦绕湖边路"，借用李白"我寄愁心与明月，随风直到夜郎西"（《闻王昌龄左迁龙标遥有此寄》），月亮在这首词中不只是一种一直存在的天体，还成为词人的化身，代表了苏轼的举止和思想情感。又如，《和田仲宣见赠》中"寒潮不应淮无信，客路相随月有情"，在这首作于苏轼送别友人的诗作中，诗人用月亮代表自己，表示在友人离去的途中，月亮会代替自己陪伴，由此表示对友人的不舍与关心。

另外，苏轼还将月亮看作知己好友，并多次在诗词中感慨，无论自己身处怎样的境地中，月亮始终陪伴自己，不离不弃。例如，《念奴娇·中秋》："凭高眺远，见长空万里，云无留迹。……我醉拍手狂歌，举杯邀月，对影成三客。起舞徘徊风露下，今夕不知何夕。便欲乘风，翻然归去……"

这首词创作于元丰五年（1082），正值苏轼被贬黄州期间的中秋节，在明亮的月夜，天空万里无云，于是苏轼用"凭高眺远"体现月色下夜空的辽阔与视野的开阔，更易引人遐想。在远眺时，苏轼仿佛看到月宫中矗立的琼楼玉宇和乘坐飞鸾自由来往的仙女们，在月宫下，是温暖的人间烟火与壮阔秀美的江山，这些都是苏轼所向往和追求的，思及此，苏轼内心的愁苦烦闷全部被美丽的景色勾起来。这时的苏轼本身处于逆境当中，希望能够早日摆脱困境，得到自我解脱，在这首词中，苏轼将月亮和自己在月光下的影子作为一同饮酒的伙伴，向月亮倾诉心中的烦恼，给人以非常孤独、清幽的感觉。苏轼在创作这首词时，化用了李白的"举杯邀明月，对影成三人"[《月下独酌四首》（其一）]，同样将月亮作为一同饮酒作诗的知己好友，于是在这样月色澄明的夜里起舞，想要借此消除内心深处抑郁不平之气与官场不顺、抱负实现无望的愁闷。"便欲乘风，翻然归去"，这是无法在现实世界中实现的，词人这样写是为了在愁苦的时候寻求自我安慰与解脱，这种无法实现的解脱方式表现了苏轼的强颜欢笑和无奈，苏轼认识到，只有月亮一直陪伴着他，是他真正意义上的知己。虽然整首词也表现出了消极避世的色彩，但从总体上看，词所表现出的主要还是作者对美好现实、自由生活的向往与追求。

第二节　月意象的独特表达手法分析

一、婉约手法

苏轼在大量诗词作品中写有月意象。在文学作品创作中，月意象常常被赋予非常深厚的审美意蕴与文化内涵，不仅成为文人心灵情感的寄托，也为其精神生命提供了归属。起初，月与日相对，代表阴，常用来表现人内心世界的柔美内涵。另外，提及月亮，人们通常第一时间联想到淡泊柔婉、文雅娴静，具有阴柔之美的女性，因此，历代文人在应用月意象创作诗词作品时，多用婉约的创作手法。

苏轼也运用了婉约的文学创作手法描写月意象，他的创作打破了艳科词一直以来"以俗为美"的传统，一洗五代诗词的绮靡之风。苏轼会通过非常细致的描写抒发情感，他常用曲折议论法，通过详细描写月亮，隐喻自己的思想情感或志向抱负，这样的描写有利于提升整部作品的意境和思想境界。《永遇乐·明月如霜》本身属于风格鲜明的婉约派诗词，苏轼在诗词的上阕描写了明月夜惊梦游园，发现小园在明月清亮光辉照耀下呈现一片清幽的场景，下阕描写了诗人燕子楼登高，向远处眺望，勾起对故园的深切思念，同时写到自己本希望在官场大展宏图，实现人生抱负，但现实人生却充满不如意，苏轼通过婉约的写作方法，以古今物是人非的变化和对燕子楼清幽的描写诉说内心的伤感，表达了一种超脱物我的人生境界，同时表达了诗人希望远离世俗、超脱凡尘的意念。

又如，《江城子·乙卯正月二十日夜梦记》："十年生死两茫茫，不思量，自难忘。千里孤坟，无处话凄凉。……夜来幽梦忽还乡，小轩窗，正梳妆。……料得年年肠断处，明月夜，短松冈。"苏轼在词中通过对梦前情景、梦中情景、梦后情景的有序勾勒，逐步加深哀伤之情。苏轼还运用了虚实结合的写作手法怀念亡妻，在诗词中，先描绘了一座没有事物陪伴的"孤坟"，又写到梦中亡妻如同昔日在世时一样，坐在窗边梳妆的场景，用亡妻的"孤坟"与梦境中似真似幻的生活场景抒发自己的悼念。

在《西江月·世事一场大梦》中，苏轼以柔婉的诗风、虚实结合的手法和细腻的景观描写，在上阕向自然美景寄托情感思想，把人生比喻成昙花一现的虚空梦境，为自己短暂的人生和难以实现的远大抱负而喟叹。词的下阕通过月意象抒发内心情感，对世道的艰难险恶表示感叹，对人生的艰辛寂寥表示悲伤。苏轼被贬谪到举目无亲的蛮荒之地，与亲友相隔万里，看到天空的圆月时，心中不禁油生酸楚悲戚。苏轼在"酒贱常愁客少，月明多被云妨"这句词中，通过"酒贱"暗喻自己遭遇贬斥，被世人冷待，又用被云层遮住的月亮，隐喻奸臣当道，对上迷惑欺瞒，对下排斥忠良，苏轼通过描写中秋夜景的萧瑟与孤苦，表达自己对亲人的思念、对世态炎凉的喟叹、对奸臣当道的满腔愤懑以及对国家政局的忧愁，面对这样的世事情景，苏轼只有遥望北方的京都开封，"把盏"对月诉说忧愁。

二、多重意象组合

在苏轼创作的诗词作品中，月意象有时单独出现，有时也与酒、水等意象一同出现。运用各种意象进行诗词创作，能使情感的表达更加生动鲜明。

在我国古代文学作品创作中，月、酒、水意象非常常见。酒、水、月伴随苏轼历经一生坎坷。就酒意象来看，苏轼在仕途上遭遇打击，在生活上走向落魄后，酒及时给予了苏轼安慰，苏轼通过饮酒获得平静。在发现无法实现抱负后，苏轼萌生辞官回家做闲人的想法，以体会普通文人悠闲快意的生活，就如他在《行香子·述怀》中所描述的那样："虽抱文章，开口谁亲。且陶陶、乐尽天真。几时归去，作个闲人。对一张琴，一壶酒，一溪云。"只需要一壶酒、一张琴，就可以在大自然中坐看云卷云舒，享受简单惬意的生活。对苏轼而言，酒与琴、云一样，是他用来表达思想感情、思考人生的媒介。另外，水也是苏轼极为常用和喜爱的意象符号之一，在大自然中，水可以说是较为常见的事物之一，苏轼以水意象为媒介，表达自身对家乡的深切思念，表达自己想要归隐的想法，同时对人生与历史展开了深思。

苏轼自官场被贬后，就开始了在江湖飘零的人生历程，而在他这一生的回忆中，处处是潇潇水月。苏轼将酒、水、月意象的组合写在诗词中，用以象征沉重又复杂的人生感悟与心灵体验，尤其在苏轼经历了宦海的浮沉与人生的种种不顺后，他会站在饱经风霜的"过来人"视角看待人生，看待世界，因此，他笔下的酒、水、月常给人一种空漠寂寥的感受，他通过这些意象的组合，向世人传达这种难以言喻的哀伤与愁苦。在《念奴娇·赤壁怀古》中，苏轼就使用了"大江""浪""赤壁""乱石""惊涛"等意象，通过细腻壮阔的描写，表达了苏轼对千古英雄人物的敬仰与怀念，同时由景及人，联想到自己坎坷的人生，因此在结尾处，将杯中的酒水洒向江和月以表祭奠。苏轼在这首词中，从怀古到伤己，"人生如梦"体现了苏轼对自己坎坷人生的感慨，抒发了壮志难酬、事与愿违的沉郁之情。

此外，在苏轼的诗词中，也多次出现月意象与酒意象结合的现象，如《虞美人·持杯摇劝天边月》："持杯遥劝天边月，愿月圆无缺。"《念奴娇·中秋》中"我醉拍手狂歌，举杯邀月，对影成三客"。《西江月·世事一场大梦》中"酒贱常愁客少，月明多被云妨"。这些诗词将月与酒两个意象组合起来应用，都受到了李白"举杯邀明月，对影成三人"[《月下独酌四首》(其一)] 的影响。

第三节　苏轼与李白月意象的多角度描写

一、苏轼与李白月意象描写之异

(一)李白与月同为一体

分析李白的诗词作品，可以看出，李白笔下的月意象大多展现了其直爽率真的艺术个性，他笔下的月是他纵情遨游的媒介，很多描写月意象的诗句能体现李白豪爽洒脱的人格性情。李白在创作诗词时，常将月与自己合为一体，将月亮视作自己的一部分，并向自然界的月亮赋予自己的主观情感，用奇特的想象与浪漫主义的手法对月亮进行歌咏，勾勒出一个精彩卓绝的月的诗歌世界，以传达自己的情怀与理想。

《月下独酌四首（其一）》描绘了这样的场景：一天夜里，李白深感孤独，于是在杯中斟满美酒，举杯邀请天上的明月共饮。无论身处何地，月亮都在天上陪伴李白，不离不弃，李白抬头就能看见夜空中皎洁美好的明月。月亮皎洁、清高的特性与李白十分契合，因此李白将月亮视作理想化的自己。李白在创作这首《月下独酌四首（其一）》时，将自己丰富的想象力与自己月下饮酒的情境相结合，写下"举杯邀明月，对影成三人"与"我歌月徘徊，我舞影零乱"两句诗，用月亮象征自己高洁的节操。在宦海中，李白虽不断前进，但内心却仍保持着如明月一般的皎洁干净，在李白看来，只有同样高洁的明月，才能真正了解自己的心灵。

在《把酒问月·故人贾淳令予问之》中，李白举起酒杯，以把酒问月开篇，又以邀月临酒结束，整首诗通过对明月孤高的形象进行不同视角、不同层次的描写，凸显李白飘逸潇洒的性格与博大旷达的胸襟。李白的一生也常遇坎坷，处于逆境之时，月亮就会慰藉李白的内心。

《金陵城西楼月下吟》所描述的场景是：在一个秋季寂静的月夜，李白独自登上金陵城西楼，在习习凉风中，李白向远处眺望，却发觉知音稀少，由此倍感悲凉。李白在月色下沉吟许久，感慨知音难觅，只有天上这轮明月始终伴随着他，因此，李白将明月作为内心的安慰，并视明月为知己好友，向明月倾诉自己内心的苦闷、伤感、委屈等全部情绪。在李白看来，月亮是高尚纯洁的，所以他在诗作中常常用"弄月"展现自己的洒脱，如"忆昨鸣皋梦里还，手弄素月清潭间"（《鸣皋歌奉饯从翁清归五崖山居》），"一振高名满帝都，归时还弄峨眉月"（《峨眉山月歌送蜀僧晏入中京》）。

李白在诗词中用月亮表现自我的习惯，离不开其自小与月亮之间建立的密切关联。首先，从文化学的角度出发可以了解到，在唐朝之前，就已经有古人使用月意象创作诗词了，从很多诗词中可以看出古人对月亮有崇拜之情。古时候有很多关于月亮的神话传说在民间流传，在古人的世界里，月亮一直笼罩着一层神秘的色彩。受这些神话传说、传统文化的影响，李白很小的时候就在心中种下了一颗迷恋月亮的种子。李白运用月意象进行诗词创作时，常常通过月亮寄托自己的情感。当李白感到孤寂时，会将月亮当作其精神家园，常与月亮对话，并希望月亮能就他的疑惑给予解答，同时向月亮寄托情感，希望以此真正对社会、对人生拥有透彻的感悟。李白在描写月亮时，常将月亮与自己融为一体，所以李白所作的咏月诗会展现迷离梦幻的世界。李白与月亮相伴一生，与月分享自己的喜乐忧愁，将月亮作为照亮自己人生的灯，将月亮作为挚友、知音，向月亮诉说自己一生中的喜怒哀乐，通过月亮投射自己的人生，表达自己在意志上对美好品质的主动追求。

（二）苏轼借月排遣情绪

通过对比可以发现，苏轼与李白一样，都习惯通过"月"意象在诗词中表达内心的情绪和情感。但二者不同的是，苏轼善于描绘月光照耀下缥缈空灵、圣洁清幽、极富审美情趣的"人间仙境"，并借此审视自己，排解自己的情绪。例如，《次韵江晦叔二首（其二）》中的"浮云世事改，孤月此心明"。这两句诗表达的是，无论世间的事情发生怎样的变化，苏轼的志向始终不变，就像孤悬在夜空中的月亮一样洁净明亮、光明磊落。苏轼一生遭遇了数次贬谪，这句诗中的"浮云"代表的是变化无常的朝廷政治生活，"孤月"代表的是苏轼忠君爱民、不因外物改变、始终如一的心。又如，《西江月·照野弥弥浅浪》则借月表达"既来之，则安之"，这句话向世人传递了人生处处可栖居的哲思。与李白相比，苏轼运用月意象创作诗词是为了思考人生的意义，也为了排解人生遭遇的愁苦，希望得到释怀。例如，《卜算子·黄州：定慧院寓居作》："缺月挂疏桐，漏断人初静。时见幽人独往来，缥缈孤鸿影。惊起却回头，有恨无人省。拣尽寒枝不肯栖，寂寞沙洲冷。"这首词创作于苏轼被贬谪到黄州之后。入夜后的苏轼无法入眠，只好迎着月光出门散心，看着皎洁的月亮，想到仕途上的艰辛，心中霎时充满孤寂和愁苦，无法排解，只能向月亮诉说。苏轼借月夜孤鸿托物寓怀，表达自己蔑视流俗、清雅高洁的心境。

又如，《临江仙·送钱穆父》："一别都门三改火，天涯踏尽红尘。依然一笑作春温。无波真古井，有节是秋筠。惆怅孤帆连夜发，送行淡月微云。……人生如逆旅，我亦是行人。"这是一首送别词，是苏轼就任杭州知府时，为途经杭州的朋友钱穆父写下的。这首词中没有对离别时的哀伤情感进行大篇幅的渲染，也没有刻意渲染悲伤的氛围，仅在词中描写了分别三年后与朋友在杭州再次团聚时的温情场景，并在词中写下了自己领悟到的人生哲理。"惆怅孤帆连夜发，送行淡月微云"所描述的是：眨眼间，又到了与好友分别的时刻，在清冷幽寂的月夜，苏轼在江边为友人送行，并想要通过"人生如逆旅，我亦是行人"劝慰和开导好友，帮助好友开阔胸襟，使其得以释怀，同时表现了苏轼万物齐一的人生态度。面对反复无常的人生与社会，苏轼始终保持着恬淡自适，乐观豁达的态度，以超然物外的情怀面对人世间的纷繁变化。通过分析这首词及其蕴含的意义，人们可以看出苏轼对人生的浮沉起落有着惆怅与感慨，但却能以泰然之心接受自己的人生。

《游金山寺》是一首主旨为望乡怀归的诗作。作者苏轼先描写了游览金山寺的所见、所思、所感，后借景抒情，表达了自身对仕途奔波的厌倦与对故乡的思念，并立下了辞官归隐的决心。这首诗中的"是时江月初生魄，二更月落天深黑"描写了两种不同的夜景，一种是明月刚升起时，银光洒向江面，构成了令人陶醉的朦胧江景；另一种是二更时分，月亮消失，金山寺、江面与夜空整体陷入一片黑暗之中，这样的场景使人失去了继续游览的兴致，想要回家休息。在诗的结尾，苏轼描写了自己挣扎在仕途上，沉浮在宦海中，进退不得、欲罢不能的处境，并在江水面前立下未来一定置办田业归隐家园的愿望，表现了苏轼强烈的思乡之情和对官场生活的深深厌倦。

《水调歌头·明月几时有》是苏轼中秋望月怀人时写下的，这首词展现了旷达豪放的意境与苏轼豁达乐观的心态，表达了苏轼对人间的眷恋、对明月的向往以及对胞弟苏辙的深切思念。在这首词中，苏轼将"青天"作为朋友，在酒兴正浓时问月亮何时出现，又通过对中秋美丽月景的细致描述，表达对天上的向往和对人间的留恋，这一矛盾心理实际上代表的是苏轼关注朝廷政局和退隐归家这两种想法之间的矛盾。"不应有恨，何事长向别时圆"这句话从表面上看，写出了苏轼忧愁在这样家家团圆的中秋节，自己与胞弟不能团聚的遗憾，以埋怨月亮的话语表达对胞弟苏辙的思念之情，更表现了苏轼和拥有相同经历的人的共情，从而在结尾处，通过"但愿人长久，千里共婵娟"表达希望世间人人都能与亲友团聚的美好愿望。整首词表现了苏轼豁达乐观的精神态度。

二、苏轼与李白月意象描写之同

（一）浪漫主义手法的运用

李白与苏轼都是我国古代文学史上伟大的文学家，他们都善于运用浪漫主义的手法描写月意象。浪漫主义手法要求他们在进行诗词创作时，以主观内心世界为出发点，通过文字对理想世界展开热烈探求；在抒情方式上，两人均较多地运用直抒胸臆的方式，将内心中无法遏制的情感宣泄出来；在构思上，他们多采取大胆的联想与想象，展现自身精彩的内心世界与精神世界；在修辞手法上，他们善于运用奇特、夸张、大胆的比喻，表达自身的追求与好恶。

作为浪漫主义诗歌的代表人物之一，李白创作的诗词作品完美诠释了浪漫主义的内涵。李白运用浪漫主义写作方式创作了很多经典的诗词作品，《古朗月行》就是其中之一。在这首诗中，李白运用丰富的想象巧妙加工了神话故事，他的奇思妙想给人以新奇的感受。皎洁光明的月亮在李白幼年时就给其留下了深刻的印象。诗歌开头描写了李白幼年时对月亮充满稚气的认识，诗中天真烂漫的儿童认知让人感到新颖亲切。李白先站在儿童的视角对月亮的形状做出了介绍，后又运用我国古代神话传说中月亮上的仙人、桂树、白兔等形象描写了月亮在不同情境中的形状变化，将神话传说与月阴晴圆缺的变化相结合，为整首诗增添了浪漫而神秘的色彩。

李白在诗歌创作中，还对月亮进行了拟人化处理，将其视作知己好友，向其倾诉内心的情感。在《月下独酌四首（其一）》中，李白趁着月光澄明独坐庭院中饮酒，看着天上高悬的明月，脑海里开始了无限的遐想，他将自己、明月、影子当作三人组合，虽然月亮不能解酒，自己在月光下的影子也不能说话，但在月亮与影子的陪伴下，自己不再感到孤独，在酒水的刺激下，李白的兴致逐渐高涨，不禁在月下起舞，影子投射在花草之间。

苏轼在李白的启发下，写下了《水调歌头·明月几时有》。苏轼看到高悬在夜空中的月亮，以丰富的想象力，将联想的"天上宫阙""琼楼玉宇"与人间相结合，表现了苏轼在想要继续为朝廷效力和隐退归家的两种思想中的矛盾挣扎，同时在最后表现了对胞弟的思念以及想要与弟弟团聚的愿望。词中"起舞弄清影，何似在人间"表现了苏轼在澄澈的月光下以跳舞的方式自娱自乐，别有一番乐趣。

李白与苏轼的这两首作品都表现了对月亮的遐想与向往，都在诗词中将月亮上的仙境与人间结合起来，使全篇充满奇幻、神秘、浪漫的色彩。

（二）托意怀人观照现实

在运用月意象创作诗词作品时，李白与苏轼都将月亮作为寄托情感的物象，希望通过月亮表达自己的内心情感，他们丰富了传统的咏月诗词，将咏月发展成一种引发对社会现实的观照与思考的主题思想。

1.苏轼和李白都曾借月表达对亲友的怀念之情

《闻王昌龄左迁龙标遥有此寄》是李白为遭受贬官的好友王昌龄所作

的，在这首诗中，李白对好友王昌龄怀才不遇、官场不顺的经历表达了惋惜与同情。在写这首诗时，李白选择了杨花、子规、明月等意象，描写了春光消逝的萧条景象，为环境背景渲染了凄楚、暗淡的气氛，以此表示了自己对好友遭受贬斥、赴任路途遥远的关心。李白在诗中没有对景物进行细致的描写，也没有对王昌龄"左迁"赴任路上的艰难辛苦做出描述，仅通过景物真实地表达自身对好友的牵挂与关怀。诗中的后两句"我寄愁心与明月，随风直到夜郎西"为整首诗的中心，表示李白与好友王昌龄相隔两地不能相见，但李白将情感寄托给月亮，借以抒发自己对朋友的思念，同时希望月亮能代替自己，陪伴好友走过这一段艰难的"左迁"之旅。月意象在这首诗中，就成为李白寄托情感和关怀王昌龄的媒介，成为李白与王昌龄沟通思想情感的桥梁。

苏轼在创作诗词作品时，继承了李白通过描写月亮映照现实的写作方式，强化了咏月诗词托意怀人的作用。苏轼在运用月意象创作诗词时，不仅借助月意象表达对人的怀念，而且常在借月怀人的时候表达自己的人生感触，他常通过明月将自己的思想含蓄地表达出来。例如，在《水调歌头·明月几时有》中，苏轼通过中秋饮酒赏月，表现自己对亲人的思念，通过对比"天上宫阙"与人间生活，表达自己对生活的热爱，并在最后一句"但愿人长久，千里共婵娟"中传递自己对人生哲理的感悟并表现自己的美好愿望。又如，在《江城子·乙卯正月二十日夜记梦》中，苏轼通过描述凄冷的月夜和月光下亡妻的孤坟，表达自己对亡妻的悼念，表现了苏轼绵绵不尽的哀伤和对人生短暂的感慨。

2. 李白和苏轼在咏月时把关注的目光投向了现实社会

唐朝在安史之乱发生前后，边境战争频发，百姓生活困苦，这一时期的唐朝士人向往在战场上保家卫国、建功立业，他们关怀人世悲欢，关注劳苦大众的生活。李白就生活在这样的背景环境下，受时代因素、社会环境等的影响，李白对边塞的战争、百姓的劳苦生活都十分关注。在其作品《关山月》中，李白写道："明月出天山，苍茫云海间。长风几万里，吹度玉门关。汉下白登道，胡窥青海湾。……戍客望边邑，思归多苦颜。高楼当此夜，叹息未应闲。"

　　唐朝开元后期，吐蕃多次聚集青海一带，袭击唐王朝的多个附属国，战争持续了十多年时间，战争期间，无数人曝尸荒野，无数家庭支离破碎。这首《关山月》将"明月""天山""玉门关"三个意象结合起来，突出表现边塞的苍凉与苦寒。在开篇处，这首诗先描写了月亮从天山云海中升起的景象，给人以雄伟壮阔、大气磅礴的视觉感受；之后诗作又生动描绘了边塞特有的巨幅画卷，为下文表现将士们思乡之情的深切做出了铺垫。最后，李白通过描写战乱的频繁与残忍，表现将士们戍边与在战乱中坚守家园的艰辛，反映了战争为无数征人及其家属带来了巨大痛苦，同时造成了巨大牺牲。在创作这首诗时，李白对戍边战士的思想情感与苦难命运做了突出描写，将自身对征人的关切与对边防战争的深刻思考通过这首诗传达出来。在诗中，李白没有单纯歌颂将士或谴责战争及其结果，而是站在代价的角度，观察一代代人为了保家卫国、开疆扩土做出的英勇牺牲与付出的沉重代价。《子夜吴歌·秋歌》是李白围绕戍边征人写下的又一首作品，内容以表达戍妇对征人的思念为主。《唐诗解》对这首诗做了这样的评价："此写戍妇之辞以讥当时战伐之苦也。言于月夜捣衣以寄边塞，而此风吹不尽者，皆念我思念玉关之情也。安得乎平胡而使征夫稍息乎？"李白的《初月》也是描写戍边将士思念家乡亲人的诗歌作品。在这首诗中，李白运用海面上悄悄升起的月亮突出表现士兵们对结束战争回归家园的渴望，表现了李白对战争的反对。

　　宋代人文与唐朝人文相比，对待生命更加理性、冷静、脚踏实地，态度更趋成熟。苏轼对民生疾苦也十分关注，但由于苏轼生活的年代战争较少，统治阶级内部的党派之争是社会动荡的主要原因，所以，苏轼更多地关注农业生产及农田等方面的民生问题。

　　在含有"月"意象的作品创作中，宋代人倾向从内心深处寻求个体生命的意义，因此分析苏轼创作的咏月诗词，可以发现，苏轼与李白咏月诗对社会现实的关注点不同，前者关注百姓的现实生活，主要观照对象是人文世界，而后者更关注战乱带来的苦难。在苏轼的《水调歌头·明月几时有》中，苏轼高举酒杯问天呼月，向世人表达自己在现实世界中的迷茫与徘徊，表现他对人生、对自己、对月亮的苦苦思索。苏轼不只是在观月，更是在凝视自己的人生，通过词句表现他坎坷的一生与炽热的思亲怀乡之情。

苏轼对现实的关注不只包含对民生的关注，他对国家、民族的命运也十分关心。苏轼生活的年代战争发生的频率要远远低于李白所处的年代，但北宋仍时常与周边国家有摩擦，抵御西夏入侵是北宋当时主要的边塞重任。如他的《江城子·密州出猎》："老夫聊发少年狂。左牵黄，右擎苍。锦帽貂裘，千骑卷平冈。……鬓微霜，又何妨！持节云中，何日遣冯唐？会挽雕弓如满月，西北望，射天狼。"词的上阕写围猎场面，渲染词人的外在"狂"态，特别是"为报倾城随太守，亲射虎，看孙郎"。

这首词生动描写了苏轼在密州出猎的精彩场面。在词中，苏轼借用历史典故表达自己希望能同历史英雄一样，上阵杀敌保家卫国，彰显了苏轼的壮志雄心。整首词字里行间处处表现苏轼希望凭借自身本领驱赶入侵的异族、保家卫国的豪情壮志，同时表达对于有朝一日得到朝廷重用的期待和时刻愿意为国效力的想法。苏轼在最后三句词中表示，自己虽然已经到了晚年，但仍有力气将弓拉满，有力气打击和重创外来入侵者，为成为抵御外来入侵者、保卫民族家国的英雄时刻做好准备。

中华民族的传统文化深深根植于中华大地，这片土地上的一草一木、一花一鸟、风雷雨露、琴月山河，无不触动着生于斯、长于斯的诗人们。所谓"事物牵于外，情理动于内"（白居易《与元九书》），他们兴发感动，形于吟咏，将人生的苦难与欢乐凝聚在若干意象中，形成了悠远的文学表达传统。他们又在思想和精神的烛照下，开拓新的意境，他们所创造的古典文学作品具有超越时空的价值，而这些有价值的作品会是中华民族永恒的精神遗产！

参考文献

[1] 陈寿.三国志全鉴：典藏诵读版 [M].余长保，解译.北京：中国纺织出版社，2018.

[2] 王张应，王永圣，郭扬华，等.草色遥看：诗经里的植物 [M].郑州：河南大学出版社，2019.

[3] 渠红岩.桃文化论集 [M].北京：北京燕山出版社，2018.

[4] 袁行霈.中国文学史 [M].北京：高等教育出版社，2004.

[5] 梁土奇."杨柳"意象溯源 [J].开封教育学院学报，2007（3）：13-14.

[6] 马君毅.中国古典诗词中的"琴"意象 [J].文学研究，2021，7（1）：1-12.

[7] 李秀艳.论苏轼词中的"月""酒"意象 [J].文化创新比较研究，2021，5（7）：102-104.

[8] 郭怡.苏轼作品中"月"意象研究 [J].名作欣赏，2021（3）：127-128.

[9] 邓诗亭.竹山词梅花意象的情感寄托与象征 [J].青年文学家，2020（24）：81-83.

[10] 万薇薇.论宋词中梅花意象的瘦 [J].名作欣赏，2020（17）：133-134，151.

[11] 杨芳.论李清照词中的梅花意象 [J].散文百家（理论），2020（5）：110-111.

[12] 王树仁 . 漫谈古典诗词中的"杨柳"意象 [J]. 课外语文，2020（11）：90-92.

[13] 吴晓明 . 中国古典诗歌中桃花意象的嬗变 [J]. 国际公关，2020（3）：239.

[14] 周伟，张馨心 . 李白、苏轼诗词中月意象的审美内涵研究 [J]. 洛阳师范学院学报，2020，39（1）：45-49.

[15] 张锦辉 . 论唐代文人禅诗对古琴意象的审美创造 [J]. 励耘学刊，2019（2）：103-117.

[16] 李书凝 . 古典诗歌中梅花意象思乡寄情意蕴探析 [J]. 青年文学家，2019（17）：95.

[17] 王宁 . 苏轼词中月意象的使用 [J]. 文学教育（上），2019（3）：22-24.

[18] 苏文娟 . 中国古代文学中芦苇意象和题材研究 [J]. 开封教育学院学报，2019，39（1）：22-23.

[19] 贾燕军 . 唐宋文学中松柏题材与意象的关联性 [J]. 文化学刊，2018（12）：220-222.

[20] 李金坤 . 论唐诗对《诗经》"杨柳"意象的继承和发展 [J]. 苏州科技大学学报（社会科学版），2018，35（6）：33-38.

[21] 李金坤 .《诗经》"杨柳"意象对唐诗的影响 [J]. 贵州工程应用技术学院学报，2018，36（4）：91-96.

[22] 刘旭，蔡青 . 中国古典诗歌中桃花意象的嬗变 [J]. 青年文学家，2017（32）：56-57.

[23] 谢盛华，高美玲 . 古典文学桃花意象中的乡愁与悲情 [J]. 盐城师范学院学报（人文社会科学版），2017，37（5）：52-56.

[24] 相正平 . 古典诗歌中梅花意象思乡寄情意蕴探析 [J]. 现代语文（教学研究版），2017（8）：61-63，2.

[25] 王亮 . 苏轼诗词雨意象的研究 [J]. 芒种，2017（16）：15-16.

[26] 谢其泉 . 唐宋文学中松柏题材与意象探讨 [J]. 淮北职业技术学院学报，2017，16（3）：74-76.

[27] 曾萍.关于我国古代文学松柏题材和意象的分析 [J].吕梁教育学院学报，2016，33（3）：94-95，99.

[28] 王婷.宋词中杨柳意象的审美取向和文化内涵 [J].常州工学院学报（社科版），2007（6）：43-48.

[29] 娄仁彪，刘顺华.唐宋文人笔下的"梅花"意象群 [J].安顺学院学报，2015，17（4）：1-2.

[30] 王婷.宋词中杨柳意象的审美取向和文化内涵 [J].金陵科技学院学报（社会科学版），2007（4）：69-72.

[31] 全秀.浅析诗歌中意象——杨柳 [J].青年作家，2015（8）：17.

[32] 刘金波.梅花意象向度分析 [J].江汉大学学报（社会科学版），2013，30（5）：93-96.

[33] 张媛.《红楼梦》中的"芦苇"意象探幽 [J].红楼梦学刊，2013（5）：304-314.

[34] 黄敬.浅谈古诗词中的杨柳意象 [J].剑南文学（经典教苑），2013（6）：64.

[35] 李迎春.论古诗词杨柳意象的人格意蕴 [J].长城，2013（4）：106-107.

[36] 庞晓蒙.唐诗中的"梅花"意象探微 [J].时代文学（上半月），2013（4）：223-224.

[37] 程杰.论中国古代文学中杨柳题材创作繁盛的原因与意义 [J].文史哲，2008（1）：113-123.

[38] 薛文素.浅析古诗词中的杨柳意象 [J].兰州教育学院学报，2012，8（4）：7-8.

[39] 陆婵娣.苏轼诗歌的雨意象探析 [J].乐山师范学院学报，2012，27（3）：11-13.

[40] 胥小伟.梅花意象初探 [J].考试周刊，2011（85）：23-24.

[41] 李彬.古代诗词中的梅花意象 [J].考试（高考语文版），2011（Z5）：106-108.

[42] 张美丽.东坡词中"雨"意象的审美意蕴 [J].黑龙江社会科学，2009（6）：123-125.

[43] 韦琳.古典诗词中的芦苇意象探究 [J].中学语文，2009（27）：60-62.

[44] 崔建军.杨柳意象浅释 [J].语文教学与研究，2009（8）：108.

[45] 唐宇辰.李白诗歌琴意象研究 [D].成都：四川师范大学，2021.

[46] 刘怡玮.汉唐咏柳诗文化意蕴嬗变 [D].南昌：东华理工大学，2016.

[47] 乌吉斯古楞.宋词梅花意象浅论 [D].呼和浩特：内蒙古师范大学，2015.

[48] 李倩.中国古代文学芦苇意象和题材研究 [D].南京：南京师范大学，2013.

[49] 孙岩.苏轼诗词月意象的研究 [D].长春：长春师范大学，2022.